I0585238

Clemens Brentano, Erich Frank

Nachtwachen von Bonaventura

Clemens Brentano, Erich Frank

Nachtwachen von Bonaventura

ISBN/EAN: 9783955631208

Auflage: 1

Erscheinungsjahr: 2013

Erscheinungsort: Bremen, Deutschland

@ Leseklassiker in Access Verlag GmbH, Fahrenheitstr. 1, 28359 Bremen. Alle Rechte beim Verlag und bei den jeweiligen Lizenzgebern.

Leseklassiker

Clemens Brentano
Nachtwachen von Bonaventura.

Herausgegeben

von

Erich Frank.

Heidelberg 1912.
Carl Winter's Universitätsbuchhandlung.

Frau Dr. August Schmitz

in herzlicher Verehrung.

Vorwort.

Der Beweis dafür, daß Clemens Brentano der Ver=
fasser der Nachtwachen ist, wird in der Einleitung zu dieser
Ausgabe geführt. Da die Einsicht in den handschriftlichen
Nachlaß Brentanos von den Erben nicht gestattet wird,
so mußten wir auf unmittelbare Zeugnisse, die sich mög=
licherweise gerade unter den Papieren ganz persönlicher
Art noch vorfinden könnten, verzichten. Doch sind wir
überzeugt, daß der Leser bei unbefangener Erwägung aller
angeführten Gründe solche direkten Beweismittel nicht ent=
behren wird.

Die Originalausgabe der Nachtwachen ist nur noch
in wenigen, schwer zugänglichen Exemplaren vorhanden.
Es gibt zwar schon eine Reihe von Neudrucken, aber keiner
von ihnen gibt, wie der kritische Anhang S. 169 beweist,
den Text des Verfassers mit der Genauigkeit wieder, wie
sie als Grundlage wissenschaftlicher Untersuchungen und
zu deren Nachprüfung notwendig ist. Dann verhindert
auch ihr Preis eine Verbreitung, wie sie ein so bedeutendes
Werk der deutschen Literatur verdient. Aus diesen Gründen
hielten wir eine neue Ausgabe, die alle diese Bedingungen
erfüllt, für angebracht.

Die Auffindung des Verfassers ist Herrn Dr. August
Schmitz zu danken, der das sprachvergleichende Verfahren
in seiner vervollkommneten Form zum erstenmal auf die
Nachtwachen=Frage angewandt hat. Seiner tatkräftigen
Unterstützung konnte sich dann unsere Untersuchung auf
allen Stufen bis zur Korrektur des Textes erfreuen, so daß
sich sein Anteil bei diesem gemeinsamen Suchen und Finden
im einzelnen nicht bezeichnen läßt.

Eine ausführlichere Darstellung der eigentlich me=
thodischen und philologischen Seite unseres Beweises ist in
der Germanisch=Romanischen Monatsschrift, IV, 7, zu

finden, während der Beweis in der hier folgenden Ein=
leitung für einen weiteren Kreis der Gebildeten gedacht ist.

Vollständigkeit der Zeugnisse haben wir natürlich nicht
erstrebt, sondern nur so viele beigebracht, als wir zum Be=
weis unserer Behauptung für nötig hielten. Anderer=
seits glaubten wir aber dem Leser auch die ganze Fülle
des Materials vor Augen führen zu müssen. Zur prak=
tischen Gewißheit und wissenschaftlichen Überzeugung, daß
Brentano der Verfasser ist, genügen allerdings schon die
sprachlichen Argumente, wie wir sie in der «GRM.» geführt
und in dem ersten Abschnitt der „Auffindung des Ver=
fassers" nochmals kurz zusammengefaßt haben. Aber der
absolute, eigentlich objektive Beweis liegt nicht in dem einen
oder dem andern einzelnen Zeugnis, sondern in allen
zusammen, wodurch sich erst zeigt, daß der Verfasser der
Nachtwachen und Clemens Brentano in der ganzen ver=
wirrenden Mannigfaltigkeit der individuellen Züge mit=
einander übereinkommen und sich durch keine auffindbaren
Merkmale mehr unterscheiden lassen. Was sich aber nicht
mehr unterscheiden läßt, das ist in dieser Welt der Indi=
vidualitäten, in der sich nichts wiederholt und kein Blatt
dem andern gleicht, auch identisch. Das ist der philo=
sophische Sinn unseres Beweises. —

Der Text der Nachtwachen wurde so angeordnet, daß
stets zwei Seiten der Originalausgabe, durch einen wage=
rechten Strich am Rande deutlich voneinander geschieden,
auf eine Seite unseres Buches gehen. Die zwei Zahlen
unter dem Text bezeichnen also die zwei entsprechenden
Seiten der Originalausgabe, und auf sie beziehen wir uns
auch durchweg in unserer Einleitung.

Es ist ein erwähnenswerter Zufall, daß dieses Buch
zum erstenmal unter dem Namen des wirklichen Verfassers
bei dem Urenkel des Verlegers erscheint, der Brentanos
literarischer Freund und zugleich der Herausgeber der auf
die Nachtwachen folgenden Werke: „Des Knaben Wunder=
horn", „Bogs", „Tröst Einsamkeit" war.

Heidelberg, auf den Tag Bonaventurae, den
14. Juli 1912.

———————

Erster Teil.
Der Beweis von Brentanos Verfasserschaft.

Einleitung.

Dieses rätselhafte Buch ist im Herbst des Jahres 1804 unter dem Titel „Nachtwachen von Bonaventura" in dem auch damals wenig bekannten Verlage von F. Diene= mann und Comp. in dem kleinen Landstädtchen Penig erschienen. Nichts deutet darauf hin, wer der Verfasser sein mag, der sich hinter dem wohlklingenden italienischen Namen verbirgt. Indessen scheint zunächst gerade der Deck= name einen Fingerzeig bieten zu wollen. Denn Bona= ventura ist die Maske, unter der der Philosoph Schelling einige Gedichte im Schlegel=Tieckschen Musenalmanach für das Jahr 1802 veröffentlicht hat; so hat denn schon Jean Paul, in einem Brief vom 14. Januar 1805 an Thieriot, geglaubt, diesen Roman dem Philosophen zu= schreiben zu dürfen, und fast ein Jahrhundert lang galt er allgemein als ein Werk Schellings. Erst in jüngster Zeit hat man, vor allem dank den eingehenden Unter= suchungen von F. Schultz, immer mehr die Unmöglichkeit dieser Annahme eingesehen, und in der Tat, die ganze Art dieses abstrakten und ruhigen Denkers will wenig zu dem sinnlich=lebendigen, geistsprühenden Werke stimmen. Wenn aber nicht Schelling, wer denn hat dieses vielleicht geist= reichste Werk der Romantik geschrieben? Eine ganze Lite= ratur ist über die Frage entstanden, und immer neue Ver= mutungen wurden vorgebracht. Zuerst dachte man an E. T. A. Hoffmann, und das ist der glücklichste Gedanke, der bisher geäußert worden ist. Denn die Nachtwachen zeigen eine ganz wunderbare Verwandtschaft mit den Werken dieses Dichters. Hoffmann ist sicher der einzige von allen als Verfasser genannten Romantikern, der die Nachtwachen hätte schreiben können, wofür der beste Beweis der ist, daß er einen ähnlichen Vorwurf wirklich hat behandeln wollen. Unter den Aufzeichnungen aus dem letzten Jahre seines Lebens findet sich nämlich folgendes: „Zu machen: Der Nachtwächter, eine geheimnisvolle Person, die nächtliche Abenteuer erzählt (diable boîteux?)". Dadurch ist jedoch zugleich schon widerlegt, daß Hoffmann ein gleiches Werk siebzehn Jahre früher geschrieben haben könnte. Dann riet man auf Schellings Frau Karoline. Aber dieser feine Geist hatte doch nicht die wilde Leidenschaft, noch auch das künstlerische Genie, eine Dichtung, wie die unsere, hervorzubringen. Unlängst ist dann von Franz Schultz ein bisher wenig beachteter Romantiker, F. G. Wetzel, als Verfasser zu erweisen gesucht worden. Aber auch diesem oft nicht unliebenswürdigen Talent fehlte das Temperament und die dichterische Gestaltungskraft, die aus den Nachtwachen spricht.

Denn wer auch immer der unbekannte Verfasser sei, das ist kein gewöhnlicher Geist, der ein solches Buch schaffen konnte. Ein vollendetes Werk ausgereifter Kunst darf man zwar nicht darin erwarten. Ohne Plan und Ordnung sind die Gedanken hingeworfen, und die Gestalten folgen einander, wie sie sich gerade dem Geiste des Dichters aufdrängen. Aber welcher Reichtum in dieser Phantasie, die in wenigen Bildern von seltener poetischer Kraft den ganzen Kreis des menschlichen Lebens durchläuft! Ein satirisches Inferno scheint dem Dichter vorgeschwebt zu haben, und nichts, was Menschen heilig ist, verschont sein bitterer Spott. Die tiefe Zerrissenheit eines unglücklichen, verzweifelten Gemütes spricht sich in ergreifenden Selbstbekenntnissen aus, die auch ganz fürchterliche Seiten eines widerspruchsvollen Charakters sehen lassen; und doch muß man ihn achten und lieben, diesen Menschen, schon um der Wahrhaftigkeit seines Wesens willen, die alles adelt. — „Eines der merkwürdigsten und entsetzlichsten Bücher, die jemals geschrieben wurden, wogegen alle andere mir bekannte Faustische Poesie Goethes und Byrons unschuldige Stümperei ist", nennt Ernst von Lasaulx, einer der frühesten Leser, deren Urteil bekannt geworden ist, die Nachtwachen, und in der Tat erinnern sie in mancher Hinsicht an Goethes Faust und Byrons Don Juan. Und doch unterscheiden sie sich von diesen großen Werken der

Weltliteratur wieder durch etwas, das wir das romanische Temperament des Verfassers nennen möchten. Die Nacht= wachen sind wie ein Fremdling in der deutschen Literatur, und manchmal glaubt man in ihnen eher die Übersetzung eines südlichen Dichters vor sich zu haben.

So zeigt das Werk mannigfache Spuren des Geistes an sich, der es geschaffen. Anderes ließe sich noch zu= fügen: der Verfasser muß wohl Katholik sein; denn nur wer von Kindheit an im katholischen Vorstellungs= kreise groß geworden, kann so eingehende Kenntnisse und Anschauungen von dem inneren Leben der Kirche besitzen, wie sie die Nachtwachen überall verraten. Auch die große Vorliebe für die Musik des ganz in der Welt der Töne lebenden Verfassers ist ein bedeutender Zug des Buches. Aber wenn auch alle solche Andeutungen hinreichen mögen, in uns ein lebendiges Bild von dem allgemeinen Wesen des Dichters hervorzurufen, um unzweideutig seine Indi= vidualität zu bezeichnen, sind sie doch zu unbestimmt. Sie herauszufinden, wird man einen ganz andern Weg suchen müssen, der alle bloßen Mutmaßungen ausschließt und ein wirklich objektives Urteil gestattet.

Dieser Weg ist ebenso einfach wie zuverlässig. Wenn es gelingt, durch sorgfältige Beobachtung gewisse Eigen= tümlichkeiten an der Sprache der Nachtwachen festzustellen, so kann es nicht schwer sein, an diesen Besonderheiten den Verfasser in andern Werken, die etwa von ihm herrühren, wieder zu erkennen. Man muß dann nur die Schriften aller irgendwie in Frage kommenden Romantiker auf diese Merkmale hin durchsehen, und wenn der unbekannte Dichter überhaupt noch etwas geschrieben hat — daß er aber kein Neuling mehr im literarischen Geschäfte ist, geht aus allem hervor —, dann kann er uns bei dieser Methode nicht entgehen.

Man muß sich wundern, daß man noch nicht auf dieses sogenannte „stilkritische" Verfahren in unserer Frage verfallen ist, da es doch im Gebiete der klassischen Philo= logie schon seit langem Heimatsrecht genießt. Wenn uns nun auch die dort neuerdings unternommenen Versuche, nach besonderen sprachlichen Eigentümlichkeiten sogar die zeitliche Aufeinanderfolge der einzelnen Werke Platos festzustellen, in ihren Ergebnissen keineswegs immer richtig scheinen, und es die Frage ist, ob die beobachteten Stilunterschiede wirklich eine zeitliche Veränderung der platonischen Sprache treffen, so viel läßt sich auf jeden Fall mit dieser Methode erreichen, daß man einen Schriftsteller durch bestimmte bezeichnende Merkmale seiner Sprache erkennen und auch von andern unterscheiden kann.

I. Die Auffindung des Verfassers.

Schon bei flüchtigem Durchblättern des Buches fällt einem der Mangel einer regelmäßigen Wortschreibung auf. Die Anrede der zweiten Person „Sie" ist bald groß, bald klein geschrieben (vgl. unten S. 71, Anmerkung zu S. 124 der Originalausgabe). Da findet sich „Duzend" (S. 123) neben „Duzzend" (S. 166), „Bliz" (S. 15 u. ö.) neben „Blitz" (S. 12), „Frazze" (S. 136, 222) und „Gekrazze" (S. 62); ferner „Jakke" (S. 28) und „nekkend" (S. 34) neben „Stükchen" (S. 120) und „niken" (S. 64). Dann liest man wieder „Karakter" und „Klocke" (S. 18, 88, 182) und „Klökner" (S. 174), und so gehen alle möglichen Schreibungen bunt durcheinander. Nicht auf diese Merkwürdigkeiten an sich, wie das z und zz für tz und das k und kk für ck, wollen wir hier Gewicht legen, denn das sind Schreibarten, die auch sonst noch in Drucken jener Jahre vorkommen mögen; daß aber kurz nacheinander dasselbe Wort in allen diesen verschiedenen Formen erscheint, verrät eine orthographische Unsicherheit, wie sie auch damals nicht häufig war. Man kann nicht einwenden, daß diese Eigenheiten auf die Rechnung des Setzers kommen; denn die andern Bücher, die zur selben Zeit aus dieser Druckerei hervorgegangen sind, wie z. B. „Die spanischen Novellen" der Sophie Brentano von Ostern 1804, oder Schuberts „Die Kirche und die Götter" vom August desselben Jahres, zeigen mit geringen Abweichungen einen ganz regelrechten Druck. — Wichtiger ist noch die Beobachtung, daß die Fremdworte aus dem Griechischen nur sehr selten richtig geschrieben sind. Man liest S. 134 „Tespis" (statt „Thespis"), und S. 139 und 152 wird das „Hypokratische Gesicht" (statt hippokratisch) erwähnt, das wohl niemandem, der auch nur wenig vom Griechischen weiß, in die Feder kommen wird. Diese mangelhafte Kenntnis des Griechischen, die um so mehr auffällt, als dem Verfasser bei den ziemlich häufigen Fremdworten aus den romanischen Sprachen kaum ein Fehler unterläuft, würde schon allein die Verfasserschaft eines klassisch gebildeten Schriftstellers, wie es der Philosoph Schelling, der Jurist Hoffmann und der Arzt Wetzel war, ausschließen.

Aber nicht nur gegen die deutsche Rechtschreibung, auch gegen die Regeln der Grammatik und des Sprachgebrauchs finden sich Verstöße, wie sie bei einem gebildeten Deutschen sehr merkwürdig sind. So, wenn es z. B. S. 42 heißt: daß „sich beide Funktionen in Einer Person vorstehen lassen" (statt „daß sich beiden Funktionen vorstehen lasse"). Auffallen müssen auch Nachlässigkeiten wie die S. 156: „Öhlmann schüttelte seinen Doktorhut, wie wenn er daran zweifelte, daß man dem meinigen [also Doktorhut statt Kopfe] eine Doublette verabfolgen lassen würde", oder S. 203: „Ich seze der Unsterblichkeit nach und werde von ihr nachgesezt" statt „mir wird von ihr nachgesezt". Ungewöhnlich ist auch S. 54 „der inferno", wo wir (nach dem lateinischen infernum) im Deutschen „das Inferno" erwarten. Die Verwertung solcher Einzelheiten mag jedoch das Mißliche haben, daß sich nicht immer mit Bestimmtheit feststellen läßt, ob nicht auch der Setzer im einzelnen Falle seine Hand im Spiele hat. Darum wird man sich besser an Eigentümlichkeiten der Sprache selbst halten. —

Da muß einem nun bei aufmerksamerer Durchsicht eine merkwürdige Vorliebe für das e im Dativ der (starken) Hauptworte aufstoßen. So liest man (S. 13) „von Pole zu Pole", und S. 46 „von Handwerke", S. 49 „mit einem Schuhe", S. 231 „aus ihrem Verzirwahnsinne" und S. 279 „im Bänkelsängervortrage"; lauter Fälle, wo das e sehr merkwürdig klingt. Es ist ja nicht immer leicht, zu entscheiden, wann dieses e im Deutschen zu sezen ist und wann nicht. Wir können ebensogut „in diesem Sinn" sagen, wie „in diesem Sinne"; aber „am Kinne" würde wohl jedem auffallen. Ebenso wird man in Verbindungen wie „von Verstand" oder „von Fach" das e, wenigstens in Prosa, lieber vermeiden. Aber in den meisten Fällen, wie z. B. „von großem Verstande", kann das e ebensogut stehen wie fehlen. Es würde zu weit von unserem Wege abführen, die Regeln, denen hier das natürliche Sprachgefühl folgt, auseinanderzusetzen, und wir verweisen nur kurz auf den lehrreichen Aufsatz über diese Frage in der Kölnischen Zeitung 1906, Nr. 925 unter dem Titel „Eine E-Not". In den Nachtwachen fällt nun auf, daß das e fast nie fehlt, wo es nur irgend noch stehen kann, ja, man findet es sogar in Verbindungen, wo es, wie in den angeführten Beispielen, dem Sprachgefühl geradezu widerspricht. Eine solche Häufigkeit des Dativ-e ist eine ganz ungewöhnliche Erscheinung, die sich nur bei sehr wenigen Schriftstellern noch wiederfinden wird. Hier haben wir also ein gut verwertbares Merkmal des besonderen Stils unserer Dichtung.

Zählt man aber die Dative mit e in den Nachtwachen, so finden sich unter den ersten hundert Dativen, die überhaupt ein e annehmen können, nicht weniger als 95 Fälle mit e und nur 5 ohne diese Endung; nämlich: „mit aufgelößtem Haar" (S. 5), „im Arm der Liebe" (S. 9), „im verzweifelnden Gebet" (S. 22), „neben dem ächten Ernst" (S. 53), „im Sonnenschein" (S. 50). „Bombast" (S. 29) und „Kolorit" (S. 52) nehmen wohl als Fremdwörter, die der Verfasser noch als solche empfindet, kein e an. Daß diese Zahlen kein Ergebnis bloßen Zufalls sind, sondern eine tatsächliche Eigenart des Nachtwachenstils zum genauen Ausdruck bringen, davon kann man sich überzeugen, wenn man weiter zählt. Dann erhält man unter den zweiten hundert Dativen wieder 92 mit und nur 8 ohne e; unter dem dritten Hundert 90 mit und 10 ohne e; schließlich beim letzten Hundert 97 mit und 3 ohne e. Addiert man alles zusammen, so gibt es unter 400 Fällen 374 mit e oder ein Verhältnis von 94:6. Man sieht, wie wenig diese Zahlen von Zufälligkeiten abhängig sind. In ihnen haben wir also wirklich, innerhalb gewisser unbedeutender Schwankungen, ein Gesetz, das der Schriftsteller sich auferlegt hat, und an dem er stets leicht zu erkennen ist.

Prüfen wir jetzt auf diese sprachliche Besonderheit

hin die bisher als Verfasser in Vorschlag gebrachten Ro=
mantiker, so sehen wir, daß sie bei ihnen allen fehlt. In
Schellings Abhandlung über „Philosophie und Religion",
die im selben Jahre 1804 wie die Nachtwachen geschrieben
ist, zeigt sich sogar fast das umgekehrte Verhältnis. Unter
hundert des e sähigen Dativen haben nur 17 das e, während
nicht weniger als 83 dieser Endung ermangeln. Ähnlich
steht es auch mit den andern. Bei Karoline sind zwar
etwas mehr Dative mit e als bei Schelling, aber doch nur
25 von hundert; Wetzel hat in der den Nachtwachen zeit=
lich am nächsten stehenden Schrift, in „Fischers Reise nach
Heidelberg" vom Jahre 1805, nur 43, in seinem Roman
„Kleon" vom Jahre 1802 auch nicht mehr als 60, und
bei Hoffmann zählt man in seinen früheren Schriften
(„Ritter Gluck") ebenso nur 49 Prozent Dative mit e.

Keiner der bisher genannten Romantiker zeigt also
in seiner Sprache die für den Stil der Nachtwachen so
sehr bezeichnende Eigentümlichkeit. Andererseits können
an dem Stil dieser Schriftsteler wieder Besonderheiten be=
obachtet werden, die man in den Nachtwachen vergebens
sucht. Auch lassen die Handschriften aller dieser Schrift=
steller die merkwürdige Wortschreibung vermissen, die in
den Nachtwachen gleich auffällt. Man darf also ruhig
behaupten, daß keiner von ihnen die Nachtwachen ge=
schrieben haben kann.[1]

Jetzt wäre zu untersuchen, ob sich unter den bisher
noch nicht genannten Romantikern einer findet, dessen
Sprache mit der der Nachtwachen übereinstimmt. Aber
Tieck, Kleist, Jean Paul, Friedrich und Wilhelm Schlegel,
Schubert, Ritter und Bergius (Kanne) — niemand von
diesen zeigt eine Häufigkeit des Dativ=e's wie die Nacht=
wachen. Der Stil Arnims, der aber aus anderen Gründen
als Verfasser nicht in Frage steht, kommt ihr auch nur nahe.
Ein früherer Schriftsteller hat allerdings ganz die gleiche
Eigentümlichkeit: das ist Lessing. In seinem Laokoon
weist er nicht weniger als 97 Dative mit e auf, gegen 3

---

[1] Genauere philologische Rechenschaft über diese Untersuchung
findet man in unserem Aufsatz „Clemens Brentano, der Verfasser der
Nachtwachen" im Heft 8/9 der Germanisch=Romanischen Monatsschrift
1912 (GRM.). —

ohne e. Aber von den Zeitgenossen haben wir nur einen feststellen können, der dasselbe Verhältnis zeigt: den Pädagogen Salzmann, den Leiter der berühmten, noch heute bestehenden Erziehungsanstalt Schnepfenthal, der nun freilich auch als Verfasser der Nachtwachen nicht in Betracht kommt. In seinem „Ameisenbüchlein" finden sich auf 98 Dative mit e nur 2 ohne e. Offenbar ist bei diesem Schulmanne, wie auch bei Adelung, das Vorbild eben Lessings maßgebend gewesen. Man sieht aus alledem, wie selten eine solche Bevorzugung des Dativ=e's, wie sie in den Nachtwachen auftritt, ist.

Aber noch fehlt ein Romantiker, der bisher in den Erörterungen über unsere Frage kaum erwähnt wurde, dessen auch Haym in einer oft angeführten Stelle seiner „Romantischen Schule" nur flüchtig gedacht hat, — Clemens Brentano. Schon beim Durchlesen der ersten Seiten seines Romans „Godwi" aus den Jahren 1799 bis 1801 fällt das gleiche Übermaß des Dativ=e's wie in den Nachtwachen auf. Beim genauen Durchzählen ergibt sich tatsächlich ein Verhältnis von 95 Dativen mit e gegen 5 ohne e. Die Durchsicht der anderen Prosaschriften dieses Dichters aus der Zeit der Entstehung der Nachtwachen gibt dasselbe Resultat: „die lustigen Musikanten" vom Jahre 1803 haben das Verhältnis 93 zu 7; „der Sänger" im „Kalathiskos" vom Jahre 1801 hat unter 46 des e fähigen Dativen nur 3 ohne das e, 43 mit e; was auch wieder einem Verhältnis von etwa 93 zu 7 entspricht.

Brentano ist also der einzige Romantiker, dessen Stil die bezeichnendste Sonderbarkeit der Nachtwachen aufweist. Und nun wird sich jeder, der den „Godwi" gelesen hat, sofort der überraschenden inneren Ähnlichkeit bewußt, die dieses Werk mit den Nachtwachen hat. Auch hier dieselbe aufgeregt=geistreiche Schreibart, derselbe satirische, ja zynische Ton. Im „Godwi" ist somit die Forderung der inneren Gleichartigkeit der zu vergleichenden Texte, die man allerdings an solche sprachlichen Untersuchungen immer stellen muß, erfüllt. Ein eingehenderer Vergleich der Sprache des „Godwi" mit der der Nachtwachen zeigt denn auch in allen andern Einzelheiten völlige Übereinstimmung des Stiles. Gebraucht z. B. der Bonaventura

der Nachtwachen das Relativpronomen „welcher" statt
„der" nur ungern — findet es sich doch im ganzen Buche
nur dreimal: S. 26, 94, 234 —, so ist dieselbe Abneigung
gegen das „welcher" auch im „Godwi" zu beobachten, wo
unter 100 Relativsätzen, die auch mit diesem Fürwort eingeleitet werden könnten, nur 5 es tatsächlich haben. Auch
dies ist eine Eigentümlichkeit, die sich weder bei Hoffmann
noch bei Schelling oder Karoline wiederfindet, und auch
Wetzel kennt diese Abneigung nicht. In seiner „Fischers
Reise" vom Jahre 1805 und in Browns Briefen vom
Jahre 1806 sind die Sätze mit „welcher" häufig, und
nur der Roman „Kleon" vom Jahre 1802 zeigt eine entschiedene Bevorzugung des kürzeren Fürworts. Eine andere
stilistische Eigentümlichkeit unseres Buches besteht darin,
daß der Verfasser dem Genitiv der Adjektiva stets die
schwache Form gibt, auch wenn der Artikel fehlt, wie z. B.:
S. 29 „viel künstlichen Händeringens" oder S. 17 „der
Pfaff teuflischen Andenkens" und S. 233 „poetischen Andrangs". In diesem Falle bevorzugt z. B. Wetzel in seiner
gezierten, von der Urwüchsigkeit der Nachtwachen so sehr
verschiedenen Sprache die schon damals veraltete starke
Beugung, wie „der Unsinn unendliches Brechens", Browns
Briefe, S. 124, „die Götterlust ewiges Schaffens", ebenda, S. 56, oder „ein Wort voll verzagtes, halb ver-
bißnes Ingrimms, „Fischers Reise", S. 75, u. ä. zeigen.
Brentanos Sprache stimmt dagegen auch in dieser Eigentümlichkeit mit den Nachtwachen völlig überein.

Ein Blick in Brentanos Briefe, wie sie jetzt in der
Ausgabe des „Briefwechsels mit Sophie Mereau" von
Amelung, Leipzig 1908[1], bequem zugänglich sind, genügt
nun, um zu sehen, daß auch die Wortschreibung der Nachtwachen bei Brentano wiederkehrt. Auch bei ihm geht zz, tz
und z ebenso wie kk, ck und k wild durcheinander. Er schreibt
wie die Nachtwachen „Duzzend" (Briefwechsel II, S. 156),
sogar „Schazz" (I, 202), „Blizze" (I, 205). „Wizz" (I, 39)
steht neben „benuzte" (I, 50) und „Blike" (I, 48) unmittelbar neben „erblicke" (I, 48). Die Anrede der zweiten
Person „Sie" wird auch bei ihm, wie in den Nachtwachen,

---

[1] Im folgenden angeführt als „Briefwechsel".

felten von „fie“, ja oft nicht einmal von „fieh!“ unterfchieden.
In feinen Handfchriften finden wir den „Karakter“ und
die „Klocke“[1] und all die andern Abfonderlichkeiten wieder,
die man in den Nachtwachen antrifft. Ebenfo läßt fich
hier die falfche Schreibung griechifcher Fremdworte, wie
„Syrene (Godwi, S. 74) neben „Sirene“ (S. 227), „Sin=
fonie“ (= sinfonia, Godwi, S. 71) neben „Simphonie“
(Bogs dreimal) und „Symphonie“, „Embryon“ neben „em=
brionifch“ (Philifter, S. 29), „Hipolyt“ und ähnliches, be=
obachten. Bei Brentano ift eine folche Unficherheit zu
verftehen, denn er hat nie eine geordnete Schulbildung ge=
noffen, das Gymnafium nur bis Quarta befucht und fo
nie griechifch, ja nicht einmal regelrecht deutfch fchreiben
gelernt. — Damit ift der Verfaffer fraglos gefunden.

Und nun werden auch alle die andern Eigenfchaften
der Nachtwachen, wie mit einem Schlage, verftändlich:
das, was wir das romanifche Temperament des Verfaffers
nannten; ift doch Brentano italienifcher Abftammung. Sein
Vater erft war aus Italien nach Deutfchland ausgewandert,
und im „Goldenen Kopf“ zu Frankfurt, dem Haufe der
Brentanos wurde viel italienifch gefprochen. „Als der
Vater, fchon bejahrt, fich zum drittenmal verheiratete,
machte und fang er das kleine, halb italienifche und halb
deutfche Liebeslied: I miei pensieri corrieri fedeli, welches
Clemens boshafterweife im Godwi, S. 204 (173)[2], hat
drucken laffen“, und noch im Alter redete er nur gebrochen
deutfch (Bettinas Frühlingskranz, S. 125 ff.). So erklärt
fich die Menge italienifcher Anklänge in den Nachtwachen.
Der Gedanke, daß man beim Anblick einer Tragödie „Mak=
karoni fpeift“ (Nachtwachen, S. 258) wird wohl kaum
einem geborenen Deutfchen, aber leicht dem in die
Feder kommen, der in italienifcher Umgebung groß ge=
worden ift. Und der inferno ift natürlich durch das Vor=
bild des italienifchen l'inferno zu erklären. So fpricht
Brentano auch im Godwi, S. 355, von „dem Aloë“,

---

[1] Nach einer freundlichen Auskunft von Dr. Preitz. Brentano
fchreibt fogar „Khor“, „Khriften“, „Catholik“.

[2] Wir zitieren nach der Ausgabe von Dr. Anfelm Rueft, Berlin
Seemann, und fetzen, wo es nötig fcheint, auch die Seiten des Druckes
in den „Sämtlichen Werken“, Bd. V, in ( ) dazu.

das im Italienischen allerdings männlich, im Deutschen
aber weiblich gebraucht wird. Wie sehr in solchen Fällen
das Sprachgefühl Brentanos durch das Italienische verwirrt wurde, dafür ist sein Geständnis im Godwi, S. 50
(40) bezeichnend, „er nenne den Mond, wenn er ihn denke,
immer la luna, denn es sei ihm lieber; er könne sich ihn
besser wie ein Weib denken". Anderes, was dem heutigen
Leser an den Nachtwachen auffallen mag — und das die
früheren Herausgeber irrtümlich ändern zu müssen glaubten
— wie „der Periode" (S. 150) und „die Möbel" (S. 138),
war dagegen damals auch sonst gebräuchlich. Beides findet
sich z. B. bei Lessing, der im Vademecum (R., S. 23) „einen
Perioden" und ein andermal (7, S. 198) „eine Möbel" hat.
Man muß also dabei nicht gleich an das italienische il
periodo oder la mobilia denken; ebensowenig bei den
„Vestalen" statt Vestalinnen" (S. 195) an das italienische
la Vestale; denn die Vestale kommt noch bei anderen
Dichtern der Zeit außer bei Brentano (Ges. Schriften,
Bd. 2, S. 487) vor. Die Vorliebe Brentanos für das
zz wird man aber, wenigstens bei Wörtern wie „Duzzend",
dessen Vorbild offenbar das italienische «dozzina» ist, auf
das Italienische zurückführen dürfen. Sogar die Absonder-
lichkeit des Dativ-e's findet bei Brentano eine überraschend
einfache Erklärung. Denn Brentano war eine Zeitlang
(nach der Biographie von Diel-Kreiten 1794/95) in Salz-
manns Erziehungsanstalt Schnepfenthal. Salzmann ist nun
aber, wie wir gesehen haben, einer der wenigen Schriftsteller
der Zeit, welcher die von Lessing geübte Regel des e im
Dativ der starken Hauptwörter gewissenhaft befolgt und
offenbar auch seinen Schülern eingeprägt hat. Sicherlich
verdankt Brentano diese Eigentümlichkeit seines Stiles
seinem Aufenthalt in Schnepfenthal.

Dann ist Brentano Katholik, ja, er ist der einzige
Katholik unter all den protestantischen Romantikern seiner
Zeit. Auch das starke Hervortreten des Musikalischen findet
sich bei Brentano wieder. Gibt es doch außer Tieck,
Arnim und Hoffmann kaum noch einen Romantiker, der
so ganz in der musikalischen Phantasie lebt wie Brentano.

So führen alle Eigentümlichkeiten unseres Werkes
immer wieder auf Brentano, in dessen eigenartiger Indivi-

dualität sie ihre zusammenfassende Erklärung finden. Allein die Tatsache, daß sich bei Brentano zwei aus so verschiedenen Quellen stammende Sonderbarkeiten der Nachtwachen vereinigt wiederfinden, wie die strenge Regel des e im Dativ der starken Hauptwörter und die Regellosigkeit der Wortschreibung, überführt diesen Romantiker schon der Verfasserschaft.

Die so gefundene Lösung unserer Frage wollen wir aber noch weiterhin als die richtige erhärten, etwa wie Mathematiker der Auflösung ihrer Aufgabe noch den Beweis hinzufügen, der das gefundene Ergebnis als das einzig Mögliche und Notwendige zu bewähren hat. Freilich, mit der unbedingten inneren Widerspruchslosigkeit mathematischer Beweise kann sich ein Beweis in literarischen Dingen nicht messen. Nur das ausdrückliche Geständnis des Beschuldigten selbst, daß er die Nachtwachen geschrieben habe, würde einen solchen wirklich apodiktischen Beweis abgeben können. Wäre ein Schuldbekenntnis dieser Art überhaupt noch vorhanden, so könnte es bei dem Eifer, mit dem man heute auf allen Wegen der Romantik nachspürt, nicht verborgen geblieben sein. Bei dieser Lage der Dinge kann man vernünftigerweise nur mehr oder weniger versteckte Andeutungen erwarten, die aber doch in ihrer Gesamtheit so belastend sind, daß auf sie hin die Verurteilung erfolgen muß.

II. Der äußere Beweis.

1. Der Deckname Bonaventura.

Ein äußeres Zeugnis, das Brentano der Verfasserschaft schon sehr verdächtig macht, läßt sich nun gerade aus dem Decknamen Bonaventura gewinnen. Denn man sieht sofort, daß dieses Wort leicht durch bloße Umstellung der Buchstaben aus dem Namen Brentano erhalten wird:

$$1\ 2\ 3\ 4\ 5\quad 6\ 7\ 8 \qquad 1\ 8\ 7\ 6\quad 0\ 3\ 4\ 5\quad 0\ 2\ 6$$
$$\text{B R E N T - A N O} = \text{B O N A - vE N T - uR A.}$$

Wer es weiß, wie noch heute literarische Masken zustande zu kommen pflegen, der wird das Gewicht dieses Zeugnisses gewiß nicht unterschätzen. Wer hier an bloßen

Zufall glaubt, der versuche doch nur einmal einen anderen Romantikernamen zu finden, aus dem sich Bonaventura mit ebenso leichter Änderung herstellen ließe.

In der „wunderbaren Geschichte von BOGS, dem Uhrmacher" vom Jahre 1807 ist der Deckname Bogs mit ganz ähnlicher Buchstabenspielerei, wie wir sie annahmen, aus den Anfangs= und Endbuchstaben der beiden Verfassernamen BrentanO und GörreS gebildet, wobei der Anklang an BOS, gegen den diese Satire eigentlich gerichtet ist, wohl auch nicht ganz unbeabsichtigt sein wird. — BO, dieses aus dem Anfangs= und Endbuchstaben von Brentanos Namen gewonnene Zeichen ist nun aber zugleich die erste Silbe von BOnaventura. Fügte Brentano, rückwärtsgehend an sie, die vor dem O stehenden Buchstaben seines Namens hintereinander an, so bekam er schon das italienische Wort Bona, von wo er, in Anbetracht der noch übrigen Silbe „rent", auf den ihm, schon als Italiener, vertrauten Namen Bonaventura fast mit Notwendigkeit geführt werden mußte. Dieser Name war ihm vorher und nachher geläufig. Von dem Mystiker Bonaventura aus dem 13. Jahrhundert enthielt seine Büchersammlung mehrere wertvolle Werke (vgl. S. LXXIII), und von einem anderen Bonaventura, einem französischen Jesuiten des 18. Jahrhunderts, hat er später ein Buch sogar selbst übersetzt. Es sind das „Die Parabeln des Vaters Bonaventura", die als erster Band einer Bibliothek „Lehrreicher Unterhaltungsschriften von katholischen Verfassern mit Rücksicht auf Sittenreinheit und gute Gesinnung ausgewählt" 1839 in Sulzbach erschienen sind. Aus den „Gesammelten Schriften", Bd. 8, S. 76, wußte man schon, daß Brentano der eigentliche Herausgeber dieser Sammlung war und daß von ihm die Einleitung zu der Übersetzung der Parabeln herrührt. Indessen muß Brentano auch an der Übersetzung selbst, die er, wie er sich in der Einleitung ausdrückt, „veranstaltet hat", zum mindesten großen Anteil gehabt haben. Das zeigt schon ihr Stil.

Es scheint fast, als ob Brentano nach seiner Rückkehr zur katholischen Kirche gerade die Parabeln Bonaventuras, „durch deren Verbreitung er heilsam wirken wollte", übersetzt hat, um unter demselben Namen wieder gut zu machen,

was er in den Nachtwachen unter ihm als Heide gefrevelt
hat. Es würde das gut zu dem fast kabbalistisch anmutenden
Wortaberglauben stimmen, der für diesen merkwürdigen
Geist bezeichnend ist und der mit der Ursprung all der vielen
Wort= und Buchstabenspiele ist, von denen seine Werke
voll sind und über die wir noch ausführlicher zu handeln
haben werden. Als Beleg für diese Eigentümlichkeit wollen
wir hier nur die Stelle aus einem Briefe von Clemens
an Arnim vom 1. März 1804 (bei R. Steig, Achim von
Arnim und Clemens Brentano, S. 104, im folgenden
stets angeführt als Steig) hersetzen, wo er dem Freunde
die bevorstehende Geburt eines Kindes mitteilt: „Es mag
ein Knabe oder ein Mädchen sein", fährt er fort, „so
werde ich ihm den Namen Achim Ariel ertheilen, ich
will bei diesem Kinde immer an dich denken, ich
will ihm von dir Märchen erzählen, als seist du ein Prinz,
und wenn es das Abc lernt, so soll es mit deinem
Anfangsbuchstaben A anfangen". Achim ist der Vor=
name Arnims, Ariel der Titel seines damals eben er=
schienenen Buches, in dem die Hauptbuchstaben von Arnims
Namen in ähnlicher Weise, wie die Brentanos in Bona=
ventura, enthalten sind. Oder ein anderes Beispiel: wenn
die Szene im „Gustav Wasa" finster wird, dann weiß sich
Brentano leicht zu helfen, er nimmt Schlegels Lucinde
zur Hand, fügt zu dem c ein umgekehrtes c, und siehe
da, es ward Licht (Lucinde = lux inde). Bei dieser
ausgesprochenen Vorliebe Brentanos für Buchstabenspiele
darf man denn annehmen, daß er auch auf das Pseudo=
nym Bonaventura durch eine Spielerei, wie es das oben
dargestellte Anagramm ist, geführt worden sei. Dieses
Anagramm ist auf jeden Fall ein starkes Verdachtsmoment.

Daß nun aber Brentano ein Werk, wie es die
Nachtwachen sind, voll persönlicher Anspielungen und
Angriffe gegen Staat, Religion und Kirche nicht unter
seinem eigenen Namen veröffentlichen konnte, ist selbst=
verständlich. War das doch der Name der angesehenen und
streng katholischen Familie, die Firma des vornehmen
Handelshauses. Alle satirischen Werke Brentanos sind
darum unter einem Pseudonym oder, wie der „Philister",
überhaupt ohne Nennung des Namens erschienen. Sein

früherer Deckname war „Maria" gewesen. Ist es aber eine geringere Lästerung, diesen Namen unter so gott= lose Werke wie den „Godwi" und den „Gustav Wasa" zu setzen, als den Namen des frommen Bonaventura unter die Nachtwachen?

Das Pseudonym „Maria" konnte er im Jahre 1804 nicht mehr gebrauchen; denn zur Deckung eines Geheim= nisses war es zu bekannt geworden. Und dann hatte er ja am Ende des „Godwi" den Verfasser „Maria" an satirischer „Zungenentzündung" sterben lassen; Brentano hat das sehr wörtlich gemeint: „Mein junger Dichter", sagt er von Maria in einem Brief an Arnim (Steig, S. 111), „spricht sich selbst das Urteil, mir, denn ich sterbe in ihm". Vielleicht hoffte er wirklich, daß der unüberwind= liche Hang zur Satire mit Maria in ihm gestorben sei. Dann hätte er sich allerdings in sich selbst getäuscht, wie schon die Briefe an Sophie Mereau zeigen. Eine Zeitlang scheint er daran gedacht zu haben, „alles unter Sophiens Namen drucken zu lassen" (Briefwechsel I, S. 190), aber auch das wäre im Falle der Nachtwachen nicht ange= gangen. Mußte aber ein neues Pseudonym gewählt werden, so durfte sich Bonaventura als Deckname in mancher Hin= sicht für Brentano empfehlen. Denn obwohl dies, wie er als Freund Tiecks wissen mußte, Schellings lite= rarische Maske im Schlegel=Tieckschen Musenalmanach ge= wesen war, so konnte doch auch Brentano ein gewisses Recht für sich behaupten, einen Namen zu wählen, in dem sein eigener enthalten war. Vielleicht auch, daß er sich sein Anagramm zurecht gelegt hatte, noch bevor es Schlegel Schelling für dessen Beiträge in seinem Taschenbuch anriet. Indem dann dieses Pseudonym den Verdacht fälschlich auf Schelling lenkte, konnte der Verfasser sich um so sicherer in seinem Geheimnis fühlen. Das wäre eine der vielen Tücken gegen Schelling, von denen die Nachtwachen voll sind und über die wir noch später reden werden. Nicht anders ist es, wenn bei der Erzählung der Ehebruchs= geschichte, deren bedenkliche Ähnlichkeit mit Erlebnissen Brentanos schon längst aufgefallen ist (Michel in der Ein= leitung zu seiner Ausgabe, S. LXIV), der Leser dadurch auf Schelling geführt wird, daß die Heldin in diesem Zwischenspiel Karoline heißt.

2. Brentanos „ſatyriſcher Almanach" vom Jahre 1804 und die Nachtwachen.

Das zweite, durch äußere Tatſachen beweiſende Zeug=
nis, das wir vorzubringen haben, iſt folgendes: Bren=
tano hat 1803 und 1804 nachweislich an einer Dichtung
gearbeitet, die in ihren bezeichnendſten Zügen mit den
Nachtwachen übereinſtimmt. Wenn wir auch über das
weitere Schickſal dieſes Werkes nichts Beſtimmtes wiſſen,
ſo darf man doch aus verſchiedenen Anzeichen ſchließen,
daß es im Jahre 1804 tatſächlich erſchienen iſt, und zwar
aller Wahrſcheinlichkeit nach bei F. Dienemann in Penig,
dem einzigen Verleger, mit dem Brentano damals in Ge=
ſchäftsverbindung ſtand. — Dann können das aber nur die
Nachtwachen ſein.

Die Jahre 1803 und 1804 ſind die wichtigſten für
Brentanos innere Entwicklung. Und doch iſt aus dieſer
Zeit kein größeres Werk von ihm bekannt. Die „luſtigen
Muſikanten" ſtammen noch aus den letzten Tagen des
Jahres 1802. Und von da bis zu „Des Knaben Wunder=
horn" im Herbſt 1805 iſt eine Lücke in Brentanos Schaffen,
die durch die vielleicht damals entſtandenen erſten Entwürfe
zu den „Romanzen vom Roſenkranz" nicht genügend aus=
gefüllt ſcheint.

Und doch ſind dieſe Jahre der unklaren Leidenſchaft zu
Sophie Mereau zugleich die Zeit eines geradezu unerſchöpf=
lich ſcheinenden Reichtums an poetiſchen Ideen: „Ich bin
voller Pläne, wie niemals", ſchreibt er an Arnim (Februar
1803), und in ſeinen Briefen an Sophie ſprüht es nur
ſo von poetiſchen Funken und Einfällen. „Wahrhaftig",
ruft er aus, „wenn ich alle meine poetiſchen Ideen reimen
wollte, ich müßte Fabriken anlegen." Alle dieſe Gedanken
und Entwürfe ſcheinen ſich endlich im Jahre 1803 zu einem
Werke verdichten zu wollen, das er in ſeinem Brief an
Sophie vom 20. September 1803 mit folgenden Worten
zeichnet: „Ich habe jetzt einen poetiſchen Plan zu einem
Almanach, der ein Gedicht von mir enthalten ſoll, welches
nichts anders iſt, als ein Almanach ſelbſt, und zwar der
Meinige, das ganze iſt ein Schauſpiel in vier Aufzügen,

ben vier Jahreszeiten[1], jeder von drei Aufzügen, den
drei Monaten. Der einzige Schauspieler bin ich,
ein wahnsinniger, welcher glaubt die Natur sei
nur eine Koulisse, in dem Prolog mache ich mir die
ungeheursten Versprechungen, da ich aber auftrete,
so bin ich allein da, ... die Leute ... erklären mich
alle vor unklug, nur in die öffentlichen Feierlich=
keiten, Johannisfeuer, Weihnachten mische ich mich. ...
Du kömmst auch drin vor, als ein reisendes Kind, welches
ein Abentheurer ist, und endlich beschehrst Du Dich
mir zu Weihnachten, ich liebe die ganze Idee, und
gedenke sie gar nicht oder vortreflich auszuführen,
denn ich halte sie für meine schönste und tief=
sinnigste Erfindung. —"

Dieser Plan, so wie er hier geschildert wird, ist zwar
mit allen seinen Einzelheiten nie ausgeführt worden, aber
seine wichtigsten Züge kehren in den Nachtwachen wieder.
Auch da erscheint der Verfasser in der 14. Nachtwache,
die im Tollhause spielt, als wahnsinniger Schau=
spieler, und S. 245 schreibt er fast mit den Worten
des Brentanischen Entwurfes an die wahnsinnige Ophelia:
„Alles ist auch nur Theater, ... mag Frühling,
Winter, Sommer oder Herbst die Bühne deko=
riren, und der Theatermeister Sonne oder Mond hinein=
hängen, oder hinter den Koulissen donnern und
stürmen — alles verfliegt doch wieder ...; und wenn
die Koulissen ganz weggezogen sind, steht nur ein selt=
sames nacktes Gerippe dahinter ..." (S. 246; vgl. auch
S. 149). Da haben wir also alles wieder, den wahn=
sinnigen Schauspieler, die vier Jahreszeiten und die Natur
als Kulisse. Und bei der Erwähnung des „Prologs, in
dem Brentano sich die ungeheuersten Versprechungen
machen will", wird man sofort an den „Prolog des Hans=
wurstes zu der Tragödie: der Mensch" erinnert, in dem
nun auch, gerade als sollte damit die Zugehörigkeit zu

---

[1] In den Nachtwachen (S. 27) steht auch „Jahrszeit". Wie
auffallend diese Form ist, sieht man daraus, daß die früheren Heraus=
geber sie alle in „Jahreszeit" umänderten. Aus der angeführten Brief=
stelle sieht man aber, daß Brentano (wie übrigens auch Goethe „Jahrs=
zeit" schreibt. Wieder ein Zeugnis für dessen Verfasserschaft.

Brentanos „Plan eines Almanachs" betont werden, wieder der Gedanke von der Natur als Kulisse auftaucht (S. 149). Sind es denn nicht „die ungeheuersten Versprechungen", wenn von dieser Tragödie gesagt wird, daß in ihr „die großen Geister der Menschheit, deren Körper und bloße äußere Hülle sie gleichsam nur erscheint, die Liebe, der Haß, die Zeit und die Ewigkeit als hohe geheimnißvolle Gestalten auftraten". Und ferner: sollte sich in Brentanos Dichtung dem Helden ein reisendes Kind, welches ein Abenteurer ist, zu Weihnachten bescheren, so beschert sich auch gerade in der „Christnacht" (Nachtwachen, S. 279) die Zigeunerin dem Alchymisten. Ein blasphemischer Gedanke, ganz von dem Schlage des „Godwi", S. 339 (294), wo die Worte der katholischen Messe: „Nimm hin, das ist mein Leib" mißbraucht werden.

Man könnte nun einwenden: In den Nachtwachen tritt zwar auch, wie es in jenem Almanach Brentanos geschehen sollte, ein wahnsinniger Schauspieler auf, aber hier besteht doch der wesentlichste Zug darin, daß der wahnsinnige Schauspieler, der „einst auf einem Hoftheater den Hamlet dargestellt", nun die Rolle mit seiner Ophelia im Tollhause weiterspielt. Aber auch diese Gestalten tauchen schon in den Entwürfen zu jenem Almanach auf. In einem früheren Briefe an Sophie Mereau vom 10. Januar 1803 streut Brentano eine Fülle von poetisch=satirischen Gedanken aus, die alle „den Innhalt eines Taschenbuchs für unglüklich Liebende, und liebende Unglükliche" bilden sollten, „das er in der Arbeit habe und vollenden werde, sobald er von seiner Reise zurückkomme". Man wird wohl nicht zweifeln, daß dieses Taschenbuch und jener Almanach ein und derselbe Plan ist. In diesem Briefe nun knüpft Brentano an ein Gedicht Winkelmanns an, das Sophie Mereau in den von ihr herausgegebenen Göttinger Musenalmanach aufgenommen hatte, und das allzu deutlich das zarte Verhältnis des Dichters zu Brentanos vor kurzem im Wahnsinne verstorbener Schwester vor der Welt bekennt: „Da gukt nun jeder hinter die Coulissen, und sieht wie er hinten in einem Kasten Französische Freiheit, und Armenanstalten eingespert hat, um Donnerwetter zu machen, seinen Vater seelig hat er an Stricken aufgehängt

und braucht ihn als Hamlets Geist, meine Schwester
... seelig hat er ausgestopft und braucht sie als
Ophelia, bei Gott ausgestopft, sonst würde sich Er After
Hamlet in allen seinen Gedichten, ... ihr nicht so ungestraft zwischen die Beine legen, wenn er Ihre Theure
Person, liebe Mereau, zur Komoedie in der Komoedie
braucht, aber hier wird nicht wie im Meister der Geist
von einem Fremden gespielt werden, ich werde nächstens
Laertes sein, und seiner Poesie wie seinem Hamlet
sterbend die Lebenslichter puzzen." Hier haben wir
also Ophelia, Hamlet und noch eine Reihe anderer Gedanken, die auch alle in den Nachtwachen wiederkehren; so
trifft man den Laertes in den Nachtwachen S. 256 wieder,
wo Hamlet wünscht: „O, hätte ich nur mindestens einen
Laertes auffinden können, um mit ihm an dem Grabe
mich herumzuschlagen", und einige Seiten weiter erscheint auch „der Kasten auf den Schultern", in welchem,
ganz wie dort „Französische Freiheit", „die hölzerne
Gesellschaft klapperte, wie wenn sie eine französische
Revolution zum Zeitvertreibe aufführte". An das
Zwischenspiel von Hamlet und Ophelia in den Nachtwachen
erinnert noch eine andere Stelle in demselben Brief. Da
erzählt er von seinem Leben in Düsseldorf: „Dann saß
ich auf meinem einsamen Stübchen und arbeitete eine
kleine Oper aus (das sind die lustigen Musikanten), und
ein rührendes Drama «Die Schauspielerinn und der
Liebende», in dem die Schauspielerinn die Rolle
der Geliebten spielt, da sie aber ein gemeines Wort
spricht, wird der Liebende Wahnsinnig, aus Zweifel ob
Sie [d. i. = sie!] die Geliebte oder die Schauspielerinn
wirklich sei, ermordet Sie, da verwandelt Sie sich in die
Geliebte ect." Man weiß, wie diese Frage: Rolle oder
Wirklichkeit? in der 14. Nachtwache immer wiederkehrt:
„Hilf mir nur meine Rolle zurücklesen bis zu mir
selbst. Ich möchte gern mich mit mir selbst unterreden,
um zu erfahren, ob ich selbst liebe oder nur mein
Name Ophelia ... und nun sage ich wieder die Rolle
auf — aber die Rolle ist nicht Ich ..."
Die merkwürdigsten Züge der Entwürfe Brentanos aus
dem Jahre 1803 finden sich also tatsächlich in den Nachtwachen

wieder, und das sind alles so grelle Gedanken, daß die Aus=
flucht, es könnte auf sie zu der gleichen Zeit noch ein zweiter
gekommen sein, ganz unmöglich scheint. Daß es aber Bren=
tano diesmal mit der Ausführung seines Planes ernst war,
das beweisen die Worte, mit denen er seine Mitteilung
schließt: „Ich liebe die ganze Idee und gedenke sie gar
nicht oder vortrefflich auszuführen, denn ich halte sie für
meine schönste und tiefsinnigste Erfindung“. Und in seinem
nächsten Briefe kommt er wieder darauf zurück und schreibt:
„Ich wünschte deine Idee über meinen in den letzten
Briefen beschriebenen Allmanach, und wo möglich
einen Verleger, oder keinen, es ist wunderbar, wie wenig
meine Poesie mich amüsirt“. Dieser Brief kreuzte sich mit
dem Sophiens vom 21. September 1803 aus Weimar,
in dem sie Brentano folgendes erzählt: „Ich habe dem
Buchhändler Dienemann in Penig, der etwas von
mir verlegen wollte, spanische und italienische No=
vellen angeboten, die ich herausgeben wollte. Er hat
es angenommen und zahlt 1 Louisdor für den Bogen...
Das erste Bändchen kommt zu Ostern, und das ganze kann
mehrere Jahre fortdauern.“ Hier hatte nun Brentano für
seinen „Almanach“ den Verleger, den er suchte. Allein schon
auf Grund dieser Briefstelle hätte man unter den im Verlage
von Dienemann 1804 erschienenen Büchern nachsuchen
müssen, ob nicht darunter eines sei, das jene „vortreffliche
Erfindung“ hätte sein können. Denn daß Brentano diesen
Entwurf nicht ausgeführt haben sollte, ist nicht wahrscheinlich.
Durch die gegen den Willen seiner Familie erfolgte Heirat
mit Sophie Mereau war er im Winter 1803/04 in die bittere
Notwendigkeit versetzt, durch literarische Arbeiten Geld zu
verdienen, und daß er tatsächlich im Frühling 1804 mit
großem Fleiße literarisch tätig gewesen ist, erfahren wir
aus einem Briefe an seine Schwägerin Antonie Brentano
vom 11. Februar 1804 (Gesammelte Schriften, Bd. 8,
S. 118), der überhaupt über seine damaligen Verhält=
nisse und Stimmungen deutliches Licht verbreitet: „Meine
augenblickliche Lage erfordert meinen ganzen Mut, Sophie
ist schon seit mehreren Tagen unpäßlich und sehr betrübt,
eine Folge ihres Zustandes; zugleich fordern **ihre** und
meine literarischen Arbeiten gerade in diesem

Augenblicke all unsern Fleiß". Ihre literarischen Ar=
beiten, damit sind offenbar die Ostern 1804 bei Diene=
mann erschienenen spanischen Novellen gemeint, die, wie der
Stil zeigt, trotz der starken Mitarbeit Brentanos doch zum
großen Teile ein Werk Sophiens sind. Was sind da=
gegen die als „meine" von denen Sophiens unterschiedenen
literarischen Arbeiten? Hier sind wir auf bloße Ver=
mutungen angewiesen; es ist aber doch das wahrschein=
lichste, daß Brentano jetzt, wo es um des lieben Geldes
willen zu schreiben galt (vgl. Briefwechsel, Bd. II, S. 131 f.
u. ö.), die schon begonnene Arbeit an jenem Almanach eines
wahnsinnigen Schauspielers, der ihn die ganze Zeit be=
schäftigt hatte, wieder vorgeholt haben wird; dann haben
wir also in diesem Briefe eine Andeutung über Brentanos
Arbeit an einer Dichtung, die keine andere als die Nacht=
wachen selbst sein kann.

Daß aber jener erste Entwurf des Almanachs nicht
in allen seinen Einzelheiten mit den Nachtwachen über=
einstimmt, kann niemand wundernehmen. Es ist nur
natürlich, daß bei der Ausführung mancher Zug fallen ge=
lassen und andere wieder zugefügt wurden. So redet der
Plan ja vor allem nicht von „Nachtwachen", sondern
von einem „Almanach", einem „Taschenbuch". Nun
zeigt der Aufbau der Nachtwachen einen so losen Zu=
sammenhang von allerlei anfangs offenbar gar nicht
für einander gedachten Bestandteilen, daß das Wort
„Almanach" keine so schlechte Bezeichnung für dieses
„Quodlibet", wie man es auch treffend (Franz Schultz)
genannt hat, scheint. Aber wir können einen noch ent=
schiedeneren Beweis dafür anführen, daß der Verfasser
der Nachtwachen diese tatsächlich als das Gegenstück eines
„Taschenbuchs" gedacht hat. Bonaventura hat nämlich noch
ein Pendant zu den Nachtwachen geplant, wie wir zufällig
aus einer Anzeige des Verlegers vom 15. März 1805
erfahren. Es heißt da nach der Ankündigung der neuesten
Erscheinungen (darunter die „Nachtwachen von Bona=
ventura"): „Außer diesen haben die Leser in dem vierten
Jahrgang noch ein Pendant von den Nachtwachen
von Bonaventura von demselben Verfasser und den
zweiten Band der Novellen von Sophie Brentano

u. m. a. zu erwarten" (Euphorion, Bd. XIV, S. 823.
Man beachte übrigens, daß der Verleger das Buch von
Bonaventura gleich neben den Novellen der Sophie Bren=
tano nennt.) — Dies „Pendant zu den Nachtwachen" ist
in Wirklichkeit nie erschienen; aber gleichzeitig ist in
der Zeitung für die elegante Welt als Ankündigung die
Einleitung dieses Buches abgedruckt (vgl. unten S. 167,
wo diese Einleitung wiedergegeben ist), und daraus er=
fahren wir nun seinen Titel: „Des Teufels Taschen=
buch". Es sollte also ein „satirischer Almanach" werden.
Und einen satirischen Almanach hat Brentano im Jahre
1803 geplant. Dieses Taschenbuch hat Bonaventura
selbst als „ein Pendant zu den Nachtwachen" bezeichnet.
Manches aus den Entwürfen zu Brentanos Almanach,
das sich dem besonderen Rahmen der Nachtwachen nicht
einfügen mochte, wäre vielleicht in diesem „Teufelstaschen=
buch" zu finden gewesen.

Und nun ist es bezeichnend für die Art, wie gewisse
poetische Gedanken und Ideen Brentanos Phantasie oft
jahrelang beschäftigen, ehe sie zur Ausführung kommen,
daß schon im Jahre 1799 im „Godwi" der Plan eines
satirischen Almanachs auftritt, so wie er dann in den ange=
führten Briefen näher erörtert wird, und wie wir ihn zu
einem Stücke in der Einleitung zu „Des Teufels Taschen=
buch" auch wirklich ausgeführt sehen. Es heißt da nämlich
S. 57 (Sämtliche Werke, Bd. V, S. 45): „Ich freue mich
über die neuen Seiten, die ich an mir entdecke. Ich glaube
fast, könnte ich mich nur so wenig über meine Sphäre
erheben, daß ich die dummen Streiche von Individuen
alle bemerkte, ich wäre fähig, einen satyrischen Al=
manach wie F. [Falk] zu schreiben." „Satyrischer Al=
manach" heißt es hier. Sucht man dafür das deutsche
Wort, so findet man: „Des Teufels Taschenbuch".

Es ließe sich nun noch einwenden, daß in Bren=
tanos Plan eines satirischen Almanachs das eigentliche
Hauptmotiv der Nachtwachen — der poetische Nachtwächter,
der diesen sehr reellen Beruf ergriffen hat, um seinen
ideellen Neigungen ungestört leben zu können, — mit
keinem Wort erwähnt wird. Aber daß gerade dieses Motiv
Brentanos Phantasie ganz vertraut ist, zeigen seine

„lustigen Musikanten". In diesem Singspiel, das Bren=
tano im Winter 1802/03 geschrieben hat, ist die Haupt=
person ein Nachtwächter, ganz ähnlich wie in den Nacht=
wachen, „Truffaldin", Hanswurst und Astronom in einer
Person: „Ich bin Nachtwächter und Astronom hier ge=
worden", sagt er (Ges. Schriften, Bd. 7, S. 240), „um
nur die Stadt bei Tage nicht zu sehen", ganz wie auch der
Nachtwächter in den Nachtwachen (S. 78) dem „hellen pro=
saischen Tag" zu entgehen sucht. Und im ersten Auftritt der
„lustigen Musikanten" ruft der satirische Nachtwächter aus:
„O du undankbares Famagusta![1] könnte ich nicht zu=
gleich meiner Passion zur Sternkunde obliegen,
so verdientest du gar keinen Nachtwächter; denn deine
Bürger gehen nur höchstens deßwegen nachts aus, weil
die Nacht ihre Blöße bedeckt". Aus einem verwandten Be=
weggrund hat auch der Nachtwächter in den Nachtwachen
diesen Beruf gewählt, wie er (S. 4; vgl. S. 97) dem Poeten
gesteht: „Ist dir das Singen angebohren und kannst du es
durchaus nicht unterlassen, nun so werde Nachtwächter,
wie ich, das ist noch der einzige solide Posten, wo es
bezahlt wird", und S. 42 sagt er ebenso „ich bin Nacht=
wächter hier, und zugleich Nachtwandler, wahrscheinlich
weil sich beide Funktionen in Einer Person vorstehen
lassen". Bis in ganz nebensächliche Züge geht die Über=
einstimmung zwischen den Nachtwachen und den lustigen
Musikanten. Wenn es z. B. dem Nachtwächter der Nacht=
wachen (S. 95) in der Silvesternacht des neuen Jahr=
hunderts einfällt, „mit dem jüngsten Tage vorzuspuken
und statt der Zeit (mit seinem Horne) die Ewigkeit auszu=
rufen", so wird man gleich an den Nachtwächter der lustigen
Musikanten erinnert, der auch in einer Silvesternacht das
neue Jahr mit den Worten anredet: „Ich will nun deine
letzten Stunden nach und nach anblasen, du sehr schlecht aus=
gefallenes Jahr. . . Bald wird mein Horn dir die Posaune
des jüngsten Gerichts sein" (Ges. Schriften, Bd. 7, S. 224;
vgl. den Jean Paul im Hesperus 27. Hundsposttag u. ö.).
Sogar das Wort „Nachtwachen" gebraucht schon der Nacht=
wächter in den lustigen Musikanten (S. 239) von seiner

---

[1] Famagusta ist eine ehemals venezianische Stadt auf Zypern.

nächtlichen Beschäftigung, und weiter unten werden wir noch andere Züge, die beiden Nachtwächtern gemeinsam sind, aufzuführen haben.

Die originelle Gestalt des satirischen Nachtwächters, der, der Prosa des bürgerlichen Lebens müde, diesen Beruf mit höheren geistigen Neigungen verbindet, dieses Widerspiel des Kandidaten Jobs, ist also eine eigentümliche Erfindung Brentanischer Phantasie. Sie ist in den „lustigen Musikanten" wohl überhaupt zum erstenmal in der Literatur geschaffen worden; daß wir in den „Nachtwachen" dieselbe Gestalt mit denselben Zügen wiederfinden, kann nicht Zufall sein. Nun ist aber jenes Singspiel erst im April 1803 erschienen, so daß die Erklärung, auch ein anderer als Brentano könne unter dem Einfluß von dessen „lustigen Musikanten" auf den gleichen Gedanken verfallen sein, zwar möglich, aber nicht gerade sehr wahrscheinlich ist.

In der Zeit, in welche die Entstehung der Nachtwachen nachweislich fällt, im Winter 1803 und im Frühling 1804[1], arbeitet also Brentano an einer Dichtung, die eine Reihe von Zügen tragen sollte, die tatsächlich in den Nachtwachen wiederkehren. Andere bedeutende Motive der Nachtwachen sind in dem ersten Plan dieser Dichtung nicht erwähnt, aber auch sie erweisen sich als Schöpfungen der Phantasie Brentanos, wie sie in den anderen Dichtungen aus jener Zeit wiederkehren. Ist da noch ein Zweifel möglich?

3. Der Verleger Dienemann und Brentano.

Der auf dem Titelblatt unseres Buches angegebene Verlag ist: „F. Dienemann und Comp. in Penig". Dadurch erfahren wir wenigstens eine wichtige Tatsache aus

---

[1] Dies hat H. Michel in seiner Ausgabe, Einleitung, S. XV, sehr geschickt daraus bewiesen, daß in der sechsten Nachtwache (S. 105) „von dem seeligen Kant" gesprochen wird. Kant ist am 12. Februar 1804 gestorben. Also muß diese Stelle nach diesem Zeitpunkt geschrieben sein; gerade aus dem Februar 1804 stammt aber jener oben angeführte Brief Brentanos über seine literarischen Arbeiten. Die Anspielungen, die sich von der zwölften Nachtwache an auf die politischen Ereignisse in Frankreich vom März, April und Mai 1804 finden (siehe unten S. LXXXf.), geben dann für die Abfassung auch dieser späteren Stücke eine Zeitgrenze, über die sie nicht hinuntergerückt werden kann.

ben Lebensverhältnissen des sonst so unfaßbaren Verfassers.
Daß er mit Dienemann in Geschäftsverbindung stand,
ist eine um so wichtigere Spur, als dieser Verlag ein
erst junges und damals noch recht unbedeutendes Unter=
nehmen war, dem es trotz großer Anstrengungen noch an
allen Beziehungen mit den besseren Autoren seiner Zeit
fehlte. Die einzige Ausnahme ist — Clemens Brentano.
Seine Frau Sophie hat dort die „spanischen Novellen",
an denen aber auch Clemens selbst nachweisbaren Anteil
hatte, herausgegeben (vgl. oben S. XXVI f.). Die Tatsache,
daß nun gerade wieder Brentano der einzige bedeutendere
Schriftsteller ist, der mit diesem untergeordneten Verlags=
unternehmen überhaupt Beziehungen hatte, muß ihn in
stärksten Verdacht bringen. Wie belastend dies für ihn
ist, wird der beurteilen können, der weiß, wie erfolglos alle
Bemühungen geblieben sind, die andern als Verfasser vor=
geschlagenen Schriftsteller in irgendeine Verbindung mit
Dienemann zu bringen. In dem wohlgeordneten hand=
schriftlichen Nachlaß Schellings und Karolinens findet sich,
wie wir uns zum Teil selbst überzeugen konnten[1], auch
nicht der geringste Hinweis auf Dienemann, und als Beleg
für eine künstlich gebaute Beziehung Wetzels zu diesem
Verleger wußte man nichts Tatsächliches vorzubringen, als
daß Wetzel im Juli 1804 in Altenburg, das einige Stunden
von Penig entfernt ist, sich aufgehalten hat. Indessen geht
aus H. G. Schuberts Selbstbiographie (Bd. 2, S. 73—80;
vgl. S. 176—180) nichts hervor, was auch nur im ent=
ferntesten für eine Verbindung Wetzels mit Dienemann
sprechen könnte.

Wenn nun Brentano wirklich die Nachtwachen ge=
schrieben hat, so müßte sich in dem Briefwechsel, den er
und seine Frau wegen der Herausgabe der spanischen
Novellen mit Dienemann geführt hat, der dokumentarische
Beweis dafür finden. Leider ist dieser nächste Weg un=
gangbar, denn der Briefwechsel ist bis auf einen einzigen
flüchtigen Zettel Dienemanns an Sophie Brentano vom
28. Dezember 1804, der sich in die Varnhagensche Hand=
schriftensammlung gerettet hat (Stern, S. 179), nicht mehr

---

[1] Vgl. auch Waitz, Caroline I, S. V, Anmerkung.

vorhanden. Das ist bei dem großen Interesse, das Varnhagen gerade für Dienemann zeigt, um so auffallender,
als die Briefe der anderen Verleger, wie Dieterich und
Wilmanns, an Brentano aus diesen Jahren in seiner
Sammlung fast vollständig erhalten sind (vgl. Stern,
S. 180 und 889). Sollten die Briefe etwa absichtlich
vernichtet worden sein? Sei dem wie immer, da nun
einmal der Briefwechsel mit Dienemann nicht mehr existiert,
so bleibt uns nur der Weg, nachzuforschen, ob nicht doch
noch versteckte Spuren einer geschäftlichen Korrespondenz
Brentanos mit Dienemann gerade aus der Zeit der Nachtwachen und ihres Erscheinens festgestellt werden können.

Das Manuskript der Nachtwachen muß Juli 1804
im großen und ganzen abgeschlossen gewesen sein. Denn
am 21. Juli 1804 ist schon in der „Zeitung für die elegante Welt" der „Prolog des Hanswurstes zu der Tragödie: der Mensch" aus der achten Nachtwache (S. 144
bis 152) als Voranzeige des für „die Michaelmesse" 1804
angekündigten Romans abgedruckt.[1] Am 1. September
1804 teilt der Verleger im Intelligenzblatt derselben Zeitung (und ungefähr gleichzeitig im Intelligenzblatt der
„Jenaischen Literaturzeitung" Nr. 105) mit, daß die Nachtwachen „bereits unter der Presse sind und schnell erscheinen
werden". Zur Michaelismesse 1804, also Ende September,
Anfang Oktober, sind denn nach dem Meßkatalog die
Nachtwachen wirklich erschienen. Nach damaligem buch-
händlerischen Brauch müßte Brentano, wenn er tatsächlich die Nachtwachen geschrieben hat, nach der Michaelismesse, also im Oktober, das Honorar von Dienemann
erhalten haben, gewöhnlich der letzte Anlaß zu einem
brieflichen Verkehr mit dem Verleger. Der erste Band der
spanischen Novellen war schon Ostern 1804 erschienen. Den
zweiten, erst im Dezember 1805 erschienenen, Band der
Novellen hat Brentano dann Dienemann, wie aus jenem
einzigen uns erhaltenen Brief des Verlegers hervorgeht,
am 25. November 1804 angetragen. Zwischen Ostern und

---

[1] Mit der erklärenden Fußnote: „Fragment aus einem noch
ungedruckten Roman: Nachtwachen von Bonaventura, der zur Michaelmesse herauskommen wird."

25. November 1804 lag also wegen der spanischen No=
vellen für Brentano kein Grund vor, mit Dienemann
Briefe zu wechseln. Nun hat allem Anscheine nach Bren=
tano im Oktober von Dienemann einen Brief erhalten;
denn er schreibt am 25. Oktober an Arnim: „Was sagst
du dazu, daß Ritter seine Aufwärterin geheurathet hat
und dann nach München als Akademisien gegangen ist?
Das kommt von den Metamorphosen in Novalis 2. Band.
Apropos in dem Dienemannschen Romanenjournal
ist ein Roman von Ritter «Die Kirche und Götter».“
Diese Nachricht kann Brentano von keinem andern als
von Dienemann selbst haben, denn der Roman „Die Kirche
und die Götter“ ist gar nicht von Ritter, wie Brentano
meint, sondern von G. H. Schubert. Allein Dienemann
mußte des Glaubens sein, der Verfasser sei Ritter; denn
dieser hatte sich ihm als solchen ausgegeben und auch das
Honorar bezogen, das er erst später an Schubert auszahlte.[1]

So ist Brentano der einzige Romantiker, der die ent=
scheidende von dem Verfasser der Nachtwachen zu fordernde
Bedingung erfüllt, da er um die fragliche Zeit tatsächlich
mit Dienemann in Geschäftsverbindung steht.

4. Brentano und die Zeitung für die elegante Welt.

Eine andere Spur des Verfassers der Nachtwachen
führt wieder auf Brentano. Wir haben eben erwähnt,

---

[1] Allerdings glaubte auch Varnhagen von Ense, daß Ritter
„Die Kirche und die Götter“ geschrieben habe. In sein Exemplar
dieses Romans (Bibl. Varnh. 2143) trug er Ritters Namen ein und
bezeichnet ihn auch sonst als Verfasser (Briefwechsel, Bd. 2, S. 228).
Aber das hat er eben in jenem Briefe Brentanos gelesen, der in seinem
Besitz war. Auf demselben Wege ist Varnhagen auch zu dem Glauben
gekommen, daß Schelling der Verfasser der Nachtwachen sei; das hat
Frz. Schultz überzeugend nachgewiesen. Denn in Varnhagens Hand=
schriftensammlung ist auch der Brief Jean Pauls an Thieriot vom
14. Januar 1804 gewesen, in dem Schelling zum erstenmal als Verfasser
genannt wird: „Lesen Sie doch die Nachtwachen von Bonaventura d. h.
von Schelling. Es ist eine treffliche Nachahmung meines Gianozzo,
doch mit zu vielen Reminiszenzen und Lizenten zugleich. Es verräth
und benimmt viele Kraft dem Leser.“ Von hier stammt also Varnhagens
Wissenschaft, daß Schelling die Nachtwachen geschrieben habe. Und
das Ansehen Varnhagens hat beigetragen, daß diese Vermutung lange
als die richtige gegolten hat.

daß in der Nummer der „Zeitung für die elegante
Welt" vom 21. Juli 1804 ein großes Stück der Nacht=
wachen abgedruckt ist. Das ist sehr auffallend, denn es
sind nur recht wenige bekannte Schriftsteller, denen diese
damals angesehene Zeitschrift ihre Spalten wie unserem
Bonaventura für solche Zwecke zur Verfügung stellt. Und
die erwähnte Anzeige Bonaventuras ist nicht die einzige.
Im nächsten Jahrgang 1805 ist in derselben Weise das
andere Werk von Bonaventura, „Des Teufels Taschen=
buch", durch den Abdruck der Einleitung (in der Nummer
vom 26. März 1805) für die Ostermesse angekündigt.

Von den bisher als Verfasser vorgeschlagenen Schrift=
stellern Hoffmann, Karoline, Schelling, Wetzel, ließ sich
bei keinem einzigen in den Jahren 1804/05 irgendwelche
Beziehung zu dieser Zeitung nachweisen, die überhaupt,
seit Goethe im Januar 1804 die Jenaische Literatur=
zeitung neu begründet hatte, für Schelling und Schlegel
und so auch bald für die übrige Romantik immer mehr
in den Hintergrund tritt. Schultz hat zwar, um Wetzel
zu der Zeitung in Beziehung zu bringen, zwei Beiträge
derselben aus den Jahren 1803 und 1804 diesem Schrift=
steller zuweisen wollen. Doch kennen wir keinen Beweis
dafür, daß sie von Wetzel sind; ja, es ist wenig wahr=
scheinlich, da Wetzel erst im Jahre 1813, als er schon
einen gewissen Namen hatte, Mitarbeiter dieser Zeit=
schrift wird. Hoffmann arbeitete dagegen damals beim
„Freimüthigen" mit, dem schroffen Gegner der „ele=
ganten Zeitung". Clemens Brentano ist nun wieder der
einzige unter den in Betracht kommenden Romantikern,
der nicht nur überhaupt in reger Verbindung mit der
„Zeitung für die elegante Welt" steht, sondern der dieses
Blatt auch, ganz wie der Verfasser der Nachtwachen,
zur Anzeige seiner Werke benutzte. So findet sich
wenige Tage vor der Ankündigung der Nachtwachen in der
Nummer vom 30. Juni 1804 „eine sinnvolle Stelle
aus der Vorrede zu Brentanos Lustspiel: Ponce de
Leon" (erschienen 1804 bei Dieterich in Göttingen) nebst
dem 21. und 22. Auftritt des 2. Aktes als Probe ab=
gedruckt und eine Woche früher, am 10. Juli 1804, hat
Brentano da zur Verteidigung des ersten Bandes der

spanischen Novellen gegen ungerechte Beurteiler das Wort
ergriffen, nachdem am 26. Juni schon eine Abwehr der
gegen dieses Buch im „Freimüthigen" erfolgten Angriffe
von einem Freunde der Brentanos, Friedrich Börsch, erschienen war.

So ist also bewiesen, daß Brentano im Juli 1804,
gerade in den Wochen, in denen die Ankündigung der
Nachtwachen an den Redakteur geschickt sein muß, mit
diesem tatsächlich in regen Beziehungen stand. Denn die
Ankündigung der Nachtwachen wird von Brentano selbst
und nicht vom Verleger eingesendet worden sein, wie auch
der Verleger Wilmanns ausdrücklich Sophie Mereau bittet,
eine Anzeige ihres Buches Amanda und Eduard in der
Zeitung für die elegante Welt zu besorgen, „da ihr der
Herausgeber dieser Zeitschrift den Wunsch nicht abschlagen
würde, wohl aber ihm selbst". Und so schreibt auch Brentano, als der zweite Band der spanischen Novellen eben
erschienen war, am 23. Dezember 1805 an Arnim: „Der
Band ist nun endlich da, dabei meines Verlegers Klage
über schlechten Abgang, weswegen ich in die elegante
Zeitung eine Anzeige gesendet."

5. Eine handschriftliche Bestätigung von Brentanos Verfasserschaft.

Unmittelbarere äußere Zeugnisse als die beigebrachten
wird man aber billigerweise nicht verlangen dürfen, denn
wenn Brentano die Nachtwachen im Jahre 1804 geschrieben
hat, so hat er sicher nach seiner Rückkehr zum Katholizismus alle Spuren seiner Verfasserschaft vernichtet. Tatsächlich befindet sich in dem Nachlaß Brentanos, wenigstens
soweit er allgemeiner Benutzung zugänglich ist, nichts
von den Papieren, die möglicherweise, wie die Briefe von
Dienemann, unmittelbaren Aufschluß geben könnten. Bei
diesem Sachverhalt sind wir für unsern Beweis allein
auf mittelbare Zeugnisse wie die angeführten angewiesen.
Indessen läßt sich doch noch eine, wenn auch versteckte,
handschriftliche Bestätigung von Brentanos Verfasserschaft
beibringen. Auf der leeren Rückseite eines Briefes von
Winkelmann an Clemens Brentano, in der Varnhagenschen
Sammlung in Berlin, ohne Datum, der aber bestimmt

aus der Zeit vor 1804 stammt, fand sich eine mit nicht geringem Geschick hingeworfene kleine Rötelzeichnung von Brentanos Hand, die nichts anderes als die Szene aus der dritten Nachtwache vorstellt: Ein Nachtwächter überrascht ein Liebespaar in vertraulichem Zusammensein (vgl. die Schlußvignette S. CV und zu dieser die Bemerkung über Ophelia-Hamlet S. XXV). Der Nachtwächter ist durch die Pike in der Hand unverkennbar bezeichnet, und daß nicht der der lustigen Musikanten, sondern nur der der Nachtwachen gemeint sein kann, zeigt das Liebespaar, das in einer ganz ähnlichen Situation auch auf dem Titelbild zum zweiten Bande des Godwi dargestellt ist. Daß Brentano diese Zeichnung aber etwa nach der Lektüre der Nachtwachen hingeworfen hätte, ist schon durch das Alter des Briefes, auf dem die Zeichnung sich findet, ausgeschlossen. Vielmehr ist es Brentanos bekannte Art, poetische Gedanken, so wie sie in ihm aufsteigen, durch eine Zeichnung festzuhalten, und die ersten Entwürfe zu seinen Dichtungen sind meist bedeckt von solchen Skizzen, welche die dargestellten Vorgänge begleiten. Offenbar ist auch diese Zeichnung so zu erklären — ein neues, Brentano sehr belastendes Moment. —

Könnte diese Zeichnung Brentanos, die vor dem Erscheinen der Nachtwachen unverkennbar eine Szene derselben darstellt, allein schon die Verfasserschaft Brentanos beweisen, so gibt doch das völlige Zusammentreffen aller aus der Betrachtung der äußeren Verhältnisse sich ergebenden Spuren mit den früher allein aus der sprachlichen Vergleichung gewonnenen Beweisgründen die zweifellose Gewißheit, daß Clemens Brentano der Verfasser der Nachtwachen ist.

Merkwürdig ist nur, wie Brentano das Geheimnis der Verfasserschaft so streng wahren konnte, daß sie bis heute verborgen blieb. Aber man sieht leicht, daß dies ein Einwurf ist, der in der Natur der Nachtwachenfrage selbst begründet ist und bei der Annahme jedes beliebigen Verfassers sich immer wieder erheben muß. Indes lassen es die Verhältnisse, in denen Brentano im Jahre 1804 lebte, gut verstehen, daß er als Verfasser unerkannt bleiben konnte. Von November 1803 bis August 1804 lebte er mit seiner Frau ganz allein in Marburg. Sein Schwager von Savigny war der einzige Umgang, den er dort hatte; im April 1804 verließ auch dieser Marburg. So hatte er kaum Gelegenheit, sein Geheimnis zu verraten. Wahrscheinlich, daß es seine Frau kannte, ob aber selbst sein Freund Arnim etwas davon ahnte, möchten wir bezweifeln, und daß Brentano, nachdem er sich 1806 wieder zum katholischen Glauben bekehrt hatte, die Nachtwachen verleugnete, das hat für den, der weiß, wie er später über die satirischen Werke seiner früheren Zeit gedacht hat, nichts Erstaunliches. Bezeichnend ist dafür der Brief, den er seinem Freunde Böhmer am 13. November 1839 schrieb, als ihm ein Verleger angetragen hatte, eine Ausgabe seiner Werke zu veranstalten: „Aber, du mein Gott! welche Werke? Ich weiß ja von keinen, außer Ponce und der Gründung Prags, aber die sind ja noch im Handel. Man wird doch nicht daran denken, den verrückten Godwi, oder die Victoria wieder zu drucken, oder mir gar zuzumuthen das Zeug alle wieder von Neuem durchzusündigen? Mir stehen die Haare zu Berg, wenn ich an alle das Zeug denke, das von nichts, als dem Gifte der Zeit besudelt ist!" (Ges. Schriften 9, S. 376). Und bei einer anderen Gelegenheit schreibt er: „Sie haben aus einem weltlich freundschaftlichen Irrtum mich betrübt, daß sie ein Buch von mir wieder gelesen haben, dessen Name ich nicht einmal aussprechen mag aus Furcht zur Salzsäule zu werden" — den Godwi! Und wieder ein andermal sagt er: „Daß dieses Lied nicht zum mitteilen geeignet ist, fühlen sie selbst, wie sie mir überhaupt keine größere Liebe tun können, als alle Spuren meines früheren Daseins zu verwischen." So muß man annehmen, daß Brentano vor allem die Spuren des Buches sorgfältig vernichtet haben wird, das wie kein anderes aus seiner heidnischen Zeit ihm verwerflich scheinen mußte.

III. Der innere Beweis.

Wir wollen jetzt noch einen dritten Weg gehen, der den letzten Zweifel an Brentanos Verfasserschaft ausschließen soll. Es ist eine merkwürdige Eigentümlichkeit der Dichtungen Brentanos, daß in ihnen gewisse Gedanken und Motive immer wiederkehren. Die Erklärung dieser Erscheinung liegt darin, daß die inneren und äußeren Ereignisse des eigenen Lebens fast allein den Stoff bieten, aus dem Brentanos Phantasie ihre Bilder nimmt. Und gerade hier zeigt sich der ganze Reichtum seiner dichterischen Kraft, daß sie diese wenigen Gestalten zu immer neuen Dichtungen zu beleben weiß. So muten einen seine Werke wie eine fortlaufende Biographie an, in der die Personen, die ihm in seinem Leben begegnen, unter den verschiedensten Masken erscheinen. Manche seiner Dichtungen, wie der Godwi, bleiben deshalb unverständlich und uninteressant, solange man nicht die Beziehungen der Menschen kennt, auf die hier angespielt wird.

Da gewisse poetische Ideen, Gedanken und Gestalten in den Dichtungen Brentanos immer wiederkehren, so ist es nicht schwer, an ihnen die Verfasserschaft dieses Dichters zu erkennen. Wir werden im folgenden sehen, daß die Nachtwachen alle bezeichnenden Merkmale der Brentanischen Phantasie aufweisen, und daß in dem, was Bonaventura aus seinem Leben erzählt, sich vielfach Geschehnisse spiegeln, die Brentano in Wirklichkeit begegnet sind, dann werden auch verstecktere Anspielungen auf Personen und Verhältnisse verständlich werden.

Schon in der Form der Nachtwachen, in der Anordnung des Stoffes oder vielmehr in der Ordnungs- und Planlosigkeit, mit der der Verfasser arbeitet, und die die auffallenden Wiederholungen verschuldet hat, zeigt sich die merkwürdige Verwandtschaft mit Brentano. Die Worte Tiecks über Arnim, mit denen Kerr am besten die Technik des Godwi kennzeichnen zu können glaubte: „er arbeitet planlos, er schachtelt Anekdoten und Episoden ein, die ihn gerade ansprechen, ohne sich um das Ganze zu kümmern", charakterisieren ganz ebenso auch die Kompositionsweise der Nachtwachen. Brentanos Unvermögen zu strafferer Zusammenziehung des Stoffes, zu überlegtem und planmäßigem Aufbau seiner Dichtungen ist eine entschiedene Schwäche dieses starken Talentes. Aber die Ruhelosigkeit seines Temperamentes treibt ihn von einem Gedanken zum andern fort und läßt ihn nirgends verweilen. So auch der Verfasser der Nachtwachen, der bald die Luft verliert, die Geschichte des „Unbekannten" zu Ende zu führen, mit der „nach romantischem Stoffe hungernde Autoren ein mäßiges Honorar erschreiben könnten" (S. 202), und S. 62 gesteht er, daß es „verdammt langweilig ist seine Geschichte von Perioden zu Perioden so recht gemüthlich aufzurollen, und er bringe sie deshalb lieber in Handlung und führe sie als ein Marionettenspiel mit dem Hanswurst auf". Indes scheint sich schließlich dem Verfasser das künstlerische Gewissen geregt zu haben; denn er benützt die nächste Nachtwache, um seine Geschichte doch noch einmal „in langweilige Prosa zu übersetzen". Als er damit fertig ist, stöhnt er aber auch: „Mir ists nun einmal nicht gegeben so recht zusammenhängend und schlechtweg erzählen zu können wie andere ehrliche protestantische Dichter und die kurze simple Mordgeschichte hat mich Schweiß und Mühe genug gekostet."

Merkwürdig ist dabei, daß dieselbe Geschichte noch einmal, wenn auch in anderer Form, erzählt wird, und so reich ist die Phantasie unseres Dichters, daß er dem Stoffe in der neuen Fassung ganz neue Seiten abzugewinnen weiß. Im Godwi ist nun ganz dasselbe der Fall: Hier berichtet Brentano „anstandslos dieselben Dinge mehrmals und die erste Darstellung von Godwis Eintreffen auf Schloß Eichenwehen erfährt dicht darauf eine ausführliche Wiederholung, ohne daß ein eigener Zweck ersichtlich ist". Wichtiger als die Übereinstimmung der äußeren Form der Nachtwachen mit der des Godwi sind aber die Zeugnisse, die sich aus der Vergleichung des eigentlichen Gedankengehalts unseres Buches mit den Dichtungen Brentanos ergeben.

1. Brentanische Wortspiele in den Nachtwachen.

Nichts ist für Brentano so kennzeichnend als sein Spiel mit Namen und Worten. An dieser Eigenheit hat man mit Sicherheit die Stellen in den „spanischen Novellen" von Sophie Brentano herausgefunden, die von Clemens herrühren müssen. Wenn da der schwächliche Don Markos zu einem Don Marklos wird (mark-los), so ist er in diesem Witz nicht zu verkennen. Ebenso treibt Brentano

in einer anderen Dichtung, dem „Bärenhäuter", seinen
Spaß mit „dem alten Römer Messalinus Cotta", der
mit gebratenen „Gänsefüßen" handelt, womit natürlich
der bekannte Verleger gemeint ist, und daß die Philo=
sophen Salat, Krug und Bouterwek (Butterweck)
nicht leichten Kaufes davonkommen, wird man sich leicht
denken können. Aus Jean Paul wird ein Schand Paul,
„der Herr, der" im Gustav Wasa ist natürlich „Herder",
und beim Betrachten eines Gemäldes von Tischbein wird
Godwi durch eine unsanfte Berührung seines Knies mit
dem Bein eines Tisches in die Wirklichkeit gerufen: „O du
verfluchtes Tischbein!"

Dieses selbe Spiel mit Namen findet sich nun auch
in den Nachtwachen wieder. Daß das „braune Böhmer=
weib (S. 278) mit dem dunkeln Antlitze, in das ein
seltsam barokkes Leben mit ebenso grellen Zügen nieder=
geschrieben schien", nur eine Anspielung auf Karoline
Schelling, geborene Michaelis, verwitwete Böhmer und
geschiedene Schlegel und ihre bewegte Vergangenheit sein
kann, ist schon längst bemerkt worden. Und niemand
anders kann auch unter der Karoline verstanden werden,
die in der dritten Nachtwache mit ihrem galanten Aben=
teurer den kalten Ehemann betrügt. Mit dem Namen
Karoline wird dann noch ein anderer Brentanischer Witz
gemacht. Der Nachtwächter spricht in seiner Standrede,
S. 40, von der Strafe des Köpfens, die die Carolina,
die hochnotpeinliche Halsgerichtsordnung Karls V., über
die Ehebrecher verhängt. Da glaubt der Ehemann in
der Verwirrung, seine Frau nennen zu hören, und ruft
entsetzt aus: „Die Karolina soll plötzlich so grausam ge=
worden sein!" „Ich verdenke es euch nicht", fällt der Nacht=
wächter ein, „daß ihr beide Karolinen mit einander ver=
wechselt, denn eure lebende Karolina ist als Ehekreuz und
Folter leicht mit der hochnothpeinlichen zu vertauschen,
die ebenfalls keinen Himmel voll Geigen abhandelt."

Ein ganz ähnliches Spiel treibt Brentano im Godwi
mit dem Namen des Dichters Haber. Haber, das ist der
Übersetzer Gries, der Freund Schellings und Karolinens.
Von Gries kommt Brentano durch den fatalen Übergang
Habergries auf den Spitznamen Haber, der diesem Dichter

nun zeitlebens geblieben ist. Dieser Name wird durch einen
ganz an die „Karolina" der Nachtwachen erinnernden Spaß
eingeführt: Godwi zeigt Maria (dem Verfasser) die Felder
seiner Besitzungen: „Da steht Kohl und dort steht Weiß-
kraut und jenseits Korn und dort — wie heißen sie,
wendete ich mich zum kleinen Dichter: — «Haber» — und
dort steht Haber."

An solchen Späßen ist Brentano immer leicht zu
erkennen. Von ähnlichem Schlage sind die Wortspiele,
von denen es in den Nachtwachen wimmelt. So werden
in den Nachtwachen (S. 106) die Leute verspottet, „die
keine Handlung ausgeübt haben, als die mit Waren".
Derselbe Scherz erscheint bei Brentano im Gustav Wasa
(S. 11), wo von der Handlung in den Stücken Kotzebues geredet wird, „die für den Handel für Frankfurt,
Leipzig und London berechnet sind". Geistreicher ist der Witz
mit dem Titel der Tragödie „der Mensch", deren Verfasser
sich aufhängt (S. 140): „Der Mensch taugt nichts, darum
streiche ich ihn aus. Mein Mensch hat keinen Verleger
gefunden weder als persona vera noch ficta", und noch
S. 183 spielt der Verfasser mit der Mehrdeutigkeit des
Wortes Mensch, das der „alte tiefsinnige Menschenhasser"
seinen schwarzen Vogel gelehrt hat, und das dieser nun
auf jede Frage antwortet. Das Spiel gerade mit diesem
Worte ist eine bekannte Liebhaberei Brentanos. Im Godwi
(S. 220) ist Clemens selbst der Bruder, der auf die
Frage: Was willst du denn endlich werden? antwortet:
„ein Mensch", und schließlich seine Verteidigung mit den
Worten schließt: nicht wahr, der Mensch hat recht. Und
der Titel des Bogs, „wie er zwar das menschliche Leben
längst verlassen nun aber doch in die bürgerliche
Schützengesellschaft aufgenommen zu werden Hoffnung hat",
zeigt wieder, wie gerne er mit der dem Bürger entgegengesetzten Bedeutung Mensch spielt. Vor solchen und ähnlichen Wortspielen, wie die „Epigrammetsvögel" im Bogs,
weiß man sich nun in Dichtungen, wie dem Ponce, dem
Godwi und vor allem im Gustav Wasa, wo uns nicht
einmal der „Eß-Theetisch" (ästhetisch) geschenkt wird, nicht
zu retten. Dasselbe trifft man nun auch in den Nachtwachen: „die Dichter ohne Beruf durch den bloßen Ruf"

(S. 15), „die Staatsschneider oder Beschneider"
(S. 108), „ich will während des Wickelns (des Haar-
zopfs) ihnen einige Schönheiten zu entwickeln suchen"
S. 208), „Freigeister, welche jetzt Synonyma mit
Geistlosen sind" (S. 107); „für goldene Ideen goldene
Realitäten eintauschen" (S. 93), ein Stich auf die
Realidealität Schellings und Fichtes, ebenso wie
S. 289 „der sich vom Gehirne der Philosophenleichen
mästende, real-ideale Wurm, der ein unwiderlegbarer Beleg für die reelle Nützlichkeit der Ideen ist", „ferner die
Menschen, die es doch für ihr Leben lieben überall
in Bildern und im Leben selbst gern Blut fließen zu
sehen" (S. 122), „die Schriften, die mit längerem Liegen
an Geist gewinnen, gleich dem Wein, der mit dem zunehmenden Alter geistreicher wird" (S. 16), und „die
Leute, die keinen andern Geist kennen als den Weingeist, durch den ihre Poeten ein Analogon der Begeisterung in sich hervorbringen" (S. 106), „der Dichter, der
sich erhängt und so endlich in die Höhe kommt" (S. 192),
der Scherz: „ich liebe das Selbst, darum mag er selbst erzählen" (S. 189; vgl. Godwi, S. 301). „Die Freimaurer,
die die Nonne einmauern"; das Spiel mit Zeit, Raum und
Handlung (S. 151); das Köpfen, das nur in effigie angewandt werden kann (S. 40); oder wenn der Tollhäusler
S. 245 fürchtet, ein Gedanke könnte zum Tollhause führen;
die falsche Welt, die ebenso falsch ist, wie Zöpfe, Zähne,
Brüste und Hintere der Frauen; der Spaß S. 212: „Reißen
Sie sich nicht los" (nämlich vom Leben und von dem
Zopfe), und der Hanswurst, der wie im Godwi „Maria"
am boshaften Lachen stirbt, hat einen schönen Tod. Der
Schuster, der S. 46 nicht bloß bei den Füßen stehen geblieben, sondern ultra crepidam gegangen ist; und gleich
darauf der Gedanke, wie „derjenige, der ein guter Hutmacher
geworden wäre, einen schlechten Schuhmacher abgeben muß,
und auch im Gegentheile, wenn man das Beispiel auf
den Kopf stellt". Das erinnert an die Redensart von den
guten Menschen und schlechten Musikanten, die heute noch
viel gebraucht wird, von der aber wenige wissen werden,
daß sie aus Brentanos Ponce (5. Akt, 2. Szene) stammt.
Ebenso muß man als Wortspiel auffassen den Satz

S. 249: „Hinter diesem Briefwechsel trat nun unser Wortwechsel und jeder nachfolgende Wechsel bis zum Selbstwechsel ein", wo der kaufmännisch ausgebildete Brentano noch vielleicht auf den Geldwechsel und Solawechsel anspielt; oder S. 203: „Ich seze der Unsterblichkeit nach und werde von ihr nachgesezt" (zweimal), ganz ähnlich wie Godwi (S. 260): „Der Stand, den ich ergriffen, wird mich nie ergreifen", und Gockel, S. 1, ist „an dem alten Schlosse nichts auszusetzen, denn es war nichts darin, aber viel einzusetzen, nämlich Thür und Thor und Fenster"; schließlich S. 147 „der philanthropische Vorschlag, die Affen höher schäzen zu lernen".[1]

Alle diese Wortwitze bezeugen deutlich die Zugehörigkeit des Verfassers zu jenem Bureau d'esprit im Goldenen Kopf, wo es galt, wie Clemens im Godwi andeutet, (weniger das Herz, als) den Kopf auf dem rechten Fleck zu haben.

2. Bekannte Motive Brentanos in den Nachtwachen.

a) Der Nachtwächter und die Masken der commedia dell'arte.

Wir haben schon oben gesehen, daß die originelle Gestalt des Nachtwächters in den Nachtwachen auch in Brentanos lustigen Musikanten erscheint und wie die übereinstimmung zwischen diesen beiden Nachtwächtern bis in ganz einzelne Züge geht, so daß, wenn der Held der Nachtwachen Dichter, Musiker, Nachtwächter und Hanswurst (vgl. 15. Nachtwache, S. 261) in einer Person ist, ganz ähnlich auch Truffaldin in den lustigen Musikanten den Beruf des Nachtwächters mit dem des Astronomen und Hanswursts zu vereinigen weiß. In beiden Werken spielt auch die Silvesternacht eine gewisse Rolle. In den Nachtwachen wird sie noch näher bezeichnet: es ist (S. 95) „die lezte Stunde des Säkulums", also der 31. Dezember 1800. Diese Neujahrsnacht hat für die Geschichte des deutschen Geisteslebens keine geringe Bedeutung. Da versammelten sich alle Größen, die damals in Weimar und Jena ver=

---

[1] Wenn in den Nachtwachen (S. 147) die Rede ist „von der Geschlechtsähnlichkeit mancher Menschen mit Raubvögeln, da ja auch der alte Adel seine Stammbäume eher zu den Raubtieren hinaufführen kann", so spricht daraus das Selbstbewußtsein des Reichsstädters, wie es Brentano auch im Godwi (S. 79) bekundet, wo er von der „Ritterschaft als von Raubvögeln" redet.

einigt waren, auf einem vom weimarischen Hofe veran-
stalteten Maskenball, um den Beginn des neuen Jahrhunderts in Scherz und Tanz zu feiern. In einer Ecke
saßen an dem Abend Schiller, Goethe und Schelling und
stießen mit ihren Champagnergläsern auf das neue Säkulum
an. „Ein wohlgeordneter, von Goethe entworfener Masken-
aufzug machte den Anfang", das größte Aufsehen erregte in
dieser Nacht aber „ein famöser Nachtwächter", der „in
fröhlicher Gesellschaft ein Säkularnachtwächterlied absang" („Journal des Luxus", und Steffens „Was ich er-
lebte", IV; vgl. Roethe, Ponce, S. 63). Kein Zweifel, daß
wir hier das Urbild nicht nur für den Nachtwächter der
lustigen Musikanten und für den der Nachtwachen haben,
sondern auch für jenen ganzen „falschen jüngsten Tages
Lerm", in der Nacht, die das neue Jahrhundert eröffnete,
wo auf „dem zusammengeblasenen großen Ball jeglicher
Maske die Larve vom Antlitz fiel" (Nachtw., S. 97, unten
S. XCVIII). Auf diesem Feste fiel auch eine merkwürdige
Maske auf, „ein altes Weib, welches sich mit unermüdlicher
Redseligkeit an einen jeden drängte. Sie schien mit allen
bekannt, berührte mit geistreicher Leichtigkeit selbst innere
Familienverhältnisse, plötzlich war sie verschwunden." Nach
der Schilderung, die Steffens von der italienisch wie
deutsch sprechenden Maske gibt, möchte man Brentano
selbst unter ihr vermuten. Wem wäre denn noch soviel Geist und südliche Lebendigkeit zuzutrauen, um eine
solche Rolle durchzuführen. Auf jeden Fall erinnert
eine Reihe von Gestalten in Brentanos Dichtungen an
sie. Im Ponce und auch in den lustigen Musikanten
erscheint gegen Schluß ein wahrsagendes Zigeunerweib,
das mit allen vertraut, durch seine Sprüche die geheimnis-
vollen Rätsel, welche die Verhältnisse der handelnden Personen umgeben, auflöst. Dasselbe geschieht nun auch in den
Nachtwachen, wo erst im letzten Stück das „Böhmerweib",
die „Wahrsagerin" (S. 287), dem Nachtwächter das Geheimnis seiner Herkunft und seiner Familie enthüllt und „aus
seiner Hand sein ganzes voriges Leben wie aus einem Buche
vorliest" (vgl. Minor, Ztschr. öst. Gymn. 1902, S. 328).

Unser Nachtwächter ist aber im Nebenfache auch Hanswurst — wie Truffaldin —, und das ganze Buch hindurch

treiben Pantalon, Arlequin, Scaramuz und Kolombine ihr
Spiel. Die Vorliebe für diese Gestalten der Commedia
dell'arte ist unverkennbar. Im spanischen Zwischenspiel
der vierten Nachtwache werden die handelnden Personen
als italienische Masken eingeführt: Ines ist Kolom=
bine und Don Juan gesteht, daß er „hier unten schon
viele Jahrhunderte als Akteur gedient habe und eine von
den stehenden italienischen Masken sei, die gar nicht
vom Theater herunterkommen" (S. 73f.). Im Vorspiel
und in allen Akten sieht man dann Hanswurst als Pan=
talon (S. 66) und Arlequin (S. 68), und ein „tragischer
Hanswurst, eine groteske und furchtbare Maske,
läuft durch die Tragödie «Der Mensch» hin". Schließ=
lich entdeckt S. 261 noch der Nachtwächter selbst seine
Talente zum Hanswurst.

Gewiß lagen damals nach dem Erscheinen von
Schillers Turandot die Masken der italienischen Komödie
dem Deutschen nahe.[1] Aber so ganz, wie der Verfasser der
Nachtwachen, in diesen Gestalten zu leben und sein eigenes
Wesen in ihnen wiedergespiegelt zu erblicken, das ist eine
wohl allein Brentano eigentümliche Sonderbarkeit: „Sie
wissen nicht, wie determinirt ich bin und wie gerne ich
täglich lieber Cinthio, Trufaldin und Scaramuzz wäre,
als Brentano", schreibt er am 11. Januar 1802 an Tieck
und im Godwi S. 392 (Sämtliche Werke, S. 339) meint
er sich auch in dem „Italiener, der meistens abends
italiänische Comödien erzählt und die Touren des Harle=
kins, Pantalons und Scaramuz macht". So versteht man,
wenn Brentano es ist, der im „Ponce" und in den „lustigen
Musikanten" als einer der ersten die Masken der italienischen
Komödie in die deutsche Literatur eingeführt hat.

Es klingt darum fast wie ein Selbstbekenntnis Bren=
tanos, wenn der Poet der Nachtwachen von sich sagt
(S. 152): „Gegen die Maskeneinführung habe ich mich
nicht gesperrt, denn je mehr Masken über einander, um
desto mehr Spaß . . .", und tatsächlich laufen die aus

---

[1] Vgl. Carolinens Brief in der Dresdener öffentl. Bibl. XXII, 38,
und den A. W. Schlegels an Goethe (Schriften der Goethegesellschaft
XIII, 98), Goethes „Palaeophron und Neoterpe" und die Masken
bei Tieck.

Brentanos Dichtungen so bekannten Gestalten überall durch
das Buch hin. Und die ganze Art, wie dem Verfasser ihre
Namen so ganz ungezwungen und natürlich in die Feder
kommen, zeigt eine Vertrautheit mit dieser ganzen Welt
des italienischen Lustspiels, wie sie damals in Deutschland
nur bei Brentano vermutet werden kann. An die Be-
einflussung eines anderen Dichters durch Brentano wird
man aber auch hier nicht denken können, da die lustigen
Musikanten, wie schon erwähnt, im April 1803, der Ponce
gar erst im Jahre 1804 im Buchhandel erschienen sind.

b) Das Motiv des steinernen Bildes und der Schauplatz der Nachtwachen.

Die merkwürdige Vorliebe, die der Verfasser in den
Nachtwachen überall für die Bilder von Stein bekundet,
muß auffallen. Man denke nur an den „steinernen Crispinus" (S. 28 und 37), an alle die „steinernen Ritter und
Heiligen" (S. 56), „die am Grabe betende Ritterfamilie"
(S. 62), an „die Grabsteine" (S. 52 und 185), „die steinernen Jungfrauen mit künstlich abgeformten Gesichtern"
(S. 185), „die versteinerte Stadt" (S. 2), „den versteinerten Vater" (S. 274, 279, 280) und schließlich erscheint „der ganze verstümmelte Olymp" im Antikenkabinett, all die steinernen Götter, Venus, Minerva ohne
Kopf, der ernste Apoll, der zürnende Jupiter, Laokoon,
Prometheus wie er mit den Stümpfen seiner Arme Menschen
formt, die Musen, und „tief im Hintergrunde, starr und
versteinert der Furienchor" (S. 221—229). Da ist ferner
„die Gruppe der Niobe" mit ihren Kindern (S. 17 und
228), „der steinerne Genius des Todes" „auf dem
marmornen Denkstein" (S. 85 und 89), „Pygmalions
kaltes Wunderbild" (S. 87), „das leblos wächserne Konterfei des Juristen" (S. 32), „der steinerne Gast" (S. 42),
„die Bildsäule des toten Bettlers" (S. 176), „die steinerne
Gerechtigkeit" (S. 35) und „der steinerne antike Stil"
(S. 55). Es wird einem ganz angst unter all den versteinerten Gestalten.

Die Vorliebe für dieses Motiv ist nun eine Eigentümlichkeit Brentanos, an denen die Erzeugnisse seiner
Phantasie sicher erkannt werden können. Die steinernen

Ritter finden sich in der „Chronika eines fahrenden Schülers" (Ges. Schriften, Bd. 4, S. 28) und in den „lustigen Musikanten" (Ebenda, Bd. 7, S. 254) wieder, und welche Bedeutung dieses Motiv im „Godwi" hat, das verrät schon der Untertitel des Romans „Das steinerne Bild der Mutter".[1]

Es liegt ein tiefer Sinn für Brentano in diesen Bildern von Stein. In ihnen glaubte er sein eigenes Schicksal verkörpert zu sehen: dieses unselige „Übergewicht der Phantasie" in ihm, die ihm alle Kraft und Wärme nimmt; und während die Anschauung in allen Herrlichkeiten ausschweift, verarmt und erkaltet sein Leben. Das spricht er in den schönen Stanzen der „Szene aus meinen Kinder= jahren" aus, die er in den Godwi eingeflochten hat, um den Gedanken des steinernen Bildes zu erklären:

„Da flocht ich trunken meine Ideale,
Durch Wolkendunkel webt' ich Mondesglanz.
Der Abendstern erleuchtet, die ich mahle,
Es schlingt sich um ihr Haupt der Sternenkranz,
Die Göttin schwebt im hohen Himmelssaale
Und sinkt und steigt in goldner Stralen Tanz.
Bald faßt mein Aug' nicht mehr die hellen Gluthen,
Das Bild zerrinnt in blaue Himmelsfluthen.

Und nie konnt ich die Phantasie bezwingen,
Die immer mich mit neuem Spiel umflocht;
. . . .
. . . .
Und es schien das tiefbetrübte
Frauenbild von Marmorstein,
Das ich immer heftig liebte
An dem See im Mondenschein,

---

[1] Dies Motiv des steinernen Bildes kehrt im Godwi wieder: S. 61 (49) „marmorner Faun", S. 62 (49) „medicäische Venus" (vgl. Nachtwachen, S. 222), S. 67 „kalt und weiß sahen Marmor= bilder", S. 101 „kalter Marmortisch", S. 168 „Frauenbild von Marmorstein", S. 200 „Statue der heiligen Marie", S. 265 „Grab= mahl einer Dirne", S. 280 „lararischer Marmorbloc", S. 338 „hohe weiße Marmorgruppe", S. 340 „Das Bild Violettens", S. 359 „steinernes Bild der Mutter", S. 379 „ganzes Leben in Stein hauen lassen", S. 404 „Statue", S. 448 „ruhig wie Bildsäule im Monden= scheine", S. 446 „Die Statue der Venus", S. 539 Das Antiken= kabinett in D. (Dresden) u. ö.; vgl. ferner „Großer Gockel, Berlin 1912, S. 32—35.

Sich mit Schmerzen auszudehnen,
Nach dem Leben sich zu sehnen.

Traurig blickt es in die Wellen,
Schaut hinab mit todtem Harm,
Ihre kalten Brüste schwellen,
Hält das Kindlein fest im Arm.
Ach, in ihren Marmorarmen
Kann's zum Leben nie erwarmen!

Sieht im Teich ihr Abbild winken,
Das sich in dem Spiegel regt,
Möchte gern hinuntersinken,
Weil sich's unten mehr bewegt,
Aber kann die kalten, engen
Marmorfesseln nicht zersprengen.

Kann nicht weinen, denn die Augen
Und die Thränen sind von Stein.
Kann nicht seufzen, kann nicht hauchen,
Und erklinget fast vor Pein.
Ach vor schmerzlichen Gewalten
Möcht' das ganze Bild zerspalten!"

Brentano fühlt in allen diesen Marmorbildern Schicksalsgenossen, in ihnen ahnt er etwas wie ein Verständnis für sein eigenes Leid. So wie er es noch in einem anderen Gedicht ausgesprochen hat:

„Getrennet lebte fern ich von den Meinen
In strenger und unmütterlicher Zucht,
Denk ich der Zeit, seh' ich sich mir versteinen
Die Tage in des Lebens Blumenflucht,
Wie kalte Marmorbilder einsam trauern,
Die wilder Buchs und Salbei wild umkreist;
Ihr kennet wohl des Knaben einsam Trauern!"

So erklärt sich das merkwürdige Motiv des steinernen Bildes bei Brentano. Dadurch, daß die Nachtwachen dieselbe auffallende Vorliebe für diese versteinerte Welt zeigen, geben sie sich deutlich als Brentanos Werk zu erkennen.

Manche von den steinernen Gestalten, die in Brentanos Dichtungen erscheinen, haben auch in seinem Leben eine Rolle gespielt. So wird es oft möglich, den eigentlichen Schauplatz der dargestellten Ereignisse durch den Anhalt, den sie geben, zu erraten. Wenn etwa in der

Stadt B. im Godwi, S. 130 (107), der „große Christoffel"
— der volkstümliche Name für die Herkulessäule — er=
wähnt wird, „der auf einem hohen Berge steht und in die
Welt hineinguckt", so ist damit die Stadt Cassel deutlich
bezeichnet. Auf diese Weise ist auch in den „lustigen Musi=
kanten" der Schauplatz erkennbar angedeutet. „Der Markt=
platz, im Hintergrund ein Springbrunnen, im Vorder=
grund rechts das Häuschen des Nachtwächters", so sagt
die Bühnenanweisung. Auf dem Springbrunnen wird dann
noch (im sechsten Auftritt) „die steinerne Mamsell" er=
wähnt. Zur Zeit der lustigen Musikanten lebte Brentano
in Marburg. Es wird kein Zufall sein, daß der Markt=
platz von Famagusta, wohin das Singspiel verlegt ist,
eine merkwürdige Ähnlichkeit mit dem in Marburg hat.
Auch dort steht auf dem Markte der Brunnen und auf
dem Brunnenstock „eine steinerne Flora". Diese Flora
ist offenbar die „steinerne Mamsell", die in Famagusta
auf dem Marktbrunnen steht. Da ist auch die Hütte
des Nachtwächters.

In den Nachtwachen erscheint nun der Marktplatz
und die Hütte des Nachtwächters wieder (S. 23 und 37),
nur steht hier auf dem Marktplatz statt der „steinernen
Mamsell" der „steinerne Crispin" (S. 37). Der Leser
wird sich der Szene in der dritten Nachtwache erinnern,
wie das überraschte Liebespaar den Nachtwächter plötzlich
vor sich sieht und in seiner Verwirrung glaubt, der heilige
Crispin sei in Person von seinem Piedestal auf dem
Markte herabgestiegen und stehe jetzt vor ihnen. Dasselbe
begegnet in den „lustigen Musikanten" Truffaldin mit der
„steinernen Flora": „Aber was Kuckuck", ruft er, als un=
erwartet Fabiola auftritt, „ist da nicht gar die «steinerne
Mamsell» vom Springbrunnen gestiegen? Nein,
das nenn ich mir die Ausschweifung zum Mirakel ge=
trieben, wenn selbst die Statuen anfangen nachts herum=
zuziehen."

Ein ganz ähnlicher Scherz, wie hier in dem Sing=
spiel erscheint schon in einer Kindheitserinnerung Bren=
tanos und beweist, wie früh seine Phantasie sich der
Vorstellung des steinernen Bildes bemächtigt hatte; sie
wird folgendermaßen erzählt: „Mit 16 Jahren wohnte

er bei Archivrat Nettekoven in Bonn (1794). Als nun
eines Abends die Frau des Hauses mit dem Lichte in der
Hand den dunklen Gang durchschritt, erblickte sie in einer
Nische eine Menschengestalt und glaubte bei näherer
Betrachtung Brentanos Züge zu erkennen. Die Gestalt
blieb aber steif und unbeweglich mit stieren Augen
und gab selbst dann kein Lebenszeichen, als Frau
Nettekoven an der Bildsäule rüttelte und schüttelte. Entsetzt ließ sie, das Ärgste vermuthend, ihr Licht fallen,
und während ihr Schreckensruf das ganze Haus in Aufruhr brachte, verschwand in der Dunkelheit der steinerne
Gast." Ganz denselben Streich, wie hier Brentano, vollführt nun der Nachtwächter in „der dritten Nachtwache"
(S. 28f.). „Ich hatte mich", erzählt er, „in eine Nische
vor einen steinernen Crispinus gestellt, der eben einen
solchen grauen Mantel[1] trug, als ich, da bewegten sich
plötzlich eine weibliche und eine männliche Gestalt dicht
vor mir, lehnten sich fast an mich ..., weil sie mich
«für den Blind- und Taubstummen von Stein» hielten.
Da wachte der Satyr in mir auf, und als jener die
Hand gleichsam zur Betheuerung auf meinen Mantel legte,
schüttelte ich mich boshaft ein wenig, worüber beide erstaunten; doch der Liebhaber nahms auf die leichte Achsel,
und meinte, der Quader unter ihm habe sich gesenkt — —
zuletzt redete er gar noch in der Manier des Don Juan ...
und schloß mit den bedeutenden Worten: «dieser Stein
soll als furchtbarer Gast erscheinen bei unserm nächtlichen Mahle, meine ich's nicht redlich»." — Daß hier
Bonaventura einen Streich aus seinem Leben erzählt, den
ganz ebenso Brentano gespielt hat, wäre schon fast allein
ein Beweis für die Verfasserschaft Brentanos.

Einen merkwürdigen Eindruck machen all die steinernen
Bilder in dem Auftritt der vierten Nachtwache: der Dom
mit seinen starren hohen Säulen und Monumenten, den
umherknieenden steinernen Rittern und Heiligen; unter
ihnen der unheimliche, erstarrte Fremde (S. 56); über ihm
die steinerne am Grabe betende Ritterfamilie (S. 62).
Auch hier scheint sich ein persönliches Erlebnis Brentanos

---

[1] Manteau couleur de muraille, grauer Mantel der Diebe und
bei einem Stelldichein, vgl. Godwi, S. 201.

abzuspiegeln. Am 13. November 1803 wurde er mit Sophie
in der lutherischen Pfarrkirche zu Marburg aufgerufen
und in einem Briefe an Sophie von diesem Tage schildert
er den starken Eindruck, den dieser Vorgang in ihm hinter=
lassen hat: „Ich habe hinter dem Khor gestanden, und in
einer Art gerührter Dummheit einem Marmornen
General Hände und Füße geküßt, und auf das
Grab mehrerer Leute Trähnen geweint, welche
nicht wißen, wie sie dazu kommen." Hier haben
wir das Bild der vierten Nachtwache wieder. Die gotische
Kirche, die steinernen Ritter, das Grab und sogar die
Ritterfamilie; der „marmorne General", wie ihn Bren=
tano hier nennt, ist wahrscheinlich „der als geharnischter
Ritter in etwas mehr als Lebensgröße dargestellte Land=
graf von Hessen und seine Gemahlin" (aus dem 16. Jahr=
hundert). Auch an die letzte Nachtwache fühlt man sich
erinnert, an jene „rührende Familienszene", wo der Sohn
„den steinernen Vater und die braune Zigeunermutter
umarmt" (S. 279).

Sollten wir auf Grund aller dieser Übereinstimmungen
in Marburg den Schauplatz der Nachtwachen wieder er=
kennen dürfen? Dort hat Brentano im Winter und Früh=
ling 1804, also in der Zeit, in der die Nachtwachen ent=
standen sind, gelebt. Dann müßte man den „gothischen
Dom" in Marburg suchen; — die St. Elisabeth=Kirche
zu Marburg wird von Brentano auch in der Chronika
eines armen Schülers genannt (Ges. Schriften, Bd. 4, S. 9).
Andere Szenen spielen freilich in Jena und Weimar (vgl.
S. XLIV, LVIII, XCII ff.).

Für Marburg spricht ferner die Schilderung des Kirch=
hofs in der letzten Nachtwache. Dieses „Vorstadtstheater"
(S. 273) ist der Lieblingsort Bonaventuras. Dort liegt
das Kind begraben, das, kaum geboren, sterben mußte.
Vor dem Barfüßertore in Marburg lag nun aber der
Totenhof, auf dem Brentano seinen Sohn Achim Ariel
am 21./22. Juni 1804 begraben hat. Das war ein schreck=
licher Schlag: „Mein Kind ist nur fünf Wochen alt ge=
worden, Gott hat es zu sich genommen", schreibt er an
Arnim am 28. August. „Seit Achim todt ist, auf den ich
meine Hoffnung ganz gelehnt hatte, ist alles Glück von

mir gewichen. Mein armes Weib kann nicht glücklich mit
mir sein." Sind das die Erlebnisse, die der letzten Nachtwache zugrunde liegen? Dann würde man diesen Schluß
verstehen, der wie der Verzweiflungsschrei eines zerrissenen
Herzens den Leser entläßt.

c) Das romanische Element
der Nachtwachen und der Ponce de Leon.

Die Verwandtschaft des spanischen Zwischenspiels in
der vierten und fünften Nachtwache mit Brentanos spa-
nischem Lustspiel Ponce de Leon ist schon bemerkt worden
(Thimme im Euphorion XIII, S. 104). Auch der Ponce
spielt in Spanien, in Sevilla, auch dort heißt der kalte,
gefühllose Charakter Ponce; wie sehr aber die beiden
andern spanischen Namen in den Nachtwachen, Ines und
Don Juan, Brentano geläufig waren, beweisen die spanischen Novellen. Eine weitere Ähnlichkeit mit dem Ponc
wurde schon oben erwähnt: die handelnden Personen
sind auch als spanische Masken gedacht; hier wird sogar
die Geschichte zuerst als Maskenspiel, dann als zusammen-
hängende Erzählung (spanische Novelle) vorgetragen. Die
Fabel des Ponce hat allerdings mit der Geschichte von
den beiden Brüdern nichts gemein. Aber der Ponce liegt
auch weit zurück. Nur die Vorrede stammt aus dem Jahre
1803, aus der Zeit kurz vor den Nachtwachen. Da ist
es auffallend, wie viele Anklänge gerade an diese Vorrede sich in dem spanischen Stück der Nachtwachen finden.
Dieses wird von einem Prolog eröffnet, den Pantalon spricht;
und „die höchst albernen Bemerkungen über das Leben
und den Zeitkarakter" (S. 63), „daß beide jetzt mehr rührend
als komisch seyen, und daß man jetzt weniger über die
Menschen lachen als weinen könne, weshalb er denn
auch selbst ein moralischer und ernsthafter Narr geworden, und immer nur im edlen Genre sich zeige,
wo er vielen Applaus bekäme" — das erinnert merkwürdig an die Vorrede zum Ponce: „Wie weit wir von
dem komischen entfernt sind, ist mir vor einiger Zeit
auf eine Art deutlich geworden, die für mich mit der ganz
neuen Empfindung des tragischen Schreckens begleitet

war. Ich sah nämlich die Aufführung des Axurs durch eine vorzügliche Truppe, und freute mich besonders auf das Zwischenspiel der komischen Masken ... Aber wie fand ich mich getäuscht; der selige Harlekin tat vor meinen Augen ein Mirakel und bestätigte meinen Glauben, daß er nicht gänzlich aus der Zahl der heiligen Märtyrer zu verwerfen sei. Kaum hatte der profane Bouffon den freudigen bunten Ornat Sankt Harlekins angelegt, als ihn eine außerordentliche Traurigkeit über= fiel ... Und ich darf mit einigem Recht vermuten, das Komische müsse entweder unsrer edlen Zeit nicht würdig, oder unsere edle Zeit das Komische selbst sein." Ganz ähnlich schreibt er im Februar 1803 schon an Arnim von dem auch Tieckschen Gedanken, der „notwen= digen Befreiung des im Zeitalter gebundenen Komischen".

Schwerer aber noch als diese Übereinstimmungen wiegt in den Nachtwachen der gleiche innere Zug nach „dem heißen, glühenden Spanien" wie im Ponce und den anderen Werken Brentanos, nach jenem „Spanien, in dem Bäume und Menschen sich weit üppiger entfalten und das ganze Leben ein feurigeres Kolorit annimmt" (Nachtwachen, S. 79). War doch gerade für Brentano dies Land, „die Heimat eines milderen Sonnenhimmels, wo die Orangen dir in den Schoß rollen", das Land der Verheißung, und er sprach damals viel davon, „nach Spanien zu gehen, um spanische Poesie zu studieren und Canzonen zu sammeln".

Man merkt, wie innerlich verwandt sich der Verfasser der Nachtwachen der wilden Leidenschaftlichkeit südlicher Naturen fühlt, etwa bei dem schönen Bilde (S. 84): „Juans Härte war verschwunden und er stand ganz in Flammen wie ein Vulkan, durch dessen tausendjährige Schichten das innere Feuer sich mit einemmale Luft machte", oder wenn er „das finstere feindliche Antlitz Don Juans" schildert „mit seinem südlichen blasgrauen Kolorit hinter schwarzen tief über die Stirne herabtre= tenden Haaren". Es muß auffallen, daß in den Nacht= wachen die meisten Personen schwarzes Haar haben. Sogar an dem Poeten in der Dachkammer wird S. 13 „das schwarze struppige Haar" ausdrücklich betont. Für die damalige Zeit ein merkwürdiger Zug: Ein deutscher Dichter mit schwarzem Haar. Es ist uns nur einer bekannt, — und das ist Clemens Brentano. Der stach aber auch in Jena durch sein rabenschwarzes Haar und seine südliche gelbe Gesichtsfarbe von all den blonden dichtenden Jünglingen so ab, daß er den Spitznamen „General Mohr" erhielt. Von allen, die ihn kannten, wird sein „tief südlicher Teint und sein rabenschwarzer Mohrenkrauskopf" hervorgehoben, und das „rabenschwarze" Haar Annonciatas (Bettinas) betont er selbst im Godwi (S. 224, 391).

Da ist es merkwürdig, daß auch in den Nachtwachen die südlichgelbe Gesichtsfarbe und das schwarze krause Haar als Familieneigentümlichkeit des Verfassers auftritt. Das Böhmerweib, „die Mutter", und der Alchymist, „der Vater", wird so geschildert, der alte Schwarzkünstler und Teufelsbanner.[1] Der Vater liegt noch im Grabe „mit blassem ernsten Gesicht und schwarzen krausen Haaren um Schläfe und Stirn" (S. 291), und die „braune Zigeunermutter", deren gelbe Gesichtsfarbe und struppig zerzaustes Haar S. 45 betont wird „erstaunt über die Ähnlichkeit, die ihr Sohn mit seinem Paten, dem Teufel, hat" (S. 280). Schon an dem Äußern des braunen Böhmerweibes hätte Kreuzgang erkennen können, daß „sie zu seiner Familie gehörte" (Nachtwachen, S. 282). Wie Brentanos äußere Erscheinung das italienische Temperament in ihm bezeugte, so beweisen seine Dichtungen, wie tief er erst innerlich „das Mißverhältnis seines Temperaments zu dem Lande, in dem er lebte" (Godwi, S. 93; Sämtl. Werke, S. 76), empfunden hat. Am liebsten weilt seine Phantasie im Süden, in Spanien oder Italien, so im „Ponce", in den „spanischen Novellen", in den „Romanzen vom Rosenkranz" und in „den lustigen Musikanten". Dieser Trieb „nach dem Italien meiner Sehnsucht" (S. 194), „nach dem Italien voll Wunder der Natur und Kunst" (S. 193) ist aber in den Nachtwachen ein Grundton, den man durch das ganze Buch hindurch vernimmt. „Der milde Süden" (S. 81, vgl. S. 176), „die stehende

---

[1] Vgl. in der wahrscheinlich Clemens gehörenden Stelle der Spanischen Novellen den „Alchimisten" (S. 256), den „Geisterbanner", der den Teufel bannt (vgl. Godwi, S. 95).

italienische Maske" (S. 74), und all die schon genannten
Gestalten, „Scaramuz" (S. 169), „Pantalon" (S. 66),
„Arlequin" (S. 68), „Kolombine", die „Makkaroni", die
man im Theater ißt (S. 258), Dantes „inferno in der
divina comedia" (S. 54), das alles versetzt uns in eine
ganz italienische Umgebung und zeigt eine Vertrautheit mit
dem italienischen Leben, wie sie aus allen Dichtungen
Brentanos spricht[1], aber kaum einem andern deutschen
Romantiker zugemutet werden kann. Wie sich aber sogar
in der Sprache der Nachtwachen italienische Einflüsse ver=
raten, haben wir schon oben S. XVIf. bemerkt (vgl. GRM. IV).

In den Nachtwachen tritt noch ein anderer Zug her=
vor, für den man auch das italienische Temperament des
Verfassers verantwortlich zu machen haben wird. Es ist
die unverhüllte Art, mit der sich die Sinnlichkeit des
Dichters bemerkbar macht. Man denke nur an die Schilde=
rung der Liebesgeschichte im Narrenhaus, an die Erzählung
von der Verführung im Kloster, an den Beischlaf der
Zigeunerin mit dem Alchymisten (S. 280) in der Christ=
nacht.[2] Diese Vorliebe für das Erotische ist bezeichnend
für Brentano, der sich im Godwi mit aller Leidenschaft
„der unsittlichen Sprödigkeit der Deutschen gegenüber"
(S. 391) für das Recht der Sinnlichkeit einsetzt. „Un=
schuldig sein, d. h. sinnlich sein", verkündet er hier S. 465,
und die sinnliche Leidenschaft Francescos zur eigenen
Mutter wird mit allen Farben geschildert, ja, er versteigt sich
hier sogar bis zur Dirnenapotheose. Seine Phantasie weilt
gerne im Freudenhaus. So heißt es S. 433 (376): „Vor
vielen Dingen soll man Ehrfurcht haben, man soll sie ehren
und nirgends möchte ich so gerne laut sprechen oder

---

[1] So führen wir z. B. aus dem Godwi kurz die dahin deutenden
Stellen auf: S. 191 „der sanfte Himmel seines Vaterlandes Italien",
S. 207 „der Nationalcharakter des Italiäners, den die Freude auf=
schließt", S. 290 „der italiänische Baumeister", S. 303 „die Über=
setzung eines italiänischen Adlers ins Deutsche, aus dem Wilden ins
Zahme, Recipe eine Papiertute" (vgl. Nachtwachen, S. 158), S. 356
„italiänische Lieder", S. 391 „Der Italiäner redet mit Feuer über
Italien", S. 392 „Pantalon und Scaramuz, Marie = Colombine",
S. 405/6 „der italiänische Lautenist", S. 454 „Die entsetzliche Lang=
weile des Deutschen im Gegensatz zum Italiäner" u. ö.

[2] Vgl. Godwi, S. 312, „Beischlaf des Teufels mit Hexen" als
„Aberglaube bei jungen schlafenden Frauenzimmern".

pfeifen als in der Kirche, ... ich möchte auch wol
gerne in einem lüderlichen Hause beten". Dasselbe Geständnis macht auch der Verfasser der Nachtwachen
S. 113, wo er sein „Selbstportrait" entwirft: „Ein paar
Male jagte man mich aus Kirchen, weil ich dort
lachte, und eben so oft aus Freudenhäusern, weil
ich drin beten wollte". Gibt es noch einen Romantiker, der
so zerreißend zu reden weiß? An Ophelia schreibt Hamlet
(S. 247): „Laßt uns lieben und fortpflanzen", ganz im
Sinne von „Briefwechsel" I, S. XVI, und in den Nachtwachen (S. 249) sagt er mit einem echt Brentanischen
Sarkasmus: „Nach wenigen Monaten war das Stichwort zu einer neuen Rolle geschrieben". So schreibt
Brentano auch an Arnim am 1. März 1804: „Ich bin
nun schon vier Monate verheirathet, in acht Wochen werde
ich den Aushängebogen meiner Nachkommenschaft
erhalten".

d) Die weiße und die rote Rose.

In der zehnten Nachtwache taucht gewissermaßen als
Vorspiel zu der Szene im Nonnenkloster das merkwürdige
Motiv der weißen und roten Rose auf — der Braut des
Himmels und der Erde (S. 179, 87). Man hat sich Mühe
gegeben, diesen Zug bei den andern als Verfasser vorge-
schlagenen Romantikern nachzuweisen. Bei Brentano denkt
man bei diesem Motiv gleich an Rosa blanca und Rosa
rosa in den „Romanzen vom Rosenkranz", deren erste
Entwürfe schon in die Jahre 1803 und 1804, also in die
Entstehungszeit der Nachtwachen fallen. Man lese etwa
folgende Strophen (Ges. Schriften III, S. 10; Sämtliche
Werke 4, S. 16):

> „Schamvoll, schuldvoll, überschwankend
> Wiegt die rothe blut'ge Rose:
> . . . .
> Und die weiße Rose zagend
> Gleicht dem Geiste einer Nonne,
> Gleicht den Schleier, weinend, wachend
> Ewig unter Mond und Sonne."

Damit vergleiche man die Stelle aus dem „Traum der
Liebe" (Nachtwachen, S. 178): „Siehst du an meiner Brust

die Geliebte, o so brich sie schnell, die Rose, und wirf den weißen Schleier über das blühende Gesicht. Die weiße Rose des Todes ist schöner als ihre Schwester, denn sie erinnert an das Leben und macht es wünschenswerth", und dann kurz darauf: „Ich sehe zwei Bräute, eine weiße und eine rothe — — — die weiße Braut liebte den Jüngling — — — sie liebte, er vergaß, sie erblaßte, und er entglühte für eine rothe Rose".

Dies steht in der Phantasie über „den Traum der Liebe" (S. 177 f.). Was mit diesem Gedanken gemeint ist, versteht man erst, wenn man die Ausführung der Idee im Godwi kennt. Dort heißt es S. 493 (Sämtliche Werke 4, S. 430): „O! es ist ein großer Unterschied zwischen dem Traume der Liebe und der Liebe des Traumes. — Der Traum der Liebe ist in der Liebe, aber die Liebe des Traumes ist nur im Traume. — Wenn die Liebe einschlummert und träumt, träumt sie den Traum der Liebe, und dieser Traum ist jener stille schöne Schmerz, jenes Bangen, ich möchte sagen, die Seele aller Sehnsucht, und die sentimentale Poesie der Liebenden. — Mir ist jede unvollendete Harmonie in den Naturerscheinungen ... so ein Traum der Liebe. —

Verstehen Sie mich? — nein. —

So ist mein Ausdruck selbst ein Beyspiel eines solchen Traumes der Liebe, in dem der Gedanke und das Zeichen nicht zum Worte wurden. —" Daß nun dieser Gedanke in den Nachtwachen in einer abgekürzten Form wiederkehrt, die zum Verständnis der Ausführung im Godwi bedarf, ist ganz ein Zeugnis für Brentanos Verfasserschaft.

Auch die Geschichte des Unbekannten mit dem Mantel findet sich mit ihren bezeichnenden Zügen im Godwi wieder. Cecilie ist, wie Maria in den Nachtwachen, eine Waise, die mit Francesco Fiormonti im Hause seiner Mutter aufwächst. Auch Cecilie wird gezwungen, den Schleier zu nehmen und von Francesco und seiner Liebe getrennt. Aber Francesco scheut selbst vor „dem Ehebruch im Bette des Himmels nicht zurück" und entführt die Geliebte aus dem Kloster. Hier sind schon alle Züge

aus der Erzählung der elften Nachtwache: die Liebe zu der
Waise, die im Hause der Mutter aufwächst und dann
gezwungen wird, Nonne zu werden, die poetische Neigung
zur Mutter (S. 192, 200), die Verführung der Nonne im
Kloster. Das Kind aus dieser Verbindung heißt im Godwi
Eusebio.

Sollte sich nicht auch das Nonnenkloster der zehnten
Nachtwache bestimmter fassen lassen? Es ist ein „Ursu-
linerinnenkloster" (S. 184). Den Ursulinerinnen gehörte
aber das Kloster in Fritzlar, wo Brentanos Schwestern
erzogen wurden. Wie nahe dieses Kloster Brentanos Phantasie lag, zeigt die Schilderung im Godwi. Clemens
kannte es wahrscheinlich nicht bloß aus den Erzählungen
seiner Schwestern, offenbar ist er selbst „der Bruder, der
die jüngere Schwester dahinbringt" (S. 168 [159]) und dort
im Kloster jene heftige Neigung der Nonne Rosalia erfährt, die Brentanos Phantasie noch lange beschäftigt hat.
Man wird nicht zweifeln, daß die Romanzen vom Rosenkranz ein Nachklang dieser Erlebnisse sind. Dafür spricht
der Name Rosalia, unter dem schon im Godwi die Nonne
erscheint, so wie die Nonne auch in den Romanzen Rosa
heißt. Daß dieses ganz persönliche Motiv in den Nachtwachen wiederkehrt, sagt mehr als alles andere.

e) Das Katholische in den Nachtwachen und die Angriffe gegen die katholische Kirche.

Schon in den letzten Abschnitten muß dem Leser das
starke Hervortreten katholischer Vorstellungen in den Nachtwachen aufgefallen sein. Die Vorgänge im Nonnenkloster,
die Schilderung des alten gotischen Domes mit der ewigen
Lampe, die weiße und rote Rose, das führt uns alles in
eine ganz katholische Umwelt. Gewiß lag der romantischen
Poesie überhaupt der Katholizismus nahe. Aber der Verfasser der Nachtwachen zeigt doch mehr als eine solche
bloß allgemeine Vorliebe für den katholischen Gedanken-
kreis. Schon allein die Kenntnisse, die er von den kirch-
lichen Einrichtungen und vielen Einzelheiten des Katholizismus verrät, sind nur bei dem möglich, der katholisch
erzogen wurde: „Das sich bekreuzen gegen böse Geister"

(S. 1 u. 20), „der Pfaff mit dem Kruzifixe" (S. 6), „die
verweigerte Weihe der Kerzen" (S. 17), „die Exkommuni=
kation des Freigeistes" (S. 16), „die Unterscheidung der
geistlichen von der weltlichen Waffe" (S. 18) und „des
geistlichen vom weltlichen Henker" (S. 102), der Gegen=
satz „von Kirche und Hölle" und die Art, wie „die Kirche
als erste und letzte Instanz sich ins Spiel mischt" (S. 26),
„die Priesterweihe", die „Unterscheidung von Geweihten und
Heiligen" (S. 20, 185), das „Kanonisieren der Heiligen"
(S. 25, 38, 112), „die Himmelfahrt der Heiligen" (S. 134),
der „ächt klerische Ton", in dem S. 21 „vom Exkom=
munizieren geredet wird", „die Absolution" (S. 25), die
„Pfaffen, die sich von den Kanzeln heißer schreien" (S. 35),
„die geistlichen Herren" (S. 26), „der Pfaff, der das
Anathema ausspricht" (S. 27), „der Gegensatz der Kloster=
herren und Profanen", „der heilige Crispin" (S. 28, 37),
„das andächtige Beten des Papstes in der Kirche" (S. 112),
„die ewige Lampe vor dem Altar=Blatt" (S. 49, 132),
die „Kapellen und Tabernakel in der Kirche" (S. 154),
die „Nonnen", die S. 184 und 190 ironisch „heilige Jung=
frauen" genannt werden, ganz wie im Godwi (S. 65)
auch „die heilige Jungfräulichkeit" der jungen Nonnen
erwähnt wird, „die sich mit ihrer menschlichen Jungfräu=
lichkeit verwirrt hat", S. 195 die Vestalen; dann „das
miserere der lebenden Toten" (S. 189) und schließ=
lich „die himmlische Madonna, die dem Mädchen ihren
irdischen Namen hinterlassen" (S. 195). Maria war auch
ein Name Brentanos, und „in späteren Tagen gereichte
es ihm zum größten Troste, sich ein Marienkind zu nennen,
weil er an einem Feste der Gottesmutter geboren und
auf ihren Namen getauft war" (Diel=Kreiten I, S. 13).
Nicht einmal im Grabe und auf dem Sargdeckel wird das
Kruzifix (S. 185, 288) vergessen. Das alles zeigt, wie die
Phantasie des Verfassers ganz im katholischen Anschauungs=
kreise lebt und sich ein Sein außerhalb der einen katho=
lischen Kirche gar nicht vorstellen kann. Dies wird man
aber nur bei Brentano wiederfinden können.[1] Das ist
entscheidend: Er ist der einzige Katholik unter allen

---

[1] Sogar noch in dem sehr wenig frommen Godwi finden sich
viele Erinnerungen aus der katholischen Jugendzeit, wie: S. 53 „der

bedeutenderen Dichtern seiner Zeit, und er hat diesen Gegensatz zu dem Protestantismus seiner Umgebung immer empfunden. Bezeichnend für dieses sein katholisch-romanisches Selbstbewußtsein ist die Stelle im Godwi S. 301 (Sämtliche Werke 4, S. 260), wo er gegen den Dichter Haber, nämlich den Tasso-Übersetzer Gries, eifert: „Der Übersetzer müsse auch die Religiosität, den Ernst und die Glut des Tasso selbst besitzen; hat er dieses alles aber nicht oder ist er gar mit Leib und Seele Protestant, so muß er sich erst ins Katholische übersetzen, und so muß er sich auch wieder geschichtlich in Tassos Gemüt und Sprache übersetzen, er muß entsetzlich viel übersetzen, ehe er an die eigentliche Übersetzung selbst kömmt, denn die romantischen Dichter haben mehr als bloße Darstellung, sie haben sich selbst noch stark".

Einen ganz ähnlichen Ausfall gegen die protestantischen Dichter liest man aber in den Nachtwachen S. 93, wo der Verfasser spöttisch wünscht: „Was gäbe ich doch darum, so recht zusammenhängend und schlechtweg erzählen zu können, wie andere ehrliche protestantische Dichter und Zeitschriftsteller, die groß und herrlich dabei werden und für ihre goldenen Ideen goldene Realitäten eintauschen". Wie andere, nämlich protestantische Dichter; das lehrt der Sprachgebrauch der Nachtwachen an mehreren Stellen, so S. 94: „Wie andere (nämlich) gelehrte Knaben und vielversprechende Jünglinge", der kleine Kreuzgang ist weder das eine noch das andere. In diesem Sinne heißt es auch S. 112: „Andere verständige Leute", und S. 256: „Andere gewöhnliche Menschenkinder".

All das läßt sich durch eine bloß literarische Vorliebe für den Katholizismus schon deshalb nicht erklären, weil der Verfasser gar keine solche Vorliebe zeigt. Es geht vielmehr eine ganz erbitterte satirische Stimmung gegen die eigene Kirche durch das ganze Buch. Gleich in der

bigotte Catholik", S. 60 „die Hostie" (vgl. Nachtwachen, S. 154), S. 61 „die Priester", S. 65, 202 u. ö. „Nonnen", S. 70 „katholische Kinder und die Erbsünde", S. 74 „Rosenkranz", S. 56 „römische Päpste", S. 192 „Rom", S. 147 „die Freundin der Mutter Abtissin des Klosters" u. a. m.

erften Nachtwache wird der „Pfaff" verhöhnt, der „mit
aufgehobenem Kruzifixe" den Freigeift fo vergeblich zu
bekehren verfucht, und überall derfelbe Spott, gegen die
Keufchheit der Urfulinerinnen, die Mutter werden, gegen
Bann und Weihe, gegen Papft und Kirche. So erbittert
fpricht aber niemand, der nicht felbft innerhalb der Kirche
groß geworden und mit ihr in Konflikt geraten ift.

Diefer kirchenfeindliche Ton des Buches ftimmt nun
völlig zu dem Brentano des Jahres 1804. Im November
1803 hatte er Sophie, die gefchiedene Frau des noch lebenden
Profeffors Mereau, den Geboten feiner Kirche zum
Troß geheiratet. Am 29. November waren beide in
der fchon erwähnten Pfarrkirche zu Marburg von einem
lutherifchen Pfarrer getraut worden. Diefe Ehe hatte
ihn mit der Kirche entzweit und feiner ftreng katholifchen
Familie, die diefe unftatthafte Verbindung oder vielmehr
diefen „vermeintlichen Ehebund", wie fie es nannte (Diel=
Kreiten), nicht billigen konnte, entfremdet. So mag er
manche Bekehrungsverfuche erlebt haben, ähnlich denen, wie
fie in der Erzählung von dem fterbenden Freigeift ge=
fchildert werden. Der drohende Zwiefpalt mit der Kirche
wirft in Brentanos Phantafie fchon feine Schatten voraus,
wenn im Godwi S. 453 (392) gefchildert wird, wie die Ita=
lienerin (Cecilie) den ganzen Fluch ihrer Kirche fühlt, weil
fie gegen das Gefeß ihrer Kirche lutherifch getraut worden.
Und Antonio Fiormonti fchildert im Godwi S. 199
(Sämtliche Werke 5, S. 170) die Wirkung, die diefe Er=
eigniffe auf ihn machten, in folgenden fchon an die An=
griffe in den Nachtwachen anklingenden Worten: „Von
allen Kanzeln hörte ich die Namen meiner theuerften
Freunde unter den fchimpflichften Benennungen ablefen,
und wenn ich in die Kirche ging, fo mußte ich erft den
Bannfluch über fie an der Thüre angefchlagen fehen. So
fehr mir auch von jeher diefe Machtfprüche der Kirche
in weltlichen Dingen erbärmlich fchienen, fo machte
es doch mechanifch den fürchterlichften Eindruck auf mich."
Gewiß, die Angriffe der Nachtwachen gegen „diefe Macht=
fprüche der Kirche" find fchärfer als hier. Aber inzwifchen
war auch das, was dort in der Phantafie Brentanos
fich abfpielte, faft buchftäblich Wahrheit geworden. In

einem Werke Brentanos aus dieser Zeit müßten wir bei seinem maßlosen Charakter die heftigsten Angriffe gegen die Kirche voraussetzen, wie sie wirklich in den Nacht= wachen hervortreten.

Den Zwiespalt mit der Kirche hat Clemens Brentano erst auf wiederholtes Drängen der Familie und seiner katholischen Freunde, als nach dem Tode des Professors Mereau im Jahre 1806 das Ehehindernis weggefallen war, durch die Wallfahrt nach Walldürn und die katho= lisch=kirchliche Einsegnung seiner Ehe wieder beigelegt. Von da an hatte er dann allen Grund, ein Buch, das wie die Nachtwachen seinem Haß gegen die Kirche und seinen gottlosen Zweifeln so unumwunden Ausdruck gab, zu ver= leugnen.

f) Das Musikalische in den Nachtwachen.

Eine tief innerliche Neigung des Verfassers zur Musik geht überall aus den Nachtwachen hervor. Die Musik wird S. 11 „der erste süße Laut vom Jenseits" genannt und „die mystische Schwester, die zum Himmel steigt". Sie ist das „Beschwörungsmittel", durch das Bonaventura „den poetischen Teufel zu bannen" weiß (S. 13), und S. 194 erzählt der blind geborene Un= bekannte von der Zeit, wo „die Musik wie ein lieblicher Genius in seinen dunklen Kerker stieg und um ihre Saiten die zarten Blumenkränze der Poesie schlang"; so erscheint die Poesie stets eng verschwistert mit der Musik: „Poesieren und Singen" ist für den Verfasser eins (S. 4), und S. 127 nennt er sich ausdrücklich „Dichter und Sänger". Und in der Tat drückt Bonaventura seine poetischen Gedanken gerne in der Form aus, daß er musikalische Phantasien über ihr Thema schildert. So läßt er das spanische Marionettenspiel der beiden Brüder durch das Spiel einer „Mozartschen Symphonie" eingeführt und begleitet werden (S. 62, 66). Und den Eindruck, den die Einmaurung der Nonne auf das zerrissene Gemüt Bonaventuras macht („das einem mit Vorsatz widersinnig gestimmten Saiten= spiele gleicht, auf dem daher niemals in einer reinen Tonart gespielt werden kann, wenn nicht anders der Teufel einmal ein Konzert darauf ankündigt"), gibt er als

eine mufikalifche Phantafie voller Disharmonien den „Lauf
durch die Skala" wieder (S. 186). So geht „Blafen und
Singen" (S. 181), „Pfeifen und Geigen" (S. 179), „Flöten
und Harfen" (S. 87), „Harmonika und Tanzmufik"
(S. 175, 178), „Mozart, Totentanz und Trauermufik"
(S. 15, 30, 62, 175, 292) durch das ganze Buch. Das
verrät eine nicht nur oberflächliche Beziehung zur Mufik.

Ganz die gleiche Rolle fpielt aber die Mufik in Bren=
tanos Werken. Wird das Marionettenfpiel durch eine
Mozartfche Symphonie eingeleitet (S. 62), und redet
Mozart im Zwifchenakte wieder durch die Dorfmufikanten
(S. 64), fo gefchieht das gleiche in Brentanos „Guftav
Wafa". Auch hier wird mit reicher mufikalifcher Phantafie,
die an den „Lauf durch die Skala" erinnert, eine „Sym=
phonie" gefchildert, die das Stück im Stück einleitet, und
in der Paufe vom 1. und 2. Akt fällt die Mufik wieder
ein. „Die fchlechten Dorfmufikanten aber, bei deren Ge=
krazze man des Teufels werden mögte", und „das fchlechte
Dorfkonzert, in das eine Mozart'fche Stimme mit eingelegt
ift", entfprechen ganz den ähnlichen „Bierfiedlern" und
dem „Geigengequike auf Tanzböden" im Godwi S. 61
(Sämtliche Werke 5, S. 48). So verweilt Brentanos Phan=
tafie in feinen Dichtungen gerne in der Ausmalung mufi=
kalifcher Tonftücke. Man erinnere fich nur an die Schilde=
rung des Konzertes im Godwi, an den Konzertbericht
im BOGS und an die vielen Gedichte, die mufikalifche
Phantafien wiedergeben, wie: „Symphonie", „Phantafie
(für Flöte, Clarinette, Waldhorn und Fagott)", „Guitarre
und Lied" (Gef. Schriften, Bd. 2, S. 346—358) und andere.
Im Ponce kommt der alte Schulmeifter Alonfo, ganz wie
im Maskenfpiel der Nachtwachen (S. 62), „ein alter ge=
fchäftiger Pantalon" mit Mufikanten, an.

Gewiß ift in allen diefen mufikalifchen Phantafien das
literarifche Vorbild Tiecks zu erkennen; hat doch Brentano
immer geftanden, „daß ihm das Mufikalifche bei Tieck
das Liebfte fei". Aber Brentano, der mit der Gitarre
in der Hand fingend und dichtend durch die Lande zog,
brauchte nicht folche äußere Anregungen. Charlotte von
Ahlefeld hat uns in einer lebendigen Schilderung die Art
feiner improvifatorifchen Veranlagung befchrieben: „Er

brachte gewöhnlich abends seine Guitarre mit und spielte und sang Balladen, die er in demselben Augenblick gleich dichtete. Ewig schade, daß sie so spurlos verhallten. . . . Manchmal gingen wir im Mondschein ins Freie, wo Clemens dann mit der Guitarre allerhand Späße, die vorgefallen, gleich in Verse brachte und frischweg absang. Zuweilen erzählte er uns Märchen, die er erfand, und die so reizend waren, daß man ihm gerne stundenlang zugehört hätte."

In diesen Worten glaubt man den Bonaventura der Nachtwachen geschildert zu hören, der auch als „Bänkelsänger" umherzog (S. 16), und seine Freude daran hatte, wenn „die Stadt alle ihre Tugenden und Laster aufdeckte und sich gleichsam vor ihm als ihrem letzten Mitbürger völlig entblößte" (S. 97); und aus dieser Zeit (S. 121) erzählt er: „Ich wählte das erste beste Fach, worin ich das Treiben der Menschen besingen konnte, und wurde Rhapsode, wie der blinde Homer, der auch als Bänkelsänger umherziehen mußte, . . . Ich sang ihnen daher Mordgeschichten und hatte mein Auskommen dabei. Endlich wurden mir doch die kleineren Mordstücke zuwider, und ich wagte mich an größere, — an Seelenmorde durch Kirche und Staat, wofür ich gute Stoffe aus der Geschichte wählte, ließ auch hin und wieder kleine episodische Ergözlichkeiten von leichteren Morden, als z. B. der Ehre, durch den tückischen guten Ruf, der Liebe, durch kalte herzlose Buben, der Treue, durch falsche Freunde, der Gerechtigkeit, durch Gerichtshöfe, der gesunden Vernunft usw. mit einfließen."

So ist das starke Hervortreten des Musikalischen in den Nachtwachen wieder ein sehr starkes Zeugnis für die Verfasserschaft Brentanos.[1] Gibt es doch außer Tieck und Arnim kaum noch einen Romantiker, bei dem dieser Zug in diesem Maße noch zu beobachten wäre. Vielleicht eben nur einen, und das ist Hoffmann — wieder eine Seite der

---

[1] Wenn in den Nachtwachen die besondere Liebe des Verfassers zu Mozart zum Ausdruck kommt (S. 30, 62, 69, 135), so brauchen wir nur an das Wort „an einen atheistischen Musikus" zu erinnern, um das gleiche bei Brentano zu beweisen: „Von Mozart bin ich ganz besessen, die andern sind mir zu gering".

ganz merkwürdigen geistigen Verwandtschaft dieser beiden
deutschen Dichter. Beide waren sich dessen bewußt, und als
Hoffmann Brentanos „lustige Musikanten" kennen lernte,
unternahm er es, von der Genialität des Vorwurfs und
gerade dem Musikalischen der Ausführung hingerissen, sie
in Musik zu setzen. Hoffmanns Oper ist 1805 in Warschau
aufgeführt worden, und sein Brief an Hippel vom 16. Sep=
tember dieses Jahres ist für seine Schätzung Brentanos
bezeichnend: „Im December vorigen Jahres (1804) com=
ponirte ich eine äußerst geniale Oper von Clemens
Brentano «Die lustigen Musikanten», welche im April b. J.
auf das hiesige Theater gebracht wurde. Der Text miß=
fiel. Es war Kaviar für das Volk, wie Hamlet sagt."

Nun erklärt sich auch das merkwürdige Zusammen=
treffen, daß gerade Hoffmann auf denselben Gedanken wie
Brentano verfallen ist, den nächtliche Abenteuer erzählenden
Nachtwächter zum Gegenstand einer Dichtung zu machen.
Der Nachtwächter ist in dem Singspiel Brentanos, das
Hoffmann komponierte, die Hauptperson. Es wird nie=
mand zweifeln können, daß dieser Nachtwächter ihm noch
17 Jahre später die Anregung zu seinem Plan gegeben hat.

g) Brentano und das Theater.

Die Kenntnis, die Bonaventura vom Theaterleben hat,
beweist, daß er in diesem Kreise gelebt haben muß. Der
Scherz von dem „Rollenneid" unter den Marionetten
(S. 268), die Bemerkung über die „schlechten Akteure,
die zum Schlusse eine gewaltige Tirade machen" (S. 59),
der „Theatermeister, der Sonne und Mond hineinhängt
oder hinter den Koulissen donnert und stürmt" (S. 246)
und „der abgetretene Komödiant hinter den Koulissen"
(S. 48), dies zeigt alles die Vertrautheit mit dem Theater.

Auch das stimmt ganz zu Brentano, der rechtes
Theaterblut in den Adern hatte und immer am liebsten
unter Schauspielern gelebt hat. In Düsseldorf hielt ihn
lange (Winter 1802/03, siehe oben S. XXV) eine Schau=
spielertruppe fest, und „er war unter all diesen Mariannen
und Philinen", wie er sagte, „zu Haus wie Meister".
Und als Clemens mit Arnim den Rhein entlang wanderte,
da „zogen sie mit Schauspielern, färbten ihnen die Backen

und sahen ihre Probestunden beim Kindergeschrei" (Steig, S. 35). Die persönliche Anschauung, die sich Brentano auf diese Weise vom Theaterleben erwarb, kommt recht humoristisch bei der Leseprobe zutage, die er in der Vorrede zum Ponce schildert. Aber sein schauspielerisches Temperament hat Brentano auch selbst auf die Bühne geführt, und wenn Bonaventura S. 231 davon erzählt, wie er „aus Ingrimm über die Menschheit einst auf einem Hoftheater den Hamlet als Gastrolle spielte, um Gelegenheit zu haben, sich gegen das schweigend dasitzende Parterre eines Theils seiner Galle zu entledigen", so wird ganz ähnlich von Brentano berichtet, daß er oft als Gast auf dem Theater aufgetreten sei. So heißt es nach mündlichen Berichten des Dichters selbst in der Biographie von Diel-Kreiten. „Als Brentano zum erstenmal in Jena angekommen war, stieg er in einem Gasthof ab, in welchem sich bereits eine Bande wandernder Schauspieler niedergelassen hatte. Als sich abends alle Gäste um den Tisch versammelten, erhält plötzlich der Anführer der Truppe die Trauerbotschaft, der «Komikus» sei unwohl geworden und könne an diesem Tage nicht auftreten. Der Direktor, darüber in der größten Verlegenheit, sprach vor den Gästen sein heftiges Bedauern aus, daß nun das ganze, bereits angekündigte Stück nicht aufgeführt werden könne. Clemens Brentano hörte ruhig zu, und da er ein wahres Mitleiden mit der Verlegenheit des Mannes fühlte, so ließ er sich ein Exemplar des Lustspiels geben, blätterte es durch und sagte, er wolle die Rolle des Komikus übernehmen. Der Schauspieler ... ging mit der größten Bereitwilligkeit auf seinen Vorschlag ein. Kaum trat der Stegreifschauspieler hinter der Coulisse hervor, als auch schon ein allgemeines Bravo wegen seiner höchst komischen Haltung und seiner lächerlichen Gebärden erschallte. Durch seine improvisierten Wortspiele und Witze wußte Clemens die Zuschauer so zu belustigen, daß bei seinem Abtreten von der Bühne das ganze Haus von dem wiederholten Rufe erfüllt wurde: Komikus heraus! — da capo. Brentano mußte nachgeben, und das Publikum hatte noch niemals so zufriedengestellt den Saal verlassen." Bei dieser Schilderung fühlt man sich sofort an die Erzählung in der

15. Nachtwache erinnert, wo Bonaventura ganz ähnlich dem Marionettendirektor als Komiker aus der Verlegenheit hilft (S. 261 f.).

Bei dem Theaterblut des Verfassers versteht man, daß er seine Vergleiche gern vom Theater hernimmt. Der Vergleich des Scheines dieser Welt mit einem Schauspiel, und der handelnden Menschen mit Rollen, die auf dieser Bühne spielen, ist ja ein alter philosophischer Gedanke, den besonders die Stoiker geliebt haben. Ihnen ist das Wort „Person" zu verdanken, das ursprünglich die Maske, die Rolle bezeichnet. In den Nachtwachen erscheint dieser Vergleich immer wieder (z. B. S. 53, 55, 60, 62, 82, 95, 97, 188, 243, 252, 262, 265, 268 und 295). Wir erinnern uns dabei, daß Brentano gerade aus dem Düsseldorfer Theaterleben heraus den Plan einer Dichtung „Der Liebende und die Schauspielerin" faßte, dem diese Idee zugrunde liegen sollte. Aber so alt dieses Gleichnis von der Menschengeschichte als einer Komödie und Gott als Theatermeister ist, der sprühende Geist Brentanos wußte ihm noch eine ganz neue Seite abzugewinnen: „Die Natur als Koulisse" (siehe S. XXIII) — das ist ein so origineller und bedeutender Gedanke, daß aus seiner Wiederkehr in den Nachtwachen (S. 54, 148, 252, 254, 269) schon die Verfasserschaft Brentanos vermutet werden könnte.

Auch die Marionetten spielen in den Nachtwachen eine hervorragende Rolle. Behauptet doch der Nachtwächter, sogar „Marionettendirekteur" gewesen zu sein, und die vorletzte Nachtwache ist ganz dem „Marionettentheater" gewidmet. Dieses, übrigens noch von manchem andern Romantiker beliebte, Motiv ist jedem Deutschen bei Brentano schon aus der „schönen Kunstfigur" in Gockel, Hinkel und Gackeleia bekannt. Das Marionettentheater und sein Besitzer in den Nachtwachen erinnert allerdings auch noch lebhaft an die sehr verwandte Schilderung bei Don Quixote (Buch 9, Kap. 9; vgl. Michel, Einleitung, S. XXIX). Wie nahe gerade dieses Motiv Brentano lag, beweist das Drama, das Arnim in einem Briefe an Böhmer als eine unbekannte Schrift Brentanos anführt: eine „Bearbeitung des wundertätigen Puppenspiels von Cervantes". In dem hinter den Nachtwachen von uns abgedruckten „Krieg zwischen

den Marionetten und den Weimarschen Hofschauspielern"
(vgl. Kritischer Anhang), erscheinen dann die Marionetten
wieder und die „Hofschauspieler" vom weimarschen „Hoftheater".

Nachdem auf den drei so verschiedenen Wegen der Beweis erbracht ist, daß Brentano die Nachtwachen verfaßt
hat, gehen wir jetzt zu der Interpretation der wichtigsten
Züge der Dichtung über, durch die das gefundene Ergebnis
noch mannigfach bestätigt wird.

Zweiter Teil.
Zur Erklärung des Werkes.

I. Die Quellen der Nachtwachen und die Bibliothek Brentanos.

Wir haben gezeigt, wie sich fast alle Motive der Nachtwachen auf Brentano zurückführen lassen. Freilich würde
es nichts beweisen, wenn nur das eine oder das andere
gleiche Motiv bei Brentano vorkäme. Man sieht aus der
eingehenden Untersuchung von Franz Schultz, wie vorsichtig
man bei Schlüssen aus solchen Parallelen sein muß. Aber
die Art der hier aufgewiesenen Übereinstimmungen ist prin-
zipiell von den bisher für andere Verfasser beigebrachten
verschieden, da sie in den wesentlichen Zügen der Nachtwachen ganz eigentümliche Schöpfungen der Brentanischen
Phantasie erkennen lassen und den Schlüssel für das Verständnis dieser bedeutenden Dichtung in der Seele und
dem Leben des Dichters geben.

Nun wird allerdings jeder Künstler in seiner Phantasie auch durch den Eindruck beeinflußt, den fremde Werke
auf ihn machen, und so hat man bei den Nachtwachen
mit vielem Eifer nach solchen fremden Einflüssen gesucht, um an ihnen einen Leitfaden zur Entdeckung des
Verfassers zu erhalten. Indes wird der Nachweis solcher
Quellen zur Auffindung des Verfassers kaum viel nützen.
So hat man die Nachwirkung von Dante, von spanischen
Dichtern, von Jean Paul, von Shakespeare, Tieck, Novalis und Goethe in dem Buche gefunden. Daß nun

Brentano alle diese Dichter kannte und deren Einfluß er=
fahren hat, bedarf keines besonderen Beweises. Be=
achtenswert könnte nur die Seite sein, die der Satiriker
Bonaventura an der Persönlichkeit Goethes betont: „Es
liegt am Tage, daß wir die größten Weisen", heißt es
S. 213, „einen Plato, Hemsterhuis, Kant u. s. w. blos
durch behagliches Hineinessen in uns aufnehmen können.
Denken Sie hier an Beispiele: Goethe, der den Hans
Sachs, die Romantiker und Griechen in sich vereinigt, ist
ein so guter Esser, als Dichter, und hat wahrscheinlich
diese Geister vorweg gespeiset." Es kann kein bloßer Zufall
sein, wenn im Godwi S. 292 (253) bei dem Namen Goethe
derselbe Gedanke erscheint: „Wer nicht mit ernstlicher Freude
esse, der könne weder ein guter Philosoph noch Dichter
sein, und der ist der vernünftigste Esser, der die Bildung
durch seinen Hunger so lange steigert, bis sie ihn sättigt.
Hier brachte Haber Goethens Gesundheit aus." —
Bei Bonaventura hat man vor allem Anklänge an Faust
(Einleitung zu „Des Teufels Taschenbuch"), an den „Fischer"
(S. 176) entdeckt, wozu man noch den Wilhelm Meister
zufügen könnte, auf den doch die Rolle, die Bonaventura
als Hamlet auf dem Theater spielt, und überhaupt die
Vorliebe für das Theater, deutet. Nun sind es von
Goethes Werken auch diese drei, deren Spuren wir vor
den andern bei Brentano begegnen. Vom „Fischer", dessen
Idee er selbst in manchem Gedicht behandelt hat, sagt
er einmal, kein Gedicht sei so schön, wie Goethes König
von Thule und Goethes Fischer. Der Faust wird im
Godwi (S. 306) erwähnt, und über den Wilhelm Meister
hat er selbst den Brief geschrieben, der im Kalathiskos
von 1801, wenn auch etwas verändert, abgedruckt ist.

Dann sieht man in den Nachtwachen den Schatten
Shakespeares zitiert. Zweimal werden die Hexen und
Geister aus Macbeth erwähnt (S. 15, 19), der König
Lear erscheint S. 53, und Hamlet, Ophelia, Laertes
spielen in der 14. Nachtwache ihre Rollen. Die Bedeutung,
die für Brentano Shakespeare hatte, „in dessen Gestalten
er sich immer wieder findet" (Godwi, S. 410), und den
er in der Schlegelschen Übersetzung in Gesellschaften vorzu=
lesen liebte, bedarf keiner weiteren Versicherung. Merk=
würdig nur, daß bei Brentano auch sonst meistens diese

Shakespeare-Dramen genannt werden. Im Godwi erscheinen S. 129 die Geister und Hexen aus Macbeth,
S. 216 der „tolle Lear" und sonst noch oft Hamlet.

Am stärksten hat entschieden Jean Paul auf den Verfasser der Nachtwachen gewirkt, namentlich in allen den
Zügen, die man in den Begriff der romantischen Ironie
zusammenfassen kann. Daß dasselbe bei Brentano der
Fall ist, hat mit lichtvoller Schärfe Kerr in seinem
Buch über Godwi (1898) gezeigt. Das Vorbild der Ver-
teidigungsrede des Nachtwächters im Injurienprozeß ist
ganz sicherlich der „Aktenauszug des Injurienprozesses"
im „Siebenkäs", daß aber Brentano dieses Buch kannte,
geht neben anderem schon daraus hervor, daß es im
Katalog seiner 1819 versteigerten Bibliothek aufgeführt ist
(Nr. 666—668). Noch stärkere Spuren finden sich vom
Titan in den Nachtwachen. Die Übereinstimmungen mit
diesem Buche sind manchmal verblüffend; wir haben einige
am andern Orte wörtlich angeführt und in ihnen den
Grund für die Ähnlichkeit mancher Jean Paulischer Stellen
Wetzels mit den Nachtwachen gefunden, die Schultz zu
der Überzeugung von Wetzels Verfasserschaft gebracht hat.
Brentano aber kannte den Titan gut und hat ihn schon im
Gustav Wasa vom Jahre 1800 (Originalausg., S. 21) verspottet. Wenn man dann in den Nachtwachen Anklänge an
Le Sages hinkenden Teufel und an den spanischen Dichter
Quevedo gefunden hat, so lassen sich auch diese beiden Dichter
in Brentanos Bibliothek nachweisen. „Der hinkende Teufel"
allerdings erst in einer Ausgabe vom Jahre 1812. Indessen zeigt diese Tatsache wenigstens, daß ihm das Buch
nicht fernlag; wenn man aber insbesondere das Hinken
des Nachtwächters (S. 34) auf das Vorbild von Le Sage
zurückführte (Michel, Einleitung, S. XVIII), so ist dies
bei Brentano nicht notwendig, in dessen Nachlaß sich ein
„Zettel mit Personen und Motiven" aus unbekannter Zeit,
aber offenbar zur Victoria, fand, auf dem man liest:
„der hinkende Gott und der hinkende Fuß des Teufels".

All dies will jedoch wenig besagen. Wichtiger ist schon
die ausgeprägte Vorliebe, die der Verfasser für alte deutsche
Bücher (S. 26, 27, 45, 72, 274), Holzschnitte, für die
Literatur über Kabbala, Alchymie und Exorzismus zeigt.
S. 26 wird von dem „Alltagsgesicht" geredet, das der

Teufel „auf jedem Holzschnitte führt" und das „Lebens=
buch", in dem Bonaventura (S. 44) blättert, ist wie eine
altertümliche Chronik mit Holzschnitten geschmückt, für
die der Verfasser ganz besonderes Interesse verrät. „Hier
sieht man auch mystische Zeichen aus der Kabbala",
und „die Inschrift auf dem Denkmale des Alchymisten
sind unverständliche Zeichen aus der Kabbala" (Nacht=
wachen, S. 49 und 274). Das verrät alles den Liebhaber
und Sammler alter seltener Bücher; für die damalige
Zeit doch noch etwas recht Ungewöhnliches. Nun war
Brentano einer der frühesten Sammler von alten deutschen
Volksbüchern, Flugblättern, Holzschnitten und allerlei ex=
orzistisch=alchymistischen Scharteken. So schreibt er z. B.
im August 1802 an Arnim (Steig, S. 40): „Ich bin
fünf baare Wochen in Koblenz gewesen und habe unter
anderm viele seltene alte Bücher und einige Manuskripte
gekauft"; und solcher Stellen, die von Brentanos Bücher=
leidenschaft Zeugnis ablegen, ließen sich noch viele an=
führen. Aus dieser Büchersammlung ist dann im Jahre
1805 „Des Knaben Wunderhorn" hervorgegangen, und
eine Ausgabe der deutschen Volksmärchen hat Brentano
später auch geplant, und die Brüder Grimm wollten ihm
schon dazu ihr Material schenken. In der 1803 begonnenen
„Chronika eines fahrenden Schülers" sehen wir die erste
Frucht seiner Liebhaberei. „Die Chronika" ist eine alte
Handschrift, die der Verfasser gefunden zu haben vor=
gibt, und in der ein armer Schüler die Geschichte seiner
eigenen Geburt und Kindheit niedergeschrieben hat. Dieser
selbe Kunstgriff kehrt nun auch in den Nachtwachen wieder,
wo Bonaventura aus dem alten, mit Holzschnitten ver=
zierten Lebensbuche die Geschichte seiner Jugend vorliest.

In den Nachtwachen verrät sich der Bücherliebhaber
noch in manchem andern Zug, so in dem spöttischen Aus=
fall gegen „Schlegel", der es so „sehr auf die kleinen
Bilderchen abgesehen" (S. 167) — gemeint sind hier natür=
lich die 1804 in 16° erschienenen „Blumensträuße italie=
nischer, spanischer usw. Poesie" von A. W. Schlegel, mit
Kupferstichen nach Zeichnungen von Ludwig Tieck; denn
der Verfasser fährt fort: „Ich muß gestehen, daß mir
eine große Iliade in Sedez herausgegeben, nimmer be=
hagen will". Der Verfasser, so darf man schließen,

wird keine solche Ilias besessen haben. Nun hatte sich
Brentano damals erst kürzlich die Vossische Übersetzung
der Ilias in Großoktav gekauft (2. Aufl., Großoktav,
Königsberg 1802, Franzband, Katalog seiner Bibliothek
Nr. 580, 581, S. 181). Auch in den andern Dichtungen
Brentanos spielen alte und seltene Bücher, ihre Einbände
und Formate eine auffallende Rolle. Im Gustav Wasa
tritt gleich eine ganze Bibliothek auf, deren Bücher sich
sehr geistreich, nur etwas zu gesucht, mit Zitaten und
literarischen Anspielungen unterhalten. Auch hier wird
Wert auf das richtige Format der Dichter gelegt: „Quart,
Folio, fein und roh, Schweinsleder bis zum Safian . . .
und die Dichter in Großoktav“. Und Maria bekennt
im Godwi, daß er diesen Roman unternommen, weil ihm
als Lohn dafür eine spanische und englische Büchersamm=
lung in Aussicht gestellt war.

   „Jakob Böhmens Morgenröthe“ wird in den
Nachtwachen besonders hervorgehoben: es ist „das Buch
unserer Hausbibliothek“, in dem der kleine Kreuzgang mit
Vorliebe liest (S. 47; vgl. S. 9). Daß Brentano, dem
Jünger Tiecks und dem Freunde Arnims (vgl. Steig,
S. 24, 38, 96, 287), dies Werk vertraut war, würde
man glauben, auch wenn Brentano nicht im Gustav Wasa
S. 35 ausdrücklich dieses Buch in seiner Bibliothek er=
wähnte. Auf einem andern Buch „aus dem Kern der Haus=
bibliothek“ sitzt der kleine Kreuzgang. Es sind das „Hans
Sachsens Fastnachtsspiele“. Das ist nun wieder ein be=
kanntes Buch aus Brentanos Bibliothek. In dem Brief=
wechsel mit Sophie (Bd. 2, S. 125 u. 147) spielt es eine
Rolle; und es ist wohl der Band, der in dem Katalog der
Brentanischen Büchersammlung aufgezählt wird.

   Merkwürdig ist noch des Verfassers Interesse für eine
eigenartige Gattung der alten deutschen Literatur (S. 38):
„über die Kunst zu leben ist mehr als zuviel geschrieben,
doch suche ich noch immer einen Traktat über die Kunst
zu sterben vergeblich“. Brentano hat nun gerade für
die Literaturgattung der ars moriendi ein besonderes
Interesse gehabt. Denn aus seinem Besitz stammt offen=
bar der kostbare alte Holzschnittdruck, der im Bibliotheks=
katalog seines Bruders Christian angeführt wird:

   „Ars moriendi: Fragment einer noch unbe=

kannten deutschen Oktav=Ausgabe in Holztafel=
druck, 2 Seiten Bilder und 2 Seiten in Holz geschnittener
deutscher Text. Ein Unicum von großem Werthe."

Dieses Buch gehörte zwar zu der im Jahre 1853 ver=
steigerten Bibliothek von Brentanos Bruder Christian.
Aber Clemens hatte, als er 1819 seine weltlichen Bücher
verkaufte, „den größten Teil seiner Bibliothek über Theo=
logie, Exorzismus und Kabbala seinem Bruder Christian
geschenkt" (vgl. Sämtliche Werke, Bd. 8, S. 94, 347),
man wird also diese Werke in der 1853 verkauften Bücher=
sammlung Christians suchen müssen. Wertvolle alte
Drucke und Holzschnitte darin, wie die ars moriendi, wird
man unbedenklich auf Clemens zurückführen dürfen. Zu
diesen von Clemens stammenden Büchern in Christians
Bibliothek können noch folgende zwei Bücher gehören:

Bonaventurae Psalter virginis Marie, Nürnberg
1500. Sehr seltene roth und schwarz gedruckte Ausgabe.

Bonaventurae de profectu religiosorum 1406,
Handschrift um 1406 auf Pergament und Papier, Katalog
S. 201.

Eine ganz ähnliche Pergamenthandschrift von Bona=
ventura, die «Meditationes super vitam domini nostri
Jesu Christi», steht noch im Katalog der Bibliothek von
Clemens. Dadurch ist die für uns interessante Tatsache
bewiesen, daß Brentano nicht nur den Namen Bonaven=
tura gut kannte.

Die meisten Werke über Kabbala und Exorzismus
hat zwar Clemens Christian geschenkt, aber einige sind
in der Clemensschen Bibliothek geblieben, wie ihr Verzeich=
nis ausweist, so die «Kabbala denudata», Sulzbach 1677,
die Bücher über Ahasverus, den ewigen Juden (vgl. Nacht=
wachen, S. 59), und über die Zigeuner (vgl. o. S. XLIV).
Bemerkt kann noch werden, daß er gerade im Januar 1804
in einem Brief an Sophie (Bd. 2, S. 94) seine Freude
über ein „Büchelgen mit Hanswursten" zeigt, das er für sich
gekauft hat. Wir dürfen dieses Buch wohl mit dem „ge=
sitteten Harlekin oder Masquen=Catechismus" seiner Bi=
bliothek (Katalog, S. 61) identifizieren. Ein neuer Beweis
dafür, wie sehr sich Brentano in der Entstehungszeit der
Nachtwachen mit Hanswursten und Masken beschäftigt hat.

Der Einfluß, den die Beschäftigung mit der alten deutschen Literatur und den alten Volksbüchern auf den Verfasser gehabt hat, läßt sich auch in den vielen Altertümlichkeiten und Volkstümlichkeiten der Sprache erkennen. So gebraucht er gerne, z. B. S. 120 und 127, „des Todes verfahren", eine Wendung, die schon Adelung als veraltet bezeichnet, dann S. 263 „nebenzu" statt „nebenbei", das wohl auch nur in der alten deutschen Prosa bekannt ist. Er sagt S. 120 „mutterallein" und S. 52 „mutternackt", beides Ausdrücke der von Adelung so genannten „gemeinen Sprecharten" (ebenso heißt es im „Großen Gockel", Berlin 1912, S. 176: „Kommt die Wahrheit mutternackt gelaufen"); altertümlich klingt auch „seiner Mutter Leibe entbunden" (S. 223), das an die spanischen Novellen I, S. 266, erinnert: „wie er von Mutterleibe gekommen ist".

Daneben weist der Verfasser eine große Vertrautheit mit den deutschen Rechtsaltertümern auf. Das Trillhaus, das Schmäuchen, das Wippen, das Riemenschneiden (S. 129) ist ihm recht geläufig, und aus seinen alten Büchern mag ihm auch das Lebendigbegraben als Strafe der Frauen (J. Grimm, Rechtsaltertümer, S. 694 ff.) bekannt sein. Auch sonst zeigt er manche juristische Kenntnisse, Webers berühmtes Injurienwerk zitiert er sogar. Das Juristische hat bei Brentano nichts Erstaunliches; hat er doch eine Zeitlang Rechtswissenschaft studiert; indessen wird das meiste aus einer anderen Quelle stammen. In Marburg war sein einziger Umgang sein späterer Schwager von Savigny gewesen, der Begründer der historischen Rechtsschule, der größte Jurist der Romantik. Damals beschäftigte sich dieser viel mit altem deutschen Recht, sammelte Stoff zu einer mittelalterlichen Rechtsgeschichte, und von ihm empfingen die beiden Grimm, seine Schüler in Marburg, die nachhaltigsten Anregungen. So kommen wohl manche der von Grimm behandelten Rechtsaltertümer in die Nachtwachen. Denn in seiner Liebhaberei für deutsche Altertümer und seltene Bücher begegnete sich Savigny mit Brentano. Vieles in den Nachtwachen mag aus den Unterhaltungen der beiden über solche Gegenstände stammen, wohnten sie doch in einem Hause.

Aber noch ein anderes kann auf Savigny zurückgeführt werden. Brentano liebte den Freund, aber seine leidenschaftliche Anhänglichkeit fühlte sich von der kalten, wenig teilnehmenden Art des Rechtsgelehrten immer mehr verletzt und zurückgestoßen. „Das wunderbare klare un= romantische Wesen Savignys (macht mich traurig). Dieser Mensch und ich, wir lieben uns, aber haben eigentlich keinen innern Verkehr mit einander, er spricht sich nie aus gegen mich." Und ein andermal sagt er: „Ich kann oft sehr traurig werden, . . . wenn ich so dem Savigny zusehe, wie er im unendlichen Gleichmuth von Morgens bis Abends seine Folianten durchbuchstabirt, so ekelt mich diese Ruhe an, um die ich ihn doch wieder beneide" (Briefwechsel I, S. 122). Diese Stimmung gegen Savigny, die immer bitterer wurde, mag in dem Groll der Nachtwachen gegen „die Juristen, die Halbmenschen, die kalten gefühllosen unmoralischen ob= gleich wohlweisen und gerechten Herrn" (S. 102) und gegen die leblosen, „in Aktenstöße vergrabenen Wesen", viel= leicht ihren Niederschlag gefunden haben.

II. Die Porträts in den Nachtwachen.
1. Mutter und Vater. „Der Goldene Kopf."

Eine weitere Eigentümlichkeit Brentanos ist es, in seinen Dichtungen ausgesprochene und leicht erkennbare Bildnisse von Personen zu schaffen, die ihm nahestehen. Das ist schon den Zeitgenossen im Godwi aufgefallen, wo fast alle, Mutter, Vater, Geschwister, Freunde und Feinde mit ihren Verhältnissen, wenn auch unter fremden Namen wiederkehren. So schreibt Karoline an Schlegel am 11. De= zember 1801 von dem Roman: „Gries ist (als Haber) auf eine impertinente Weise sogar durch den Tasso bezeichnet (s. oben S. LX), die gar nicht nötig dazu gewesen wäre . . . Eine schlechte Sitte finde ich es freilich mit diesen Por= traiten in den Romanen, die Fr[iedrich] mit unter dieses Volk gebracht hat durch Lucinde." Und Dorothea, Friedrich Schlegels Frau, urteilt in ihrem Brief vom 13. März 1801: „Rührend ist der immer wiederkehrende Haß gegen den Vater, die Liebe zur Mutter und die Anhänglichkeit an die Geschwister. Seine Ro= mane sind wie eine Gallerie von Ahnen und Be= kannten, an deren Ende man ihn selbst in Lebens=

größe erblickt . . . aber er geht auch wie ein gesprächiger Cicerone neben einem her und erklärt die Gesichter."

Rührend ist in der Tat im Godwi die immer wiederkehrende Liebe zur Mutter, ein schönes Gefühl, das fast in allen Werken Brentanos zu Worte kommt. Ist es in Francesco Fiormonti bis zu sinnlicher Leidenschaft gesteigert (vgl. Briefwechsel II, S. 4), so darf die „Chronika" das hohe Lied inniger Neigung zu „der unaussprechlich lieben Mutter" genannt werden. War doch die Mutterliebe der einzige Lichtstrahl in Brentanos dunkler freudloser Kindheit, und das Glück der wenigen Tage, die er um seine für ihn nur zu früh verstorbene Mutter (Maximiliane, Goethes Max) gewesen war, hat er nie vergessen. Mit schönen Worten spricht er das im „Sänger" (Kalathiskos, S. 197) aus: „Ich verlor meine Mutter als Jüngling, da ich in der vollen Blüte meiner Empfindung stand. Ich habe innig an dieser Mutter gehangen, wie ein Mensch, der durch seine Reizbarkeit leicht von Jedem geduckt wird, sich fest um ein zartes weibliches Wesen schlingen kann, das ihn schützt, und mit freundlichen Bildern umgiebt, an denen er leise heranwächst. Der enge Zusammenhang mit meiner Mutter bildete mir eine Welt, für die ich nicht zu weich war." Dieses Bewußtsein bricht in allen seinen Dichtungen durch, im Leben aber hielt er das Gemälde, das er von seiner Mutter besaß, wie ein Heiligtum und ließ es nicht von sich (Briefwechsel I, S. 33 und 37). Auch im Godwi erwähnt Brentano nach seiner Art dieses ihm liebe „Bild der Mutter" öfters (S. 205 und 248), das sogar im Titel: „Das steinerne Bild der Mutter" erscheint.

Diese poetische Neigung zur Mutter (Briefwechsel, II, S. 4) tritt auch in den Nachtwachen hervor. Es ist, als wenn ein Sonnenstrahl in das Höllendunkel dieser wilden Phantasien käme, wenn der Name Mutter genannt wird. So ist S. 10 und 17 in der Erzählung des Freigeistes die Mutter stets mit großer Zartheit geschildert, und ergreifend ist das Sehnen des blindgeborenen Knaben, das nur danach geht, „sich eines näheren Umgangs mit seiner Mutter zu erfreuen" (S. 193); und als er dann wieder dem Lichte zurückgegeben wird, da „schaut er zurück und sieht — ach zum ersten Male das weinende Auge der Mutter!" —

„O Nacht", ruft er aus, „Nacht, kehre zurück! ich ertrage
all das Licht und die Liebe nicht länger."

Aber auch „das Bild der Mutter" erscheint in den
Nachtwachen (S. 138) wieder, an jener grausig schönen
Stelle, wo der Nachtwächter den schwarzen kraushaarigen
Poeten auf seiner Dachstube erhängt findet, und gesteht,
„wie er plözlich in seiner guten Laune gerührt wurde,
als er in einen Winkel blickte, wo seine Kindheit gleich=
sam als die einzige Freude ... dem Erblaßten stumm
und bedeutend gegenübergestellt war; es war ein altes
verwittertes Gemälde, auf dem die Farben schon halb
verlöscht ... Es stellte den Poeten dar, wie er als ein
freundlicher Knabe an der Brust seiner Mutter spielte;
ach das schöne Antliz war seine erste und einzige
Liebe und sie war ihm nur sterbend untreu ge=
worden." — Das ist der Ton, in dem Clemens von seiner
Mutter spricht.

Ganz anders ist das Gefühl, das der Verfasser der
Nachtwachen seinem Vater, „dem alten Schwarzkünstler",
entgegenbringt. Er öffnet „die lezte Wiege des Vaters"
(S. 288) mit frecher Hand und da liegt er noch unver=
sehrt „auf dem Kissen mit blassem, ernstem Gesicht und
schwarzen krausen Haaren um Schläfe und Stirn". Wir
wissen, das schwarzkrause Haar ist eine Familieneigenschaft
der Brentanos. Dadurch ist Clemens' Vater Pietro Are=
tino Brentano deutlich bezeichnet. Er wird „der Alchy=
mist" genannt, offenbar eine Anspielung auf seine Kunst,
Gold zu machen (vgl. Nachtwachen, S. 45). Mit ähn=
lich grimmigem Spotte wird auch im Godwi (S. 193)
von dem Vater geredet, „der bey Bergwerken mehr
Sinn für den Inhalt der Tiefe als bei Menschen besaß",
ein Bild, das erst durch S. 95 volles Licht erhält, wo von
den Menschen die Rede ist, „denen die Kunst des Berg=
mannes und des Scheidekünstlers versagt ist". —

Eine viel größere Rolle als der leibliche, spielt in
den Nachtwachen der Adoptivvater, „der nicht gewöhnliche
Schuhmacher, der das Schuhmachen aufgeben will, um
Gold machen zu lernen", „der satirische Beitrag zu den
Fehlgriffen des Genies". In seine christlichen Hände hat
die Zigeunermutter den kleinen Kreuzgang übergeben, und
in seiner Werkstatt wächst das wunderliche Kind unter

all den „Gesellen und Lehrbuben" auf. Hier lernt er
nun das Leder strecken, und hier macht er auch seine
ersten dichterischen Versuche: „Mir gaben zuerst einige
poetische Flugblätter einen leidlichen Namen, die ich aus
der Werkstätte meines Schuhmachers fliegen ließ." —

Von Brentano wissen wir, daß er 1795, mit 17 Jahren,
in dem Geschäfte seines Vaters, in dem Hause „zum
Goldenen Kopf" in der Sandgasse zu Frankfurt, unter
Leitung des guten Schwab, seines väterlichen Freundes,
als Lehrling zum Kaufmann ausgebildet werden sollte;
von hier, aus dem Handlungskontor des Goldenen Kopfes
sind dann seine ersten Gedichte, die er als Flugblätter
drucken ließ, hervorgegangen. Ein solches einzelnes Blatt
von vier Seiten Oktav ist noch erhalten und von R. Steig
(Vierteljahrschrift für Literaturgeschichte, VI, 1893) ver=
öffentlicht worden; es enthält ein Gedicht an „Freund
Büschler" und ist in Frankfurt am Main gedruckt. Hier
haben wir also ein solches „poetisches Flugblatt", wie sie
Bonaventura „aus der Werkstatt seines Schuhmachers fliegen
ließ, und die ihm zu einem leidlichen Namen verhalfen".
Ist das Clemens, dann ist die „Werkstatt des Schuh=
machers" das Handlungshaus des Vaters „zum Goldenen
Kopf". Hier sollte Brentano damals „statt zu dichten unter
den Augen eines gestrengen Vaters Frachtbriefe schreiben,
Wechsel kopieren, sich für das Steigen und Fallen von
Öl und Rübsamen interessieren. Kein Wunder, wenn er
mehr als einmal zum Verdruß seiner Vorgesetzten den
Schiebkarren umwarf". Kein Wunder auch, wenn ihm
diese Umgebung später im Bilde der Werkstätte eines
Schuhmachers erschiene, wo er das Leder strecken mußte.
Trifft diese Deutung das Richtige, dann ist das alte Hans
Sachsische Aushängeschild (S. 117), das über der Werkstatt
hängt und das wieder hergestellt werden mußte, eine An=
spielung auf das Schild des Hauses, „den Goldenen Kopf",
von dem ein „witziger Kopf" auch im Godwi (S. 222)
sagt: «Il faut dorer la pillule».

Und der Schuhmacher, der Adoptivvater, dem es so
sonnenklar (S. 50), daß Kreuzgang kein gewöhnliches
Menschenkind ist? Hören wir die Schilderung, die Josef
Görres nach Erzählungen des Dichters und nach der „Zu=
eignung" im „Gockel" von der tollen Umwelt des jungen

Brentano gibt (Historisch-politische Blätter, XIV, S. 87):
„Die seltsamsten Gegensätze, eine bunte Anarchie, die zu
den Fenstern des italienischen Kaufhauses in der Sandgasse hereinblickte und nicht wenig dazu beitrug, in dem
entzündlichen, Alles lebhaft auffassenden Knaben die selt-
samste Gerümpel- und Schachtelkammer ordnungsloser Romantik zu meubliren. Er selbst hat diese belletristische
Hexenmaiennacht seiner Knabenzeit in der Figur eines
alten, originellen Buchhalters seines Vaters, in dem
guten Herrn Schwab, von dem er tausend Schwänke zu
erzählen wußte, geschildert. Halb mit den Conto-
büchern des Comtoirs, halb mit dem Blocksberg
der Literatur verkehrend, erscheint er als der Ver-
mittler seiner Märchenwelt mit dem wirklichen
Leben. Hören wir, wie er das mythische Bild des wunder-
lichsten aller Buchhalter, das Symbol jener Zeit
abkonterfeit: «Dieser seltene Mann setzte dem Goldenen
Kopf seine Perücken auf, ohne irgend eine dieser Pan-
tomimen der Zeit zu stören»." — Man sieht, „daß wir das
alte Hans Sachsische Aushängeschild über unserer Werkstatt
wieder herstellen und zwei für den Staat wichtige Künste
amalgamieren konnten". — „«Dieser Janus, dieser Proteus, dieser Centaur von Scherz und Ernst» sollte ihn in die
Mysterien der doppelten Buchführung einführen ... Kein
Wunder, daß der Schwan mißmutig mit den Flügeln
um sich schlug und den ganzen Hühnerhof in Rumor
brachte. Mit Mutwillen entschädigte sich sein hüpfender
Geist, der nun einmal nicht rasten und ruhen konnte, für
die Gewalt, die er sich in seiner Lage anthun mußte, die
ihm unangemessen war." Man hört Bonaventuras Worte
wieder „von den Menschen, die in einen engen erbärmlichen Wirkungskreis eingesperrt sind, wo in
der dumpfen Kerkerluft ihr Licht nur matt und unschädlich aufflammen würde, so daß man höchstens daran erkennt, daß man sich dabei in einem Kerker befindet, da
es im Gegentheile in der Freiheit wie ein Vulkan auflodern
würde, um alles in Brand zu stecken; bei mir fing es
jetzt wirklich an zu sprühen und zu funkeln" (Nachtwachen,
S. 118). Gerade im Jahre 1804 beschäftigte sich das Gemüt Clemens Brentanos viel mit dem alten Schwab. Er

schreibt an seine Schwägerin Antonie im Jahre 1804: „Ist der arme Schwab krank und du läßt ihn malen? Sieh' das ist ja auch aus meinem Herzen, lieb Weib, wie bist du gut!" Es scheint, was Brentano hier so „aus seinem Herzen" ist, hat er selbst in seiner Art getan; hat er den armen Schwab gemalt und ihm im alten Schuster, wie später in der „Zueignung", ein Denkmal gesetzt? —

So finden sich in den Nachtwachen, ähnlich wie im Godwi, erkennbare Porträts. Nur „die rührende Anhänglichkeit an die Geschwister" fehlt hier. Aber im Jahre 1804 war ja auch Brentano durch die Heirat mit Sophie mit seinen Geschwistern zerfallen, selbst Christian und Bettinen war er entfremdet (Br. II, S. 87, 95); seine Schwägerin Antonie war die einzige, die ihm, wie seine Briefe zeigen, treu blieb. So lebte er, von den Brüdern verlassen, in Marburg, und wie eine bittere Anspielung auf diese Lage klingt es aus den Nachtwachen (S. 176): „Doch nein, du Mutter [Natur], du bist ewig treu und unveränderlich und bietest den Kindern Früchte in dem grünen Laube, das sie beschattet. Aber die Brüder haben den Joseph verstoßen, und verschließen tückisch die Gaben, die du ihm wie den anderen bietest . . ."

2. Politische und literarische Anspielungen.
Der Sonnenadler.

Eine deutlich durch diese Überschrift hervorgehobene Stelle der Nachtwachen enthält eine merkwürdig versteckte Anspielung, über deren Erklärung schon viele Vermutungen aufgestellt worden sind (S. 201): „Oft erhebt sich der Mensch wie der Adler zur Sonne und scheinet der Erde entrückt, daß Alle dem Verklärten in seinem Glanze nachstaunen; — aber der Egoist kehrt plözlich zurük und statt den Sonnenstrahl wie Prometheus geraubt zu haben und zur Erde herabzuführen, verbindet er den Umstehenden die Augen, weil er glaubt es blende sie die Sonne. Wer kennt den Sonnenadler nicht, der durch die neuere Geschichte schwebt!"

Wer mit dem Sonnenadler hier gemeint ist, „der durch die neuere Geschichte schwebt", das kann in einem

Buche vom Jahre 1804 nicht zweifelhaft sein.[1] Der Ver=
fasser wünscht, daß auch der Tod das Leben großer Männer
in der rechten Stunde unterbrechen möge, und es wird aus=
drücklich betont: „Beispiele liegen nahe". Man vergegen=
wärtige sich nur die politischen Ereignisse des Jahres 1804.
Am 21. März d. J. hatte Napoleon aller Gerechtigkeit
zum Hohn den Herzog von Enghien hinrichten lassen.
Es war unter dem Eindruck dieses Ereignisses, daß der
französische Senat am 27. März beschloß, dem Konsul die
höchste Gewalt erblich zu übertragen. Am 14. Mai nahm
Napoleon die Kaiserkrone. War er von den Romantikern
bisher in Deutschland als der Vollender der französischen
Revolution, als der Held, der die Ideen der Vernunft
auf Erden zu verwirklichen gekommen war, gefeiert worden,
so konnte man sich nach den letzten Ereignissen über das
wahre Gesicht des Eroberers nicht länger täuschen. „Der
Egoist, der Sonnenadler, kehrte zur Erde zurück und ver=
band den andern die Augen." Jeder Zweifel, daß hier
wirklich auf Bonaparte angespielt ist, muß schwinden, wenn
man diese Stelle mit den andern zusammenhält, die ganz
unzweideutig auf den Kaiser der Franzosen zielen. Wer
anders soll denn S. 266 „der politische Poet" sein, der,
nachdem „dem König der Kopf ohne weiteren Erfolg vom
Rumpfe geschlagen wurde, die Republik, an der er dichtete,
zu einer Despotie verpfuschte"; und gleich darauf spottet
der Verfasser „über die Menschheit, die heute ein leichtes
Band, das sie fesselte, zerrissen hat, und sich morgen mit
eben dem Enthusiasmus in Ketten werfen lassen kann".
Diese Worte könnte und müßte man auch dann auf die
gleichzeitigen politischen Vorgänge in Frankreich beziehen,
wenn als der Schauplatz dieser Nachtwache nicht aus=
drücklich die französische Grenze bezeichnet wäre; — wie ja
auch im Godwi die französische Revolution in ihren Wir=
kungen am Rhein gezeigt wird. Und S. 210 spottet
der Verfasser: „Wollen Sie bessere Verfassungen? Haben
Sie nicht, wie auf einer Landkarte die verschiedenen Farben,
eine Menge vor sich liegen? Gehen Sie nach Frank=
reich, wo die Verfassungen nach den Moden wechseln.

---

[1] Vgl. den Artikel „Der Sonnenadler", von Dr. A. Schmits,
in der „Kölnischen Zeitung", Nr. 341 vom 27. März 1912.

Da können Sie alle der Reihe nach anpaffen und aus einer Monarchie in die Republik und aus diefer wieder in eine Despotie fahren."

So wie hier, wird man auch in der letzten Nachtwache an den „Sonnenadler" zu denken haben, wo es bei der Aussicht auf ein besseres Jenseits heißt: „wenn es wahr wäre, so dürfte es schon die Mühe verlohnen zuzuschauen, wie mancher unermeßliche Geist seinen unermeßlichen Spielraum erhielt und nicht mehr zu würgen brauchte und zu hassen, um groß zu sein, sondern frei in den Himmel empor steigen könnte, um dort sein strahlendes Gefieder auszubreiten".

Man sieht, wie sehr die Gestalt Bonapartes des Verfassers Phantasie beschäftigt, wie jede Gelegenheit zu Anspielungen benutzt wird. Das ist allerdings für ein deutsches Buch vom Jahre 1804 etwas sehr Auffälliges. Es ist ein kläglicher Anblick, wie man damals in Deutschland den Ereignissen in Frankreich gegenüber nicht wagte, sich die Wahrheit zu gestehen. So erfahren z. B. die Leser der Zeitung für die elegante Welt die Hinrichtung des Herzogs von Enghien in dem Blatte vom 12. Juni 1804 nur durch die kurze Notiz unter den Todesnachrichten: „Der eines unglücklichen Todes gestorbene Herzog von Enghien Ludwig, Anton, Heinrich war geboren 1772 und also erst 32 Jahre alt." Durch so ängstliche Geheimniskrämerei suchten die deutschen Regierungen ihre Untertanen in Unwissenheit zu halten. Da fand endlich ein deutscher Patriot den Mut, seinen Landsleuten die Binde von den Augen zu reißen. Im März 1804 erschien ein Aufsehen erregendes Buch „Napoleon Bonaparte und das französische Volk unter dem Consultate", Germania 1804. Seinen Namen zu nennen hat allerdings der Verfasser auch nicht gewagt. Doch schon am 9. April mußte die Zeitung für die elegante Welt melden, „daß vorgestern hier in Leipzig dies famöse Buch verboten wurde", und Goethe, der dieses gefährliche Werk noch vor dem Verbot in der Jenaischen Literaturzeitung zu besprechen hatte, zog sich dadurch aus der ihm peinlichen Lage, daß er statt jeder Meinungsäußerung darüber nur eine — genaue Inhaltsangabe ab-

druckte, von der er meinte, daß sie dem Werke fehlte;
und auf diese Heldentat war Goethe noch stolz.

Angesichts der Unwissenheit, in der die Deutschen
damals künstlich erhalten wurden, darf man sich nicht
wundern, wenn Napoleon in Deutschland noch lange für
den Heiland der reinen Vernunft gilt. So feiert ihn
Wetzel noch im Jahre 1805 „als den großen Zauberer",
eine politische Wertung, die ihn schon allein als Verfasser
der Nachtwachen ausschließen müßte.

Nun wäre allerdings eine so persönliche Anteilnahme
an den politischen Vorgängen in Frankreich, wie sie in
den Nachtwachen zum Ausdruck kommt, bei einem Manne
wie Brentano zunächst verwunderlich, der seinen Mangel
an eigentlichem Vaterlandsgefühl stets offen gestanden
hat. Als er noch in Jena war, teilte er die begeisterte
Verehrung des Schlegelschen Kreises für den politischen
Messias, die uns in den Briefen Karolinens aus
den Jahren 1799—1801 entgegentritt (vgl. Waitz, I,
S. 274, 276, 283; II, S. 27). Arnim stand im Jahre
1803, als er nach Paris ging, auch ganz unter dem
Einfluß dieser Stimmung und war stolz darauf, dem
großen Manne vorgestellt zu werden, und Brentano hatte
die Nachricht, daß Arnim „bei Bonaparte war, recht
gerührt" (Steig, S. 65). Aber hier in Paris, wo Arnim
im Kreise einer Reihe von deutschen Patrioten, wie dem
Grafen Schlabrendorf, dem Arnim jenes deutsche Buch
über Bonaparte zuschrieb, und Reichardt, der es eigent=
lich verfaßt hat, verkehrte, trat bald ein völliger Um=
schwung in seiner Schätzung Napoleons ein. Wer wie diese
Männer die Ereignisse aus der Nähe sah, der konnte sich
nicht mehr über die letzten Ziele der napoleonischen Poli-
tik im Unklaren sein. Aus der Gesinnung dieses Kreises
ist denn auch jenes „famöse Buch Napoleon Bonaparte"
hervorgegangen. Und die Briefe Arnims von der Reise
an Brentano zeigen einen immer wachsenden Haß gegen
Napoleon. Im Frühling 1804 schreibt er bei Er=
wähnung der französischen Sängerin Giuseppa Grassini,
die er in London sah: „Sie hat den kleinen Welteroberer
Bonaparte in ihren Armen gehabt. Wenn sie ihn doch
erstickt hätte!" Jetzt verstehen wir, wie bei Brentano die

Stimmung gegen Napoleon entstehen konnte, und wie ein Nachhall dieser Worte klingt der Satz: „Wie Goethe den Hans Sachs, die Romantiker und die Griechen verspeist habe, so möge Bonaparte den Julius Cäsar zu sich genommen haben, und nur der Geist des Brutus scheint dort noch ungegessen irgendwo sich aufzuhalten" (Nachtwachen, S. 213).

So werden die politischen Anspielungen auf Napoleon in den Nachtwachen gerade zu einem starken Zeugnis für Brentanos Verfasserschaft. Denn durch den Briefwechsel mit Arnim war er einer der wenigen Deutschen, welche schon damals die politische Richtung des Eroberers verstanden. Seine Stellung gegen Bonaparte blieb dann die gleiche bis zur Victoria von 1814, wo der Franzosenkaiser nur „der Feind" heißt. Noch deutlicher ist er in dem Entwurf zu dem groß angelegten Zeitgedicht: „Ein Lied vom wilden Jäger"[1], das eine Art von Inferno werden sollte. Dort heißt es: „Bonaparte in einer Tigerhaut spießt mit einem Skelett. Teufel auf der Schulter" — und weiter: „Bonaparte wird vom Teufel geritten". Das erinnert an den „unermeßlichen Geist" in den Nachtwachen, „der hier würgen muß und hassen, um groß zu sein" (vgl. S. LXXXII); man sieht, wie tief in Brentano der Haß gegen diesen Mann Wurzel geschlagen hat.

3. Karoline und die Schlegels.

Die Bosheiten, die in den Nachtwachen gegen Karoline Schelling, geschiedene Schlegel, verwitwete Böhmer, verstreut sind, stechen so hervor, daß sie schon bemerkt wurden. Unter den Wortspielen haben wir bereits die unverkennbare Anspielung auf Karoline Böhmer in dem Scherz mit dem „Böhmerweib", in dessen „Antlitz ein seltsam barockes Leben mit ebenso grellen Zügen niedergeschrieben schien" (S. 278) und in dem Witz mit der „hochnotpeinlichen" Carolina, dem Ehekreuz des Gatten, hervorgehoben. Ist aber hier Karoline Böhmer gemeint,

---

[1] Entwurf mit einer großen Zeichnung im Freien Deutschen Hochstift zu Frankfurt. Mit besonderer Erlaubnis der Gesamtausgabe Prof. Schüddekopfs benutzt.

die sich von A. W. Schlegel scheiden ließ, um Schelling
zu heiraten, so wird es vom Verfasser auch nicht un=
beabsichtigt sein, daß durch den Namen Karoline, bos=
haft genug, in dem „Kapitel de adulteriis" an dieses Ver=
hältnis Schellings zu der Frau A. W. Schlegels er=
innert wird.[1]

Die Art dieser Anspielungen beweist eine ganz ge=
hässige Abneigung des Verfassers gegen Karoline. Ist diese
bei Brentano motiviert? Ganz in der Weise der Nacht=
wachen machte Brentano schon in seiner Jenaer Zeit Karo=
line und ihr Verhältnis zu Schelling zum Gegenstand bos=
hafter Späße, die zu sehr an die Gattung der Zote er=
innern, als daß sie sich zur wörtlichen Wiedergabe eignen
(von Brentano aber selbst in dem Schriftstück: „Steffens
contra Brentano in Sachen Grieß", jetzt in der Varn=
hagen von Enseschen Handschriftensammlung [Stern,
S. 103], ausführlich erzählt). Karoline hat Brentano
diese Gehässigkeit redlich vergolten, und ihre Briefe sind
nicht sparsam an Tücken gegen den „Demens Brentano",
wie sie ihn taufte.

Neben Karoline scheint ihr Gatte A. W. Schlegel in
den Nachtwachen aufs Korn genommen. Sein Name ist
ausdrücklich genannt, wo sich Bonaventura „über die
kleinen Bilderchen lustig macht, auf die es schon Schlegel
sehr abgesehen". Und die Kritiken und Charakteristiken
der Brüder Schlegel wird der Verfasser im Auge haben,
wenn er bei dem Nachtstück im Antikenkabinett auf
die „Kunstärzte der neueren Periode" und „die moderne
Kunstreligion" spottet, die „in Kritiken betet und die
Andacht im Kopfe hat wie ächt Religiöse im Herzen"
(S. 223—225); das klingt ganz an die „kalte Schlegelsche
Kritikluft" in Arnims Briefen an Clemens an. Dieser
Ärger des Verfassers über die affektierte Antikenverehrung
der Schlegels, wie sie „im Invalidenhaus der Götter" zum

---

[1] Diese Ehebruchsszene hat offenbar ihr Vorbild in Jean Pauls
Giannozzo, wo der die Luft befahrende Giannozzo (Form von Gianni,
Hans, nämlich Jean Paul Richter) in Mülanz, ähnlich wie in den
Nachtwachen der Nachtwächter, den Herrn von Fahland, „den Zensor
des ästhetischen Fachs in Mülanz" (Schlegel?), in einem sehr ver=
traulichen Liebesabenteuer überrascht.

Ausdruck kommt, erscheint auch bei Brentano wieder.
Die „Antikenbeschwäzzung" mancher Leute macht ihn
ganz wild, und in einem (im Godwi, S. 539, abgedruckten)
Brief fährt er auf bei dem Gedanken an „die jungen
Philosophen, die beim Studium der Antiken und der
anderen Kunstwerke in D. (Dresden), die Kunst üben,
ohne alle Kunst von der Kunst zu reden". Hier wird man
wohl vor allem an Friedrich Schlegel zu denken haben,
wie auch bei „den gewissen Kunstforschern (Godwi,
S. 466), die das Gefühl der Antike in den Fingern
haben und, um sich die Vortrefflichkeit der Formen an
der Statue der Venus einzuprägen, vom Nacken mit
der Hand niedergleiten, am Hintern aber etwas
modern werden und einige freundliche Schläge mit
Schalkheit darauf fallen lassen." Wer die Nachtwachen
kennt, erinnert sich bei diesen Worten des Godwi der
gleichen Szene im Antikenkabinett, betitelt: „Der Hintere
der Venus." Auch da ein „junger Kunstbruder, ein
kleiner Dilettant", der „an einer medicäischen Venus
ohne Arme mühsam heraufklettert ... um, wie es schien,
ihr den Hintern als den bekanntlich gelungensten Kunst=
teil dieser Göttin zu küssen" (S. 222). Diese fast wört=
liche Übereinstimmung der Nachtwachen mit dem Godwi
gehört mit ihrer ganz persönlichen Schärfe zu den
stärksten Zeugnissen von Brentanos Verfasserschaft. Ist
das „Antikenkabinett" der Nachtwachen in Weimar, oder
ist es die Antikensammlung in Dresden? In Dresden
führte Becker die Fackelbeleuchtung ein, dort ist „die Mi=
nerva ohne Kopf" (S. 226), dort der sterbende Sohn
der Niobe (S. 229), dort der Antonius (als Bacchus,
S. 226), dort die Venus. In Dresden waren im Sommer
1798 die „Schattenbeinigten", Gries, die Schlegels,
Karoline, Fichte, Schelling der Kunstsammlungen wegen
zusammengetroffen und philosophierten da viel über antike
Kunst und ihre Auffassung (vgl. Aus dem Leben von
J. D. Gries, S. 25). Den jungen verstiegenen Kunstfreund
wird man dann auf Friedrich Schlegel deuten dürfen,
um so eher, als das gleichzeitige Anlangen Friedrich
Schlegels und seiner Frau Dorothea mit der medicäischen
Venus in Paris Brentano Anlaß zu beißenden Witzen gab.

Zu dem Inhalt des „satirischen Taschenbuchs" sollte auch ge=
hören: „Ob die gleichzeitige Ankunft der Dorothea Veitin,
nunmehrige Schlegelin, mit der mediceischen Venus
in Paris Allegorisch zu nehmen sei? Eine Preisfrage
aus der neuen poetischen Schule, nebst einer Ab=
handlung, ob der Veitstanz überhaupt allegorisch oder
prophetisch zu nehmen sei" (Briefwechsel I, S. 46; Steig,
S. 53, 59).

Friedrich Schlegel wird von Brentano im Godwi
unter die Philosophen gezählt. Denn er ist wohl ge=
meint, wenn es da S. 539 heißt: „Ach ich wollte gern
die Philosophie achten, aber solange solche Leute ihre
Nichtswürdigkeit in den philosophischen Mantel
verhüllen können ..." War doch Schlegel unter die
Denker gegangen und am 14. März 1801 an der Uni=
versität Jena zum doctor philosophiae promoviert worden.
Man kennt vielleicht Karolinens Spott über „dieses
Doktor werden" aus ihren Briefen (bei Waitz, II, S. 57
und 377). In den Nachtwachen wird man unbedenk=
lich die Stelle (S. 156) als eine Anspielung auf dieses
Ereignis auffassen dürfen, wo der Verfasser ergrimmt an
die Fakultäten erinnert, die „neben dem Vertriebe der
Weisheit auch einem bloßen Huthandel obliegen, wodurch
sie sogar nicht weise Häupter, bloß vermöge des leichten
Aufdrückens eines solchen Huthes aus ihrer Fabrik in
weise umzusetzen glauben, ja ihn oft selbst auf den
bloßen Rumpf schlagen und so scheinbar Philosophen
bilden ...", und boshaft setzt er hinzu: „Ich habe der
vielen Beispiele halber, die sich hier meinem Ge=
dächtnisse aufdrängen, den Faden des Perioden ver=
lohren ..."

So sehen wir die Nachtwachen voll von Bosheiten
gegen die Brüder Schlegel. Dies müßten wir aber in einem
Werke Brentanos vom Jahre 1804 geradezu erwarten;
denn damals gab es in Deutschland wohl niemanden, der
namentlich Friedrich gründlicher haßte als Brentano; in
ihm glaubte er, und nicht ganz ohne Grund, den bösen Geist
zu erblicken, der in sein Verhältnis zu Sophie Mereau
stets störend eingegriffen hat (vgl. Briefwechsel, I, S. 221;
II, S. 28, 36, 50 und Steig, S. 59).

4. Fichte und Schelling.

Man kennt die Abneigung Brentanos gegen den transzendentalen Unfug seiner Zeit; ihn wollte er in der geistreichen Satire des Godwi (S. 269—313) auf die „schattenbeinigten Philosophen und den philosophischen Anflug der letzten Zeit" treffen, und Fichte und Schelling sind wohl die beiden „transcendentalen Idealisten", welche im Gustav Wasa ihr wissenschaftliches Kauderwelsch zur Belustigung der Zuhörer zum besten geben. Vor allem ist es aber „der lächerlich gefährlich stehende" Schelling (Steig, S. 27), auf den es sein Hohn und Spott abgesehen hat. Schellings Vorlesungen hatte er früher in Jena besucht (Ges. Schriften VIII, S. 39), und Weihnachten 1802 freut er sich in einem Brief an Arnim (bei Steig, S. 59), „daß dessen Vorlesungen seit der letzten Zeit ihrer undeutlichen Barbarei wegen wenig besucht sind"; Schellings dynamische Naturlehre ist wohl gemeint, wenn er über „gewisse Kunstenthusiasten spottet, welche die Welt untergehen lassen würden, da sie sie ja nach verschiedenen Naturphilosophien wieder konstruieren könnten" (vgl. Kerr in seinem Buche über den Godwi, S. 27). Fast mit denselben Worten reden nun die Nachtwachen mit einem deutlichen Seitenhieb auf Schelling von den „Naturreparierern" (S. 137) und ihren „mechanischen Vorlesungen über die Natur, in denen es gelehrt wird, wie man eine Welt mit geringem Aufwande von Kräften (dynamische Naturphilosophie!) vollständig zusammenstellen kann, und die jungen Schüler zu Weltschöpfern ausgebildet werden, da man sie jetzt nur zu Ichsschöpfern anzieht". „Anziehen" ist in der damaligen Sprache auch sonst gebräuchlich für „Heranziehen"; mit den Ichsschöpfern ist aber natürlich auf Fichtes Wissenschaftslehre angespielt mit ihrer Forderung an den Schüler, das Ich durch intellektuelle Anschauung in sich zu reproduzieren[1], eine Operation, über die manch folgsamer Jünger um seinen reellen Verstand gekommen sein soll. Ganz der gleiche Gedanke kehrt noch ein andermal in den Nacht-

---

[1] Vgl. des Verfassers Einführung in die Philosophie Fichtes in der Ausg. des Seligen Lebens, Jena 1910, S. 260.

wachen wieder, wo dem „konsequenten System des Welt=
schöpfers" das Fichtesche entgegengesetzt wird: „Der Welt=
schöpfer nimmt es im Grunde mit den Menschen noch ge=
ringer als Fichte, der ihn nur von Himmel und Hölle
abtrennt, dafür aber alles Klassische rings umher in das
kleine Ich, das jeder winzige Knabe ausrufen kann, wie in
ein Taschenformat zusammendrängt" (S. 167); ganz wie im
Godwi (S. 55) Brentano einen Studenten durch den „Trost
fast zu Tränen ärgern läßt: F. (Fichte) behaupte, alles
läge im Capital=Conto des Ichs". Fichtes Philosophie
ist in den Nachtwachen auch mit jener „neuesten Schule"
gemeint, nach der „alles in uns selbst liegt und außer
uns nichts Reelles ist, ja wir nicht einmal wissen,
ob wir in der Tat auf den Füßen oder auf dem Kopfe
stehen, außer, daß wir das erste durch uns selbst auf
Treu und Glauben genommen haben" (S. 240).

Der philosophische Gegensatz zwischen der Naturphilo=
sophie Schellings und dem subjektiven Idealismus Fichtes
war seit dem Jahre 1802 zu immer deutlicherer Erschei=
nung gekommen. Aus dem Briefwechsel zwischen Arnim
und Brentano (Steig, S. 53, 181, 182) ersieht man die
schadenfrohe Teilnahme, mit der die beiden die Entwick=
lung dieses Streites verfolgten. Auch in den Nachtwachen
wird in der Gegenüberstellung der beiden Tollhausinsassen
auf diesen Philosophenstreit deutlich angespielt: „Nr. 2
und 3 sind philosophische Gegenfüßler, ein Idealist und
ein Realist; jener laboriert an einer gläsernen Brust
und dieser an einem gläsernen Gesäße, weshalb er sein
Ich niemals setzt, was jenem eine Kleinigkeit ist, ob er
gleich dagegen die moralische Anschauung vermeidet, und
darum die Brust sorgfältig bedeckt." Der geistreiche Witz
ist nicht schwer zu verstehen. Der Realist mit seinem
gläsernen Gesäße, weshalb er sein Ich niemals setzt, ist
natürlich Schelling, der Fichtes Wissenschaftslehre, die „das
Ich setzt", ablehnt; Fichte ist dagegen der Idealist mit
der gläsernen Brust, „die ihm die moralische Anschauung"
ermöglicht und „das Setzen des Ichs" zur „Kleinigkeit"
macht. Wenn Schelling aber „die moralische Anschauung
vermeidet und darum die Brust sorgfältig verdeckt", so ist
das wieder ein Stich auf sein Verhältnis mit Karoline,

ganz von der Art der übrigen Anspielungen in den Nacht=
wachen. Fichte muß wieder bei seiner gläsernen Brust
„die moralische Anschauung" sehr leicht fallen; bekannt=
lich ist sie das Postulat für die Konstruktion seiner Wissen=
schaftslehre.

Eine sicher zu deutende Anspielung findet sich in einer
Erzählung des Nachtwächters aus seiner satirischen Ver=
gangenheit (S. 119):

„Ich brachte indes schon das Volk durch bloßes Feuer=
werkern in Aufruhr und die flüchtige satirische Rede eines
Esels über das Thema: warum es überhaupt Esel geben
müßte, machte gewaltigen Lärm. Ich hatte bei Gott wenig
Arges dabei gedacht, und das Ganze blos aufs Allgemeine
bezogen. Aber eine Satire ist wie ein Probirstein . . . so
gings auch hier — der * * * hatte das Blatt gelesen und
alles auf sich genau passend gefunden, weshalb man mich
ohne weiteres in den Turm sperrte, wo ich Muße hatte
immer wilder zu werden."

Unter dem Zeichen * * * hatte Fichte in dem schon
öfters genannten Tieck=Schlegelschen Musenalmanach) seine
Idylle: „Was regst du, mein Wein, in dem Fasse dich"
veröffentlicht. Und diese * * * waren im Jenaer Kreise ge=
radezu zum Spitznamen Fichtes geworden. So spricht Karo=
line (bei Waitz II, S. 104) von den „sonnenklaren * * *"
mit Anspielung auf den Verfasser des „sonnenklaren Be=
richts über die neueste Philosophie", und in einer ihrer
Rezensionen (Sitzungsbericht der Heidelberger Akademie,
1912, Nr. 1) erwähnt sie die Beiträge von Sternchen
im Almanach, womit sie wieder die * * * Fichtes meint.

Sollten diese * * * auch in den Nachtwachen Fichte
verbergen? Eine Geschichte, wie sie hier von * * * erzählt
wird, ist fast buchstäblich so Brentano mit Fichte begegnet.
Auch Brentano hat eine satirische Rede über ein ähn=
liches Thema gehalten, das der * * * sehr übel ge=
nommen. Im Jahre 1800 hat Brentano den ersten Ent=
wurf seiner „Naturgeschichte des Philisters", jene köst=
liche Satire auf Fichtes Wissenschaftslehre, die er erst
später in die jetzt bekannte Fassung umarbeitete, im Kreise
der Karoline Schlegel vorgetragen. Von diesem Abend
bei Schlegels wird uns erzählt: „Fichte, der damals

zugegen war, fühlte sich getroffen und erhob sich nach be=
endigter Vorlesung mit den Worten: Nun werde ich aus
dieser Geschichte beweisen, daß eben Brentano hier der
erste und ärgste unter allen Philistern ist. Darauf soll
er eine schlagende Kritik gegeben haben" (Köpke, Tieck, I,
S. 251). Man sieht: „der * * * hatte das Blatt gelesen
und alles auf sich passend gefunden". Das ist wieder eine
sehr merkwürdige Übereinstimmung.

Interessant ist dabei noch folgendes: Fichte hat ein
Jahr später seine Streitschrift „Nicolais Leben und sonder=
bare Meinungen" veröffentlicht, deren Originalität die
Historiker hervorzuheben pflegen: „Die Schrift (so schreibt
Kuno Fischer) hat die Anlage zu einer trefflichen Sa=
tire; sie nimmt den Mann lediglich als ein Objekt und
vernichtet ihn dadurch, daß er ihn aus seinem obersten
Grundsatz in allen seinen Äußerungsweisen erklärt." Man
müßte sich wundern, wenn ein so wenig beweglicher Geist
wie Fichte auf diesen glänzend satirischen Gedanken ge=
kommen wäre, der seine eigene Wissenschaftslehre so artig
persifliert. Wir zweifeln nicht, daß diese Schrift Fichtes
eine Nachwirkung jenes Abends bei Schlegels ist, an dem
Brentano sich mit demselben Gedanken an Fichte gerieben
hat, und daß Fichte die gegen ihn gerichtete Satire, wie
damals gegen Brentano, jetzt gegen Nicolai gewendet hat.
So ist auch die in der Fassung Heines so berühmt gewordene
„Lorelei" in Wirklichkeit eine Schöpfung des begeisterten
Rheinfreundes Brentano, der diese Sage in der Ballade von
der Lore Ley im Godwi als junger Dichter aus seiner
eigenen Phantasie geschaffen hat.

Man könnte noch das große Interesse, das der
Verfasser der Nachtwachen für die Philosophie be=
weist, schlecht zu Brentanos wenig philosophischer An=
lage passend finden. Aber gerade im Sommer 1804 er=
fahren wir aus einem Brief von Friedrich Schlegel (Reich=
lin=Meldegg, Paulus und seine Zeit, II, S. 316) über
Beschäftigungen „des philosophischen Brentano". Denn
von solchen mußte er doch Kenntnis haben, wenn er seiner
Befürchtung Ausdruck gibt, daß die Philosophie jetzt „in
den Brentanoschen Geschmack und Aberwitz zu ver=
sinken droht. Ihr philosophischer Brentano soll ja, sagt

man, hierher [nach Köln] kommen wollen. Es wird wohl nur ein Wollen sein, oder denkt er wirklich, daß er auch hier sein A = A predigen möchte? In manche gute Stadt bin ich gekommen, wo man von dieser philosophischen Grippe noch gar nichts leidet." (Aus Köln vom 27. März 1804.)

5. Das Bedlam zu Jena.

Die beiden philosophischen Gegenfüßler Fichte und Schelling sind als die Insassen Nr. 2 und 3 des Tollhauses eingeführt. Auch die anderen Bewohner dieses Bedlams sind deutliche satirische Porträts literarischer Zeitgenossen. Das Beispiel von Schelling und Fichte deutet schon auf Jena, wo Brentano bis zum Jahre 1803 fast ständig gelebt hat.

Zu den verblüffendsten Übereinstimmungen, die als Bestätigung der Verfasserschaft Brentanos vorzubringen sind, gehört es, daß der geistreiche Gedanke des literarischen Narrenhauses von Jena mit allen seinen wesentlichen Zügen schon in Brentanos Gustav Wasa vorkommt. Dort heißt es S. 176 (Originalausgabe): „O, stellen Sie sich nicht so, als wenn es nicht offenbar wäre, daß Sie einen Platz im litterärischen Bedlam, das vor kurzem in Gähna aufgerichtet wurde, gar nicht erwarten können." Ein anderer erwidert: „Ich halte den Titel Bedlam für einen Druckfehler, ich bin versichert, es muß Betlehem heißen, weil solche Menschen dort erstehen —." „Nein", erwidert der „Ich", „ich will es Ihnen erklären. Sie haben . . . gesehen, wie leicht die Gescheiden für Narren angesehen werden weil ihre Zahl zu klein ist und die Menge das Urtheil fällt. In England hat man ein anderes Maß. Da steht der Herr von Kotzebue an der Spitze der Geistreichen, und die noch geistreichern in England, die rein tollen, sind im Bedlam. In Deutschland muß aber doch auch eine Absonderung seyn, und so steckt man denn die Gescheiden ins Narrenhaus. Es muß ohnstreitig im Staat ein Narrenhaus seyn. Weil wir nun die Rumfordische Suppe noch nicht haben, um die unendliche Menge der Narren erhalten zu können, so sperrt man die vernünftigen Leute ein, um die Kosten zu sparen, und bey

Gott! ich bin dem Entrepreneur sehr dankbar, daß er
nun endlich eine Anstalt zu stande gebracht hat, in der
man eine vernünftige Gesellschaft konzentriert finden
kann. Um so uneigennütziger ist es von ihm, da er gar
keine Hoffnung gibt, je dieses Bedlam zu betreten."

Hier haben wir dieselbe Idee wie in den Nachtwachen:
die Narrenrepublik der Jenenser Romantiker. Die Stelle
des „Gustav Wasa" gibt uns den Schlüssel für das Verständnis der anderen Tollhäuslerporträts. „Der Entrepreneur
des Narrenhauses", wie er im Gustav Wasa heißt, kehrt als
„Aufseher des Instituts" im Doktor Olearius wieder. Im
Gustav Wasa wird die Person des Entrepreneurs noch
deutlicher bezeichnet: Von dem Tollhause in Jena aus
kann man „den literarischen Schützenplatz, und alle Sprünge
des Pritschenmeisters beobachten, der eigentlich der Entrepreneur ist". Der Pritschenmeister des Schützenplatzes, auf
dem man, wie es im folgenden heißt, „nur immer gegen
schwarz auf weiß zielt", ist natürlich Schütz, der Redakteur der Jenaischen Literaturzeitung, eines Unternehmens,
das vor allem das Verdienst hat, die Romantiker in
Jena vereinigt zu haben. Auf ihn ist auch angespielt mit
den Worten, daß „der Entrepreneur eine Anstalt zustande gebracht hat, was um so uneigennütziger von ihm
sei, da er gar keine Hoffnung gibt, je dieses Bedlam
zu betreten". Der Gehilfe von Schütz in der Redaktion
dieser Zeitung war damals Eichstädt. Wenn es nun gleich
darauf heißt: „die Eiche steht nun nicht mehr dort, man
schießt nur nach der Scheibe, die grade vor Bedlam steht",
so ist das natürlich ein Spiel mit dem Namen Eichstädt.

Nach diesem Vorbild wird man auch in den Narren
der Nachtwachen den Kreis der Jenaer Romantik
und in ihrem Aufseher, dem Doktor Olearius, den Redakteur der Jenaischen Literaturzeitung vermuten dürfen.
Im Jahre 1804 war inzwischen Eichstädt alleiniger
Redakteur dieser Zeitung geworden. Sollte er nicht
in dem Herrn Dr. Ohlmann zu verstehen sein? Er
wird in den Nachtwachen sehr deutlich gezeichnet: „Herr
Doktor Ohlmann, oder Olearius — wie Sie denn Ihren
Namen vor Dissertationen und Programmen, durch eine
todte Sprache in die Unsterblichkeit übersetzen"; — das

stimmt völlig zu Eichstädt, dem besten Latinisten seiner Zeit, der durch seine lateinisch geschriebenen Differtationen und seine viel gelesenen Programme der Jenaischen Universität bekannt war. Unter seine lateinische Schriften pflegte er Eichstadius zu setzen, so wie Ohlmann als Olearius unterschrieb. Auch der „Handel mit Doktorhüthen", der vom Verfasser in so bedenkliche Nähe zu Ohlmann gerückt wird, will nicht schlecht zu Eichstädt passen, der manchem ehrgeizigen Jüngling vermöge des großen Einflusses, den er an der Universität besaß, den Doktortitel verschafft hat.

Ein solcher Angriff auf Eichstädt ist aber Brentano damals gut zuzutrauen. Sophie Mereau war mit Eichstädt befreundet und hat ihm noch im Januar 1804 für die neue Jenaische Literaturzeitung ein „Avertissement", offenbar die im Intelligenzblatt Nr. 9 vom 16. Januar 1804 erschienene Ankündigung des von ihr herausgegebenen „Göttinger Musen-Almanachs für das Jahr 1804", eingesandt. In seiner Antwort vom 16. Januar schickte ihr Eichstädt den Abdruck dieser Anzeige, machte aber zugleich darin eine sehr ungezogene Andeutung über das Gerücht, daß Sophie sich von Brentano wieder scheiden und nach Jena zurückkehren wolle. Das entfesselte den leidenschaftlichen Haß Brentanos gegen Eichstädt, dem er diese Äußerung nie verziehen hat, wie seine Briefe (Briefwechsel II, S. 101, 156) beweisen. Es ist wahrscheinlich die Folge dieser Stimmung, wenn die Brentanos die Bitte Eichstädts, ihm Beiträge für seine Literaturzeitung zu senden, nicht beachten und von nun an Mitarbeiter der „Zeitschrift für die elegante Welt" werden. So sehen wir, wie sich die Nachtwachen ganz aus der persönlichen Lage Brentanos im Frühjahr 1804 verstehen lassen.

Die bisher geglückten Feststellungen können uns Mut machen, auch die Agnoszierung der anderen Tollhäusler zu versuchen. Jedenfalls werden sie im Kreise der Jenaer und Weimarer zu finden sein. Dafür gibt schon der Gustav Wasa einen Fingerzeig. Manche Anspielung wird freilich unverstanden bleiben, andere wird man nur annähernd erraten können. So wird wohl Nr. 4, „der blos deswegen hier sitzt, weil er in der Bildung um ein halbes

Jahrhundert zu weit vorausgeschritten ist", Goethe sein, wie die Verehrung Brentanos für diesen Dichter und der Vergleich mit S. 213 nahelegt (vgl. oben S. LXIX).

„Nr. 5 hielt zu verständige Reden, deshalb haben sie ihn hierher geschickt." „Reden" über die Religion hat Schleiermacher geschrieben; sollte er, der Freund Schlegels, damit gemeint sein?

Nr. 8 ist schon deutlicher zu erkennen. Er hat „dadurch, daß er bei vernünftigen Tagen es mit der Rührung in seinen Komödien zu übermäßig betrieb, seine Vernunft gänzlich weggeschwemmt". Daß damit auf die Rührseligkeit der Dramen Kotzebues angespielt ist, zeigt der gleiche Spott S. 205: „Ich lernte weinen wie Kotzebue"; und S. 259 bringt man es nach dem Rate des Verfassers am besten „durch mechanisches Lesen Kotzebuescher Dramen zum Weinen". Und auch sonst wird keine Gelegenheit zur Verhöhnung Kotzebues versäumt, „dieses Kozebues", von dem gewünscht wird, daß „selbst am Ende aller Dinge noch seine lezten Werke in dem Hogarth'schen Schwanzstücke lägen und die Zeit ihre lezte Pfeise, die sie da raucht, mit einer Scene aus seinem lezten Drama anbrennen und so begeistert in die Ewigkeit übergehen könnte". Kotzebue ist auch gemeint mit „den kleinen gewöhnlichen Dichtern (S. 63), deren Stücke rührend ausfallen müssen, wenn sie große tragische Stoffe", wie den Gustav Wasa! „zu bearbeiten unternehmen", und Kotzebue gehört mit Iffland zu den „kleinen Wizbolden und gutmüthigen Komödienverfassern, die sich nur blos in den Familien umhertreiben" mit ihren „tugendhaften Bösewichtern, in denen der Teufel vermenschlicht und der Mensch verteufelt erscheint" (S. 28 und 53).

Die Stellung gegen Kotzebue kann man zwar keineswegs als einen eigenartigen Zug auffassen, an dem ein Romantiker jener Zeit unzweideutig zu erkennen wäre; findet sie sich doch bei allen in gleicher Weise. Aber wir dürfen doch darauf hinweisen, daß gerade Brentano es war, der Kotzebues Angriff auf die Romantiker im „hyperboreischen Esel" durch die Satire „Gustav Wasa" beantwortet hat. Hier tritt vor allem Tieck in der Gestalt des gestiefelten Katers als Gegner Kotzebues auf. Sollte

man darum in Nr. 7, dem Gegner Kotzebues, auch Tieck
zu erkennen haben? Er „hat sein Gehirn versengt dadurch,
daß er sich zu hoch in die Poesie verstieg". Eine solche
Beurteilung Tiecks wäre bei Brentano nicht unmöglich,
der „Tiecks Humor so fad" schilt (Steig, S. 72).

Und wenn der Verfasser der Nachtwachen erzählt, er
habe Nr. 7 und 8, „die widerstreitenden Elemente Feuer
und Wasser dann und wann versucht durch einen gegenseitigen Kampf zu verzehren, aber das Feuer fiel dann
heftig über das Wasser her", so könnte man darin eine
Anspielung auf den Gustav Wasa sehen.

Nr. 1 soll „seines ursprünglichen Handwerks nach
ein Poet gewesen sein, der seine Flüssigkeiten in keinem
Buchladen ableiten konnte", doch ist er zu wenig individuell
gezeichnet, als daß er mit Sicherheit erkannt werden könnte.
Wir werden in ihm irgendeinen Freund der „Rose" zu
denken haben, wie der Freundeskreis hieß, in dem Brentano zu Jena verkehrte. Dieser Poet ist weiter „ein
Beleg zur Humanität, der mehr als alle Schriften
darüber gilt". Das ist ein Stich auf die „Herdersche
Humanität" („Herders Briefe zur Beförderung der Humanität"), die auch im Gustav Wasa verspottet wird.

Deutlicher ist Nr. 9, „der wahnsinnige Weltschöpfer",
gezeichnet. Wie aus den oben S. LXXXVIII angeführten
Stellen hervorgeht, muß damit ein Naturphilosoph getroffen
sein, sei es nun, daß der Verfasser an Schelling selbst,
an Ritter oder Steffens denkt. Auch im Godwi (S. 252)
gebraucht Brentano dieses Bild zur Bezeichnung der jungen
Naturphilosophen: „Ihr seid wie Prometheus an den
Felsen geschmiedet, die Welt habt ihr erschaffen, die
euch erschaffen sollte, und sie zielet mit Pfeilen des Todes
auf euch . . ." Von dem Weltschöpfer wird (S. 161) die
Theorie von den Insekten und Schmetterlingen als von
den Blumen abgelösten Blüten im Munde geführt, eine
Hypothese, „die irgend ein Naturforscher aufgestellt hat";
Dieser „Naturforscher" ist Steffens (in seinen „Beiträgen
zur inneren Naturgeschichte der Erde"). Darum könnte man
meinen, daß Steffens selbst der Weltschöpfer sei; auf ihn war
Brentano schlecht zu sprechen, seit er den Konflikt mit ihm
in Jena gehabt hatte. Aber er scheint doch zu un-

bedeutend, als daß ihm Brentano im Tollhause von Jena eine solche Rolle zugeteilt hätte; sie würde eher zu Schelling passen, der auch ausdrücklich durch den Gegensatz, in den „das konsequente System des wahnsinnigen Weltschöpfers" zu dem Fichteschen gebracht wird, nahegelegt wird.

Besondere Beachtung verdienen noch die Nr. 10 und 11. Sie sind Belege „zur Seelenwanderung; der erste bellt als Hund und diente ehmals am Hofe; der zweite hat sich aus einem Staatsbeamten in einen Wolf ver= wandelt. Man kommt auf eigene Gedanken bei ihnen." Der „Hofhund" ist ein Spitzname, mit dem gerade Bren= tano einen, uns nicht näher bekannten, Hofmann aus Weimar, einen Gegner Tiecks und Anhänger Kotzebues, zu bezeichnen pflegte. Im Gustav Wasa (S. 131) heißt es: „Ich habe mir alle Mühe gegeben, den Herrn «Hof= hund» hinaufzubewegen, allein er ist stocktaub und würde den Souffleur nicht hören; wenn sich Spitzius Hofmann bemühen wollte, da wäre viel zu hoffen". Schließlich macht der Souffleur das Hundegebell und vertreibt so den gestiefelten Kater. Das Spiel mit Katze (Tieck) und Hund ist leicht zu verstehen. Wie geläufig Brentano dieser Spitz= name war, zeigt ein Brief von Clemens an Arnim (bei Steig, S. 34), in dem unter „Kotzebues Hund" offenbar dieselbe Persönlichkeit (Böttiger?) gemeint ist. Daß in den Nachtwachen sogar die Spitznamen, mit denen Brentano bestimmte Persönlichkeiten zu bezeichnen pflegte, wieder= kehren, ist ein starkes Zeugnis. Allerdings fehlt im Gustav Wasa der Staatsbeamte, der in einen Wolf verwandelt ist, aber in einem Entwurf zu jener Szene des Gustav Wasa, der sich jetzt im Frankfurter Freien Deutschen Hoch= stift befindet[1], erscheint gleich neben dem Hund Kotzebues der „Wolf". Die sonderbare Stelle lautet:

> Im Parterre seh ich wackeln,
> Wie die Schwänze lahmer Hunde,
> Alle Tücher, Kühlung schaffend,
> Seh ich im Parrterre wackeln,
> Wie die Hunde Kotzebuens.

---

[1] Abgedruckt mit besonderer Erlaubnis der Gesamtausgabe Prof. Schüddekopfs.

Denn sie hören draußen jammert
Der maskirten (?) Kozebue
Den hussittchen Kazenjammer,
Heult der Wolf aus (?) einem Hunde.

Gläser in der Speise[t]ammer
Bricht dann klirrend Kozebue[1],
Und ich armer selbst muß lachen,
Hinter mir schimpft Kozebue.

Wir wüßten allerdings nicht mit Bestimmtheit an=
zugeben, welcher weimarische „Staatsbeamte" — denn daß
er in Weimar zu suchen ist, zeigt der Gustav Wasa —
dieser „Wolf" sein soll. Vielleicht ist es „der sehr geistreiche
und witzige Regierungsrath von Voigt", der, wie Char=
lotte von Ahlefeld erzählt, „mit seiner Frau der Sauer=
teig der Weimarer Gesellschaft war", und dessen Frau,
„die manche Gährung bewirkte, oft von Brentano ge=
züchtigt wurde"; war doch Voigt Böttigers Freund.

Jedenfalls erkennen wir diesen weimarischen „Staats=
beamten" in dem „Justizwolf" wieder, der S. 95 beim
falschen jüngsten Tageslärm in der Silvesternacht von 1800
auf 1801 sich in voller Verzweiflung in ein Schaf zu ver=
wandeln müht und der S. 107 ausdrücklich der „erste
Rathsstand" heißt, was nicht schlecht zu Voigt passen würde.
Durch den weimarischen Staatsbeamten ist jetzt auch die
Stadt fraglos bezeichnet, in der die Szene jener Nacht
spielt — Weimar (vgl. S. XLIV). Dann ist aber der
„stolzeste Mann im Staate" mit der Krone in der Hand
kein anderer als der Großherzog Karl August. —

Wer den Haß kennt, der aus den Briefen Bren=
tanos an Sophie in den Jahren 1803/04 gegen Weimar
und die weimarische Hofgesellschaft, in der seine Frau lebte,
spricht, der wird sich über die satirische Bosheit, mit der
in dem „jüngsten Tages Lerm" die Fürsten, Krieger,
Staatsbeamten Weimars und die Juristen, Theologen,
Philosophen der Universität Jena verspottet werden, nicht
wundern.

Ein Porträt muß man auch unter dem Dichter mit
der „unsterblichen Perücke Lessings" vermuten, der der
Unsterblichkeit durch die Nachahmung aller möglichen

---

[1] Kotzebue neben Kozebue genau wie Nachtwachen, S. 28 und
S. 59.

klassischen Vorbilder nachsetzt. In einem Brief an Arnim vom Februar 1803 spottet Clemens auch einmal über August Winkelmann, seinen früheren Freund, dem er aber inzwischen immer mehr entfremdet war, und macht sich über dessen Streben nach klassischer (etwa Lessingscher?) „Würde des Stils" lustig. Er nennt ihn da „einen Affen mit Perücke". Ist etwa Winkelmann der Träger der „unsterblichen Perücke" in der Nachtwache? Das würde zu der Art stimmen, in der Brentano auch sonst, so in dem S. XXIV angeführten Brief an Sophie, sich über das posenhafte Wesen Winkelmanns ärgert: „Der meine Schwester seelig ausgestopft hat!" (vgl. Briefwechsel I, S. 125).

6. Das Selbstporträt.

Als Tollhäusler Nr. 20 führt der Verfasser schließlich sich selbst vor. Bei dieser Gelegenheit entwirft er ein Bildnis seiner Persönlichkeit, das eine Reihe von ganz besonderen Zügen trägt. Hier erfahren wir auch einiges von seinen Studien auf der Universität (Nachtwachen, S. 170): „Oft zwar habe ich versucht, die Weisheit mit den Haaren an mich zu reißen und habe deshalb privatim mit allen drei Brodfakultäten Umgang gepflogen, um mich demnächst öffentlich nach einem kurzen Musenbeilager, als eine heilige Dreizahl zum Besten der Menschheit einsegnen zu lassen. ... Doch ich fand bei näherer Ansicht alles eitel und erkannte in aller dieser gepriesenen Weisheit zuletzt nichts anderes als die Decke, die über das Mosesantlitz des Lebens gehängt ist, damit es Gott nicht schaue."

Dies Bekenntnis wird man bei der Offenheit, mit welcher der Verfasser von allen seinen persönlichen Verhältnissen redet, sehr wörtlich zu nehmen haben: „Er hat drei Brodfakultäten besucht". Das kann gewiß nicht jeder Nachtwächter von sich sagen; aber von Clemens Brentano wissen wir, daß er in Halle Kameralwissenschaft und Arzneikunde und in Jena Philosophie gehört hat: das sind drei Fakultäten[1]; und wenn der

---

[1] In den Nachtwachen ist unter der dritten Brotfakultät allerdings des Zusammenhangs wegen die theologische verstanden.

Verfasser sein Studium hier mit einem sarkastischen Witz
„ein kurzes Musenbeilager" nennt, so redet Brentano
mit einem ähnlich respektlosen Bilde im Godwi, S. 54
(Sämtliche Werke, S. 43), von der „schlechten Geburts=
hilfe, die in H. [Halle] den Musen [nämlich bei ihren
Söhnen] geleistet wird".

Der Spott, den der Verfasser hier über die braven
Jünglinge und ihr Streben nach einem Doktorhut aus=
gießt, stimmt ganz zu Brentano, und gerade dem ganz in
der Enge des akademischen Kreises aufgehenden Professor
Eichstädt=Olearius gegenüber mag es ihn gereizt haben,
die Geringschätzung, die er für alle Würden und Wertungen
der Universität empfand, auszusprechen.

So finden sich in den Nachtwachen überall Züge aus
Brentanos Leben, ja, man könnte fast das ganze Buch ein
Selbstporträt des Dichters nennen. Sagt er doch selbst
S. 111 und 112, an einer Stelle, die er im Inhaltsver=
zeichnis „Selbstporträtieren" nennt: „Ich bin schon oft
daran gegangen, vor dem Spiegel meiner Einbildungs=
kraft sitzend, mich selbst leidlich zu portraitiren, habe
aber immer in das verdammte Antliz hineingeschlagen,
wenn ich zulezt fand, daß es einem Vexirgemälde glich,
das von drei verschiedenen Seiten eine Grazie, eine Meer=
kaze und en face den Teufel dazu darstellt. . . . Dem sei
wie ihm wolle, und meine Physiognomie falle häßlich oder
schön aus, ich will ein Stündchen treulich daran
kopiren." So hat sich Brentano in der Tat treulich
darin kopiert. Die bedeutenden äußeren Ereignisse seines
Lebens: der Weimarer Neujahrsmaskenball von 1800/01,
der Kreis der Jenaer Romantik, die Hofgesellschaft von
Weimar, Brentanos Gastrolle als „Komikus" auf dem
Theater, seine boshaften Bänkelsängervorträge, seine Sa=
tiren, wie der Gustav Wasa und der Philister, der An=
stoß, den seine scharfe Zunge in seiner Umgebung erregte,
seine Lehrzeit im Handelshause des Vaters, der Zwist
mit der Familie, der Zwiespalt mit der Kirche, der Tod
des Kindes: alles kehrt, unter verschiedenen Masken leicht
erkennbar, in den Nachtwachen wieder.

Aber vor allem blickt der tiefgehende innere Wider=
spruch in Brentanos Wesen aus dem Selbstbildnis,

das Bonaventura von sich entwirft, hervor: eine un=
bändige Leidenschaftlichkeit, die sich in sich selbst verzehrt,
ohne ihre Erfüllung im Leben finden zu können. Und
neben dem Übermaß des Begehrens eine tiefe Melancholie,
die vergeblich mit wilden, das Herz zerreißenden Späßen
ihre bis an die Grenze des Wahnsinns gehende Verzweiflung
zu überschreien sucht. Das bedeutet die groteske und furcht=
bare Maske des tragischen Hanswursts, die durch das ganze
Buch hinläuft, der gleich ihm lachen muß, wenn ihm das
Herz im Leibe bricht. Und dabei ein Haß, eine Verachtung
der Welt und der bürgerlichen Gesellschaft, wie sie kaum je
mit solcher Erbitterung ausgesprochen wurde. „Es ist größer
die Welt zu hassen, als sie zu lieben; wer liebt, begehrt,
wer haßt, ist sich selbst genug und bedarf nichts weiter als
seinen Haß in der Brust und keinen dritten." Ein trotziger
Mut zur Wahrheit, der alle Götter stürzt, und nach dem
Tode nichts hofft noch fürchtet, und sollte er darum auch
zugrundegehen.

Wer anders ließe sich in diesem Bildnis erkennen
als Brentano, dieser von allen Leidenschaften zerrissene
Mensch, dem schon früh, wie er im Godwi, S. 146 (Sämt=
liche Werke, S. 121), sagt, „des alten Glaubens Götzen
stürzen", der dort stolz ausruft: „ich fürchte, ich hoffe nichts
nach dem Tode", der in der streng katholischen Familie
als „Atheist" dasteht (Ges. Schriften 8, S. 125) und
der sein Glaubensbekenntnis in das schöne, schlichte Wort
faßt: „Ich habe keine Gottheit im Leben, als Wahrheit,
einfachen Sinn, Güte, Menschenverstand und so viel Poesie,
als man hat" (Brief an Sophie vom 18. März 1803).
In ihm findet sich der tiefe innere Zwiespalt der Nacht=
wachen, die schreckliche Uneinigkeit Bonaventuras mit sich
selbst wieder: „Ganz tiefer Schmerz war selbst sein Scherz",
sagt er selbst von sich, und ein andermal gesteht er: „Ich
scheine meist witzig . . ., wenn mir oft innerlich das Herz
brechen möchte aus Verachtung, ja, ich schaue immer
durch solche Rede, die der Zweite in mir hält". Und
sein niemand verschonender Trieb zu verletzender Satire
läßt Sophie Mereau entsetzt ausrufen: „Du hast keinen
Sinn für Schonung und Schicklichkeit. Du kannst
Dinge aussprechen, die das innerste Wesen des anderen

zerreißen; wie von einer fremden bösen Macht ge=
zwungen, sagt deine Zunge oft Worte, von denen
dein Herz, dein Verstand nichts wissen können,
die auch das nicht verschonen, was du selbst für
das heiligste anerkennst".

Das Jahr 1804 ist aber für Brentano der Höhe=
punkt dieser Zerrissenheit. Er sah sich an eine Frau
gefesselt, von der er einst geträumt hatte, daß sie als
Königin sein anarchisches Gemüt beherrschen und ihn von
seinem Zwiespalt erlösen könne. Statt dessen empfand er
jetzt in der Ehe nur die ganze Enge eines kleinen bürgerlichen
Lebens: „Ich bin ohne Gehilfe, ohne Mitteilung in meinem
poetischen Leben, ich möchte sagen, in meinem poetischen
Tod. Ein Jahr ist es nun, daß ich keine Zeile ge=
dichtet, ohne Umgang, ohne Liebe. In steten häus=
lichen Leiden fühle ich meine Kraft erlahmen —
und das nun mir, mir, der alles so zerreißend
empfindet" (3. Okt. 1804 an Arnim).

Das ist die Stimmung, aus der die Nachtwachen er=
wachsen. Eine Zeitlang hatte er noch auf den Frühling
gehofft (Gesammelte Schriften 8, S. 119). „Keinen
Trost haben wir zu erwarten als den Frühling. O,
möge er freundlicher und grüner mit Hoffnung an=
gethan als je zur Erde kommen. Ich habe mich nie
so sehr nach ihm gesehnt und werde ihn lieben,
wie ich es nie gethan." Man glaubt diese Töne in dem
„Dithyrambus auf den Frühling" der Nachtwachen wieder=
zuhören. Merkwürdig ist es allerdings bei Brentano, daß
wir nicht einmal hier ein Gedicht bekommen, wie sie ihm
sonst aus der Seele strömen. Aber hörten wir nicht eben:
„Ein Jahr ist es nun, daß ich keine Zeile gedichtet".

In den Nachtwachen glaubte er sich unter dem Geheim=
nis des Decknamens sicher. Hier hat er sich ganz ausge=
sprochen, mit jener Wahrhaftigkeit, „die den heiligen Grund
seines Charakters ausmachte" (Briefwechsel I, S. 35), und
wie er es sonst nur noch in den Briefen an Sophie Mereau
gethan. Und das gibt diesem Buche seine Bedeutung als
eines einzigen Zeugnisses der Menschheit. Hier sehen wir
tief in ein unglückliches und doch edles Menschenherz hinein.

Unter den nachgelassenen Papieren Brentanos fand
sich ein merkwürdiges Selbstbekenntnis. Es ist der un=

vollendete Entwurf zu einem wohl nie abgeschickten Brief
an Hoffmann, eben den Hoffmann, der in seiner Zerrissen=
heit und Phantastik so merkwürdige Verwandtschaft mit
dem Verfasser der Nachtwachen zeigt. Wohl ist er der
einzige deutsche Dichter, in dem man noch außer in Bren=
tano den Verfasser der Nachtwachen vermuten könnte. Nur
daß er im Jahre 1804 noch nicht durch die schweren
Schicksale gegangen war, die den Hoffmann der späteren
Zeit geformt haben. Aus dieser Zeit (nach 1809) stammen
seine ersten Dichtungen. Brentano lernte sie erst 1817
kennen. Da schrieb er unter dem ersten Eindruck der
Lektüre jenen wahrscheinlich nie abgesandten Brief:
„Ich habe heute den vierten Band der Phantasiestücke
gelesen.... Ihr Wesen hat mich lebendig gerührt, vieles
war mir, als hätte ich es selbst geschrieben, was mir
beinahe noch nie wiederfahren.... Etwas drängt
es mich vor allem zu sagen, nehmlich ich gratulire Ihnen
mit Erstaunen, daß es sie alles dieses zu sagen drängte.
Welch glücklicher Erdenmann sind Sie, mit solcher Lust
in den Schnee zu pissen, in die Luft zu knallen. Was
sie geschrieben, hat mich mannigfaltig gefreut, aber daß
Sie es gethan eben so sehr gewundert, ich möchte die
Lichter ausputzen meinen Schatten nicht zu sehen den
Spiegel verhängen mein Spiegelbild nicht zu erblicken und
dieser Schatten, dieses Spiegelbild von mir in
Ihrem Buche hat mich darum oft geängstet, wes=
wegen ich nicht begreifen kann, daß Sie das Ihre selbst
drinn sehen und zeigen möchten.... Die Ironie des
aus dem Stück fallens allein schien sich mir überlebt,
ich halte es für frühere Arbeit. Ich fühle überhaupt, daß
Sie ein großes Talent fürs Drama haben müßten, wenn
das Gaukeln Sie anfangen dürfte zu langweilen.
Ich kenne diese Lust ... die witzigen gaukelnden
sogenannten Humoristen treten immer in der Litte=
ratur ein vor der Hungersnoth. Es ist das Henkers=
mahl, der letzte Schmauß des verlorenen Sohn."
Dieser Brief klingt fast wie ein Geständnis Brentanos.
Denn in welchem Werke außer in den Nachtwachen tritt
sonst noch die innere Verwandtschaft mit Hoffmann in
der Schärfe hervor, daß Brentano von sich sagen konnte:
„Vieles war mir, als hätte ich es selbst geschrieben".

Brentano spricht hier von der Hungersnot, die in der Literatur nach „den gaukelnden sogenannten Humoristen" eintritt. Auch dies kann man auf die Nachtwachen, dies gaukelnde, humoristische Werk vor allen anderen (vgl. Nachtwachen, S. 14) deuten. Es ist das bedeutendste Werk, das Brentano geschrieben hat. Von da versiegt seine dichterische Kraft immer mehr. Nachdem er sich hier so rückhaltlos ausgesprochen, beginnt er sich vor sich selbst zu fürchten, „die Spiegel zu verhängen und die Lichter aus= zuputzen", „die Spiegel der Einbildungskraft", vor denen er in den Nachtwachen sitzend sich porträtiert hatte (S. 111). Er kann die Wahrheit nicht mehr ertragen, die einzige Quelle, aus der seine Dichtung ihre Kraft schöpfte. „Die Hungersnoth" tritt ein; die Nachtwachen waren die Henkersmahlzeit des verlorenen Sohnes.

Noch hat er lange von den reichen Vorräten seiner Jugend gezehrt, den einen oder den anderen Entwurf aus seiner früheren Zeit, so die Romanzen vom Rosen= kranz, ausgeführt, manches schöne Märchen nacherzählt. Aber etwas wirklich Großes, wie es die Nachtwachen sind, hat er nicht mehr geschaffen. Es ist furchtbar traurig, wie dieser sprühendste Geist der romantischen Literatur langsam in sich zusammenbricht, aber er hat sich schon im Godwi (S. 246) prophezeit: „Er wird einstens zer= brechen, das ist die Art seines Untergangs"; das wird jetzt Wirklichkeit. „Es ist vorüber", sagt er 1810, mit 32 Jahren, in dem Brief an Runge, „große Freuden und Leiden sind, mit einer dunkeln, grausamen Phantasie sich in mir wiederspiegelnd, über mich ergangen. Es ist vorüber. Das Talent Dichterwerke zu lieben und zu verstehen und was ich selbst liebe und verstehe, zu dichten, würde ich gewiß lauter vor der Welt ausgesprochen haben, wenn nicht Alles, was ich dichten mochte, zu sehr die heilige Geschichte meines Innern gewesen wäre. . . . Mein Paradies war untergegangen und sein Firmament stand noch über mir. . . Mein Selbstgefühl glich der abgelösten Farbendecke eines im Wasser versun= kenen Pastellgemäldes, welche noch kurze Zeit oben schwimmt. Ich hätte es vielleicht behutsam auffassen können, aber ich sah lieber so lange lächelnd hinein, bis

heftig ſtürzende Thränen es verwirrten und der widerliche
Gedanke, daß durch das Auffaſſen ſolcher ſchwimmender
Farben marmorirtes Papier gemacht wird, machte, daß ich
dem geliebten Bilde noch einen ernſten Scheideblick gönnte
und, mich dann muthig den Wellen übergebend, es an
meiner Bruſt ſcheitern ließ."

So war es: ſein Selbſtgefühl war verſchwunden, und
mit ihm hatte er ſich ſelbſt verloren; nun war er ohne
inneren Halt und wußte ſich nicht mehr wiederzufinden.
„Ich bin leider ſo alt", ſchreibt er in jenem Briefe an Hoff=
mann, „daß mir die Worte als Mäuſe, Raubthiere, Diebe,
Buhler, Flüchtende und dergleichen mit meinen Empfin=
dungen aus dem Maule laufen." Da flüchtete er ſich in
das Land ſeiner Märchen und die Empfindungswelt des
Katholizismus; hier ſtand für ihn das Gefühl ſeiner Kind=
heit wieder auf, das einzige, was ihm von ſeinem Leben
geblieben war.

Handzeichnung Brentanos
(vgl. Dritte Nachtwache und oben S. XXXV).

Nachtwachen.

Journal

von

neuen deutschen Original Romanen

in 8 Lieferungen jährlich

Dritter Jahrgang.   1804

Siebente Lieferung.

Nachtwachen.

Penig 1804

bey F. Dienemann und Comp.

Nachtwachen.

Von

Bonaventura.

Penig 1805
bey F. Dienemann und Comp.

Inhalt.

Erste Nachtwache.
Der sterbende Freigeist . . . . Seite 1

Zweite Nachtwache.
Die Erscheinung des Teufels . . . . . . Seite 12

Dritte Nachtwache.
Rede des steinernen Crispinus über das Kaptil de ad-
    ulteriis . . . . Seite 24

Vierte Nachtwache.
Holzschnitte; nebst dem Leben eines Wahnsinnigen als
    Marionettenspiel . . . . Seite 44

Fünfte Nachtwache.
Die Brüder . . . . Seite 78

Sechste Nachtwache.
Das Weltgericht . . . . Seite 93

Siebente Nachtwache.
Selbstportraitiren. — Leichenrede am Geburtstage eines
    Kindes. — Der Bänkelsänger. — Injurien=
    klage . . . . Seite 111

Achte Nachtwache.
Des Dichters Himmelfahrt. — Absagebrief an das Leben.
    — Prolog des Hanswurstes zu der Tragödie: der
    Mensch . . . . Seite 130

Neunte Nachtwache.
Das Tollhaus. — Monolog des wahnsinnigen Weltschöp=
    fers. — Der vernünftige Narr . . . . Seite 153

Zehnte Nachtwache.
Die Winternacht. — Der Traum der Liebe. — Die weiße
    und die rothe Braut. — Das Begräbniß der Nonne.
    — Lauf durch die musikalische Tonleiter . Seite 174

Elfte Nachtwache.

Ahnungen eines Blindgebornen. — Das Gelübde. —
Der erste Sonnenaufgang . . . . . Seite 192

Zwölfte Nachtwache.

Der Sonnenadler. — Die unsterbliche Perücke. — Der
falsche Haarzopf. — Apologie des Lebens. — Der
Komödiant . . . . Seite 201

Dreizehnte Nachtwache.

Dithyrambus über den Frühling. Der Titel ohne das
Buch. — Das Invalidenhaus der Götter. — Der
Hintere der Venus . . . . Seite 217

Vierzehnte Nachtwache.

Die Liebe zweier Narren . . . . . . Seite 230

Funfzehnte Nachtwache.

Das Marionettentheater . . . . . . Seite 235

Sechzehnte Nachtwache.

Das Böhmerweib. — Der Geisterseher. — Das Grab des
Vaters . . . . Seite 272

Erste Nachtwache.

Die Nachtstunde schlug; ich hüllte mich in meine abenteuerliche Vermummung, nahm die Pike und das Horn zur Hand, ging in die Finsterniß hinaus und rief die Stunde ab, nachdem ich mich durch ein Kreuz gegen die bösen Geister geschützt hatte.

Es war eine von jenen unheimlichen Nächten, wo Licht und Finsterniß schnell und seltsam mit einander abwechselten. Am Himmel flogen die Wolken, vom Winde getrieben, wie wunderliche Riesenbilder vorüber, und der Mond erschien und verschwand im raschen Wechsel. Unten in den Straßen herrschte Todtenstille, nur hoch oben in der Luft hauste der Sturm, wie ein unsichtbarer Geist.

Es war mir schon recht, und ich freute mich über meinen einsam wiederhallenden Fußtritt, denn ich kam mir unter den vielen Schläfern vor wie der Prinz im Mährchen in der bezauberten Stadt, wo eine böse Macht jedes lebende Wesen in Stein verwandelt hatte; oder wie ein einzig Uebriggebliebener nach einer allgemeinen Pest oder Sündfluth.

Der letzte Vergleich machte mich schaudern, und ich war froh ein einzelnes mattes Lämpchen noch hoch oben über der Stadt auf einem freien Dachkämmerchen brennen zu sehen.

Ich wußte wohl, wer da so hoch in den Lüften regierte; es war ein verunglückter Poet, der nur in der Nacht wachte, weil dann seine

Gläubiger schliefen, und die Musen allein nicht
zu den letzten gehörten.

Ich konnte mich nicht entbrechen folgende
Standrede an ihn zu halten:

„O du, der du da oben dich herumtreibst,
„ich verstehe dich wohl, denn ich war einst deines=
„gleichen! Aber ich habe diese Beschäftigung auf=
„gegeben gegen ein ehrliches Handwerk, das seinen
„Mann ernährt, und das für denjenigen, der sie
„darin aufzufinden weiß, doch keinesweges ganz
„ohne Poesie ist. Ich bin dir gleichsam wie ein
„satirischer Stentor in den Weg gestellt, und
„unterbreche deine Träume von Unsterblichkeit,
„die du da oben in der Luft träumst, hier
„unten auf der Erde regelmäßig durch die Er=
„innerung an die Zeit und Vergänglichkeit.
„Nachtwächter sind wir zwar beide; schade nur
„daß dir deine Nachtwachen in dieser kalt prosa=
„ischen Zeit nichts einbringen, indeß die meinigen

„doch immer ein Uebriges abwerfen. Als ich noch in
„der Nacht poesirte, wie du, mußte ich hungern, wie
„du, und sang tauben Ohren; das letzte thue ich
„zwar noch jetzt, aber man bezahlt mich dafür. O
„Freund Poet, wer jetzt leben will, der darf
„nicht dichten! Ist dir aber das Singen ange=
„bohren, und kannst du es durchaus nicht unter=
„lassen, nun so werde Nachtwächter, wie ich, das
„ist noch der einzige solide Posten wo es bezahlt
„wird, und man dich nicht dabei verhungern läßt.
„— Gute Nacht, Bruder Poet.“

Ich blickte noch einmal hinauf, und ge=
wahrte seinen Schatten an der Wand, er war
in einer tragischen Stellung begriffen, die eine
Hand in den Haaren, die andre hielt das Blatt,
von dem er wahrscheinlich seine Unsterblichkeit
sich vorrezitirte.

Ich stieß ins Horn, rief ihm laut die Zeit
zu, und ging meiner Wege. —

Halt! dort wacht ein Kranker — auch in Träumen, wie der Poet, in wahren Fieber= träumen!

Der Mann war ein Freigeist von jeher, und er hält sich stark in seiner letzten Stunde, wie Voltaire. Da sehe ich ihn durch den Ein= schnitt im Fensterladen; er schaut blaß und ruhig in das leere Nichts, wohin er nach einer Stunde einzugehen gedenkt, um den traumlosen Schlaf auf immer zu schlafen. Die Rosen des Lebens sind von seinen Wangen abgefallen, aber sie blühen rund um ihn auf den Gesichtern dreier holder Knaben. Der jüngste droht ihm kindlich unwissend in das blasse starre Antlitz, weil es nicht mehr lächeln will, wie sonst. Die andern beiden stehen ernst betrachtend, sie können sich den Tod noch nicht denken in ihrem frischen Leben.

Das junge Weib dagegen mit aufgelößtem Haar und offner schöner Brust, blickt verzwei= felnd in die schwarze Gruft, und wischt nur dann und wann den Schweiß, wie mechanisch von der kalten Stirn des Sterbenden.

Neben ihm steht, glühend vor Zorn, der Pfaff mit aufgehobenem Kruzifixe, den Freigeist zu bekehren. Seine Rede schwillt mächtig an wie ein Strom, und er mahlt das Jenseits in kühnen Bildern; aber nicht das schöne Morgen= roth des neuen Tages und die aufblühenden Lauben und Engel, sondern, wie ein wilder Höllenbreugel, die Flammen und Abgründe und die ganze schaubervolle Unterwelt des Dante.

Vergebens! der Kranke bleibt stumm und starr, er sieht mit einer fürchterlichen Ruhe ein Blatt nach dem andern abfallen, und fühlt wie sich die kalte Eisrinde des Todes höher und höher zum Herzen hinaufzieht.

Der Nachtwind pfiff mir durch die Haare und schüttelte die morschen Fensterladen, wie

ein unsichtbarer herannahender Todesgeist. Ich
schauderte, der Kranke blickte plötzlich kräftig um
sich, als gesundete er rasch durch ein Wunder
und fühlte neues höheres Leben. Dieses schnelle
leuchtende Auflodern der schon verlöschenden
Flamme, der sichere Vorbote des nahen Todes,
wirft zugleich ein glänzendes Licht in das vor
dem Sterbenden aufgestellte Nachtstück, und leuch=
tet rasch und auf einen Augenblick in die dich=
terische Frühlingswelt des Glaubens und der
Poesie. Sie ist die doppelte Beleuchtung in der
Corregios Nacht, und verschmilzt den irdischen
und himmlischen Strahl zu Einem wunder=
baren Glanze.

Der Kranke wieß die höhere Hoffnung fest
und entschieden zurück, und führte dadurch einen
großen Moment herbei. Der Pfaff donnerte ihm
zornig in die Seele und mahlte jezt mit Flam=
menzügen wie ein Verzweifelnder, und bannte
den ganzen Tartarus herauf in die lezte Stunde
des Sterbenden. Dieser lächelte nur und schüt=
telte den Kopf.

Ich war in diesem Augenblicke seiner Fort=
dauer gewiß; denn nur das endliche Wesen kann
den Gedanken der Vernichtung nicht denken,
während der unsterbliche Geist nicht vor ihr
zittert, der sich, ein freies Wesen, ihr frei opfern
kann, wie sich die Indischen Weiber kühn in die
Flammen stürzen, und der Vernichtung weihen.

Ein wilder Wahnsinn schien bei diesem An=
blicke den Pfaffen zu ergreifen, und getreu seinem
Karakter redete er jezt, indem ihm das Beschreiben
zu ohnmächtig erschien, in der Person des Teu=
fels selbst, der ihm am nächsten lag. Er drückte
sich wie ein Meister darin aus, ächt teufelisch im
kühnsten Style, und fern von der schwachen
Manier des modernen Teufels.

Dem Kranken wurde es zu arg. Er wen=
dete sich finster weg, und blickte die drei Früh=
lingsrosen an, die um sein Bette blüheten.

Da loderte die ganze heiße Liebe zum letztenmale
in seinem Herzen auf, und über das blasse Ant=
litz flog ein leichtes Roth, wie eine Erinnerung.
Er ließ sich die Knaben reichen, und küßte sie
mit Anstrengung, dann legte er das schwere
Haupt an die hochwallende Brust des Weibes,
stieß ein leises, Ach! aus, das mehr Wolluft
als Schmerz schien, und entschlief liebend im
Arm der Liebe.

Der Pfaff seiner Teufelsrolle getreu, don=
nerte ihm, der Bemerkung gemäß, daß das Ge=
hör bei Verstorbenen noch eine längere Zeit reiz=
bar bleibt, in die Ohren, und versprach ihm in
seinem eigenen Namen fest und bündig, daß der
Teufel nicht nur seine Seele, sondern auch seinen
Leib abfodern würde.

Somit stürzte er fort, und hinaus auf die
Gasse. Ich war verwirrt worden, hielt ihn
in der Täuschung wahrhaft für den Teufel, und
sezte ihm, als er an mir vorüberfahren wollte,
die Pike auf die Brust. „Geh zum Teufel!"
sagte er schnaubend, da besann ich mich und
sagte: „Verzeiht, Hochwürdiger, ich hielt euch
in einer Art Besessenheit für ihn selbst, und sezte
euch deshalb die Pike, als ein „Gott sei bei
uns!" aufs Herz. Haltet mir's diesmal zu Gute!"

Er stürzte fort.

Ach! dort im Zimmer war die Szene lieb-
licher worden. Das schöne Weib hielt den blassen
Geliebten still in ihren Armen, wie einen Schlum=
mernden; in schöner Unwissenheit ahnte sie den
Tod noch nicht, und glaubte, daß ihn der Schlaf
zum neuen Leben stärken werde — ein holder
Glaube, der im höhern Sinne sie nicht täuschte.
Die Kinder knieten ernst am Bette, und nur
der jüngste bemühete sich den Vater zu wecken,
während die Mutter, ihm schweigend mit den
Augen zuwinkend, die Hand auf sein umlocktes
Haupt legte.

Die Szene war zu schön; ich wandte mich
weg, um den Augenblick nicht zu schauen, in
dem die Täuschung schwände.

Mit gedämpfter Stimme sang ich einen
Sterbegesang unter dem Fenster, um in dem
noch hörenden Ohre den Feuerruf des Mönchs
durch leise Töne zu verdrängen. [Den Sterbenden
ist die Musik verschwistert, sie ist der erste süße
Laut vom fernen Jenseits, und die Muse des
Gesanges ist die mystische Schwester, die zum
Himmel zeigt. So entschlummerte Jakob Böhme,
indem er die ferne Musik vernahm, die Niemand,
außer dem Sterbenden hörte.

Zweite Nachtwache.

Die Stunde rief mich wieder zu meiner nächtlichen Handthierung; da lagen die öden Straßen, wie zugedeckt vor mir, und nur dann und wann flog ein Wetterleuchten lustig und rasch durch sie hin, und weit, weit in der Ferne murmelte es drein wie unverständlicher Zauber=spruch.

Mein Poet hatte das Licht ausgelöscht, weil der Himmel leuchtete und er dies leztere für wohlfeiler und poetischer zugleich hielt. Er schauete hoch droben in die Blitze hinein, im Fenster liegend, das weiße Nachthemd offen auf der Brust, und das schwarze Haar struppig und unordentlich um den Kopf. Ich erinnerte mich an ähnliche überpoetische Stunden, wo das Innere Sturm ist, der Mund im Donner reden, und die Hand statt der Feder den Blitz ergreifen möchte, um damit in feurigen Worten zu schreiben. Da fliegt der Geist von Pole zu Pole, glaubt das ganze Universum zu überflügeln, und wenn er zulezt zur Sprache kommt — so ist es kin=disch Wort, und die Hand zerreißt rasch das Papier.

Ich bannte diesen poetischen Teufel in mir, der am Ende immer nur schadenfroh über meine Schwäche aufzulachen pflegte, gewöhnlich durch das Beschwörungsmittel der Musik. Jezt pflege ich nur ein paarmal gellend ins Horn zu stoßen, und da geht's auch vorüber.

Ueberall kann ich allen denen, die sich vor ähnlichen poetischen Ueberraschungen wie vor

einem Fieber scheuen, den Ton meines Nacht-
wächterhorns als ein ächtes antipoeticum empfehlen. Das Mittel ist wohlfeil und von großer
Wichtigkeit zugleich, da man in jetziger Zeit mit
Plato die Poesie für eine Wuth zu halten pflegt,
mit dem einzigen Unterschiede, daß jener diese
Wuth vom Himmel und nicht aus dem Narrenhause herleitete.

Mag dem indeß sein, wie ihm wolle, so
bleibt es doch heut zu Tage mit der Dichterei
überall bedenklich, weil es so wenig Verrückte
mehr giebt, und ein solcher Ueberfluß an Vernünftigen vorhanden ist, daß sie aus ihren eigenen
Mitteln alle Fächer und sogar die Poesie besetzen
können. Ein rein Toller, wie ich, findet unter
solchen Umständen kein Unterkommen. Ich gehe
deshalb auch nur jetzt blos noch um die Poesie
herum, das heißt, ich bin ein Humorist worden,
wozu ich als Nachtwächter die meiste Muse habe. —

Meinen Beruf zum Humoristen müßte ich
hier freilich wohl zuvor erst darthun, allein
ich lasse mich nicht darauf ein, weil man es
überhaupt jetzt mit dem Berufe selbst so genau
nicht nimmt, und sich dagegen mit dem Rufe allein
begnügt. Giebt es doch auch Dichter ohne Beruf, durch den bloßen Ruf — und somit ziehe
ich mich aus dem Handel.

Eben flammte ein Bliz durch die Luft, da
schlichen drei an der Kirchhofsmauer hin wie
Karnevalslarven. Ich rief sie an, doch war's
schon wieder Nacht rings um, und ich sah nichts,
als einen glühenden Schweif und ein paar feurige Augen, und zu dem fernen Donner murmelte
eine Stimme in der Nähe, wie zu einer Don
Juans Begleitung: „Thu was deines Amtes ist,
Nachtrabe; aber mische dich nicht ins Geisterwerk!"

Das war mir doch etwas zu arg, und ich
warf meine Pike dahin wo die Stimme her kam;
eben blizte es wieder — da waren die drei in
Luft zerronnen, wie Makbeths Hexen.

„Erkennt ihr mich nicht für einen Geist an;" — rief ich noch zornig hinterdrein, in der Hoffnung daß sie's vernähmen — „und doch war ich Poet, Bänkelsänger, Marionettendirekteur und alles dergleichen Geistreiches nach einander. Ich möchte doch Eure Geister gekannt haben im Leben — wenn ihr anders wirklich bereits daraus seid! — ob sich der Meinige mit ihnen nicht hätte messen können; oder habt ihr einen Zusatz von Geist erhalten nach eurem Tode, wie wir das Beispiel bei manchen großen Männern erfuhren, die erst nach ihrem Tode berühmt wurden, und deren Schriften durch das lange Liegen an Geist gewannen; gleich dem Weine der mit dem zunehmenden Alter geistreicher wird." —

Jezt war ich der Wohnung des exkommunizirten Freigeistes bis auf einige Schritte nahe gekommen. Aus der offenen Thür legte sich ein matter Schein in die Nacht hinein, und floß oft seltsam mit dem Wetterleuchten zusammen, auch murmelte es vernehmlicher von den fernen Bergen herüber, wie wenn das Geisterreich sich ernstlich ins Spiel zu mischen gedächte.

Auf der Hausflur war der Todte, der üblichen Sitte gemäß, offen ausgestellt, um ihn her brannten wenige ungeweihte Kerzen, weil der Pfaff, teuflischen Andenkens, die Weihe verweigert hatte. Der Verstorbene lächelte in seinem festen Schlafe darüber, oder über seinen eignen thörichten Wahn, den das Jenseits widerlegt hatte, und sein Lächeln glänzte wie ein ferner Wiederschein vom Leben über die starren vom Tode verfestigten Züge.

Durch eine lange, wenig erleuchtete Halle, schaute man in eine schwarz behängte Nische; dort knieten unbeweglich die drei Knaben und die blasse Mutter vor einem Altare — die Gruppe der Niobe mit ihren Kindern — in stummes angstvolles Gebet versunken, um

Leib und Seele des Verstorbenen dem Teufel, dem der Pfaff sie zugesprochen, zu entreißen.

Der Bruder des Abgeschiedenen allein, ein Soldat, hielt im festen sichern Glauben an den Himmel und an seinen eigenen Muth der es mit dem Teufel selbst aufzunehmen wagte, Wache an dem Sarge. Sein Blick war ruhig und erwartend, und er schaute abwechselnd in das starre Antlitz des Todten und in das Wetterleuchten, das oft feindlich durch den matten Schein der Kerzen zuckte; sein Säbel lag gezogen auf der Leiche, und glich mit seinem wie ein Kreuz gestalteten Griffe einer geistlichen und weltlichen Waffe zugleich.

Uebrigens herrschte Todtenstille rings um, und außer dem fernen Murren des Gewitters und dem Knistern der Kerzen vernahm man nichts.

So bliebs, bis in einzelnen ernsten Schlägen die Klocke Mitternacht ankündigte; — da führte plözlich der Sturmwind hoch oben in den Lüften die Gewitterwolke wie ein nächtliches Schreckbild herüber, und bald hatte sie ihr Grabtuch am ganzen Himmel ausgebreitet. Die Kerzen um den Sarg verlöschten, der Donner brüllte zürnend, wie eine aufrührerische Macht herunter und rief die festen Schläfer auf, und die Wolke spie Flamme auf Flamme aus, wodurch das starre blasse Antliz des Todten allein grell und periodisch beleuchtet wurde.

Ich sah jezt, daß der Säbel des Soldaten durch die Nacht blizte, und dieser sich muthig zum Kampfe rüstete.

Es währte auch nicht lange — die Luft warf Blasen auf, und die drei Makbeths Geister waren plötzlich wieder sichtbar, wie wenn der Sturmwind sie beim Scheitel herangewirbelt hätte. Der Blitz beleuchtete verzogene Teufelslarven und Schlangenhaar, und den ganzen höllischen Apparat.

Mich faßte in dem Augenblicke der Teufel bei einem Haare, und als sie die Gasse herauf=fuhren, mischte ich mich rasch unter sie. Sie stuzten, wie wenn sie auf bösen Wegen gingen, über den vierten ungebetenen der zu ihnen stieß. „Nun zum Teufel! Kann der Teufel auch auf guten Wegen gehen!“ rief ich wildlachend aus. „Drum laßt euch nicht irren, daß ich euch auf bösen antreffe. Ich bin eures Gleichen, Brüder, ich mache mit euch Gemeinschaft!“

Das brachte sie wahrhaftig in Verlegenheit. Der Eine stieß ein „Gott sei bei uns!“ aus, und kreuzte sich, was mich Wunder nahm, weshalb ich ausrief: „Bruder Teufel fall nicht so hart aus dem Karakter, ich möchte sonst beinahe an dir selbst ver=zweifeln und dich für einen Heiligen halten, zum mindesten für einen Geweihten. — Ueberlege ich's indeß reiflicher, so muß ich dir wohl eher Glück wünschen, daß du endlich auch das Kreuz verdauet

hast, und von Haus aus ein eingefleischter Teufel, dich dem Scheine nach zu einem Heiligen aus=bildetest!“

An der Sprache mochten sie es endlich weg haben, daß ich nicht einer ihres Gleichen wäre, und sie fuhren alle drei auf mich ein, und sprachen nun gar in einem ächt klerischen Tone von Ex=kommuniziren, u. d. gl. wenn ich sie in ihrer Handthierung stören würde.

„Sorgt nicht,“ erwiederte ich, „ich habe bis=her wahrlich an den Teufel nicht geglaubt, doch seit ich euch gesehen, ist er mir klar worden, und ich bin gewiß, daß ihr zunftfähig seid. Macht eure Sachen ab, denn mit der Hölle und der Kirche kann's kein armer Nachtwächter aufnehmen.“

Dahin fuhren sie, ins Haus hinein. Ich folgte bedenklich nach.

Es war ein furchtbares Schauspiel. Blitz und Nacht wechselten Schlag auf Schlag. Jezt war es hell und man sah das Handgemenge der drei um den Sarg und das Blitzen des

Säbels in der Hand des eisenfesten Kriegs=
mannes, dazwischen schauete der Todte mit seinem
blassen starren Gesichte unbeweglich wie eine Larve.
Dann war es wieder tiefe Nacht, und nur fern,
im Hintergrunde der Nische ein matter Schimmer
und die knieende Mutter mit den drei Kindern
rang im verzweifelnden Gebet.

Es ging alles still und ohne Worte zu;
aber jetzt krachte es auf einmal zusammen, wie
wenn der Teufel die Oberhand erhielte. Die
Blitze wurden sparsamer und es blieb längere
Zeit Nacht. Nach einem Weilchen indeß fuhren
zwei rasch zur Thür heraus, und ich sah es durch
die Finsterniß bei dem Leuchten ihrer Augen —
sie trugen wirklich einen Todten mit sich fort.

Da stand ich, in mich hineinfluchend vor
der Thür; auf der Flur war es ganz finster,
keine Seele regte sich, und ich glaubte auch
dem wackeren Kriegsmanne, zum mindesten, den
Hals gebrochen.

In diesem Augenblicke flammte ein heftiger
Blitz, mit dem sich die Gewitterwolke völlig ent=
lud, und blieb, gleichsam wie eine aufgepflanzte
Fackel, eine zeitlang in der Luft, ohne zu ver=
löschen. Da sah ich den Soldaten wieder ruhig
und kalt am Sarge stehen, und die Leiche lächelte
wie zuvor — aber, o Wunder! dicht neben dem
lächelnden Todtenantlitze grinsete eine Teufelslarve,
und der Rumpf fehlte zum Ganzen, und ein
purpurrother Blutstrom färbte das weiße Sterbe=
gewand des schlafenden Freigeistes. —

Schaudernd wickelte ich mich in meinen
Mantel, vergaß es, zu blasen und die Stunde
abzusingen und floh meiner Hütte zu.

———

Dritte Nachtwache.

Wir Nachtwächter und Poeten kümmern uns um das Treiben der Menschen am Tage, in der That wenig; denn es gehört zur Zeit zu den ausgemachten Wahrheiten: Die Menschen sind wenn sie handeln höchst alltäglich und man mag ihnen höchstens wenn sie träumen einiges Interesse abgewinnen.

Aus diesem Grunde erfuhr ich denn auch von dem Ausgange jener Begebenheit nur Un-zusammenhängendes, das ich eben so unzusammen-hängend mittheilen will.

Ueber den Kopf zerbrach man sich am meisten die Köpfe, war es doch kein gewöhnlicher, sondern ein wahrhaftes Teufelshaupt. Die Justiz, der es vorgelegt wurde, wies die Sache von sich, indem sie äußerte, daß die Köpfe eben nicht in ihr Fach schlügen. Es war in der That ein böser Handel und man gerieth sogar in Streit darüber, ob man gegen den Soldat criminaliter verfahren, indem er einen Todschlag begangen, oder ihn vielmehr kanonisiren müsse, weil der Erschlagene der Teufel. Aus dem leztern ent-sprang wieder ein neues Uebel; es wurde nemlich in mehreren Monaten keine Absolution mehr begehrt, weil man den Teufel jezt geradezu läug-nete und sich auf den in Verwahrung genommenen Kopf berief. Die Pfaffen schrien sich von den Kanzeln heiser und behaupteten ohne weiteres, daß ein Teufel auch ohne Kopf bestehen könne, wovon sie Beweisgründe, aus ihren eigenen Mitteln, anzuführen, erböthig wären.

Aus dem Kopfe selbst konnte man in der

That nicht ganz klug werden. Die Physiognomie war von Eisen; doch ein Schloß, das sich an der Seite befand, führte fast auf die Vermuthung, daß der Teufel noch ein zweites Gesicht unter dem ersten verborgen hätte, welches er vielleicht nur für besondere Festtage aufsparte. Das Schlimmste war, daß zu dem Schlosse, und also auch zu diesem zweiten Gesichte, der Schlüssel fehlte. Wer weiß was sonst für fruchtbare Bemerkungen über Teufelsphysiognomien hätten gemacht werden können, da hingegen das erste nur ein bloßes Alltagsgesicht war, das der Teufel auf jedem Holzschnitte führt.

In dieser allgemeinen Verwirrung und bei der Ungewißheit, ob man ein ächtes Teufelshaupt vor sich habe, wurde beschlossen, daß der Kopf dem Doktor Gall in Wien zugesandt würde, damit er die untrüglichen satanischen Protuberanzen an ihm aufsuchen möchte; jezt mischte sich plötzlich die Kirche ins Spiel, und erklärte daß sie bei solchen Entscheidungen als die erste und lezte Instanz anzusehen sei, sie ließ sich den Schädel ausliefern, und wie es bald darauf hieß, war er verschwunden, und mehrere der geistlichen Herren wollten in der Nachtstunde den Teufel selbst gesehen haben, wie er den ihm fehlenden Kopf wieder mit sich nahm.

Somit blieb die ganze Sache so gut, wie unaufgeklärt, um so mehr, da der einzige, der allenfalls noch einiges Licht hätte geben können, jener Pfaff nemlich, der das Anathema über den Freigeist aussprach, an einem Schlagflusse plötzlich Todes verfahren war. So sagte es wenigstens das Gerücht und die Klosterherren; denn den Leichnam selbst hatte kein Profaner gesehen, weil er, der warmen Jahrszeit wegen, schnell beigesetzt werden mußte.

Die Geschichte ging mir während meiner Nachtwache sehr im Kopfe herum, denn ich

hatte bis jezt nur an einen poetischen Teufel
geglaubt, keinesweges aber an den wirklichen.
Was den poetischen anbetrifft, so ist es gewiß sehr
schade, daß man ihn jezt so äußerst vernach=
läßiget, und statt eines absolut bösen Prinzips,
lieber die tugendhaften Bösewichter, in Island=
und Kozebuescher Manier, vorzieht, in denen
der Teufel vermenschlicht, und der Mensch ver=
teufelt erscheint. In einem schwankenden Zeitalter
scheut man alles Absolute und Selbstständige;
deshalb mögen wir denn auch weder ächten Spaß,
noch ächten Ernst, weder ächte Tugend noch ächte
Bosheit mehr leiden. Der Zeitkarakter ist zu=
sammengeflikt und gestoppelt wie eine Narrenjakke,
und was das Aergste dabei ist — der Narr, der
darin stekt, mögte ernsthaft scheinen.

Als ich diese Betrachtungen anstellte, hatte
ich mich in eine Nische vor einen steinernen
Crispinus gestellt, der eben einen solchen
grauen Mantel trug, als ich. Da bewegten
sich plözlich eine weibliche und eine männliche
Gestalt dicht vor mir und lehnten sich fast an
mich, weil sie mich für den Blind= und Taub=
stummen von Stein hielten.

Der Mann ließ es sich recht angelegen sein
im rhetorischen Bombast, und sprach in einem
Athem von Liebe und Treue; das Frauenbild
dagegen zweifelte gläubig, und machte viel künst=
lichen Händeringens. Jezt berief sich der Mann
keklich auf mich, und schwur er stehe unwandel=
bar und unbeweglich wie das Standbild. Da
wachte der Satyr in mir auf, und als jener die
Hand gleichsam zur Betheuerung auf meinen
Mantel legte, schüttelte ich mich boshaft ein
wenig, worüber beide erstaunten; doch der Lieb=
haber nahms auf die leichte Achsel, und meinte der
Quader unter dem Standbilde habe sich gesenkt,
wodurch es das Gleichgewicht in etwas verlohren.

Er verschwur jezt nacheinander in zehn
Karaktern aus den neuesten Dramen und Tragö=

dien seine Seele, wenn er jemals treulos; zulezt
redete er gar noch in der Manier des Don Juan,
dem er diesen Abend beigewohnt hatte, und schloß
mit den bedeutenden Worten: „dieser Stein soll
als furchtbarer Gast erscheinen bei unserm nächtlichen Mahle, meine ich's nicht redlich.

Ich merkte mir's, und hörte nun noch wie
sie ihm das Haus beschrieb, und eine geheime
Feder an der Thür, wodurch er diese öffnen
könne, zugleich auch die Mitternachtstunde zum
Gastmale festsezte.

Ich war eine halbe Stunde früher auf
dem Plaze, fand das Haus, die Thür, nebst der
geheimen Feder, und schlich leise mehrere
Hintertreppen hinauf bis zu einem Saale,
auf dem es dämmerte. Das Licht fiel durch
zwei Glasthüren; ich nahete mich der einen,
und erblickte ein Wesen in einem Schlafrocke am
Arbeitstische, von dem ich anfangs zweifelhaft

blieb, ob es ein Mensch oder eine mechanische
Figur sey, so sehr war alles Menschliche an
ihm verwischt, und nur bloß der Ausdruck von
Arbeit geblieben. Das Wesen schrieb, in Aktenstöße vergraben, wie ein lebendig eingescharrter
Lappländer. Es kam mir vor als wollte es
das Treiben und Hausen unter der Erde schon
im Voraus, über ihr, kosten, denn alles Leidenschaftliche und Theilnehmende war auf der kalten
hölzernen Stirne ausgelöscht, und die Marionette
saß, leblos aufgerichtet, in dem Aktensarge voll
Bücherwürmer. Jezt wurde der unsichtbare
Drath gezogen, da klapperten die Finger, ergriffen
die Feder und unterzeichneten drei Papiere nach
einander; ich blickte schärfer hin — es waren
Todesurtheile. Auf dem Tische lagen der Ju-
stinian und die Halsordnung, gleichsam die per-
sonifizirte Seele der Marionette.

Tadeln konnte ich's nicht; aber der kalte
Gerechte kam mir vor wie die mechanische

Todesmaschine, die willenlos niederfällt; sein Arbeitstisch wie die Gerichtsstäte, auf der er in einer Minute mit drei Federzügen drei Todes= urtheile vollstreckt hatte. Beim Himmel hätte ich die Wahl zwischen beiden, lieber wäre ich der lebende Sünder, als dieser todte Gerechte

Noch mehr ergriff es mich, als ich sein wohl= getroffenes in Wachs bossirtes Konterfei ihm un= beweglich gegenüber sitzen sah, als wäre es an einem leblosen Exemplare nicht genug, und eine Doublette nöthig, um die todte Seltenheit von zwei verschiedenen Seiten zu zeigen.

Jezt trat die Dame von vorhin ein, und die Marionette zog die Mütze ab, und legte sie ängstlich erwartend bei sich hin. „Noch nicht schlafen gegangen?" sagte jene, „was führen Sie für ein wildes Leben! die Phantasie ewig angespannt!" — „Phantasie?" fragte er verwundert, „was meinen Sie damit? Ich verstehe die neuen Terminologien so selten, in denen Sie jezt reden." — „Weil Sie sich für nichts Höheres interessiren; nicht einmal für das Tragische!" — „Tragisch? Ei allerdings!" ant= wortete er selbstgefällig, „sehen Sie hier, ich lasse drei Delinquenten hinrichten!" — „O weh, welche Sentiments!" — „Wie? Ich dachte Ihnen eine Freude damit zu machen, weil in den Büchern die Sie lesen, so viele ums Leben kommen. Deshalb habe ich auch, um Sie zu überraschen, die Hinrichtungen an Ihrem Geburtstage fest= gesezt!" — „Mein Gott! Meine Nerven!" — „O weh, Sie bekommen den Zufall jezt so häufig, daß mir jedesmal bang im Voraus wird!" „Ach ja, Sie können leider dabei nicht helfen. Gehen Sie nur, ich bitte, und legen Sie sich schlafen!"

Das Gespräch war zu Ende, und er ging, indem er sich den Schweiß von der Stirn

trocknete. Ich beschloß in dem Augenblicke teuf=
lisch genug, ihm noch, wo möglich, diese Nacht
seine Frau in die hochnothpeinliche Halsgerichts=
ordnung auszuliefern, damit er Macht über sie
erhielte.

Es währte nun auch gar nicht lange, als
mein Mars zu seiner Venus schlich. Mir fehlte
zum Vulkan, da ich von Natur hinkte, und nicht
zum Besten aussah, eben wenig mehr, als das
goldne Nez, indeß beschloß ich, in Ermangelung
dessen, einige goldene Wahrheiten und Sitten=
sprüchlein anzuwenden. Anfänglich ging es ganz
leidlich zu; mein Bursche sündigte blos an der
Poesie durch eine zu materielle Tendenz seiner
Schilderungen; er malte einen Himmel voll
Nymphen und sich neckender Liebesgötter an
den Betthimmel unter dem er zu ruhen gedachte,
den Weg dahin bestreute er mit Vexirrosen, die
er zahlreich in zierlichen Redesloskeln von sich warf,
und die Dornen die ihm dann und wann die

Füße verwunden wollten, umging er durch leichte
frivole Wendungen.

Als der Sünder sich nun aber so in ein
poetisches Element versezt, und die Moral völlig,
dem Geiste der neuesten Theorien gemäß, ab=
gewiesen hatte, der grünseidne Vorhang vor
der Glasthür herabrollte, und das Ganze ein
Gardinenstück zu werden begann, wandte ich
rasch mein antipoeticum an, und stieß gellend in das
Nachtwächterhorn, worauf ich mich auf ein leeres
Piedestal, das für die Statue der Gerechtigkeit,
die bis jezt noch in der Arbeit, bestimmt war,
schwang, und still und unbeweglich stehen blieb.

Der furchtbare Ton hatte die beiden aus
der Poesie, und den Ehemann aus dem Schlafe
geschreckt, und alle drei eilten plözlich zu gleicher
Zeit aus zwei verschiedenen Thüren.

„Der steinerne Gast" rief der Liebhaber
schaudernd, indem er mich erblickte; „Ah,

meine Gerechtigkeit!" der Ehemann, „ist sie endlich fertig geworden; wie unerwartet hast du mich dadurch überrascht, Liebchen!" — „Reiner Irr=thum," sagte ich, „die Gerechtigkeit liegt noch immer drüben beim Bildhauer, und ich habe mich nur provisorisch auf das Piedestal gestellt, damit es, bei besonders wichtigen Gelegenheiten, nicht ganz leer sey. Es bleibt zwar immer mit mir nur ein Nothbehelf, denn die Gerechtigkeit ist kalt wie Marmor, und hat kein Herz in der steinernen Brust, ich aber bin ein armer Schelm voll sentimentaler Weichlichkeit, und gar dann und wann etwas poetisch gestimmt; indeß, bei gewöhnlichen Fällen für das Haus mag ich immer gut genug seyn, und wenn es Noth thut, einen steinernen Gast abgeben. Solche Gäste haben das für sich, daß sie nicht mitessen und auch nicht warm werden, wo es Schaden bringen könnte, dagegen die andern leicht Feuer fangen, und es dem Hausherrn vor der Stirn heiß machen, wie mir das Beispiel nahe liegt."

„Ei, ei, mein Gott, was ist denn das?" stammelte der Ehemann.

„Daß die Stummen zu reden anfangen, meinen Sie? das fließt aus der Frivolität des Zeitalters. Man sollte nie den Teufel an die Wand malen. Unsere jungen Herren von Welt setzen sich aber darüber hinaus, und miß=brauchen dergleichen bei schwachen Seelen, um sich von der heroischen Seite zu zeigen. Da habe ich nun meinen Mann beim Worte genommen, ob ich gleich eigentlich nicht hieher gehöre, sondern draußen auf dem Markte stehe im grauen Mantel als heiliger Crispinus von Stein."

„Du Gott, was soll man davon denken!" fuhr jener beängstet fort, „es ist gar nicht in der Ordnung, und ein unerhörter Fall!"

„Für den Rechtsgelehrten gewiß! dieser Crispinus war nemlich ein Schuster, legte sich

aber aus besonderer Frömmigkeit und einem
wirklichen Ueberflusse von Tugend auf die Die=
berei, und stahl das Leder, um den Armen
Schuhe daraus zu machen. Was läßt sich da ent=
scheiden, reden Sie selbst! Ich sehe keinen andern
Ausweg, als ihn zuerst zu hängen, und nachher
zu kanonisiren. Aus ähnlichen Gründen müßte
man z. B. gegen Ehebrecher verfahren, die bloß
um den Hausfrieden aufrecht zu erhalten, gegen
die Gesetze verstoßen; der animus ist hier offen=
bar ein löblicher, und darauf kommts doch haupt=
sächlich an. Wie manche Frau würde nicht ihren
Mann zu Tode quälen, wenn nicht ein solcher
Hausfreund sich einfände, und aus reiner Moralität
zum Schurken würde. Hier stehe ich eigentlich
an meinem Thema, und wir können nun in
Gottes Namen die hochnothpeinliche Halsgerichts=
ordnung aufschlagen. — Doch ich sehe daß die
Inquisiten bereits beide in Ohnmacht liegen;
da müssen wir im Prozesse eine Pause machen!"

„Inquisiten?" fragte der Ehemann me=
chanisch. „Ich sehe keine, die dort ist meine
Ehehälfte!" —

„Schon gut, wir wollen für's erste bei ihr
stehen bleiben. Ehehälfte! Ganz recht! das heißt:
das Kreuz oder die Qual in der Ehe — und
wahrhaftig das·ist schon eine exemplarische Ehe,
wo dieses Kreuz nur die Hälfte ausmacht. Seyd
Ihr nun, als die zweite Hälfte, der Ehesegen, so
ist Eure Ehe wirklich ein Himmel auf Erden."

„Der Ehesegen!" sagte jener mit einem
tiefen Seufzer.

„Keine sentimentale Randglosse, lieber
Freund, werfen wir hier vielmehr einen Blick
auf den zweiten Inquisiten, der ebenfalls aus
Schrecken, über den steinernen Gast, in Ohn=
macht liegt. Wenn wir Personen von Rechts=
wegen, Milderungsgründe aus moralischen

Prinzipien herleiten dürften, so mögte ich schon
sein Defensor seyn, und wollte wenigstens die
Strafe des Köpfens, die die Carolina über ihn
verhängt, von ihm abwenden; zumal da bei
solchen Schächern das Köpfen doch nur in effigie angewandt werden kann, weil bei ihnen, ernstlich
genommen, von einem Kopfe nie die Rede ist!" —

„Die Karolina sollte auf einmal so grau-
sam geworden seyn!" sagte jener ganz konfus.
„Vorhin schauderte sie doch noch, als ich vom
Hinrichten sprach!" —

„Ich verdenke es Euch nicht" antwortete
ich, „daß ihr beide Karolinen mit einander ver-
wechselt; denn Eure lebende Karolina ist, als
Ehekreuz und Folter, leicht mit der hochnothpeinlichen zu vertauschen, die ebenfalls keinen
Himmel voll Geigen abhandelt. Ja fast möchte
ich behaupten, eine solche eheliche sey noch
viel ärger als die kaiserliche, indem in
dieser wenigstens in keinem einzigen Falle von
lebenslänglicher Folter die Rede ist!" —

„Aber mein Gott, das kann doch nicht so
fort gehen!" sagte er auf einmal wie zu sich
kommend. „Man weiß nicht so recht mehr, ob
man wacht oder träumt; ja ich hätte Lust mich
zu betasten und zu zwicken, blos um zu sehen,
ob ich wachte oder schliefe, wenn ich nicht darauf
schwören wollte, vorher wirklich den Nachtwächter
gehört zu haben!"

„Ei mein Gott!" rief ich aus. „Jezt er-
wache ich; Ihr habt mich beim Namen gerufen,
und es ist noch mein Glück, daß ich mich gerade
nicht zu hoch befinde, etwa auf einem Dache,
oder in einer dichterischen Begeisterung, um
mir iezt beim Herabfallen den Hals zu brechen.
So aber stehe ich glücklicherweise nicht höher,
als hier die Gerechtigkeit stehen soll, und
da bleibe ich noch menschlich und unter
den Menschen. Ihr starrt mich an, und

könnt Euch nicht darin finden; doch will ich's
Euch sogleich lösen. Ich bin Nachtwächter hier,
und zugleich Nachtwandler, wahrscheinlich weil
sich beide Funktionen in Einer Person vorstehen
lassen. Wenn ich nun als Nachtwächter mein
Amt verrichte, so kommt mir oft die Lust an
als Nachtwandler mich auf scharfe Spitzen, wie
auf Dachspitzen oder andere kritische Stellen in
dieser Art zu begeben; und so bin ich denn auch
wahrscheinlich hier auf das Piedestal der Themis
gekommen. Es ist eine verzweifelte Laune, die
mich noch um den Hals bringen kann; indeß
fügte es sich doch oft, daß ich dadurch die guten
Einwohner dieser Stadt auf eine eigene Weise
vor Diebstählen gesichert habe, eben weil ich in
alle Winkel zu kriechen pflege, und das gerade
die unschädlichsten Diebe sind, die ihr Handwerk
nur draußen herum an den Läden mit Brech=
stangen exerciren. Dieser Punkt glaub ich, ent=
schuldigt mich; und somit gehe es Euch wohl!"

Ich entfernte mich, und ließ den Ehemann
und die andern beiden, die nun auch wieder zu
sich gekommen waren, erstaunt zurück. Wie sie
nachher sich noch miteinander unterhalten haben,
weiß ich nicht.

Vierte Nachtwache.

Zu den Lieblingsörtern, an denen ich mich während meiner Nachtwachen aufzuhalten pflege, gehört der Vorsprung in dem alten gothischen Dome. Hier sitze ich bei dem dämmernden Scheine der einzigen immer brennenden Lampe und komme mir oft selbst wie ein Nachtgeist vor. Der Ort ladet zu Betrachtungen ein; heute führte es mich auf meine eigene Geschichte, und ich blätterte, gleichsam aus Langerweile, mein Lebensbuch auf, das verwirrt und toll genug geschrieben ist.

Gleich auf dem ersten Blatte sieht es bedenklich aus, und pagina V handelt nicht von meiner Geburt, sondern vom Schatzgraben. Hier sieht man mystische Zeichen, aus der Kabbala und auf dem erklärenden Holzschnitte einen nicht gewöhnlichen Schuhmacher, der das Schuhmachen aufgeben will, um Gold machen zu lernen. Eine Zigeunerin steht daneben, gelb und unkenntlich und das Haar struppig um die Stirn gezauset; sie unterrichtet ihn im Schatzgraben, giebt ihm eine Wünschelruthe und zeigt auch genau den Ort an, wo er in drei Tagen einen Schatz heben soll. Ich habe heute blos die Laune mich bei den Holzschnitten in dem Buche aufzuhalten, und somit gehe ich zum

zweiten Holzschnitte

über. Hier ist der Schuhmacher wieder, ohne die Zigeunerin; sein Gesicht ist diesmal dem Künstler schon weit ausdrucksvoller gelungen.

44/45

Es hat kräftige Züge und zeigt an, daß der
Mann nicht blos bei den Füssen stehen ge=
blieben, sondern ultra crepidam gegangen ist.
Er ist ein satirischer Beitrag zu den Fehlgriffen
des Genies, und macht es einleuchtend, wie der=
jenige, der ein guter Hutmacher geworden wäre,
einen schlechten Schuhmacher abgeben muß, und
auch im Gegentheile, wenn man das Beispiel
auf den Kopf stellt. — Das Lokale ist ein Kreuz=
weg, die schwarzen Striche sollen die Nacht an=
schaulich machen und das Zikzak am Himmel
einen Blitz bedeuten. Es ist klar, ein anderer
ehrlicher Mann von Handwerke liefe bei solchen
Umgebungen davon; unser Genie aber läßt sich
nicht stören. Er hat bereits aus einer Ver=
tiefung eine schwere Truhe gehoben; und ist auch
schon darüber aus gewesen, sein erobertes Schatz=
kästlein zu öffnen. Doch, o Himmel, sein Inhalt
ist wohl nur allein für den kuriosen Liebhaber
ein Schatz zu nennen — denn ich selbst befinde
mich leibhaft in dem Kästlein, und zwar ohne
alle fahrende Habe, und schon ein ganz fertiger
Weltbürger.

Was mein Schatzgräber für Betrachtungen
über seinen Fund angestellt hat, davon steht
nichts auf dem Holzschnitte, weil der Künstler
die Grenzen seiner Kunst nicht im mindesten
hat überschreiten wollen.

Dritter Holzschnitt.

Hier ist ein gewiegter Kommentator von
Nöthen. — Auf einem Buche sitze ich, aus einem
lese ich; mein Adoptiv=Vater beschäftigt sich mit
einem Schuhe, scheint aber zugleich eigenen Be=
trachtungen über die Unsterblichkeit Raum zu
geben. Das Buch worauf ich sitze, enthält Hans
Sachsens Fastnachtsspiele, das woraus ich lese, ist
Jakob Böhmens Morgenröthe, sie sind der Kern
aus unserer Hausbibliothek, weil beide Verfasser
zunftfähige Schuhmacher und Poeten waren.

Weiter mag ich nicht im Erklären gehen, weil in dem Holzschnitte von meiner eigenen Originalität zuviel die Rede ist. Ich lese also lieber das hiezugehörige

dritte Kapitel

für mich in der Stille. Es ist von meinem Schuh= macher, der so weit es ging, meinen Lebenslauf selbst fortgeführt hat, verfaßt, und hebt so an:

„Wunderlich wird mir gar oft zu Muthe, wenn ich den Kreuzgang betrachte." — Es war nemlich dem Gebrauche gemäß, der Ort wo ich gefunden, bei meiner Taufe, zu mir Gevatter ge= worden. — „Ueber einen gewöhnlichen Leisten kann ich ihn nicht schlagen, denn es ist etwas Ueberschwengliches in ihm, etwa wie in dem alten Böhme, der auch schon früh über dem Schuhmachen sich vertiefte und ins Ge= heimniß verfiel. So auch er; kommen ihm doch ganz gewöhnliche Dinge höchst ungewöhnlich vor; wie z. B. ein Sonnenaufgang, der sich doch tagtäglich zuträgt, und wobei wir andern Menschen= kinder eben nichts Absonderliches zu denken pflegen. So auch die Sterne am Himmel und die Blumen auf der Erde, die er oft unter einander sich be= sprechen und gar wundersamen Verkehr treiben läßt. Hat er mich doch neulich über einen Schuh gar konfus gemacht, indem er mich anfangs über die Bestandtheile desselben befragte, und als ich ihm darauf Rede und Antwort gegeben hatte, plözlich über jede einzelne Substanz Aufklärung verlangte, immer höher und höher sich verstieg, erst in die Naturwissenschaften, indem er das Leder auf den Ochsen zurück führte, dann gar noch weiter bis ich mich zulezt mit meinem Schuhe hoch oben in der Theologie befand und er mir grad her= aus sagte daß ich in meinem Fache ein Stümper sei, weil ich ihm darin nicht bis zum lezten Grunde Auskunft geben könnte. Ebenfalls nennt er die

Blumen oft eine Schrift, die wir nur nicht zu
lesen verständen, desgleichen auch die bunten Ge=
steine. Er hoft diese Sprache noch einst zu
lernen, und verspricht dann gar wundersame
Dinge daraus mitzutheilen. Oft behorcht er ganz
heimlich die Mücken oder Fliegen wenn sie im
Sonnenschein summen, weil er glaubt sie unter=
redeten sich über wichtige Gegenstände, von denen
bis jezt noch kein Mensch etwas ahnete: Schwazt
er den Gesellen und Lehrburschen in der Werk=
statt dergleichen vor und sie lachen über ihn, so
erklärt er sie sehr ernsthaft für Blinde und Taube,
die weder sähen noch hörten, was um sie her
vorginge. Jezt sizt er Tag und Nacht bei'm
Jakob Böhme und Hans Sachs, welches zween
gar absonderliche Schuhmacher waren, aus denen
auch zu ihrer Zeit niemand klug werden konnte. —

Soviel ist mir sonnenklar; ein gewöhnliches
Menschenkind ist dieser Kreuzgang nicht, bin ich
doch auch auf keine gewöhnliche Weise zu ihm
gekommen.

Nie wird mir der Abend aus dem Sinne
kommen, als ich unmuthig über meinen wenigen
Verdienst hier auf dem Dreifuße eingeschlummert
war; — daß es gerade ein Dreifuß sein mußte,
soll, wie man mir sagt, nicht ohne Einfluß ge=
wesen sein — es träumte mir wie ich einen
Schaz fände in einer verschlossenen Truhe, doch
gebot man mir diese Truhe nicht eher zu öffnen,
bis ich erwacht sein würde. Das war alles so
deutlich und selbst verständig, indem Traum und
Wachen sich ganz klar von einander unterschieden,
daß es mir nie wieder aus dem Kopfe wollte,
und ich zulezt mit einer Zigeunerin Bekannt=
schaft machte, um den Versuch wirklich anzustellen.

Es ging alles in der Ordnung; ich hob die
Truhe die ich im Traume gesehen, besann mich
zuvor, ob ich wirklich wachte, und öffnete sie
dann; aber statt des Goldes was ich erwartete,
hatte ich dieses Wunderkind aus der Erde gehoben.

Anfangs war ich wohl etwas betreten dar=
über, weil solch ein lebendiger Schatz zum min=
desten von einem todten begleitet sein muß, wenn
ein Uebriges dabei heraus kommen soll, und der
Bube war mutternakt, und lachte noch dazu dar=
über, als ich ihn darauf ansah. Als ich mich
besonnen hatte, nahm ich indeß die Sache tiefer
und hatte meine eigenen Gedanken dabei, weshalb
ich meinen Schatz sorgsam nach Hause trug.

So weit mein ehrlicher Schuhmacher, als
ich plözlich durch eine sonderbare Erscheinung
unterbrochen wurde. Eine große männliche Ge=
stalt in einen Mantel gehüllt, schritt durch das
Gewölbe, und blieb auf einem Grabsteine stehen.
Ich schlich mich leise hinter eine Säule, wo ich
ihr nahe war, da warf sie den Mantel von sich,
und ich erblickte hinter schwarzen tief über die
Stirne herabtretenden Haaren ein finsteres feind=
liches Antlitz mit einem südlichen blasgrauen
Kolorit.

Ich trete immer vor ein fremdes ungewöhn=
liches Menschenleben mit denselben Gefühlen hin,
wie vor den Vorhang hinter dem ein Shak=
spearsches Schauspiel aufgeführt werden soll; und
am liebsten ist es mir, wenn jenes so wie dieses
ein Trauerspiel ist, wie ich denn auch neben dem
ächten Ernst nur tragischen Spaß leiden mag,
und solche Narren wie im König Lear; eben
weil diese allein wahrhaft kek sind und die Possen=
reißerei en gros treiben und ohne Rücksichten,
über das ganze Menschenleben. Die kleinen Wiz=
bolde und gutmüthigen Komödienverfasser dagegen,
die sich nur blos in den Familien umhertreiben,
und nicht, wie Aristophanes, selbst über die Götter
sich lustig zu machen wagen, sind mir herzlich zu=
wider, eben so wie jene schwachen gerührten Seelen,
die statt ein ganzes Menschenleben zu zertrümmern,
um den Menschen selbst darüber zu erheben, sich
nur mit der kleinen Quälerei beschäftigen, und
neben ihrem Gefolterten den Arzt stehen haben, der

ihnen genau die Grade der Tortur bestimmt, da=
mit der arme Schelm, obgleich gerädebrecht, doch
mit dem Leben zulezt noch davon gehen kann;
als ob das Leben das Höchste wäre, und nicht
vielmehr der Mensch, der doch weiter geht als
das Leben, das grade nur den ersten Akt und
den inferno in der divina comedia, durch die,
er um sein Ideal zu suchen, hinwandelt, ausmacht. —

Mein Mann, der hier nahe vor mir auf
dem Grabsteine kniete, einen blankgeschliffenen
Dolch, den er aus einer schön gearbeiteten Scheide
gezogen, in der Hand, schien mir ächt tragischer
Natur zu sein, und fesselte mich in seine Nähe.

Feuerlärm hatte ich eben nicht Lust zu
machen, im Falle er etwas Ernsthaftes unter=
nehmen würde, eben so wenig wollte ich als
Vertrauter in der Koulisse stehen, um im
fünften Akte bei dem Stichworte zu rechter
Zeit bereit zu sein, meinem Helden den Arm zu
halten; denn sein Leben kam mir vor gleichsam
wie die schön gearbeitete Scheide in seiner Hand,
die in der bunten Hülle den Dolch verbarg, oder
wie der Blumenkorb der Kleopatra, unter dessen
Rosen die giftige Schlange lauschte, und wo das
Drama des Lebens sich einmal so zusammen=
gestellt hat, muß man die tragische Katastrophe
nicht abwenden wollen.

Ich hatte einen König Saul, als ich noch
Marionettendirekteur war, dem er aufs Haar
glich; auch in allen seinen Manieren — grade
solche hölzerne mechanische Bewegungen, und ei=
nen so steinernen antiken Stil, wodurch sich
Marionettentruppen vor lebenden Schauspielern
auszeichnen, die heut zu Tage auf unsern Theatern
nicht einmal auf die rechte Weise zu sterben verstehen.

Es war schon alles dicht bis zum Nieder=
fallen des Vorhangs beendigt, da blieb dem
Manne plötzlich der schon zum Todesstoße auf=

gehobene Arm erstarrt, und er kniete wie ein
steinernes Denkbild auf dem Grabsteine. Zwischen
der Dolchspitze und der Brust, die sie durch-
schneiden sollte, war kaum noch einer Spanne
weit Raum, und der Tod stand ganz dicht an
dem Leben, doch schien die Zeit aufgehört zu
haben und nicht mehr fortrücken zu wollen und
der eine Moment zur Ewigkeit geworden zu sein,
die auf immer alle Veränderung aufgehoben.

Mir wurde es ganz unheimlich, ich sah
erschrocken hinauf nach dem Zifferblatte der
Kirchenuhr, auch hier stand der Zeiger still und
grade auf der Mitternachtszahl. Ich schien mir
gelähmt und rings um war alles unbeweglich
und todt; der Mann auf dem Grabe, der Dohm
mit seinen starren hohen Säulen und Monumenten und den umher knieenden steinernen
Rittern und Heiligen, die unbeweglich auf eine
neue hereinbrechende Zeit und ein Fortschreiten
in derselben, wodurch sie entfesselt würden, zu
harren schienen.

Jezt war's vorüber, das Räderwerk der
Uhr machte sich Luft, der Zeiger rückte fort,
und der erste Schlag der Mitternachtsstunde hallte
langsam durch das öde Gewölbe. Da schien, wie
durch das Anziehen des Uhrwerks, der Mann
auf dem Grabe wieder Bewegung zu erhalten,
der Dolch rollte rasselnd auf dem Steine hin,
und zerbrach.

„Verwünscht sei die Starrsucht," sagte er
kalt, wie wenn er's schon gewohnt wäre, „sie
läßt mich nie den Stoß vollführen! —" Damit
stand er, wie, wenn wenn nichts weiter vorgefallen
wäre, auf, und wollte sich wieder entfernen.

„Du gefällst mir," rief ich, „es ist doch
Haltung in deinem Leben, und ächte tragische
Ruhe. Ich liebe die große klassische Würde im
Menschen, die viel Worte haßt, wo viel gethan
werden soll; und ein solcher salto mortale, wie
der, zu dem du eben bereit warst, ist doch nichts

kleines, und gehört zu den Forçestücken, die man,
bis zulezt, auffspart." —

„Kannst du mir zu dem Sprunge verhelfen,"
sagte er finster, „so ist's gut; sonst bemühe dich
nicht weiter in Lobsprüchen und Bemerkungen.
Ueber die Kunst zu leben ist mehr als zuviel
geschrieben, doch suche ich noch immer einen
Traktat, über die Kunst zu sterben, vergeblich;
und ich kann nicht sterben!" —

„O besäßen doch dieses dein Talent manche
von unsern beliebten Schriftstellern!" rief ich
aus, „Ihre Werke könnten dann immerhin Ephe=
meren bleiben, wären sie selbst doch unsterblich,
und könnten ihre ephemerische Schriftstellerei
ewig fortsetzen, und bis zum jüngsten Tage
beliebt bleiben. Leider aber kommt für sie
die Stunde nur zu früh, in der sie und
ihre Eintagsfliegen mit ihnen sterben müssen. —
O Freund, könnte ich dich doch in diesem
Augenblicke zu einem Kozebue erheben, dieser
Kozebue ginge dann nie unter, und selbst am
Ende aller Dinge lägen noch seine lezten Werke
in dem Hogarthschen Schwanzstücke, und die Zeit
könnte ihre lezte Pfeife die sie da raucht, mit
einer Szene aus seinem lezten Drama anbrennen,
und so begeistert, in die Ewigkeit übergehen!"

Der Mann wollte jetzt still abtreten, und
ohne, wie ein schlechter Akteur, noch zum Schlusse
eine gewaltige Tirade zu machen; ich aber hielt ihn
bei der Hand, und sagte: „Nicht so eilig, Freund,
ist es doch nicht nöthig, da du immer Zeit hast,
so lange nur überhaupt von der Zeit selbst die
Rede sein kann; denn aus deinen Worten zu
schließen, halte ich dich für den ewigen Juden,
der, weil er das Unsterbliche lästerte, zur Strafe
schon hier unten unsterblich geworden ist, wo alles
um ihn her vergeht. Du siehst finster, du einziger
Mensch, dessen Leben der Zeiger der Zeit, der als ein

scharfes, nie im Morden innehaltendes Schwerdt, auf dem Zifferblatte umherfliegt, nimmer durch= schneiden soll, und der nicht eher vergehen kann, als bis ihr eisernes Räderwerk selbst zertrümmert. Nimm die Sache von der leichten Seite; denn es ist doch spaßhaft und der Mühe werth, dieser großen Tragikomödie der Weltgeschichte bis zum lezten Akte als Zuschauer beizuwohnen, und du kannst dir zulezt das ganz eigne Vergnügen machen, wenn du am Ende aller Dinge über der allgemeinen Sündfluth auf dem lezten hervor= ragenden Berggipfel als einzig Uebriggebliebener stehst, das ganze Stück, auf deine eigene Hand, auszupfeifen, und dich dann wild und zornig, ein zweiter Prometheus, in den Abgrund zu stürzen.“

„Pfeifen will ich,“ sagte der Mann trozig, „hätte mich nur der Dichter nicht selbst mit ins Stück verflochten als handelnde Person; das ver= zeih ich ihm nimmer!“

„Um so besser!“ rief ich, „da giebt es wohl gar noch zu guter lezt eine Revolte im Stücke selbst, und der erste Held empört sich gegen sei= nen Verfasser. Ist das doch auch in der, der großen Weltkomödie nachgeäfften kleinen nicht selten, und der Held wächst am Ende dem Dichter über den Kopf, daß er ihn nicht mehr bezwingen kann. — O ich hätte wohl Lust deine Geschichte anzuhören, du ewig Reisender, um darüber mich auszuschütten vor Lachen; wie ich denn oft bei einer ächten ernsten Tragödie brav zu lachen pflege, und im Gegentheile beim guten Possen= spiele dann und wann weinen muß, indem das wahrhaft Kühne und Große immer zugleich von den beiden entgegengesetzten Seiten aufgefaßt werden kann!“ —

„Ich verstehe dich, Spaßvogel,“ sagte der Mann! „Bin auch gerade jezt wild genug um zu lachen, und dir meine Geschichte zu er= zählen. Doch, beim Himmel, laß dir keine

ernſte Miene dabei entwiſchen, ſonſt machſt du
mich in dem Augenblicke ſtumm!" —

„Sorge nicht, Kamerad, ich lache mit," ant=
wortete ich, und jener ſezte ſich unter eine ſtei=
nerne, am Grabe betende Ritterfamilie, und
hub an:

„Es iſt, du wirſt mir's zugeben, verdammt
langweilig, ſeine eigene Geſchichte von Perioden
zu Perioden, ſo recht gemüthlich, aufzurollen; ich
bringe ſie deshalb lieber in Handlung, und führe
ſie als ein Marionettenſpiel mit dem Hanswurſt
auf; da wird das Ganze anſchaulicher und
poſſirlicher.

Zuerſt giebt es eine Mozartſche Sym=
phonie von ſchlechten Dorfmuſikanten exekutirt,
das paßt ſo recht zu einem verpfuſchten Leben,
und erhebt das Gemüth durch die großen
Gedanken, indem man zugleich bei dem Ge=
krazze des Teufels werden mögte. — Dann kommt
der Hanswurſt, und entſchuldigt den Marionetten=
direktor, weil er es wie unſer Herrgott gemacht,
und die wichtigſten Rollen den talentloſeſten Ak=
teuren anvertraut habe; er leitet grade daraus
aber auch wieder das Gute her, daß das Stück
rührend ausfallen müſſe, eben wie es bei großen
tragiſchen Stoffen der Fall ſei, die durch kleine
gewöhnliche Dichter bearbeitet würden. Ueber
das Leben und den Zeitkarakter macht er die
höchſt albernen Bemerkungen, daß beide jezt mehr
rührend als komiſch ſeyen, und daß man jezt
weniger über die Menſchen lachen als weinen
könne, weshalb er denn auch ſelbſt ein mora=
liſcher und ernſthafter Narr geworden, und
immer nur im edlen Genre ſich zeige, wo er
vielen Applaus bekäme.

Darauf treten die hölzernen Puppen ſelbſt
auf; zwei Brüder ohne Herzen umarmen ſich,
und der Hanswurſt lacht über das Zuſammen=
klappern der Arme, und über den Kuß, wo=

bei sie die steifen Lippen nicht bewegen können.
Der eine hölzerne Bruder bleibt im Marionetten-
karakter, und drückt sich unendlich steif aus,
macht auch lange trockene Perioden, worin gar
kein Leben hineinkommen will, und die deshalb
Muster im prosaischen Style abgeben. Die andere Puppe aber möchte gern einen lebendigen
Akteur affektiren, und spricht hin und wieder in
schlechten Jamben, reimt auch wohl gar zu Zeiten
die Endsylben, und der Hanswurst nikt dabei mit
dem Kopfe, und hält eine Rede über die Wärme
des Gefühls in einer Marionette, und über den
eleganten Vortrag bei tragischen Gedichten. —
Darauf geben sich die Brüder die hölzernen
Hände und gehen ab. Der Hanswurst tanzt ein
Solo zur Zugabe, und dann redet im Zwischen=
akte Mozart wieder durch die Dorfmusikanten.

Jezt gehts weiter. Zwei neue Puppen
treten auf, eine Kolombine mit einem Pagen,
der den Sonnenschirm über sie ausspannt; die
Kolombine ist die prima donna der Gesellschaft,
und ohne Schmeichelei das Meisterstück des
Formenschneiders. Wahrhaft griechische Konture,
und alles an ihr ins Ideale hinübergearbeitet.
Der eine Bruder kommt, derjenige, der vorher
in Prosa sprach; er erblickt sie, schlägt sich auf
die Stelle des Herzens, redet darauf plözlich in
Versen, reimt alle Endsylben, oder bringt die
Assonanz in A und O an, daß die Kolombine
darüber erschrickt, und mit dem Pagen davon
läuft. Jener will ihr nachstürzen, rennt aber,
weil der Marionettendirektor hier ein Versehen
macht, sehr hart gegegen den Hanswurst, der
nun, aus dem Stegreife, eine sehr boshafte sa=
tirische Rede hält, worin er ihm darthut, daß es
seinem Schöpfer — dem Marionettendirektor
nemlich — nicht gefalle, ihm die Dame zu be=
stimmen, und daß dadurch eben das Stück recht
toll und komisch werden würde, indem ein me=
lancholischer Narr die possirlichste Person in
einem Possenspiele abgäbe. — Die andere Puppe

stößt Flüche aus, lästert sogar in Verzweiflung
auf den Direktor, wobei den Zuschauern vor
Lachen die Thränen aus den Augen stürzen.
Zulezt faßt sie aber doch noch Hoffnung die
Dame wiederzufinden, und beschließt wenigstens
das ganze Theater zu durchsuchen. Der Hans=
wurst begleitet sie.

Im dritten Akte erscheint die Kolombine
wieder, und thut sehr schön mit der andern
Brudermarionette, sie singen auch ein zärtliches
Duett mit einander, und wechseln sodann die
Ringe, worauf ein alter geschäftiger Pantalon
mit Musikanten ankommt, die viel lustige Musik
abspielen, wobei man nur allein die Töne nicht
hört, was auf die Zuschauer einen sonderbaren
Eindruck macht. Zulezt wird bei der stummen
Musik getanzt, und der Pantalon macht
recht gute Bemerkungen über sein musi=
kalisches Gehör, vertheidigt auch das Mährchen,
daß die Töne am Nordpole gefrören, und
nur im warmen Süden wieder aufthaueten

und hörbar würden. Das Alles ist so sonder=
bar, daß man schlechterdings nicht weiß, ob man's
ernsthaft oder lustig nehmen soll; einige gescheute
Leute unter den Zuschauern halten's gar für toll.

Als jene beiden ersten endlich zu Bette ge=
gangen sind, kommt der Hanswurst mit dem
andern Bruder wieder. Dieser spricht, wie er
weite Reisen von einem Pole zum andern ge=
macht, und doch die Kolombine nicht gefunden,
weshalb er verzweifeln und sich ums Leben
bringen wollte. Der Hanswurst öffnet eine
Klappe an der Brust der Marionette und findet
wirklich jezt zu seinem Erstaunen ein Herz
darin, worüber er besorgt wird und in der
Angst mehrere gescheute Ideen bekommt, z. B.
daß Alles in dem Leben, sowohl der Schmerz
wie die Freude, nur Erscheinung sei, wobei
nur blos das ein böser Punkt, daß die
Erscheinung selbst nie zur Erscheinung käme,
weshalb die Marionetten es denn auch nie=

mals ahneten, daß man sie zum Besten hätte
und blos zum Zeitvertreibe mit ihnen spielte,
sondern sich vielmehr sehr ernsthafte und bedeu=
tende Personen dünkten. — Er will ihm darauf
das Wesen einer Marionette selbst begreiflich
machen, konfundirt sich aber beständig dabei,
und steht nach einer langen sehr drolligen Rede
wieder am Ende da, wo er anfing. — Nun
lachte er in der Stille hämisch ins Fäustchen
und geht ab. —

Im vierten Akte treffen die beiden Brüder
zusammen, und indem der mit dem Herzen
redet, werden plötzlich die stummen Töne aus
dem vorigen Akte hörbar, und begleiten die
Worte, worüber der Bruder ohne Herz ganz
konfus wird. Arlequin kommt nun auch da=
zu und spottet über die Liebe, weil sie keine
heroische Empfindung sei, und nicht für das
allgemeine Beste benutzt werden könne. Er
fordert auch den Direktor auf, sie für die
Folge ganz abzuschaffen, und reine moralische Ge=
fühle bei seiner Truppe einzuführen. Zuletzt dringt
er auf eine Revision des Menschengeschlechts und
auf einige höchstnöthige Weltreparaturen; besteht
auch sehr trotzig darauf zu wissen, weshalb er den
Narren eines ihm unbekannten Publikums ab=
geben müsse.

Nun wird eine tragische Situation sehr
schlecht ausgeführt. Die schöne Kolombine er=
scheint nemlich, und als der Bruder ohne Herz
sie dem andern als seine Gemahlin vorstellt,
fällt dieser ohne ein Wort zu sagen, höchst un=
geschickt, mit dem hölzernen Kopfe auf einen
Stein. Jene beiden laufen fort, um Hülfe zu
senden; der Hanswurst aber hebt ihn auf und
indem er ihm die blutige Stirn abwischt, bittet
er ihn ganz gelassen, daß, weil es keine Dinge an
sich gäbe, er sich den Stein, so wie die ganze Ge=
schichte lieber aus dem Kopfe schlagen möge. Auch
lobt er den Direktor, daß er das griechische Fatum
abgeschaft und dafür eine moralische Theaterord=

nung eingeführt habe, nach der Alles zulezt sich
gut auflösen müsse.

Der lezte Akt ist nun gar zum Todtlachen.
Erst werden alberne Walzer gespielt, um die
Gemüther zu besänftigen; dann erscheint die
Marionette mit dem Herzen, und beweiset der
Kolombine durch Syllogismen und Sophismen,
daß der Direktor die Puppen vertauscht, und
sie, in einem Irrthume, seinem Bruder zur Ge=
mahlin gegeben, da sie doch dem komischen Aus=
gange des Stücks gemäß, ihm selbst gehöre.
Die Kolombine scheint ihm zu glauben, will aber
doch aus Moralität und Achtung gegen den
Marionettendirektor es nicht gehabt haben, worauf
er in Verzweiflung geräth und kurze Anstalt sie
zu entführen macht. Sie stößt ihn verächtlich zu=
rück, da gebehrdet er sich wie ein Rasender, rennt
die hölzerne Stirn gegen die Wand, und wendet
die Assonanz in U an. Zulezt stürzt er fort, und
schleudert nur noch den schönen Pagen aus dem
zweiten Akte, der eben schlaftrunken, im Nacht=
kleide, vorübergehen will, in das Zimmer, das
er hinter sich zuschließt.

Nach einer kurzen Pause erscheint er wieder
mit der Bruder=Marionette, die einen gezogenen
Degen in der Hand hält, und nach einer kurzen
steifen Tirade, erst den Pagen, dann die Kolom=
bine und endlich sich selbst niederstößt. Der
Bruder steht ganz stier und dumm unter den
drei hölzernen Puppen, die rings umher auf der
Erde liegen; dann greift er, ohne ein Wort weiter
zu sagen, ebenfalls nach dem Degen, um auch
sich selbst, zu guter lezt, hinterherzusenden; doch
in diesem Augenblicke reißt der Drath, den der
Direktor zu starr anzieht, und der Arm kann
den Stoß nicht vollführen und hängt unbeweglich
nieder; zugleich spricht es wie eine fremde Stimme
aus dem Munde der Puppe und ruft: „Du
sollst ewig leben!" —

Nun erscheint der Hanswurst wieder um ihn
zu besänftigen und zu trösten, führt auch un=

ter andern, als er es gar zu arg macht, ärgerlich an, wie albern es sei, wenn es einer Marionette einfiele über sich selbst zu reflektiren, da
sie doch blos der Laune des Direktors gemäß,
sich betragen müsse, der sie wieder in den Kasten
lege, wenn es ihm gefiele. Dann sagt er auch
manches Gute über die Freiheit des Willens
und über den Wahnsinn in einem Marionetten-
gehirne, den er ganz realistisch und vernünftig
abhandelt; alles das um der Puppe zu beweisen,
wie toll es eigentlich von ihr sei dergleichen Dinge
sehr hoch zu nehmen, indem alles zuletzt doch auf
ein Possenspiel hinausliese, und der Hanswurst
im Grunde die einzige vernünftige Rolle in der
ganzen Farçe abgäbe, eben weil er die Farçe
nicht höher nähme als eine Farçe."

Hier hielt der Mann einen Augenblick inne,
und sagte dann in recht lustig wilder Laune:
„Da hast du das ganze Fastnachtsspiel, worin
ich selbst den Bruder mit dem Herzen barge=
stellt habe. Ich finde es übrigens recht wohl
gethan, seine Geschichte so in Holz zu schniz=
zen und abzuspielen, man kann dabei recht boshaft
sein, ohne daß die Moralisten etwas dagegen
einwenden, und es eine Lästerung heißen dürfen.
Auch erscheint alles recht erhaben unmotivirt, wie
es doch in den ursprünglichen Verhältnissen wirk=
lich ist, obgleich wir albernen Menschen im
Kleinen gern motiviren mögen, dagegen unser
Director es gar nicht thut, und keine Rechen=
schaft giebt, weshalb er so manche verpfuschte
Rolle, wie ich z. B. eine bin, in seinem Fastnachts=
spiele nicht ausstreichen will. O schon seit vielen
Menschenaltern habe ich mich bestrebt aus dem
Stücke herauszuspringen, und dem Direktor zu
entwischen, aber er läßt mich nicht fort,
so pfiffig ich es auch anfangen mag. Das
Ueberdrüßigste dabei ist die Langeweile, die
ich immer mehr empfinde; denn du sollst
wissen, daß ich hier unten schon viele Jahrhun=
derte als Akteur gedient habe, und eine von den

ſtehenden italieniſchen Masken bin, die gar nicht
vom Theater herunterkommen."

„Ich hab's auf alle Weiſe verſucht. An=
fangs gab ich mich bei den Gerichten an, als
großen Böſewicht und dreifachen Mörder; ſie
unterſuchten's und thaten endlich den Ausſpruch:
ich müſſe leben bleiben, indem ſich aus meiner
Defenſion ergäbe, wie ich nicht in beſtimmten und
ausbrüklichen Worten den Mord beauftragt, und
er mir nur höchſtens als eine geiſtige Handlung
zuzurechnen ſei, die nicht vor ein forum externum
gehöre. Ich verwünſchte meinen Defenſor, und
die Folge war ein leichter Injurienprozeß, wo=
mit man mich laufen ließ."

„Darauf nahm ich Kriegsdienſte, und
verſäumte keine Schlacht; doch zeichnete das
Schickſal meinen Namen auf keine einzige
Kugel, und der Tod umarmte mich auf der
großen Wahlſtätte unter tauſend Sterbenden,
und zerriß ſeinen Lorbeerkranz, um ihn mit mir
zu theilen. Ja ich mußte nun gar in dem ver=
haßten Drama eine glänzende Heldenrolle übernehmen, und verwünſchte knirſchend meine Unſterb=
lichkeit, die mir auf allen Seiten in den Weg trat."

„Tauſendmal ſezte ich den Giftbecher an
die Lippen, und tauſendmal entſtürzte er der
Hand, ehe ich ihn leeren konnte. Zu jeder
Mitternachtsſtunde trete ich, wie die mechaniſche
Figur an dem Zifferblatte einer Uhr, aus meiner
Verborgenheit hervor, um den Todesſtoß zu
vollführen, gehe aber jedesmal, wenn der lezte
Schlag verhallt iſt, wie ſie, zurück, um ſofort ins
Unendliche wieder zu kehren und abzugehen. O
wüßte ich nur dieſes immerfort ſauſende Räder=
werk der Zeit ſelbſt aufzufinden, um mich hinein
zu ſtürzen und es auseinander zu reißen, oder
mich zerſchmettern zu laſſen. Die Sehnſucht
dieſen Vorſaz auszuführen bringt mich oft zur
Verzweiflung; ja ich mache ſelbſt wie im Wahn=

sinne tausend Plane es möglich zu machen —
dann schaue ich aber plözlich tief in mich selbst
hinein, wie in einen unermeßlichen Abgrund, in
dem die Zeit, wie ein unterirdischer nie versie=
gender Strom dumpf dahin rauscht, und aus der
finsteren Tiefe schallt das Wort e w i g einsam
herauf, und ich stürze schaudernd vor mir selbst
zurük, und kann mir doch nimmer entfliehen." —

Hier endete der Mann, und in mir stieg
die heiße Sehnsucht auf, dem armen Schlaflosen
das wohlthätige Opium mit eigener Hand zu
reichen, und ihm den langen süßen Schlaf, nach
dem sein heißes überwachtes Auge vergeblich
schmachtete, zuzuführen. Doch fürchtete ich, daß
in dem entscheidenden Augenblicke sein Wahnsinn
von ihm weichen könnte, und er, sterbend, das
Leben, eben um der Vergänglichkeit willen, wieder
liebgewinnen mögte. O, aus diesem Widerspruche
ist ja der Mensch geschaffen; er liebt das Leben
um des Todes willen, und er würde es hassen,
wenn das, was er fürchtet, vor ihm verschwunden
wäre.

So konnte ich nichts für ihn thun, und
überließ ihn seinem Wahnsinn und seinem Schicksale.

Fünfte Nachtwache.

Die vorige Nachtwache währte lange, die Folge war, wie bey Jenem, Schlaflosigkeit, und ich mußte den hellen prosaischen Tag, den ich sonst meiner Gewohnheit gemäß, wie die Spanier, zur Nacht mache, durchwachen, und mich in dem bürgerlichen Leben und unter den vielen wachen Schläfern langweilen.

Da konnte ich nun nichts bessers thun, als mir meine poetisch tolle Nacht in klare langweilige Prosa übersetzen, und ich brachte das Leben des Wahnsinnigen recht motivirt und vernünftig zu Papiere, und ließ es zur Lust und Ergözlichkeit der gescheuten Tagwandler abdrucken. Eigentlich war es aber nur ein Mittel mich zu ermüden, und ich wollte es in dieser Nachtwache mir vorlesen, um nicht zum zweitenmale mit der Prosa und dem Tage mich einlassen zu müssen.

Das geschieht denn auch nun jezt ganz plan, wie folget:

„Don Juans Vaterland war das heiße glühende Spanien, in dem Bäume und Menschen sich weit üppiger entfalten und das ganze Leben ein feurigeres Kolorit annimmt. Nur er allein schien wie ein nordischer Felsen in diesen ewigen Frühling versezt zu sein, er stand kalt und unbeweglich da und nur dann und wann lief ein Erdbeben unter ihm hin, daß sie erschraken, und es ihnen unheimlich in seiner Nähe wurde.

Sein Bruder Don Ponce dagegen war jungfräulich mild, und wenn er sprach, blüheten seine Worte in Blumen auf und schlangen sich um das Leben, durch das er wie durch einen grün verhüllten Zaubergarten hinwandelte. Alle liebten ihn; Juan haßte ihn nicht, aber sein Ausdruck war ihm zuwider, weil er nichts ruhig und groß zu nehmen wußte, sondern alles durch überladene Verzierungen verkleinerte, und überall seine bunten Schnörkel zuvor anpinseln mußte, um sich die Dinge gefällig zu machen, wie schlechte Poeten, die die üppig reiche Natur noch zum zweitenmale auszuschmücken versuchen, statt eine neue selbstständige, durch eigene Kraft zu erschaffen.

Ohne Theilnahme lebten sie bei einander, und wenn sie sich umarmten, so schienen sie wie zwei erstarrte Todte auf dem Bernhard Brust gegen Brust gelehnt, so kalt war es in den Herzen, in denen weder Haß noch Liebe herrschte; nur Ponce hielt ihre unbeweglich lächelnde Maske vor das Gesicht und verschwendete viel freundliche Worte bei einem reinen angenehmen Vortrage ohne genialische Härten und herzliche Rohheit. Juan wurde dann nur spröder und zurückstoßender und dieser strenge Norden wehete feindlich in den milden Süden daß die erkün= stelten Blumen schnell entblätterten.

Das Schicksal schien sich zu erzürnen über die Gleichgültigkeit zweier verwandten Herzen, und es warf tückisch Haß und Aufruhr zwischen sie, damit sie, die die Liebe verschmäht hatten, als zornige Feinde sich einander nähern möchten. —

Es war zu Sevilla als Juan untheil= nehmend einem Stiergefechte beiwohnte. Sein Blick schweifte von dem Amphitheater ab, über die über einander emporsteigenden Reihen der Zuschauer, und haftete weniger bei der leben= den Menge als den bunten phantastischen Ver= zierungen und den gestickten Teppichen die die Balustraden bedeckten. Endlich wurde er auf eine einzige noch leere Loge aufmerksam, und

er starrte mechanisch dahin, wie wenn hier erst
der Vorhang des wahren Schauspiels für ihn
sich heben würde. Nach einer langen Pause er=
schien eine einzelne ganz in schwarze Schleier
gehüllte hohe weibliche Gestalt, und hinter ihr
ein bildschöner Page, der durch den ausgespannten
Sonnenschirm sie vor der Hitze schützte. Sie blieb
unbeweglich auf der Tribune stehen, und eben
so unbeweglich stand ihr Juan gegenüber; es war
ihm als wenn das Räthsel seines Lebens hinter
diesen Schleiern verborgen wäre, und doch fürchtete
er den Augenblick wenn sie fallen würden, wie wenn
ein blutiger Bankos Geist sich daraus erheben sollte.

Endlich war der Moment gekommen, und
wie eine weiße Lilie blühete eine zauberische weib=
liche Gestalt aus den Gewändern auf, ihre
Wangen schienen ohne Leben und die kaum ge=
färbten Lippen waren still geschlossen; so glich sie
mehr dem bedeutungsvollen Bilde eines wunderbaren
übermenschlichen Wesens, als einem irdischen Weibe.

Juan fühlte zugleich Entsetzen und heiße
wilde Liebe, es verwirrte sich tief in ihm, und
ein lauter Schrei war die einzige Aeußerung die
seinem Munde entfuhr. Die Unbekannte blickte
rasch und scharf nach ihm hin, warf in demselben
Augenblicke die Schleier über, und war verschwunden.

Juan eilte ihr nach, und fand sie nicht.
Er durchstrich Sevilla — vergeblich; Angst und
Liebe trieben ihn fort und wieder zurück, doch
aber erschien ihm oft in einzelnen schnell vorüber=
fliegenden Sekunden der Augenblick in dem er sie
finden würde ebenso entsetzlich als erwünscht; er be=
mühete sich diese Ahnung nur ein einzigesmal festzu=
halten um sie zu begreifen, aber sie rauschte jedesmal
wie ein nächtlicher Traum schnell an ihm vorüber,
und wenn er sich besann war es wieder dunkel und
Alles in seinem Gedächtnisse ausgelöscht. —

Dreimal hatte er ganz Spanien durchkreiset,
ohne das blasse Antlitz wieder zu treffen, das
tödtlich und liebend zugleich in sein Leben

zu schauen schien; endlich trieb ihn ein unwider=
stehliches Heimweh nach Sevilla zurück; und der
erste der ihm dort begegnete, war Ponce.

Beide Brüder schienen vor einander zu er=
schrecken, denn beide waren einander fremd bis
zum Räthsel geworden. Juans Härte war ver=
schwunden und er stand ganz in Flammen wie
ein Vulkan, durch dessen tausendjährige Schichten
das innere Feuer sich mit einemmale Luft machte;
aber in seiner Nähe schien es jezt nur um so
gefährlicher. Ponces ehmalige Milde dagegen war
zur Sprödigkeit geworden, und er stand kalt neben
dem glühenden Bruder da, aller falscher Flitter
war von seinem Leben abgefallen, und er glich
einem Baume der seines vergänglichen Frühlings=
schmuckes beraubt, die nackten Aeste starr und
verworren in die Lüfte ausstreckt. — So ent=
zündet derselbe Blizstrahl einen Wald daß er
tausend Nächte hindurch den Horizont beleuchtet, in=
deß er flüchtig über die Haide hinfährt und nur
die spärlichen Blumen versengt daß sie verdorren
und keine Spur zurücklassen.

Kalt höflich bat Ponce Don Juan ihn zu
seiner Wohnung zu begleiten, damit er ihm seine
Gemahlin vorstellen könne. Juan folgte me=
chanisch. Es war eben die Zeit der Siesta; die
Brüder traten in einen von dichtem Weinlaube
umhüllten Pavillon — da ruhete an einem mar=
mornen Denksteine eben die blasse Gestalt schlum=
mernd und unbeweglich, neben dem steinernen
Genius des Todes, dessen umgestürzte Fackel
ihre Brust berührte. Juan stand starr und ein=
gewurzelt, die finstere Ahnung stieg rasch vor
seinem Geiste auf und verschwand nicht wieder,
und wurde furchtbar deutlich, wie das sich plöz=
lich auflösende Räthsel des Oedipus. Dann ver=
ließen ihn die Sinne, und er sank bewußtlos
auf den Stein nieder.

Als er wieder erwachte, fand er sich allein,
und nur der stumme ernste Jüngling war bei

ihm zurük geblieben. Sturm und Aufruhr im
Innern, stürzte er hinaus ins Freie. —

Und alles war um ihn her verwandelt und
anders worden; die alte Zeit schien sich wieder=
zugebähren, und das graue Schicksal erwachte
aus seinem tiefen Schlafe, und herrschte wieder
über Erde und Himmel. Eine Furie verfolgte
ihn, wie den Orestes, auf jedem Schritte, und
hob oft tückisch das Schlangenhaar, und zeigte
ihm ihr schönes Antliz. —

Ponce mußte auf längere Zeit Sevilla ver=
laßen, da schlich Don Juan aus seiner tiefen Ver=
borgenheit hervor, wie ein lichtscheuer Verbrecher.
In seiner Seele war alles fest und entschieden, doch
floh er seinen eigenen Umgang, um dem dunkeln
Gefühle keine Worte zu geben, und sich nicht gegen
sich selbst erklären zu müssen. So suchte er, gegen
sich geheimnißvoll, Ponces Landgut auf, und
trat in Donna Ines Zimmer; sie erkannte ihn

rasch, und die weiße Rose blühete zum ersten=
male roth und glühend auf, und die Liebe
belebte Pygmalions kaltes Wunderbild. Die
Abendsonne brannte durch Laub und Blüthen,
und Ines schob kindlich schuldlos den Wangen=
purpur dem Himmelsfeuer zu, das sie anstrahlte:
dann ergriff sie bebend die Harfe, und wie
Juan ihr Spiel mit der Flöte begleitete, hub
das verbotene Gespräch ohne Worte an, und
die Töne bekannten und erwiederten Liebe. So
bliebs bis Juan kühner wurde, die mystische
Hieroglyphe verschmähete, und die schöne geheim=
nißvolle Sünde in heller Rede offenbarte. Da
schwand die Dämmerung vor der Unschuldigen,
sie schien erst jezt wie durch einen feindlichen
Fackelglanz alles um sich her zu erkennen, und
nannte zum erstenmale schaudernd und erschrocken
den Namen „Bruder!"

Die Sonne ging in demselben Augenblicke
unter und das eben noch gefärbte Antliz war
schnell wieder blaß wie zuvor.

Juan verstummte; Ines zog die Klocke, und eben jener Page, schön wie der Liebesgott, trat in das Zimmer. — Juan entfernte sich ohne ein Wort zu reden.

Es war schon ganz finster draußen im Walde, er schritt gedankenlos vor sich hin, plözlich stand Don Ponce dicht vor ihm, rasch zog er den Dolch und führte wild den Stoß, — jezt kam er zur Besinnung; der Dolch stekte tief in dem Stamme eines Baumes, und nur seine Phantasie hatte den Brudermord begangen.

Ponce kehrte endlich zurück, aber Ines gedachte der Stunde nicht gegen ihn, und verhüllte Liebe und Vergehen tief in ihre Brust. Juan haßte den Tag, und lebte von jezt an nur in der Nacht, denn was in ihm vorging war lichtscheu und gefährlich. Sobald es finster wurde wandelte er jedesmal von dem Orte seines Aufenthalts hin nach Ponces Landgute, und blikte nach Ines Fenstern, doch wenn der Morgen wieder grauete, entfernte er sich wild und grollend. Einmal sah er Ines und den Pagen beim Lichtscheine, und seine Phantasie schuf ein Mährchen, wie Ines ihn, des Jünglings wegen, zurückgesezt habe, und nur diesem die süßen Stunden der Nacht heimlich weihe; da schwur er in wilder Eifersucht dem schönen Knaben den Tod, und beschloß die erste Gelegenheit zur Ausführung zu ergreifen. — Das Licht auf ihrem Zimmer erlosch nicht, er wähnte den Pagen noch immer an ihrer Seite, harrte bebend vor Wuth und Liebe bis zur Mitternachtsstunde, dann schlich er, seiner nicht mehr mächtig, ein halb Wahnsinniger, hervor bis zur Thür des Hauses und fand sie nur angelehnt. Mit ungewissen wankenden Schritten ging er vor sich hin, und kam vor Ines Zimmer — ein rascher Druck, und es war geöffnet.

Da lag die Blasse wieder wie an dem Sarkophage, das Nachtgewand war nur leicht um sie her gewunden, und in das Saitenspiel, das sie, noch schlummernd, an die Brust lehnte, schlangen sich braune Lockenkränze. Juans Lippen entfuhr unwillkührlich der Name seines Bruders, da glaubte er plözlich in der Schlafenden die Furie zu erblicken, die zwischen ihnen beiden aufgestiegen, und die Locken die das schöne Antliz umwallten, schienen sich in Schlangen zu verwandeln. Dann war sie aber wieder das Weib seiner Liebe, und er sank, außer sich, zu ihren Füßen nieder, und drükte seine heißen Lippen in ihre Brust. Sie taumelte erschrocken empor, erkannte ihn beim Scheine des Nachtlichts, stieß ihn mit heftiger Kraft von sich, und ihr Blik drükte Schauder und Entsezen aus.

Der einzige Blick zerschmetterte ihn, doch erhob sich schnell sein böser Dämon, und er stürzte fort, bewußtlos was er thun wollte — ein blutiger Vorsatz lag dunkel vor seiner Seele.

Von dem Geräusche erweckt taumelte der Page schlaftrunken aus einem Zimmer im Vorsaale, er ergriff ihn und sagte rasch: „Deine Gebietherin verlangt nach dir, sie will in die Frühmesse!" Der Page rieb sich die Augen, er blikte ihm nach, und sah noch wie er in Ines Zimmer verschwand. Das Schicksal hatte die Katastrophe tückisch vorbereitet; Don Juan fand des Bruders Schlafgemach, riß ihn aus dem ersten Schlummer, und rief ihm die Untreue seines Weibes zu. Ponce fuhr rasch auf und wollte Erklärung, aber er zog ihn heftig mit sich fort, und drükte ihm nur auf dem Wege seinen Dolch in die Hand; dann schob er ihn in das Zimmer.

Es war tobtenstill um Don Juan, er stand furchtbar einsam in der Nacht, und suchte zähnklappernd in dumpfer Angst die eben weggegebene Waffe. Jezt entstand ein Geräusch und die Thür flog wie von selbst aus den Angeln.

Da wurde das schrekliche Nachtstück beleuchtet. Der schöne Knabe lag schon im festen

Todesschlummer auf dem Boden, und aus Ines Brust floß der purpurrothe Strom, und haftete auf dem schneeweißen Schleier wie vorgestekte Rosen.

Juan stand starr wie eine Bildsäule; Ines blikte ihn fest an, aber die blasse Lippe blieb geschlossen und enthüllte nichts, dann senkte sich der tiefe Schlaf sanft über ihre Augen.

Als sie starb erwachte erst Ponce, und er schien jezt zum erstenmale zu lieben, weil er die Liebe verlohr, und ein liebendes Herz zu fühlen, um es zu durchbohren. Er vermählte sich still wieder mit Ines.

Don Juan stand stumm und wahnsinnig unter den Todten.

Sechste Nachtwache.

Was gäbe ich doch darum, so recht zusammen=
hängend und schlechtweg erzählen zu können, wie
andre ehrliche protestantische Dichter und Zeit=
schriftsteller die groß und herrlich dabei werden,
und für ihre goldenen Ideen goldene Realitäten
eintauschen. Mir ists nun einmal nicht gegeben,
und die kurze simple Mordgeschichte hat mich
Schweiß und Mühe genug gekostet, und sieht
doch immer noch kraus und bunt genug aus.

Ich bin leider in den Jugendjahren und
gleichsam im Keime schon verdorben, denn
wie andere gelehrte Knaben und vielversprechende
Jünglinge es sich angelegen sein lassen immer
gescheuter und vernünftiger zu werden, habe
ich im Gegentheile stets eine besondere Vorliebe
für die Tollheit gehabt, und es zu einer abso=
luten Verworrenheit in mir zu bringen gesucht,
eben um, wie unser Herrgott, erst ein gutes und
vollständiges Chaos zu vollenden, aus welchem
sich nachher gelegentlich, wenn es mir einfiele,
eine leibliche Welt zusammen ordnen ließe. —
Ja es kommt mir zu Zeiten in überspannten
Augenblicken wohl gar vor, als ob das Menschen=
geschlecht das Chaos selbst verpfuscht habe, und
mit dem Ordnen zu voreilig gewesen sei, wes=
halb denn auch nichts an seinen gehörigen Platz
zu stehen kommen könne, und der Schöpfer bald
möglichst dazu thun müsse die Welt, wie ein
verunglücktes System auszustreichen und zu ver=
nichten. —

Ach, diese fixe Idee ist mir übel genug
bekommen, und hätte mich selbst beinahe ein=

mal um mein Nachtwächteramt gebracht, indem
es mir in der lezten Stunde des Säkulums
einfiel mit dem jüngsten Tage vorzuspuken und
statt der Zeit die Ewigkeit auszurufen, worüber
viele geistliche und weltliche Herren erschrocken
aus ihren Federn fuhren und ganz in Verlegen=
heit kamen, weil sie so unerwartet nicht darauf
vorbereitet waren.

Drollig genug machte sich die Szene bei
diesem falschen jüngsten Tages Lerm, wobei ich
den einzigen ruhigen Zuschauer abgab, indeß alle
Anderen mir als leidenschaftliche Akteurs dienen
mußten. — O man hätte sehen sollen was das
für ein Getreibe und Gedränge wurde unter den
armen Menschenkindern und wie der Adel ängstlich
durch einanderlief, und sich doch noch zu rangiren
suchte vor seinem Herrgott; eine Menge Justiz=
und andere Wölfe wollten aus ihrer Haut fahren
und bemüheten sich in voller Verzweiflung sich in
Schaafe zu verwandeln, indem sie hier den in
feuriger Angst umherlaufenden Wittwen und
Waisen große Pensionen aussezten, dort ungerechte
Urtheile öffentlich kassirten und die geraubten
Summen wodurch sie die armen Teufel zu Bett=
lern gemacht hatten, sogleich nach Ausgang des
jüngsten Tages zurück zu zahlen gelobten. So
manche Blutsauger und Vampyre denunciirten
sich selbst als Hängens und Köpfens würdig und
drangen darauf, daß noch in der Eile hier unten
ihr Urtheil an ihnen vollzogen würde, um die
Strafe von höherer Hand von sich abzuwenden.
Der stolzeste Mann im Staate stand zum ersten=
male demüthig und fast kriechend mit der Krone
in der Hand und komplimentirte mit einem
zerlumpten Kerl um den Vorrang, weil ihm
eine hereinbrechende allgemeine Gleichheit möglich
schien.

Aemter wurden niedergelegt, Ordensbänder
und Ehrenzeichen eigenhändig von ihren
unwürdigen Besitzern abgelöset; Seelenhirten

versprachen feierlich künftighin ihren Heerden
neben den guten Worten noch obendrein ein
gutes Beispiel in den Kauf zu geben, wenn
der Herrgott nur diesesmal es noch beim Ein=
sehen bewenden ließe.

O was kann ichs beschreiben wie das Volk
vor mir auf der Bühne in und durcheinander
lief und in der Angst betete und fluchte und jam=
merte und heulte; und wie jeglicher Maske auf
diesem zusammengeblasenen großen Balle, die
Larve von dem Antlitze fiel und man in Bettler=
kleidern Könige und umgekehrt, in Ritter=
rüstungen Schwächlinge und so fast immer das
Gegentheil zwischen Kleid und Mann entdeckte.

Es freute mich daß sie lange vor über=
großer Angst das Zögern der himmlischen
Kriminaljustiz gar nicht bemerkten, und die
ganze Stadt Zeit hatte, alle ihre Tugenden und
Laster aufzudecken und sich gleichsam vor mir,
ihrem lezten Mitbürger, völlig zu entblößen. Das
einzige geniale Stückchen verübte ein satirischer
Bube, der schon vorher aus Langerweile ent=
schlossen war in das neue Säkulum nicht mit
hinüberzuwandern, und jezt in der lezten
Stunde des alten sich erschoß, um den Versuch
zu machen ob in diesem Indifferenzmomente
zwischen Tod und Auferstehen, das Sterben
noch auf einen Augenblick möglich sei, damit er
nicht mit der ganzen übergroßen Lebenslange=
weile in die Ewigkeit ohne weiteres hinübermüsse.

Außer mir gab es übrigens nur noch eine
ruhige Person, und zwar den Stadtpoeten, der
aus seinem Dachfenster trotzig in das Michel
Angelos Gemälde hinabschauete, und auf seiner
poetischen Höhe auch das Weltende poetisch
nehmen zu wollen schien.

Ein Astronom nahe bei mir merkte endlich
an, daß dieser große actus solennis sich doch

etwas zu lange verzögere und daß das feurige
Schwerdt im Norden, statt des Gerichtsschwertes
auch wohl nur als ein bloßer Nordschein zu
nehmen sei. In diesem entscheidenden Momente,
da schon einige von den Schächern die Köpfe
wieder empor recken wollten, hielt ichs für nüz=
lich, sie wenigstens während einer kurzen er=
baulichen Rede noch in ihrer Zerknirschung
festzuhalten zu suchen, und ich hub folgender Ge=
stalt an:

„Theuerste Mitbürger!
Ein Astronom kann in diesem Falle nicht
als ein kompetenter Richter angesehen werden,
indem ein so wichtiges Phänomen, das über
uns am Himmel heraufzuziehen scheint, keines=
weges wie ein unbedeutender Komet berechnet
werden kann, und nur einmal während der
ganzen Weltgeschichte erscheint; laßt uns da=
rum unsere feierliche Stimmung nicht so leicht=
sinnig aufgeben, sondern vielmehr einige für
unsern Standpunkt wichtige und zweckmäßige
Betrachtungen anstellen.

Was liegt uns wohl am Weltgerichtstage
näher als ein Rückblick auf den unter uns
wankenden Planeten, der nun mit seinen Para=
diesen und Kerkern mit seinen Narrenhäusern
und Gelehrten Republiken zusammenstürzen soll;
laßt uns deshalb in dieser lezten Stunde, da
wir die Weltgeschichte abschließen wollen, nur
kurz und summarisch überschauen, was wir, seit
dieser Erdball aus dem Chaos hervorgestiegen,
auf ihm getrieben und ausgeführt haben. Es
ist seit Adam her eine lange Reihe von Jahren
— wenn wir nicht gar die Zeitrechnung der
Chineser als die gültige annehmen wollen —
was haben wir aber darin vollbracht? — Ich
behaupte: Gar Nichts!

Staunet mich nicht so an; der heutige
Tag ist eben nicht dazu eingerichtet sich wichtig
zu machen, und es thut Noth daß wir uns über

Hals und Kopf noch ein wenig mit der Be-
scheidenheit zu beschäftigen suchen.

Sagt mir, mit was für einer Mine wollt
ihr bei unserm Herrgott erscheinen, ihr meine
Brüder, Fürsten, Zinswucherer, Krieger, Mörder, Kapitalisten, Diebe, Staatsbeamten, Juristen, Theologen, Philosophen, Narren und
welches Amtes und Gewerbes ihr sein mögt;
denn es darf heute keiner in dieser allgemeinen
Nationalversammlung ausbleiben, ob ich gleich
merke, daß mehrere von euch sich gern auf die
Beine machen möchten um Reisaus zu nehmen.

Gebt der Wahrheit die Ehre, was habt
ihr vollbracht, das der Mühe werth wäre?
Ihr Philosophen z. B. habt ihr bis jezt etwas
Wichtigers gesagt, als daß ihr nichts zu
sagen wüßtet? — das eigentliche und am
meisten einleuchtende Resultat aller bisherigen
Philosophien! — Ihr Gelehrten, was hat
eure Gelehrsamkeit anders bezweckt als eine
Zersetzung und Verflüchtigung des menschlichen
Geistes um zulezt mit Muse und einfältiger Wichtigkeit an das übriggebliebene caput mortuum
euch zu halten. — Ihr Theologen, die ihr so gern
zur göttlichen Hofhaltung gezählt werden möchtet,
und indem ihr mit dem Allerhöchsten liebäugelt
und fuchsschwänzt, hier unten eine leidliche
Mördergrube veranstaltet und die Menschen
statt sie zu vereinigen in Sekten auseinander schleudert und den schönen allgemeinen Brüder- und
Familienstand als boshafte Hausfreunde auf
immer zerrissen habt. — Ihr Juristen, ihr
Halbmenschen, die ihr eigentlich mit den Theologen nur eine Person ausmachen solltet, statt
dessen euch aber in einer verwünschten Stunde
von ihnen trennet um Leiber hinzurichten, wie
jene Geister. Ach nur auf dem Rabensteine
reicht ihr Brüderseelen vor dem armen Sünder
auf dem Gerichtsstuhle euch nur noch die Hände
und der geistliche und weltliche Henker erscheinen
würdig neben einander! —

101/102

Was soll ich gar von euch sagen, ihr
Staatsmänner, die ihr das Menschengeschlecht
auf mechanische Prinzipien reduzirtet. Könnt
ihr mit euern Maximen vor einer himmlischen
Revision bestehen, und wie wollt ihr, da wir
jezt in einen Geisterstaat überzugehen im Begriffe sind, jene ausgeplünderten Menschen-
gestalten placiren, von denen ihr gleichsam nur
den abgestreiften Balg, indem ihr den Geist in
ihnen ertödtet, zu benuzen mußtet. — O, und
was drängt sich mir nicht noch alles auf über
die einzeln stehenden Riesen, die Fürsten und
Herrscher, die mit Menschen statt mit Münzen
bezahlen, und mit dem Tode den schändlichen
Sklavenhandel treiben. —

O es hat mich toll und wild gemacht,
und wie ich die Erdenbrut jezt vor mir herum
kriechend erblicke mit' ihren Verdiensten und
Tugenden, so mögte ich nur auf eine Stunde bei
diesem allgemeinen Weltgerichte der Teufel sein, blos
um euch eine noch kräftigere Rede zu halten! —

Die feierliche Handlung zögert noch immer,
wie ich sehe, und es wird euch zur Bekehrung
noch Raum gegeben, so betet und heult denn,
ihr Heuchler, wie ihr es kurz vor dem Tode zu
machen pflegt, wenn ihr euer verpfuschtes Leben
nicht besser anzuwenden wißt, und unfähig geworden seid, länger zu sündigen.

Hinter Euch liegt die ganze Weltgeschichte
wie ein alberner Roman, in dem es einige
wenige leibliche Karaktere, und eine Unzahl er-
bärmlicher giebt. Ach, euer Herrgott hat es
nur in dem einzigen versehen, daß er ihn nicht
selbst bearbeitete, sondern es euch überlies daran
zu schreiben. Sagt mir, wird er es jezt wohl
der Mühe werth halten, das verpfuschte Ding
in eine höhere Sprache zu übersetzen, oder
muß er nicht vielmehr, wenn er es in
seiner ganzen Seichtigkeit vor sich liegen sieht,
es im Ingrim zerreißen, und euch mit
euren ganzen Planen der Vergessenheit über-

antworten? Ich seh's nicht anders ein! denn
ihr alle, wie ich euch hier erblicke, könnt ihr
wohl mit Recht auf den Himmel oder die Hölle
Anspruch machen? Für jenen seid ihr zu schlecht,
für diese zu langweilig! —

Die Gerichtsanstalten ziehen sich noch in
die Länge, doch rathe ich euch werdet nicht
etwa beruhigter, rafft euch vielmehr zusammen,
um, bis es unter uns kracht, noch einige hüb-
sche Fortschritte in der Zerknirschung gemacht
zu haben. Ich will mit den triftigsten Gründen losbrechen: der Herr verschonte einst Sodom
und Gomorra um eines einzigen Gerechten
willen, doch könntet ihr frech genug sein zu
folgern, daß er einiger leidlich Frommen wegen
einen ganzen Erdball voll Heuchler bei sich beherbergen werde. Thue jemand unter euch auch
nur einen einzigen vernünftigen Vorschlag, wohin
man euch plaziren soll! Schon der seelige Kant
hat es euch dargethan, wie Zeit und Raum nur

bloße Formen der sinnlichen Anschauung sind;
nun wißt ihr aber daß beide in der Geister-
welt nicht mehr vorkommen; jezt bitte ich euch,
die ihr nur allein in der Sinnlichkeit lebt
und webt, wie wollt ihr Raum finden, da
wo es keinen Raum mehr giebt? — Ja,
was wollt ihr gar beginnen, wenn es mit
der Zeit zu Ende geht? Selbst auf eure
größten Weisen und Dichter angewandt, bleibt
die Unsterblichkeit zulezt doch auch nur ein un-
eigentlicher Ausdruck, was soll sie für euch arme
Teufel bedeuten, die ihr keine andere Handlung
ausgeübt habt, als die, mit Waaren, und keinen
andern Geist kennt, als den Weingeist, durch
den eure Poeten ein Analogon von Begeisterung
in sich hervorbringen. — Da gebe nur jemand
einen leidlichen Rath; ich wenigstens weiß beim
Teufel nicht, wo ich mit euch hin soll!" —

Hier bemerkte ich eine Unruhe in der Versammlung vor mir, und hörte auch ganz deut-

lich, wie einige junge Freigeister, welche jezt Synonyma mit Geistlosen sind, keklich behaupteten, daß das ganze nur ein falscher Lerm gewesen. Der eine aus der Versammlung hatte auch bereits wieder seine Krone aufgesezt, und der erste Rathsstand, der sich selbst vorhin denunciirte, äußerte erboßt: daß es strenge Ahnung verdiene mit einer ganzen respectiven Stadt Komödie zu spielen, und daß man sich an mich als den ersten Lermstifter halten müsse.

Ich gab jezt klein zu, und bat nur noch, indem ich mich an den Mann mit der Krone wandte, um einen Augenblick Gehör; worauf ich folgendes bemerkte: „Wie ein solches Gerichtstagansagen, selbst wenn es blos blinder Lerm, doch von einigem Nutzen sein könne, und es sogar zu wünschen wäre, daß durch physikalische Experimente und einige Centner Beerlappenmehl, um von den Anhöhen und Thürmen damit herabzublitzen, regelmäßig, von Staats wegen, ein solcher Vorspuk gemacht werden mögte, damit der Mann mit der Krone, der in keinem Falle allwissend, dann und wann dadurch eine allgemeine Staatsrevision veranstalten, und den Staat selbst in puris naturalibus mit allen seinen Gebrechen erblikken könnte, da er ihm sonst nur immer in Galla und täuschend durch die Staatsschneider oder Beschneider, die Günstlinge und Räthe ausgeschmükt, vorgeführt würde. Ja, ich trüge selbst darauf an, mir als erstem Erfinder dieses Staatsexperiments ein Patent über meine Erfindung auszufertigen, bloß um die Nebensporteln die an einem solchen pseudojüngsten Tage vorfielen, als z. B. die Seegenswünsche der vielen wieder emporgeholfenen armen Teufel, die Flüche der gestürzten Heiligen u. d. g. in meinen Säkel zu ziehen."

Ja ich wagte zulezt, durch die Todtenstille um mich her kühner gemacht, zu bemerken, „wie ich selbst heute schon eine solche Revision

durch meinen Feuerlärm veranstaltet hätte, und
es nicht übel gerathen sei gleich jezt an eine
mäßige Reparatur zu gehen, und das ver=
schobene Staatsgebäude wieder leidlich durch
einige Aemterentsetzungen, Hinrichtungen u. s. w.
einzurücken."

Keiner redete, als ich ausgesprochen, ein
Wort, und der Mann schob die Krone auf dem
Haupte hin und her, als wenn er mit sich un=
schlüssig wäre; das endliche Resultat war indeß,
daß meine Erfindung als unanwendbar ver=
worfen wurde, und ich aus höchster Gnade nur
als ein Narr angesehen werden, und für dieses=
mal noch mit der Amtsentsetzung gegen mich
innegehalten werden solle.

Damit indeß ein ähnlicher Lerm nicht
wieder für die Folge zu besorgen, so wurden
durch eine Kabinetsordre die von Samuel Day
erfundenen watchmanns noctuaries eingeführt,
woburch ich von einem singenden und blasen=
den Nachtwächter auf einen stummen reduzirt
wurde*), wobei man zum Grunde anführte, daß
ich durch mein Blasen und Rufen mich den
Nachtdieben verriethe, und es deshalb als un=
zweckmäßig abgeschafft werden müsse.

Die Tagdiebe waren so mit einemmale
meiner Aufsicht entzogen, und ich wandle jezt
stumm und traurig durch die öden Straßen, um
in jeder Stunde meine Karte in die Nachtuhr
zu schieben. O es ist unglaublich, was seitdem
der Schlaf befördert ist, und wie so mancher,
der bei seinen geheimen Sünden nichts als den
jüngsten Tag fürchtete, seitdem meine Gerichts=
posaune zerbrochen ist, ruhig und fest in seinen
Kissen liegt.

*) Diese Nachtuhren sind so eingerichtet, daß der
Nachtwächter jedesmal in ein bis dahin verstektes Loch,
das erst bei der bestimmten Stunde hervorrükt, einen
Zettel stekt, zum Belege, daß er regelmäßig umherge=
gangen ist. Am Morgen schließt dann ein Polizeyoffi=
zier die Uhr auf, um zu sehen, ob in jedem einzelnen
Loche der Zettel sich vorfindet.

Siebente Nachtwache.

Ich bin einmal auf meine Tollheiten ge=
kommen; nun ist aber mein Leben selbst die
ärgste von allen, und ich will diese Nacht, da
ich mir doch durch Blasen und Singen die Zeit
nicht mehr vertreiben darf, in der Rekapitulation
desselben fortfahren.

Ich bin schon oft daran gegangen vor dem
Spiegel meiner Einbildungskraft sizend, mich
selbst leidlich zu portraitiren, habe aber immer
in das verdammte Antliz hineingeschlagen,
wenn ich zulezt fand, daß es einem Vexir=
gemälde glich, das von drei verschiedenen Stand=
punkten betrachtet, eine Grazie, eine Meerkaze
und en face den Teufel dazu darstellt. Da
bin ich denn über mich verwirrt geworden, und
habe als den lezten Grund meines Daseins
hypothetisch angenommen, daß eben der Teufel
selbst, um dem Himmel einen Possen zu spielen,
sich während einer dunkeln Nacht in das Bette
einer eben kanonisirten Heiligen geschlichen, und
da mich gleichsam als eine lex cruciata für
unsern Herrgott niedergeschrieben habe, bei der
er sich am Weltgerichtstage den Kopf zer=
brechen solle.

Dieser verdammte Widerspruch in mir geht
so weit, daß z. B. der Papst selbst beim Beten
nicht andächtiger sein kann, als ich beim blas=
phemiren, da ich hingegen wenn ich recht
gute erbauliche Werke durchlese, mich der
boshaftesten Gedanken dabei durchaus nicht
erwehren kann. Wenn andere verständige und
gefühlvolle Leute in die Natur hinauswandern

um sich dort poetische Stifts= und Thabors=
hütten zu errichten, so trage ich vielmehr dauer=
hafte und auserlesene Baumaterialien zu einem
allgemeinen Narrenhause zusammen, worinn ich
Prosaisten und Dichter bei einander einsperren
möcht. Ein paarmale jagte man mich aus
Kirchen weil ich dort lachte, und eben so oft
aus Freudenhäusern, weil ich drin beten wollte.

Eins ist nur möglich; entweder stehen die
Menschen verkehrt, oder ich. Wenn die Stim=
menmehrheit hier entscheiden soll, so bin ich rein
verloren.

Dem sei wie ihm wolle, und meine Phy=
siognomie falle häßlich oder schön aus, ich will
ein Stündchen treulich daran kopiren. Schmeicheln
werde ich nicht, denn ich male in der Nacht,
wo ich die gleissenden Farben nicht anwenden
kann und nur auf starke Schatten und Drucker
mich einschränken muß.

Mir gaben zuerst einige poetische Flug=
blätter einen leidlichen Namen, die ich aus der
Werkstätte meines Schuhmachers fliegen ließ;
das erste enthielt eine Leichenrede die ich nieder=
schrieb als diesem ein Knäblein geboren wurde,
und ich erinnere mich nur noch blos an den
Anfang, der ohngefähr so lautete:

„Da kleiden sie ihn ein für seinen ersten
Sarg, bis der zweite fertig worden, an dem
seine Thaten und Thorheiten eingegraben sind;
so wie man Fürstenleichen erst in einen pro=
visorischen Sarg einzulegen pflegt, bis sie dann
später den zinnernen in die Gruft hinab=
tragen, der würdig mit Trophäen und In=
schriften verziert ist, und den Leichnam zum
zweitenmale einsargen. — Traut auch, ich bitte
euch, dem Lebensscheine und den Rosen auf den
Wangen des Knaben nicht; das ist die Kunst
der Natur, wodurch sie, gleich einem geschikten
Arzte, den einbalsamirten Körper eine längere
Zeit in einer angenehmen Täuschung erhält; in

seinem Innern nagt doch die Verwesung schon,
und wolltet ihr es aufdecken, so würdet ihr
eben die Würmer aus ihren Keimen sich ent=
wickeln sehen, die Freude und den Schmerz, die
sich schnell durchnagen daß die Leiche in Staub
zerfällt. Ach nur da er noch nicht gebohren
war lebte er, so wie das Glük allein in der
Hoffnung besteht, sobald es aber wirklich wird,
sich selbst zerstört. Jezt steht er nur noch auf
dem Paradebette, und die Blumen die ihr auf
ihn streut sind Herbstblumen für sein Sterbe=
kleid. In der Ferne rüsten sich auch schon ringsum
die Leichenträger, die seine Freuden und ihn selbst
hinwegführen wollen, und die Erde bereitet schon
seine Gruft für ihn, um ihn zu empfangen.
Ueberall strecken nur der Tod und die Verwesung
gierig ihre Arme nach ihm aus, ihn nach und
nach zu verzehren, um zulezt wenn seine Schmerzen,
seine Wonne, seine Erinnerung und sein
Staub verwehet ist, vom Morden müde auf
seiner leeren Gruft auszuruhen. Seine Asche
hat die Natur dann schon längst wieder zu neuen
Todtenblumen für neue Sterbende verbraucht." —

Das Uebrige von der Rede habe ich ver=
gessen. Sie meinten das Ganze sei nicht übel
und nur blos die Ueberschrift ein Fehler, indem
offenbar statt Geburtstage, Sterbetage stehen
müsse; so wurde es dann auch bei vorkommenden
Kinderleichen gebraucht. —

Ein debütirender Autor hat mit großen
Schwierigkeiten zu kämpfen, da er sich erst über=
haupt durch seine Werke bekannt machen muß; hin=
gegen ein schon aufgetretener und einmal applau=
dirter, blos durch seinen Namen seine Werke berühmt
macht; indem die Menschen es nimmer sich über=
reden können, daß große Poeten und große Helden
ihre Stunden haben, in denen sie schlechtere Werke
und schlechtere Handlungen ans Licht fördern als
die schlechtesten anderer höchst alltäglicher Erden=

söhne. Höhe und Tiefe sind nie ohne einander,
auf der Fläche dagegen, ist der Sturz nicht zu
befürchten.

Mich verfolgte indeß das Glück ordentlicher=
weise und ich erhielt fast mehr Reime zusammen=
zuflicken als Schuhe, so daß wir das alte Hans
Sachsische Aushängeschild über unserer Werkstatt
wieder herstellen, und zwei für den Staat wich=
tige Künste amalgamiren konnten. Dazu erhielt
ich für ein Gedicht fast mehr bezahlt als für
einen Schuh, weshalb der alte Meister das lose
Handwerk neben dem Brodhandwerke ungeneckt
einherwandeln und meinen delphischen Dreifuß
neben seinem gemeinnüzigen stehen lies.

Als eine vernünftige Anordnung der
Vorsehung betrachte ich es übrigens, daß
manche Menschen in einen engen erbärmlichen
Wirkungskreis und zwischen vier Mauern einge=
sperrt sind, wo in der dumpfen Kerkerluft ihr
Licht nur matt und unschädlich aufflammen kann,
so daß man höchstens dabei erkennt, daß man sich
in einem Kerker befindet; da es im Gegentheile
in der Freiheit wie ein Vulkan auflodern würde,
um Alles ringsum in Brand zu stecken. —
Bei mir fing es wirklich jezt schon an zu sprühen
und zu funkeln, indeß konnten nichts weiter als
poetische Leuchtkugeln zum Vorschein kommen,
um das Terrain zu rekognosciren, aber keine
Bomben um zu zersprengen und zu verheeren.
Eine furchtbare Angst ergriff mich oft, wie einen
Riesen, den man als Kind in einen niedrigen
Raum eingemauert, und der jezt emporwächst
und sich ausdehnen und aufrichten will, ohne es
im Stande zu sein, und sich nur das Gehirn
eindrücken, oder zur verränkten Misgestalt in
einander drängen kann.

Menschen dieses Schlages, wenn sie empor
kämen würden feindselig sich äußern, und als
eine Pest, ein Erdbeben oder Gewitter unter

das Volk fahren, und ein gutes Stück von dem
Planeten aufreiben und zu Pulver verbrennen.
Doch sind diese Enakssöhne gewöhnlich gut postirt,
und es sind Berge über sie geworfen wie über
die Titanen, worunter sie sich nur grimmig
schütteln können. Hier verkohlt sich ihr Brenn=
stoff allmählig, und nur selten gelingt's ihnen
sich Luft zn machen, und ihr Feuer zornig aus
dem Vulkane gen Himmel zu schleudern.

Ich brachte das Volk indeß schon durch
mein bloßes Feuerwerkern in Aufruhr, und
die flüchtige satirische Rede eines Esels über
das Thema: warum es überhaupt Esel geben
müsse, machte gewaltigen Lerm. Ich hatte
bei Gott wenig Arges dabei gedacht, und das
Ganze bloß aufs Allgemeine bezogen; aber eine
Satire ist wie ein Probirstein, und jedes
Metall das daran vorüberstreicht läßt das
Zeichen seines Werthes oder Unwerthes zurück; so
gings auch hier — der * * * hatte das Blatt
gelesen, und alles genau auf sich passend ge=
funden; weshalb man mich ohne weiteres in
den Thurm sperrte, wo ich Muße hatte immer
wilder zu werden. Dabei gings mir übrigens
mit meinem Menschenhasse wie den Fürsten, die
den einzelnen Menschen wohlthun, und sie nur
in ganzen Heeren würgen.

Endlich ließ man mich los, als die fremde
Zahlung aufhörte, denn mein alter Meister war
Todes verfahren, und ich stand nun mutterallein
da in der Welt, als wäre ich aus einem andern
Planeten herabgefallen. Jezt sah ich's recht, wie der
Mensch als Mensch nichts mehr gilt, und kein
Eigenthum an der Erde hat, als was er sich
erkauft oder erkämpft. O wie ergrimmte ich,
daß Bettler, Vagabunden und andere arme Teufel,
wie ich einer bin, das Faustrecht sich nehmen
ließen, und es nur den Fürsten zugestanden, als
zu ihren Regalen gehörig, die es nun im Großen
ausüben; konnte ich doch wahrlich kein Stükchen

Erde finden, um mich darauf niederzulassen, so
sehr hatten sie jede Handbreit unter sich zertheilt
und zerstückelt, und wollten schlechterdings von
dem Naturrechte, als dem einzigen allgemeinen
und positiven nichts wissen, sondern hatten in
jedem Winkelchen ihr besonderes Recht und ihren
besondern Glauben; in Sparta besangen sie den
Dieb, je kunstfertiger er zu stehlen verstand, und
nebenan in Athen hingen sie ihn auf.

Zu etwas mußte ich indeß greifen um nicht
zu verhungern, hatten sie doch alles freie Gemein=
gut der Natur bis auf die Vögel unterm Him=
mel und die Fische im Wasser an sich gerissen,
und wollten mir kein Fruchtkorn zugestehen ohne
gute baare Bezahlung. Ich wählte das erste
beste Fach, worin ich sie und ihr Treiben be=
singen konnte, und wurde Rhapsode wie der
blinde Homer, der auch als Bänkelsänger um=
herziehen mußte.

Blut lieben sie über die Maaßen, und
wenn sie es auch nicht selbst vergießen, so mö=
gen sie es doch für ihr Leben überall in Bildern,
Gedichten und im Leben selbst gern fließen sehen;
in großen Schlachtstücken am liebsten. Ich sang
ihnen daher Mordgeschichten und hatte mein
Auskommen dabei, ja ich fing an mich zu den
nüzlichen Mitgliedern im Staate, als zu den
Fechtmeistern, Gewehrfabrikanten, Pulvermüllern,
Kriegsministern, Aerzten u. s. w., die alle offen=
bar dem Tode in die Hand arbeiten, zu zählen,
und bekam eine gute Meinung von mir, indem
ich meine Zuhörer und Schüler abzuhärten, und sie
an blutige Auftritte zu gewöhnen mich bemühete.

Endlich aber wurden mir doch die kleineren
Mordstücke zuwider, und ich wagte mich an
größere — an Seelenmorde durch Kirche und
Staat, wofür ich gute Stoffe aus der Ge=
schichte wählte; ließ auch hin und wieder kleine
episodische Ergözlichkeiten von leichteren Morden,
als z. B. der Ehre, durch den tückischen
guten Ruf, der Liebe, durch kalte herzlose

Buben, der Treue, durch falsche Freunde, der
Gerechtigkeit, durch Gerichtshöfe, der gesunden
Vernunft, durch Zensuredikte u. s. w. mit einfließen. Da aber war es vorbei, und es wurden
in kurzen mehr denn funfzig Injurienprozesse
gegen mich anhängig gemacht. Ich trat auf vor
Gericht als mein eigener advocatus diaboli; vor
mir saßen an der Tafelrunde ein halb Duzend
mit den Gerechtigkeitsmasken vor dem Antlize,
worunter sie ihre eigene Schalksphysiognomie
und zweite Hogarthsgesichtshälfte verbargen. Sie
verstehen die Kunst des Rubens, wodurch er ver-
mittelst eines einzigen Zuges ein lachendes Gesicht in ein weinendes verwandelte, und wenden
sie bei sich selbst an, sobald sie sich auf die Ge-
richtsstühle niederlassen, damit man diese nicht
für arme Sünderstühlchen anzusehen geneigt sein
möchte. — Nach einer strengen Verwarnung,
die Wahrheit auf die mir vorgelegten Anklagen
zu sagen, hub ich so an:

„Wohlweise! Ich stehe hier als beschuldigter
Injuriant vor Ihnen, und alle corpora delicti
sprechen wider mich, worunter ich auch sie*) selbst
zu zählen fest willens bin, indem man corpora
delicti nicht nur als die Gegenstände aus denen
man auf ein bestimmtes Verbrechen schließen kann,
z. B. Brechstangen, Diebsleitern u. d. gl. sondern
auch als die Leiber selbst in denen das Verbrechen
wohnt, ansehen könnte. Nun aber wäre es nicht
übel gerathen, daß sie selbst nicht nur als gute
Theoretiker die Verbrechen kennen lernten, sondern
sie auch als brave Praktiker auszuüben verständen,
wie denn schon manche Dichter sich ernstlich be-
klagen, daß ihre Rezensenten selbst, nicht einen einzigen Vers zu machen im Stande wären, und
doch über Verse richten wollten; — und was
würden Sie, Wohlweise, zu entgegnen haben, wenn
Ihnen, der Analogie gemäß, ein Dieb, Ehebrecher
oder irgendein anderer Hundsfott dieses Gelichters,
über den sie richten wollten, eine ähnliche Nuß aufzu-

*) Anm. d. H.: f und i fettgedruckt bezeichnen S u. J.

knacken gäbe und sie nicht für kompetente Re=
zensenten in ihrem Fache anerkennen wollte, weil
sie in praxi selbst noch gar nichts prästirt.

Die Gesetze scheinen auch in der That hier=
auf hinzudeuten, und eximiren sie als Gerichts=
personen in manchen Fällen von den Verbrechen,
wie sie denn z. B. ungestraft erwürgen, mit dem
Schwerdte um sich schlagen, mit Keulen nieder=
hauen, verbrennen, säcken, lebendig begraben,
viertheilen und foltern dürfen; — lauter grobe
Missethaten, die man keinem andern als nur
ihnen hingehen läßt. Ja auch in kleineren Ver=
gehungen, und namentlich in dem Falle, worin ich
mich jezt als Inquisit hier befinde, sprechen sie
die Gesetze frei, so erlaubt ihnen die lex 13.
§ 1. und 2. de iniuriis geradezu diejenigen zu
injuriiren, die sie selbst wegen Injurien in ihrem
Gerichtsgarn gefangen halten.

Es ist unglaublich welche Vortheile aus
dieser Einrichtung für den Staat fließen könn=
ten; würden nicht z. B. eine Menge Verbrechen
mehr zu Tage gefördert werden können, wenn
respektive Gerichtsherren in eigner Person die
Lusthäuser besuchten, und die Lust vollzögen, um
die Inkulpirten sogleich ohne weiteres zu über=
führen; wenn sie ebenfalls als Diebe sich unter
die Diebe mischten, bloß um ihre Kameraden
hängen zu lassen; oder wenn sie selbst den Ehe=
bruch vollzögen, um die etwanigen Ehebreche=
rinnen und solche die Lust und Liebe zu diesem
Verbrechen haben und als schädliche Mitglieder
des Staats zu betrachten sind, kennen zu lernen.

Guter Himmel, das Wohlthätige einer
solchen Einrichtung ist so klar, daß ich gar nichts
weiter hinzufügen mag, und bloß dieses unmaß=
geblichen Vorschlags halber meine Lossprechung
verdient hätte.

Ich gehe indeß zu meiner Vertheidigung
selbst über, Wohlweise! Mir ist hier eine in-

iuria oralis und zwar nach der Unterabtheilung
β eine gesungene Injurie zur Last gelegt. Ich
dürfte schon hier einen Grund der Nullität der
Anklage finden, indem Sänger offenbar sich zu
der Kaste der Dichter zählen, und es diesen
leztern, eben weil sie nach der neuern Schule
keine Tendenz bezwecken, erlaubt sein müsse in
ihrer Begeisterung zu injuriiren und blasphe=
miren so viel sie nur wollten. Ja es dürfte
einem Dichter und Sänger schon deshalb dies
Verbrechen nicht zugerechnet werden, weil die
Begeisterung der Trunkenheit gleichzusezen ist,
die ohne weiteres, wenn der Trunkene sich nicht
culpose in diesen Zustand versezt hat, welches
offenbar bei einem Begeisterten nicht anzunehmen
ist, indem die Begeisterung eine Gabe der Götter,
von der Strafe befreit. — Indeß will ich meine
Vertheidigung noch bündiger formiren, und ver=
weise sie deshalb auf die Schriften unserer vor=
züglichsten neuern Rechtslehrer, in denen es
bündig dargethan ist, daß die Gerechtigkeit

schlechterdings nichts mit der Moralität zu schaffen
habe, und daß nur eine die äußern Rechte
verlezende Handlung als ein Verbrechen B.R.W.*)
imputirt werden könne. Nun aber habe ich nur
moralisch injuriirt und verwundet, und weise des=
halb die Klage vor diesem Gerichtshofe als un=
zulänglich ab, indem ich als moralische Person un=
ter dem foro privilegiato einer anderen Welt stehe.

Ja, da nach Weber über Injurien im
ersten Abschnitte pag. 29 an denjenigen Personen
die auf das Recht auf Ehre Verzicht gethan
haben, keine Injurie begangen werden kann, so
darf ich auch der Analogie gemäß folgern daß
ich sie da sie als Icti und Gerichtspersonen
schlechthin von der Moralität sich losgesagt haben,
hier an offener Gerichtsstätte mit allen möglichen
moralischen Injurien überhäufen darf; ja, wenn
ich sie kalte gefühllose unmoralische, obgleich wohl=
weise und gerechte Herren zu nennen wage, so ist das

*) Anm. d. H.: Von Rechtswegen.

vielmehr als eine Apologie als Injurie zu halten,
und ich weise schlechthin jede von hier aus=
gehende gerichtliche Ansprüche als unzulänglich
ab." —

Hier hielt ich inne und alle sechs sahen sich
eine Weile an ohne zu dezidiren; ich wartete
ruhig. Hätten sie mir als Strafe das Wippen,
das Trillhaus, den spanischen Mantel, Schmänn=
chen*), Riemschneiden oder gar das Aufreißen
des Leibes, welches in Japan für sehr ehrenvoll
gehalten wird, zuerkannt, mich würde es gefreuet
haben, gegen die Bosheit die der erste Rechts=
freund und Vorsizer verübte, als er den Aus=
spruch that, daß mir schlechterdings das Ver=
brechen nicht zugerechnet werden könnte, indem ich
zu den mente captis zu zählen sein und mein
Vergehen als die Folge eines partiellen Wahn=
sinns betrachtet werden müsse, weshalb man
mich ohne weiteres an das Tollhaus abzuliefern
habe.

Es ist zu arg, ich mag heute nicht weiter
rekapituliren, und will mich schlafen legen.

*) Anm. d. H.: Schmännchen, Druckfehler für
Schmäuchen (s. Kritischer Anhang).

Achte Nachtwache.

Die Dichter sind ein unschädliches Völkchen, mit ihren Träumen und Entzückungen und dem Himmel voll griechischer Götter, den sie in ihrer Phantasie mit sich umhertragen. Bösartig aber werden sie sobald sie sich erdreisten ihr Ideal an die Wirklichkeit zu halten, und nun in diese, mit der sie gar nichts zu schaffen haben sollten, zornig hineinschlagen. Sie würden indeß unschädlich bleiben, wenn man ihnen nur in der Wirklichkeit ihr freies Pläzchen ungestört einräumen und sie nicht durch das Drängen und Treiben in derselben eben zum Rückblick in sie zwingen wollte. Für den Maasstab ihres Ideals muß alles zu klein ausfallen, denn dieser reicht über die Wolken hinaus und sie selbst können sein Ende nicht absehen, und müssen sich nur an die Sterne als provisorische Grenzpunkte halten, von denen indeß wer weiß wie viele bis heute unsichtbar sind und ihr Licht sich noch auf der Reise zu uns herab befindet.

Der Stadtpoet auf seinem Dachkämmerchen gehörte auch zu den Idealisten, die man mit Gewalt durch Hunger, Gläubiger, Gerichtsfrohne u. s. w. zu Realisten bekehrt hatte, wie Karl der Große die Heiden mit dem Schwerdte in den Fluß trieb, damit sie dort zu Christen getauft würden. Ich hatte mit dem Nachtraben Bekanntschaft gemacht und lief wenn ich meine Karte als einen Zeitschein in die Nachtuhr geschoben hatte, oft zu ihm hinauf, um seinem Gähren und Brausen zuzuschauen, wenn er dort oben als begeisterter Apostel mit

der Flamme auf dem Haupte gegen die Menschen
zürnte.   Sein ganzes Genie konzentrirte sich auf
die Vollendung einer Tragödie, worin die großen
Geister der Menschheit deren Körper und bloße
äußere Hülle sie gleichsam nur erscheint, die
Liebe, der Haß, die Zeit und die Ewigkeit als
hohe geheimnißvolle Gestalten auftraten, durch
die statt des Chors ein tragischer Hanswurst,
eine groteske und furchtbare Maske, hinlief. Der
Tragiker hielt das schöne Antliz des Lebens mit
eiserner Faust unverrükt vor seinen großen Hohl=
spiegel, worinn es sich in wilde Züge verzerrte
und gleichsam seine Abgründe offenbarte in den
Furchen und häßlichen Runzeln die in die schönen
Wangen fielen; so zeichnete er's ab.

Es ist gut, daß es viele nicht begriffen,
denn in unserm Lorgnetten Zeitalter sind die
größesten Gegenstände so entrükt worden, daß
man sie höchstens nur noch in der Ferne un=
deutlich durch die Vergrößerungsgläser erkennt;
dagegen die kleinen recht gründlich kultivirt werden,
weil Kurzsichtige in der Nähe um so schärfer sehen. —

Er hatte das Ganze bereits beendigt, und
hoffte daß die Götter die er dabei angerufen, sich
ihm diesmal wenigstens als ein goldener Regen
offenbahren würden, durch den er seine Gläubiger,
den Hunger und die Gerichtsdiener von sich ver=
scheuchen könnte. Heute war der Tag an dem
das imprimatur des wichtigsten Zensors, des
Verlegers, hatte einlaufen müssen, und mich trieb
die Neugierde zu ihm hinauf und die Sehnsucht
ihn in dem fröhlichen Gelage der Erdengötter zu
erblicken. — Ist es nicht traurig daß die Menschen
ihre Freudensäle so fest verschlossen halten und
durch Geharnischte*) bewachen lassen, vor denen
der Bettler, der sie nicht bestechen kann, er=
schrocken zurückweicht!

---

*) Auf den holländischen Dukaten steht ein gehar-
nischter Mann.

Ich stieg keuchend in den hohen Olymp
hinauf und öffnete den Eingang; aber statt eines
Trauerspiels, das ich nicht erwartet hatte, fand
ich ihrer zwei, das rükgehende vom Verleger,
und den Tragiker selbst der das zweite aus dem
Stegereise zugleich gedichtet und als Protagonist*)
aufgeführt hatte. Da ihn der tragische Dolch
gemangelt, so hatte er in der Eile, was bei einem
improvisirten Drama leicht übersehen werden
kann, die Schnur die dem auf der Retourfuhre
begriffenen Manuscripte als Reisegurt gedient,
dazu auserwählt, und schwebte an ihr als ein
gen Himmel fahrender Heiliger, recht leicht und
mit abgeworfenem Erdenballast über seinem Werke.

Es war übrigens in der Stube ganz still
und fast schauerlich; nur ein paar zahme
Mäuse, spielten als einzige Hausthiere friedlich
zu meinen Füssen und pfiffen, entweder aus guter
Laune, oder aus Hunger; für das leztere schien
beinahe eine dritte zu entscheiden, die sehr eifrig
an der Unsterblichkeit des Dichters, seinem retour=
gegangenen opere posthumo, nagte.

„Armer Teufel, sagte ich zu ihm hinauf=
blickend, ich weiß nicht ob ich deine Himmelfarth
komisch oder ernsthaft nehmen soll! Drollig bleibt
es allerdings, daß du als eine Mozartsche Stimme
in ein schlechtes Dorfkonzert mit eingelegt bist,
und eben so natürlich daß du dich daraus weg=
gestohlen; in einem ganzen Lande von Hinkenden
wird eine einzige Ausnahme als ein seltsames
verschrobenes lusus naturae verlacht, eben so würde
in einem Staate von lauter Dieben die Ehrlich=
keit allein mit dem Strange bestraft werden müssen;
es kommt Alles in der Welt auf die Zusammen=

---

*) So hieß der eine Akteur der zu Tespis Zeit
mit dem Chore die ganze Tragödie ausmachte.

stellung und Uebereinkunft an, und da nun
deine Landsleute nur an ein abscheuliches krei=
schendes Geschrei statt des Gesanges gewöhnt
sind, so mußten sie dich eben deines guten ge=
bildeten Vortrags wegen zu den Nachtwächtern
zählen, wie ich denn deshalb auch einer geworden
bin. O die Menschen schreiten hübsch vorwärts
und ich hätte wohl Lust meinen Kopf nach einem
Jahrtausende nur auf eine Stunde lang in diese
alberne Welt zu stecken; ich wette darauf ich
würde sehen wie sie in den Antikenkabinetten
und Museen nur noch das Frazzenhafte abzeich=
neten und nach einem Ideale der Häßlichkeit
strebten, nachdem sie die Schönheit längst als
eine zweite französische Poesie für fade erklärt
hätten. Den mechanischen Vorlesungen über die
Natur wünschte ich auch beizuwohnen in denen es
gelehrt wird wie man eine Welt mit geringem
Aufwande von Kräften vollständig zusammenstellen
kann, und die jungen Schüler zu Weltschöpfern
ausgebildet werden, da man sie jezt nur zu Ichs=
schöpfern anzieht. Guter Gott was müssen nach
einem Jahrtausend nicht für Fortschritte in
allen Wissenschaften gemacht sein, da wir jezt
bereits so weit sind; man muß dann, Natur=
reparirer, eben so häufig wie jezt Uhrmacher
haben; Korrespondenzen mit dem Monde führen,
von dem wir heutiges Tages schon Steine herab=
erhalten; Shakspearsche Stücke in den untersten
Klassen als Exercitien ausarbeiten; die Liebe,
die Freundschaft, die Treue, wie jezt den Hans=
wurst, schon nicht mehr auf den Theatern dulden;
Tollhäuser nur noch für Vernünftige aufbauen;
die Aerzte als schädliche Mitglieder des Staates
ausreuten, weil sie das Mittel gegen den Tod
aufgefunden; und Gewitter und Erdbeben so
leicht veranstalten können, wie jezt Feuerwerke.
— Armer schwebender Teufel, wie würde es da
mit deiner Unsterblichkeit aussehen, und du hast
wohlgethan daß du dich rasch aus dem Staube
machtest." —

Ich wurde aber plözlich in meiner guten Laune gerührt, so wie ein heftig Lachender zulezt in Thränen ausbricht, als ich in einen Winkel blikte, wo seine Kindheit gleichsam als die einzige Freude und zugleich als die einzige zurückgebliebene Möbel dem Erblaßten stumm und bedeutend gegenübergestellt war; es war ein altes verwittertes Gemälde, auf dem die Farben schon halb verlöscht, so wie dem Aberglauben nach auf den Portraiten Verstorbener die Wangenröthe verfliegt. Es stellte den Poeten dar, wie er als ein freundlicher lächelnder Knabe an der Brust seiner Mutter spielte; ach das schöne Antliz war seine erste und einzige Liebe und sie war ihm nur sterbend untreu geworden. Hier in dem Bilde lachte die Kindheit noch um ihn, und er stand in dem Frühlingsgarten voll geschlossener Blumenknospen, nach deren Dufte er sich sehnte und die ihm nur als Giftblumen aufbrachen und den Tod gaben. Ich mußte mich schaudernd abwenden als ich die Kopie, den lächelnden

umlokten Kindskopf, mit dem jezigen Originale dem schwebenden Hypokratischen Gesichte verglich, das schwarz und schreklich wie ein Medusenhaupt in seine Jugend schauete. Er schien noch in der lezten Minute den lezten Blik auf das Gemählde geworfen zu haben, denn er hing dagegen gekehrt und die Lampe brannte dicht davor wie vor einem Altarblatte. — O die Leidenschaften sind die tückischen Retouschirer, die den blühenden Rafaelskopf der Jugend mit den fortschreitenden Jahren auffrischen und durch immer härtere Züge entstellen und verzerren, bis aus dem Engelshaupt eine Höllenbreugelische Larve geworden ist. —

Der Arbeitstisch des Dichters, dieser Altar des Apoll, war ein Stein, denn alles vorräthige Holz, bis auf den abgelösten Rahmen des Gemäldes, war längst bei seinen nächtlichen Opfern zur Flamme verzehrt. Auf diesem Steine lagen das rükgekehrte Trauer-

spiel, der Mensch überschrieben, und zugleich
der Absagebrief des Poeten an das Leben; dieser
lautete so:

„Absagebrief an das Leben.

Der Mensch taugt nichts, darum streiche
ich ihn aus. Mein Mensch hat keinen Verleger
gefunden weder als persona vera noch ficta,
für die lezte (meine Tragödie) will kein Buch=
händler die Drukkosten herschießen, und um die
erste, (mich selbst) bekümmert sich gar der Teufel
nicht, und sie lassen mich verhungern, wie den
Ugolino, in dem größten Hungerthurme, der
Welt, von dem sie vor meinen Augen den
Schlüssel auf immer in das Meer geworfen
haben. Ein Glück ist's noch daß mir so viel
Kraft übrig bleibt, die Zinne zu erklimmen und
mich hinabzustürzen. Ich danke dafür, in diesem
meinem Testamente, dem Buchhändler, der ob er
gleich meinem Menschen nicht forthelfen wollte, mir
doch wenigstens die Schnur in den Thurm hinab=
warf, an der ich in die Höhe kommen kann.

Ich denke es ist lustig droben, und eine
gute freie Aussicht; besser ist's in alle Wege,
selbst wenn ich nichts sehen sollte, als hier unten,
denn ich weiß nichts mehr darum; — aber der
alte Ugolino tappte, vor Hunger blind geworden,
in seinem Thurme umher, und war sich seiner
Blindheit bewußt und das Leben kämpfte noch
gewaltig in ihm, daß er nicht untergehen konnte.

Ach ich habe zwar, wie er, in meinem Ker=
ker auch noch mit holden Knaben getändelt, die
ich einsam in der Nacht erzeugte und die um
mich her spielten als eine blühende Jugend
und goldene helle Träume; in ihnen die ich
hinterlassen wollte, schloß ich mich warm an das
Leben; — aber sie haben auch sie verstoßen,
uud die hungrigen Thiere, die sie mit

mir einsperrten, haben sie zernagt, daß sie mich
nur noch in der Erinnerung umgaukeln.

Mag's sein; die Thür ist fest hinter mir
zugeworfen, und das leztemal, daß sie sie öff-
neten, war's nur um den Sarg meines lezten
Kindes hereinzutragen; — ich hinterlasse nun
nichts, und gehe dir trozig entgegen, Gott,
oder Nichts!"

Dies war die lezte zurükgebliebene Asche
von einer Flamme, die in sich selbst ersticken
mußte. Ich sammelte sie, und so viele Reliquien
von dem Menschen ich den hungrigen Mäusen
noch entreissen konnte, sorgfältig, indem ich mich
gewaltsamerweise zum Erben der Hinterlassen-
schaft einsezte.

Bringt mich der Himmel unverhofft einmal in eine bessere Lage, so gebe ich das
Trauerspiel: der Mensch, so zernagt und un-
vollständig es auch ist, auf meine Kosten heraus,
und vertheile die Exemplare gratis unter die
Menschen. Für jezt will ich nur etwas vom Pro-
loge des Hanswurstes mittheilen. Der Poet ent-
schuldigt sich in einer kurzen Vorrede darüber, daß
er den Hanswurst in eine Tragödie einzuführen
wagte, mit eigenen Worten folgendermaßen:

„Die alten Griechen hatten einen Chorus
in ihren Trauerspielen angebracht, der durch die
allgemeinen Betrachtungen die er anstellte, den
Blick von der einzelnen schrecklichen Haltung ab-
wendete und so die Gemüther besänftigte. Ich
denke es ist mit dem Besänftigen jezt nicht an
der Zeit, und man soll vielmehr heftig erzürnen
und aufwiegeln, weil sonst nichts mehr anschlägt,
und die Menschheit im Ganzen so schlaff und
boshaft geworden ist, daß sie's ordentlicherweise
mechanisch betreibt, und ihre heimlichen Sünden aus
bloßer Abspannung vollführt. Man soll sie heftig
reizen, wie einen asthenischen Kranken, und ich habe

deshalb meinen Hanswurst angebracht, um sie recht
wild zu machen; denn wie, nach dem Sprichworte,
Kinder und Narren die Wahrheit sagen, so be=
fördern sie auch das Furchtbare und Tragische,
indem jene es unschuldig hart vortragen, und
diese gar darüber spotten und Possen damit
treiben. Neuere Aesthetiker werden mir Gerech=
tigkeit wiederfahren lassen." —

Das was ich noch von dem Manuscripte
mittheilen will, lautete so:

> „Prolog des Hanswurstes zu der
> Tragödie: der Mensch.

Ich trete als Vorredner des Menschen
auf. Ein respektives zahlreiches Publikum
wird es leichter übersehen, daß ich meiner
Handthierung nach ein Narr bin, wenn ich
für mich anführe, daß nach Doktor Darwin*†)
eigentlich der Affe, der doch ohnstreitig noch

läppischer ist als ein bloßer Narr, der Vorredner
und Prologist des ganzen Menschengeschlechts ist,
und daß meine und Ihre Gedanken und Gefühle
sich nur blos mit der Zeit etwas verfeinert und
kultivirt haben, obgleich sie ihrem Ursprunge gemäß
doch immer nur Gedanken und Gefühle bleiben,
wie sie in dem Kopfe und Herzen eines Affen ent=
stehen konnten. Doktor Darwie, den ich hier als
meinen Stellvertreter und Anwald aufführe, be=
hauptet nämlich, daß der Mensch als Mensch einer
Affenart am mittelländischen Meere sein Dasein
verdanke, und daß diese blos dadurch daß sie sich
ihres Daumenmuskels so bedienen lernte, daß
Daumen und Fingerspitzen sich berührten, sich
allmählig ein verfeinertes Gefühl verschaffte, von
diesem in den folgenden Generationen zu Be=
griffen überging und sich zulezt zu verständigen
Menschen einkleidete, wie wir sie jezt noch täglich in
Hof= und anderen Uniformen einherschreiten sehen.

*) S. dessen Gedicht über die Natur.
†) Anm. d. H.: Erasmus Darwin (1731—1802),
Großvater und zugleich geistiger Vorfahr von Charles
Darwin.

Das Ganze hat sehr viel für sich; finden
wir doch nach Jahrtausenden noch hin und wieder
auffallende Annäherungen und Verwandschaften
in dieser Rüksicht, ja ich glaube bemerkt zu haben,
daß manche respektive und geschäzte Personen
sich ihres Daumenmuskels noch jezt nicht gehörig
bedienen lernten, wie z. B. manche Schriftsteller
und Leute die die Feder führen wollen; sollte
ich darin nicht irren, so spricht das sehr für
Darwie. Auf der andern Seite finden wir auch
manche Gefühle und Geschicklichkeiten in dem
Affen, die uns offenbar bei dem salto mortale
zum Menschen entfallen sind, so liebt z. B. eine
Affenmutter noch heutiges Tages ihre Kinder
mehr als manche Fürstenmutter; das einzige
was dies widerlegen könnte, wäre noch, wenn
man anführen wollte daß diese sie, eben aus
übergroßer Liebe vernachläßigte um das zu be=
zwecken, was jene nur etwas schneller durch das
Erdrücken ihrer Jungen erreicht.

Genug ich bin mit Doktor Darwie einver=
standen, und thue den philanthropischen Vorschlag,
daß wir unsere jüngeren Brüder, die Affen in
allen Welttheilen, höher schäzen lernen, und sie,
die jezt nur unsere Parodisten sind, durch eine
gründliche Anweisung, den Daumen und die
Fingerspizen zusammen zu bringen, so daß sie
mindestens eine Schreibfeder führen können, zu
uns herauf ziehen mögen. Es ist doch besser
mit dem ersten Doktor Darwie die Affen für
unsere Vorfahren anzunehmen, als so lange zu
zögern, bis ein zweiter gar andere wilde Thiere
zu unsern Abscendenten macht, welches er vielleicht
durch eben so gute Wahrscheinlichkeitsgründe be=
legen könnte, da die meisten Menschen, wenn
man ihnen das Untertheil des Gesichts und
den Mund, mit dem sie die gleissenden Worte
verschwenden, verdekt, in ihren Physiognomien
eine auffallende Geschlechtsähnlichkeit besonders
mit Raubvögeln, als z. B. Geiern, Falken
u. s. w. erhalten, ja da auch der alte Adel

seine Stammbäume eher zu den Raubthieren,
als Affen hinaufführen kann, welches, auſſer ihrer
Vorliebe zur Räuberei im Mittelalter, auch noch
aus ihren Wappen erhellet, in denen sie meistentheils Löwen, Tieger, Adler und andere dergleichen
wilde Thiere führen. —

Das Gesagte mag hinlänglich sein, um
meine Person und Maske vor der jezt aufzu-
führenden Tragödie: Der Mensch, zu rechtfertigen.
Ich verspreche einem respektiven Publikum zum
Voraus daß ich spashaft sein will bis zum
Todtlachen, der Dichter mag es noch so ernsthaft
und tragisch anlegen. — Was soll es auch überhaupt mit dem Ernste, der Mensch ist eine spas-
hafte Bestie von Haus aus und er agirt blos auf
einer gröſſern Bühne als die Akteure der kleinern
in diese groſe wie in Hamlet eingeschachtelten; mag
er's noch so wichtig nehmen wollen, hinter den Koulissen muß er doch Krone, Zepter und Theater-
dolch ablegen, und als abgetretener Komödiant in

sein dunkles Kämmerchen schleichen, bis es dem
Direktor gefällt eine neue Komödie anzusagen.
Wollte er sein Ich in puris naturalibus oder
auch nur im Nachtkleide und mit der Schlaf-
müze zeigen, beim Teufel jedermann würde
vor der Seichtigkeit und Nichtsnuzigkeit davon
laufen; so behängt er's aber mit bunten
Theaterlappen und nimmt die Masken der Freude
und Liebe vor das Gesicht, um interessant zu
scheinen, und durch das innen angebrachte Sprachrohr die Stimme zu erhöhen; dann schaut zulezt
das Ich auf die Lappen herab, und bildet sich
ein sie machten's aus, ja es giebt wohl gar
andere noch schlechter gekleidete Ich's, die den
zusammengeflikten Popanz bewundern und lob-
preisen; denn beim Lichte besehen ist doch die
zweite Mandandane*) auch eine nur künstlicher
zusammengenähte, die eine gorge de Paris vorgestellt hat um ein Herz zu fingiren, und eine täu-

*) Göthe's Triumpf der Empfindsamkeit.

schender gearbeitete Larve vor den Todtenkopf
hält.

Der Todtenkopf fehlt nie hinter der liebäugelnden Larve, und das Leben ist nur das
Schellenkleid das das Nichts umgehängt hat, um
damit zu klingeln und es zulezt grimmig zu
zerreißen und von sich zu schleudern. Es ist
Alles Nichts und würgt sich selbst auf und
schlingt sich gierig hinunter, und eben dieses
Selbstverschlingen ist die tückische Spiegelfechterei
als gäbe es Etwas, da doch wenn das Würgen
einmal inne halten wollte eben das Nichts recht
deutlich zur Erscheinung käme, daß sie davor
erschrecken müßten; Thoren verstehen unter diesem
Innehalten die Ewigkeit, es ist aber das eigentliche Nichts und der absolute Tod, da das Leben
im Gegentheile nur durch ein fortlaufendes Sterben
entsteht.

Wollte man dergleichen ernsthaft nehmen,
so mögte es leicht zum Tollhause führen, ich
aber nehme es blos als Hanswurst, und führe
dadurch den Prolog bis zur Tragödie hin, in
der es der Dichter freilich höher genommen und
sogar einen Gott und eine Unsterblichkeit in sie
hineinerfunden hat, um seinen Menschen bedeutender zu machen. Ich hoffe indeß das alte
Schicksal, unter dem bei den Griechen selbst die
Götter standen, darin abzugeben, und die handelnden Personen recht toll in einander zu verwirren,
daß sie gar nicht klug aus sich werden, und der
Mensch sich zulezt für Gott selbst halten, oder
zum mindesten wie die Idealisten und die Weltgeschichte, an einer solchen Maske formen soll.

Ich habe mich jezt so ziemlich angekündigt,
und kann das Trauerspiel nun allenfalls selbst
auftreten lassen mit seinen drei Einheiten, der
Zeit — auf die ich streng halten werde,
damit der Mensch sich gar nicht etwa in die
Ewigkeit verirrt — des Orts — der immer
im Raume bleiben soll — und der Hand-

lung — die ich so viel als möglich beschränken werde, damit der Oedipus, der Mensch, nur bis zur Blindheit, nicht aber in einer zweiten Hand= lung zur Verklärung fortschreite.

Gegen die Maskeneinführung habe ich mich nicht gesperrt, denn je mehr Masken über ein= ander, um desto mehr Spaß, sie eine nach der andern abzuziehen bis zur vorlezten satirischen, der hypokratischen und der lezten verfestigten, die nicht mehr lacht und weint — dem Schädel ohne Schopf und Zopf, mit dem der Tragiko= miker am Ende abläuft. — Auch gegen die Verse habe ich nichts einwenden wollen, sie sind nur eine komischere Lüge, so wie der Kothurn nur eine komischere Aufgeblasenheit.

Prologus tritt ab. —"

Neunte Nachtwache.

Es freut mich daß ich in den vielen Dor=
nen meines Lebens doch wenigstens Eine blühende
volle Rose fand; sie war zwar so von den
Stacheln umschlungen, daß ich sie nur mit
blutiger Hand und entblättert hervorziehen konnte;
doch aber pflückte ich sie, und ihr sterbender Duft
that mir wohl. Diesen einen Wonnemonat
unter den übrigen Winter= und Herbstmonden
verlebte ich — im Tollhause. —

Die Menschheit organisirt sich gerade nach
Art einer Zwiebel, und schiebt immer eine
Hülse in die andere bis zur kleinsten, worin der
Mensch selbst denn ganz winzig steckt. So baut
sie in den großen Himmelstempel an dessen
Kuppel die Welten als wunderheilige Hiero=
glyphen schweben, kleinere Tempel mit kleinern
Kuppeln und nachgeäfften Sternen, und in diese
wieder noch kleinere Kapellen und Tabernakel,
bis sie zulezt das Allerheiligste ganz en minia-
ture wie in einen Ring eingefaßt hat, da es
doch ringsum groß und mächtig um Berge und
Wälder schwebt, und in der glänzenden Hostie,
der Sonne, am Himmel emporgehoben wird, daß
die Völker davor niederfallen. In die all=
gemeine Weltreligion, die die Natur mit tausend
Schriftzeichen geoffenbart hat, schachtelt sie
wieder kleinere Volks= und Stammreligionen für
Juden, Heiden, Türken und Christen; ja die
leztern haben auch daran nicht genug, sondern
schachteln sich noch von neuem ein. — Eben so
ist es mit dem allgemeinen Irrhause, aus dessen
Fenstern so viele Köpfe schauen, theils mit

partiellem, theils mit totalem Wahnsinne; auch
in dieses sind noch kleinere Tollhäuser für be=
sondere Narren hineingebaut. In eins von
diesen kleinern brachten sie mich jezt aus dem
großen, vermuthlich weil sie dieses für zu stark
besezt hielten. Ich fand es indeß hier gerade
wie dort; ja fast noch besser, weil die fixe Idee
der mit mir eingesperrten Narren meistens eine
angenehme war.

Ich kann meine Mitnarren nicht besser dar=
stellen, als wenn ich gerade den Augenblick wähle,
wo ich sie dem besuchenden Arzte vorführen
mußte, was dann und wann geschah, weil mich
der Aufseher des Instituts meiner unschädlichen
Narrheit halber zum Vize= und Unteraufseher
ernannt hatte. Ich that es das leztemal unter
folgender Rede:

„Herr Doktor Oehlmann, oder Ole·
arius — wie Sie denn ihren Namen vor Disser=
tationen und Programmen, durch eine todte

Sprache in die Unsterblichkeit übersetzen — wir
laboriren zwar alle mehr oder minder an fixen
Ideen; nicht nur einzelne Individuen, sondern
ganze Gemeinheiten und Fakultäten, von denen
z. B. viele der lezteren neben dem Vertriebe der
Weisheit auch einem bloßen Huthhandel obliegen,
wodurch sie sogar nicht weise Häupter, bloß vermöge
des leichten Aufdrückens eines solchen Huthes aus
ihrer Fabrik in weise umzusetzen glauben; ja
ihn oft selbst auf einen bloßen Rumpf schlagen
und so scheinbar Philosophen bilden, weil die
Gesichter der lezteren vor übergroßem Spekuliren
sich ohnedies gewöhnlich tief unter die Huth=
krempe zu verkriechen pflegen. — Ich habe der
vielen Beispiele halber, die sich hier meinem Ge=
dächtnisse aufdrängen, den Faden des Perioden
verlohren, und reiße ihn lieber ganz ab, um von
neuem anzuheben.“

Oehlmann schüttelte hier seinen Doktorhut,
wie wenn er daran zweifelte, daß man dem

meinigen eine Doublette von diesem erhandelten
Exemplare jemals verabfolgen laffen würde.

„Sie schütteln, fuhr ich fort, weil mich der
Himmel blos zu einem Narren kreirt hat, und
nicht späterhin der Kaiser zum Doktor? doch be=
seitigen wir das für jezt noch und reden von
meiner Tollheit und den Mitteln ihr abzuhelfen,
lieber zulezt.

Hier No. 1. ist ein Beleg zur Humanität,
der mehr als alle Schriften darüber gilt; ich
kann nie an ihm vorübergehen, ohne mich an
die größten Helden der Vorzeit, einen Curtius,
Coriolan, Regulus und dergleichen zu erinnern.
Sein Wahnsinn besteht darin, die Menschheit zu
hoch und sich selbst zu niedrig anzuschlagen; deshalb
behält er, im Gegensaze schlechter Poeten, alle Flüf=
sigkeiten bei sich, weil er befürchtet durch ihre Frei=
laffung eine allgemeine Sündfluth herbeizuführen.

Ich ergrimme oft, wenn ich ihn betrachte,
darüber, daß ich sein eingebildetes Vermögen
nicht in der That besize — wahrlich ich thät's,
ich nähme die Erde als meinen pot de cham-
bre in die Hand, daß alle Doktoren unter-
gingen, und nur ihre Hüthe in Menge oben
schwämmen. Es ist ein großer Gedanke — der
arme Teufel faßt ihn nicht, denn sehn sie nur
wie er da steht und sich quält, und den Athem
zurükhält, blos aus reiner Menschenliebe, und
wenn wir ihm jezt von dieser Seite nicht Luft
verschaffen, so ist er des Todes. Mein recipe
sind Feuersbrünste, ausgetroknete Ströme mit
stillstehenden Mühlen und vielen Hungrigen und
Durstigen an den Ufern. Eine Radikalkur, denke
ich, soll die Hölle des Dante abgeben, durch die
ich ihn jezt alle Tage führe, und die er zu
verlöschen sich ernstlich vorgesezt hat. — Seines
ursprünglichen Handwerks nach, soll er ein Poet
gewesen sein, der seine Flüssigkeiten in keinen
Buchladen ableiten konnte. —

No. 2 und 3 sind philosophische Gegen=
füßler, ein Idealist und ein Realist; jener la=
borirt an einer gläsernen Brust, und dieser an
einem gläsernen Gefäße, weshalb er sein Ich nie=
mals sezt, was jenem eine Kleinigkeit ist, ob er
gleich dagegen die moralische Anschauung ver=
meidet, und darum die Brust sorgfältig bedeckt.

No. 4. sizt hier blos deswegen weil er in der
Bildung um ein halbes Jahrhundert zu weit
vorausgeschritten ist; es wandeln noch einige von
der Art frei herum, die man aber, wie billig,
alle auch für toll hält.

No. 5. hielt zu verständige und verständliche
Reden, deshalb haben sie ihn hierher geschickt.

No. 6. ist aus der Verücktheit, den Scherz
eines Großen als Ernst zu nehmen, verrückt
geworden.

No. 7. hat sein Gehirn versengt, dadurch
daß er sich zu hoch in die Poesie verstieg, und

No. 8 dadurch, daß er bei vernünftigen
Tagen es mit der Rührung in seinen Komödien
zu übermäßig betrieb, seine Vernunft gänzlich
weggeschwemmt. Jener glaubt jezt als Flamme
zu brennen, so wie im Gegentheile dieser als
Wasser dahin fließt. Ich habe dann und wann
versucht die widerstreitenden Elemente durch einen
gegenseitigen Kampf zu verzehren, aber das Feuer
fiel dann so heftig über das Wasser her, daß ich

No. 9, der sich für den Weltschöpfer hält,
herbeirufen mußte, um sie wieder von einander
zu scheiden.

Diese lezte Nummer hält oft höchst wunder=
liche Selbstgespräche, und Sie können jezt eben
einem zuhören, wenn sie anders Geduld dazu
haben.

Monolog des wahnsinnigen Weltschöpfers.

„Es ist ein wunderlich Ding hier in meiner Hand, und wenn ichs von Sekunde zu Sekunde, — was sie dort ein Jahrhundert heißen — durch das Vergrößerungsglas betrachte, so hat sich's immer toller auf der Kugel verwirrt, und ich weiß nicht ob ich darüber lachen oder mich ärgern soll — wenn beides sich nur überhaupt für mich schickte. Das Sonnenstäubchen, das daran herumkriecht, nennt sich Mensch; als ich es geschaffen hatte, sagte ich zwar der Sonderbarkeit wegen es sei gut — übereilt war das freilich, indeß ich hatte nun einmal meine gute Laune, und alles Neue ist hier oben in der langen Ewigkeit willkommen, wo es gar keinen Zeitvertreib giebt. — Mit manchem was ich geschaffen, bin ich freilich noch jezt zufrieden, so ergözt mich die bunte Blumenwelt mit den Kindern die darunter spielen, und die fliegenden Blumen,

die Schmetterlinge und Insekten, die sich als leichtsinnige Jugend von ihren Müttern trennten und doch zu ihnen zurückkehren um ihre Milch zu trinken und an der Mutter Brust zu schlummern und zu sterben.*) — Aber dies winzige Stäubchen, dem ich einen lebendigen Athem einbließ und es Mensch nannte, ärgert mich wohl hin und wieder mit seinem Fünkchen Gottheit, das ich ihm in der Uebereilung anerschuf, und worüber es verrükt wurde. Ich hätte es gleich einsehen sollen, daß so wenig Gottheit nur zum Bösen führen müsse, denn die arme Kreatur weiß nicht mehr, wohin sie sich wenden soll, und die Ahnung von Gott, die sie in sich herumträgt, macht daß sich immer tiefer verwirret, ohne jemals damit aufs Reine zu kommen. In der einen Sekunde, die sie das goldene Zeitalter nannte,

*) Irgend ein Naturforscher stellt die Hypothese auf, daß die ersten Insekten nur Staubfäden an Pflanzen waren, die sich durch ein Ohngefähr von ihnen trennten.

schnizte sie Figuren lieblich anzuschauen und baute
Häuserchen darüber, deren Trümmer man in der
andern Sekunde anstaunte und als die Wohnung
der Götter betrachtete. Dann betete sie die Sonne
an, die ich ihr zur Erleuchtung anzündete und
die, mit meiner Studierlampe verglichen, sich wie
das Fünkchen zur Flamme verhält. Zuletzt —
und das war das ärgste — dünkte sich das Stäub=
chen selbst Gott und bauete Systeme auf, worin
es sich bewunderte. Beim Teufel! Ich hätte die
Puppe ungeschnizt lassen sollen! — Was soll ich
nur mit ihr anfangen? — Hier oben sie in der
Ewigkeit mit ihren Possen herumhüpfen lassen?
— Das geht bei mir selbst nicht an; denn da
sie sich dort unten schon mehr als zuviel langweilt
und sich oft vergeblich bemüht in der kurzen
Sekunde ihrer Existenz die Zeit sich zu vertreiben,
wie müßte sie sich bei mir in der Ewigkeit, vor
der ich oft selbst erschrecke, langweilen! Sie ganz
und gar zu vernichten thut mir auch leid; denn der

Staub träumt doch oft gar so angenehm von der
Unsterblichkeit, und meint, eben weil er so etwas
träume, müsse es ihm werden. — Was soll ich
beginnen? Wahrlich hier steht mein Verstand
selbst still! Lasse ich die Kreatur sterben und
wieder sterben, und verwische jedesmal das Fünk=
chen Erinnerung an sich selbst, daß es von neuem
auferstehe und umherwandle? Das wird mir auf
die Länge auch langweilig, denn das Possenspiel
immer und immer wiederholt, muß ermüden! —
Am besten ich warte überhaupt mit der Ent=
scheidung bis es mir einfällt einen jüngsten
Tag festzusetzen und mir ein klügerer Gedanke
beikommt. —"

„Was das für ein verruchter Wahnsinn ist
— fiel ich ein, als Nro. 9 inne hielt. — Wenn
ein vernünftiger Mensch dergleichen vorbrächte,
würde man es wahrlich konfiszieren." —

Oehlmann schüttelte den Kopf und machte einige bedeutende Anmerkungen über Gemüthskrankheiten überhaupt.

Der Weltschöpfer, der bei seiner Rede einen Kinderball in der Hand hielt und jezt mit ihm an zu spielen fing, fuhr nach einer Pause fort.

„Wie die Physiker sich jezt über die veränderte Temperatur wundern, und neue Systeme darüber aufstellen werden. Ja diese Erschütterung bringt vielleicht Erdbeben und andere Erscheinungen zuwege, und es giebt ein weites Feld für die Teleologen. O das Sonnenstäubchen hat eine erstaunliche Vernunft, und bringt selbst in das Willkührlichste und Verworrenste etwas systematisches; ja es lobt und preiset oft seinen Schöpfer eben deshalb weil es davon überrascht wurde daß er eben so gescheut als es selbst sei. — Dann treibt es sich durch einander und das Ameisenvolk

bildet eine große Zusammenkunft und stellt sich fast an, als ob etwas darin abgehandelt würde. Lege ich jezt mein Hörrohr an, so vernehme ich wirklich etwas und es summen von Kanzeln und Kathedern ernsthafte Reden über die weise Einrichtung in der Natur, wenn ich etwa den Ball spiele und dadurch ein paar Duzzend Länder und Städte untergehen und mehrere von den Ameisen zerschmettert werden, die sich ohnedas seitdem sie die Kuhpocken erfunden haben nur zu viel vermehren. O seit einer Sekunde sind sie so klug geworden, daß ich mich hier oben nicht schneuzen darf, ohne daß sie das Phänomen ernsthaft untersuchen. — Beim Teufel! da ist es fast ärgerlich Gott zu sein, wenn einen solch ein Volk bekrittelt! — Ich möchte den ganzen Ball zerdrücken!" —

„Sehen Sie nur, Herr Doktor, — fuhr ich fort als der Weltschöpfer endete — wie grimmig der Kerl es auf die Welt angelegt

hat; es ist fast gefährlich für uns andere Narren,
daß wir den Titanen unter uns dulden müssen,
denn er hat eben so gut sein konsequentes System
wie Fichte, und nimmt es im Grunde mit dem
Menschen noch geringer als dieser, der ihn
nur von Himmel und Hölle abtrennt, dafür
aber alles Klassische rings umher in das kleine
Ich, das jeder winzige Knabe ausrufen kann,
wie in ein Taschenformat zusammendrängt.
Jeder vermag jezt aus der unbedeutenden Hülse,
wie es ihm beliebt, ganze Kosmogonien, Theo=
sophien, Weltgeschichten und dergleichen, samt
den dazu gehörigen Bilderchen herauszuziehen.
Groß und herrlich ist das allerdings; wenn nur
das Format nicht so klein wäre! — Schon
Schlegel hat es sehr auf die kleinen Bilderchen
abgesehen, und ich muß gestehen daß mir eine
große Iliade in Sedez herausgegeben, nimmer
behagen will — das heißt den ganzen Olymp
in eine Nußschale packen, und die Götter und
Helden müssen sich entweder zum verjüngten

Maasstabe bequemen, oder ohne Gnade das
Genik brechen!" —

„Sie sehen mich an, Herr Doktor, und
schütteln zum zweitenmale den Kopf! Ja, ja sie
haben es getroffen; das Alles gehörte zu meiner
Tollheit und im vernünftigen Zustande bin ich
grade der entgegengesezten Meinung!"

„Lassen Sie uns den Weltschöpfer verlassen!—

Hier Nro. 10 und 11 sind Belege zur
Seelenwanderung; der erste bellt als Hund und
diente ehmals am Hofe; der zweite hat sich aus
einem Staatsbeamten in einen Wolf verwandelt.
Man kommt auf eigene Gedanken bei ihnen.

Nro. 12, 13, 14, 15 und 16 sind Varia=
zionen über denselben Gassenhauer, die Liebe.

Nro. 17 hat sich über seine eigene Nase
vertieft. Finden sie das sonderbar? Ich nicht!
Vertiefen sich doch oft ganze Fakultäten über
einen einzigen Buchstaben, ob sie ihn für ein
α oder ω nehmen sollen.

Nro. 18 ist ein Rechenmeister, der die lezte
Zahl finden will.

Nro. 19 denkt über einen Diebstahl nach,
den der Staat an ihm beging; — das darf er
aber nur im Tollhause.

Nro. 20 ist endlich mein eigenes Narren=
kämmerchen. Treten Sie immer herein und
schauen Sie sich um, sind wir doch vor Gott
alle gleich und laboriren blos an verschiedenen
fixen Ideen, wo nicht an einem totalen
Wahnsinn blos mit kleinen Nuanzen. — Das
dort ist ein Sokrates Kopf dem Sie die Weisheit,
so wie jenem Skaramuz, die Narrheit an
der Nase ansehen. Dies Manuscript enthält ei=

genhändige Parallelen von mir über beide, und
ist zu Gunsten des Narren ausgefallen. — Nicht
wahr der Fleck müßte kurirt werden? Es ist
überhaupt die verstockteste Seite an mir daß ich
alles Vernünftige abgeschmackt, so wie vice versa
finde — ich kann mich der Grille gar nicht
erwehren!

Oft zwar habe ich es versucht die Weisheit
mit den Haaren an mich zu reißen, und habe
deshalb privatim mit allen drei Brodfakultäten
Umgang gepflogen, um mich demnächst öffentlich,
nach einem kurzen akademischen Musenbeilager,
als eine heilige Dreizahl zum Besten der Mensch=
heit einsegnen zu lassen, und mit den drei über-
einandergestülpten Doktorhüten einherzuschreiten.
O dachte ich bei mir selbst; könntest du dann
nicht blos durch leichten unbemerkbaren Hutwechsel
als ein Proteus in praktischer und theoretischer
Hinsicht umherwandeln! Ueber die kürzeste Hei=
lungsmethode der Krankheiten in Dissertationen

verkehren, und den Kranken selbst auf dem kür=
zesten Wege von seinem Uebel entbinden! Den
Sterbenden, nach rasch vertauschtem Hute, als
Rechtsfreund umarmen und sein Haus bestellen,
und endlich blos durch übergeworfenen Mantel
als Himmelsfreund ihm den rechten Weg zum
Himmel zeigen. Wie in einer Fabrik durch ver=
schiedene Maschinen, ließe sich auf diese Weise
durch verschiedene Hüte ein Höchstes und Leztes
erreichen. Und welch ein Ueberfluß an Weisheit
und Gelde — eine erwünschte Kombination der
beiden entgegengeseztesten Güter, eine höchste
Idealisirung der Zentaurennatur im Menschen, wo
das wohlgesättigte Thier unten, den höhern Reiter
kek einherstolziren läßt. —

Doch ich fand bei näherer Ansicht Alles
eitel, und erkannte in aller dieser gepriesenen
Weisheit zulezt nichts anders als die Decke die
über das Mosesantlitz des Lebens gehängt ist,
damit es Gott nicht schaue.

Sie sehen wohin das führt, und es ist eben
meine fixe Idee, daß ich mich selbst für vernünf=
tiger halte als die in Systemen deducirte Ver=
nunft, und für weiser als die docirte Weisheit.

Ich möchte wahrlich mit Ihnen zu einer
medizinischen Berathschlagung mich verbinden,
bloß um zu überlegen, wie dieser meiner Narr=
heit beizukommen sei, und welche Mittel man
dagegen anwenden könnte. Die Sache ist von
Wichtigkeit, denn sagen Sie, wie kann man gegen
Krankheiten sich auflehnen wollen, wenn man
selbst, wie Sie wissen, mit dem Systeme nicht im
Reinen ist, ja wohl gar das für Krankheit hält,
was höhere Gesundheit ist, und umgekehrt.

Ja, wer entscheidet es zulezt, ob wir
Narren hier in dem Irrhause meisterhafter
irren, oder die Fakultisten in den Hörsälen?
Ob vielleicht nicht gar Irrthum, Wahrheit;
Narrheit, Weisheit; Tod, Leben ist — wie man
vernünftigerweise es dermalen gerade im Ge=

gentheile nimmt! — O ich bin inkurabel, das
sehe ich selbst ein."

Der Doktor Oehlmann verordnete mir nach
einigem Nachsinnen viele Bewegung und wenig
oder gar kein Denken, weil er meinte, daß mein
Wahnsinn, gerade wie bei andern eine Indi=
gestion durch zu häufigen physischen Genuß, durch
übertriebene intellektuelle Schwelgerei entstanden
sei. — Ich ließ ihn gehen!

Für meinen Wonnemonat im Tollhause
spare ich ein anderes Nachtstück auf.

Zehnte Nachtwache.

Das ist eine wunderliche Nacht; der Mond=
schein in den gothischen Bogen des Dohmes er=
scheint und verschwindet wie Geister — an der
Laterne des Thurmes klettert ein Nachtwandler
herum, mit einem Säuglinge im Arme, es ist
der Klökner; sein Weib schaut aus der Luke, hände=
ringend, aber stumm wie das Grab, daß der schla=
fende Wanderer, der sicher, wie der sorglose Mensch,
die gefährlichsten Stellen zurüklegt, nicht beim
Rufe seines Namens erwachend und schwindelnd mit
dem Knaben in das tiefe Grab hinunterstürze. —
Gegenüber in der Vorstadt bricht ein Dieb in
einen Pallast; aber es ist mein Revier nicht, und
ich bin zum Stummsein verdammt; so mag er
einbrechen! — Ganz in der Ferne ist leise kaum
vernehmbare Musik, wie wenn Mücken summen,
oder Koch zur Nacht auf der Mundharmonika
phantasirt; und oben am Horizont auf dem Eis=
spiegel der Wiese drehen sich leicht und luftig
Schlittschuhläufer, und tanzen den Baseler Todten=
tanz zu der Trauermusik. —

Alles ist kalt und starr und rauh, und von
dem Naturtorso sind die Glieder abgefallen,
und er streckt nur noch seine versteinerten Stümpfe
ohne die Kränze von Blüthen und Blättern
gegen den Himmel. Die Nacht ist still
und fast schrecklich und der kalte Tod steht
in ihr, wie ein unsichtbarer Geist, der
das überwundene Leben festhält. Dann und
wann stürzt ein erfrorner Rabe von dem Kir=
chendache, und ein Bettler ohne Dach und Fach

kämpft mit dem Schlummer, der ihn so süß
und lockend, in die Arme des Todes legen will,
wie den leichtsinnigen Fischer die Nixe mit Gesang in die Wellen einladet. —

Soll ich den Tod betrügen um das Bettler-
leben? Beim Teufel ich weiß es ja nicht was
besser ist — Sein, oder Nichtsein! — O
die dort mit dem nachgeahmten Süden in
ihren Schlafkammern, und dem gemahlten
Frühling an den Wänden, wenn draußen
der wirkliche erstarret ist, werfen die Frage
nicht auf, und sie bereiten sich selbst die Natur,
wie ein leckeres Gericht auf ihren Tafeln, zu
und genießen sie gern nippend und in unterbrochenen Pausen, damit sie im Geschmack bleiben.
Aber dieser Vogelfreie ruht der alten Mutter
noch unmittelbar an der Brust, die eigen-
sinnig und launisch, wie jede Alte, bald ihre
Kinder erwärmt und bald sie erdrückt. — Doch
nein, du Mutter bist ewig treu und unveränderlich, und bietest den Kindern Früchte in dem grünen Laube das sie beschattet, und Flammen und
die Erinnerung an dich, wenn du schlummerst;
aber die Brüder haben den Joseph verstoßen,
und verschließen tückisch die Gaben, die du ihm,
wie den andern Kindern reichst. — O die Brüder
sind es nicht werth, daß Joseph unter ihnen
wandle! — Er mag entschlummern!

Da ist das Gesicht schon starr und kalt,
und der Schlaf hat die Bildsäule seinem Bruder
in die Arme gelegt; ich will sie hier aufrichten,
daß sie wie ein Schreckbild, wenn die Sonne
aufgeht, in den Tag schaue. — O mörderischer
Tod, der Bettler hatte noch eine Erinnerung an
das Leben und die Liebe — die braune Locke seines
Weibes hier unter den Lumpen auf der Brust; du
hättest ihn nicht würgen sollen, — und doch —

Der Traum der Liebe.

Die Liebe ist nicht schön — es ist nur der
Traum der Liebe der entzückt. Höre mein Ge-

bet, ernster Jüngling! Siehst du an meiner
Brust die Geliebte, o so brich sie schnell die Rose,
und wirf den weißen Schleier über das blühende
Gesicht. Die weiße Rose des Todes ist schöner
als ihre Schwester, denn sie erinnert an das
Leben und macht es wünschenswerth und theuer.
Ueber dem Grabhügel der Geliebten schwebt
ihre Gestalt ewig jugendlich und bekränzt und
nimmer entstellt die Wirklichkeit ihre Züge,
und berührt sie nicht daß sie erkalte und die
Umarmung sich ende. Entführe sie schnell die
Geliebte, Jüngling, denn die Entflohene kehrt
wieder in meinen Träumen und Gesängen, sie
windet den Kranz meiner Lieder und entschwebt
in meinen Tönen zum Himmel. Nur die Lebende stirbt, die Todte bleibt bei mir, und ewig
ist unsre Liebe und unsre Umarmung! —

Horch! — Tanzmusik und Todtengesang —
das schüttelt lustig seine Schellen! Rüstig,
immer zu; wer den andern übertäubt, führt die
Braut heim. Schade nur, ich sehe zwei Bräute,
eine weiße und eine rothe — zwei Hochzeiten,
zu der einem*) im untern Stockwerk heulen die
Klageweiber ihre Weise; einen Stock höher pfeifen
und geigen die Musikanten, und die Decke über
dem Todtenkämmerlein und dem Sarge bebt und
bröhnt vom Tanze.

Erklärt mir doch den nächtlichen Spuk!

Lenore reitet vorüber — die weiße Braut
hier in der stillen Hochzeitkammer, liebte den
Jüngling der droben walzt; und, das ist Lebens-
weise, sie liebte, er vergaß, sie erblaßte, und er
entglühte für eine rothe Rose, die er heute heim-
führt, indem man diese wegträgt. —

Da ist die alte Mutter der weißen Braut,
am Sarge — sie weint nicht; denn sie ist

*) Anm. d. H.: Druckfehler für einen.

blind — auch die weiße weint nicht und schlummert und träumt sehr süß. —

Da stürmt der Hochzeitszug noch tanzend die Stiegen herab — und der Jüngling steht zwischen zwei Bräuten. Er erblaßt doch ein wenig. Still! die blinde Mutter erkennt ihn am Gange. — Sie führt ihn zum Brautbette der schlummernden Braut.

„Sie hat sich früher niedergelegt zur Hochzeitnacht, als du, erweck sie nicht, sie schläft so süß, aber deiner hat sie gedacht bis zum Schlummer. Das ist dein Bild auf ihrem Herzen. — O zieh die Hand nicht so erschrocken zurük von der kalten Brust; die Nacht ist die längste wo der Frost am bitterſten ist, und sie liegt einsam im Brautbett', ohne den Bräutigam!" —

Sieh! Da hat der Schrecken die rothe Rose auch erblaßt und der Jüngling steht zwischen den zwei weißen Bräuten. — Fort, fort, das ist Weltlauf. O wenn ich doch blasen und singen dürfte.

Jezt schwebt die Leiche hin durch die Gassen, und der Laternenschein still hinterdrein an den Wänden, wie wenn der vorüberwandelnde Tod sich dem schlummernden Leben nicht verrathen wollte. Der gefrorene Boden knirscht unter den Fußtritten der Leichenträger — das ist der heimliche tückische Brautgesang! — Und sie bergen sie in ihr Kämmerlein.

Aber nahe dabei singen und brausen noch Jünglinge, und verschwenden das Leben, und die Liebe und die Poesie in einem kurzen raschen Rausche, der am Morgen verflogen ist — wo ihre Thaten, ihre Träume, ihre Hoffnungen, ihre Wünsche, und alles um sie her nüchtern geworden und erkaltet ist. —

Im Nonnenkloster der heiligen Ursula war noch spät in der Nacht ein unruhiges Treiben.

Die Klocke schlug dann und wann leise und
dumpf an, wie wenn man träumend stürmen
hört, und an den Kirchenfenstern, deren Bogen
über die Mauern herabschaueten, flog oft ein
ungewöhnlicher aber schnell wieder verlöschender
Lichtglanz auf. Ich ging einsam um die Mauer
herum, die wie ein geweiheter Zauberkreis die
heiligen Jungfrauen umschließt. — Plözlich stieß
ich auf jemand im Mantel — was ich von ihm
erfuhr, gehört in die folgende Winternacht; was
ich that, noch in diese. —

Der Pförtner an der äussern Mauer war
ein alter tiefsinniger Menschenhasser, der mir
herzlich zugethan war, als einem Gegenstande,
den er mit seinem Zorne nach Belieben über-
schütten konnte. Ich besuchte ihn oft zur Nacht
um seiner Galle Luft zu machen; auch jezt
ging ich zu ihm. Er saß in seiner Hütte
bei einer Lampe, in der Gesellschaft eines schwarzen
Vogels dem er eine Kappe über den Kopf
gezogen hatte, und mit ihm in Unterredung war.

„Kennst du das Wesen — sprach der Pförtner — dessen Antliz tückisch lacht, wenn die vorgehaltene Larve Thränen vergießt, das Gott
nennt, wenn es den Teufel denkt, das im Innern,
wie der Apfel am todten Meere, giftigen Staub
enthält, indeß die Schaale blühend roth zum Genuß einladet, das durch das künstlich gewundene
Sprachrohr melodische Töne von sich giebt indem
es Aufruhr hineinruft, das wie die Sphynx
nur freundlich lächelt, um zu zerreissen, und wie die
Schlange bloß deshalb so innig umarmt, um
den tödlichen Stachel in die Brust zu drücken?
— Wer ist das Wesen, Schwarzer?“

„Mensch! krächzte das Thier auf eine
unangenehme Weise.

„Der Schwarze spricht weiter kein Wort
— sagte der Pförtner — aber er beantwortet

deshalb doch jede meiner Fragen auf das tref=
fendste. — Geh schlafen, Schwarzer!"

Der Vogel rief noch dreimal Mensch aus,
und setzte sich dann, wie wenn er tiefsinnig nach=
dächte in eine finstere Ecke — er schlummerte
aber nur.

„Sie spielen Begrabens im Kloster — fuhr
der Alte fort — willst du nicht zuschauen?
Eine keusche Ursulinerinn ist heute Mutter
worden; — in der Legende wäre's freilich als
ein Wunder aufgezeichnet; aber, so sehr haben
sie Gott in die Karte geschauet, daß sie heutiges
Tages an keine Wunder mehr glauben. Die
heilige Jungfrau wird diese Nacht lebendig
eingescharrt. — Ich lasse dich ein; sieh's zum
Zeitvertreibe an!" —

Er nahm die Schlüssel, die Angel pfiffen,
und ich ging über Gräber durch den Kreuz=
gang. Fackelglanz flog oft rasch über die Mo=
numente, auf denen steinerne Jungfrauen betend
schlummerten, mit künstlich abgeformten Gesichtern,
indeß drunten die Originale schon die Masken
abgeworfen hatten. —

Ich stellte mich hinter einen Pfeiler, drun=
ten war eine offene gemauerte Gruft — ein ein=
sames Entkleidungskämmerchen für den abgehenden
Menschen — im Kämmerchen brannte eine blasse
Todtenlampe und auf einem hervorragenden
Steine befand sich ein Brod, ein Krug Wasser,
ein Kruzifix und ein Gebetbuch. In der über
die Gruft gebaueten Kirche herrschte tiefe Stille
unter den Heiligen, die von den Wänden herab=
schaueten, nur wenn dann und wann ein Wind=
stoß durch das Orgelwerk fuhr, heulte eine Pfeife
unangenehm.

Der Zug ward endlich durch die Säulen
sichtbar — viele schweigende Jungfrauen und
in der Mitte die wandelnde Braut des Todes.
Der ganze Akt hätte für einen poetisch weich=

lich gestimmten Zuschauer etwas Schauder
erregendes, eben durch die fast mechanisch schrek=
liche Weise auf die er vollzogen wurde, gehabt,
so wie denn die tragische Muse, je weniger
Händeringens sie macht, um so mehr erschüttert.
Mein Gemüth indeß, (das einem mit Vorsatz
widersinnig gestimmten Saitenspiele gleicht, auf
dem daher niemals in einer reinen Tonart ge=
spielt werden kann, wenn nicht anders der Teufel
einmal ein Konzert darauf ankündigt) wurde
wenig ergriffen, und es kam im Grunde nichts
weiter als ein toller Lauf durch die Skala zuwege,
der ohngefähr durch die folgenden Töne ging und
in einer Disharmonie stehen blieb:

Lauf durch die Skala.

„Das Leben läuft an dem Menschen vor=
über, aber so flüchtig daß er es vergebens
anruft ihm einen Augenblick Stand zu halten,
um sich mit ihm zu besprechen, was es will,
und warum es ihn anschaut. Da fliehen die
Masken vorüber, die Empfindungen, eine ver=
zerrter wie die andere. Freude steh mir Rede
— ruft der Mensch — weshalb du mir zu=
lächelst! Die Larve lächelt und entflieht. Schmerz
laß dir fest ins Auge schauen, warum erscheinst
du mir! Auch er ist schon vorüber. — Zorn,
warum blickst du mich an — ich frage es, und
du bist verschwunden.

Und die Larven drehen sich im tollen ra=
schen Tanze um mich her — um mich der ich
Mensch heiße — und ich taumle mitten im
Kreise umher, schwindelnd von dem Anblicke und
mich vergeblich bemühend eine der Masken zu
umarmen und ihr die Larve vom wahren Antlize
wegzureißen; aber sie tanzen und tanzen nur —
und ich — was soll ich denn im Kreise?
Wer bin ich denn, wenn die Larven ver=
schwinden sollten? Gebt mir einen Spiegel
ihr Fastnachtsspieler, daß ich mich selbst einmal
erblicke — es wird mir überdrüssig nur immer

eure wechselnden Gesichter anzuschauen. Ihr
schüttelt — wie? steht kein Ich im Spiegel wenn
ich davor trete — bin ich nur der Gedanke
eines Gedanken, der Traum eines Traumes —
könnt ihr mir nicht zu meinem Leibe verhelfen,
und schüttelt ihr nur immer Eure Schellen, wenn
ich denke es sind die meinigen? — Hu! Das ist
ja schrecklich einsam hier im Ich, wenn ich euch
zuhalte ihr Masken, und ich mich selbst anschauen
will — alles verhallender Schall ohne den ver=
schwundenen Ton — nirgends Gegenstand, und
ich sehe doch — — das ist wohl das Nichts das
ich sehe! — Weg, weg vom Ich — tanzt nur
wieder fort ihr Larven!"

Jezt steigt die Nonne in die Gruft hinab.
O endet doch das Spiel daß ich's erfahre ob's
eigentlich auf Scherz oder auf Ernst hinaus-
läuft. Folgt doch noch auf dem lezten Wege
der Braut des Todes eine Maske — es ist
der Wahnsinn. Die Larve lächelt heimlich —
ob dahinter das wahre Antliz schaudert, oder
verzückt ist — wer sagt es mir?

Zwar mauern sie, der Braut zur Gesellschaft,
eine Schlange ein — den Hunger — die sich
ihr bald um die Brust schlingen, und bis zum
Ich fortnagen wird. Wenn dann die lezte Maske
auch verschwindet, und das Ich mit sich allein
ist — wird es sich wohl die Zeit vertreiben? —

Nun klopfen die Hämmer der Freimaurer
dumpf durch das Gewölbe, und ein Stein nach
dem andern fügt sich in das Gewölbe der Gruft.
Jezt erblicke ich nur noch durch eine kleine Lücke
beim Lampenschein das heimliche Lächeln der
Begrabenen — jezt blos ein wenig sich durch-
stehlenden Schimmer — — nun ist alles verdeckt,
und die lebenden Todten singen zur guten Nacht ein
ernstes miserere über dem Haupte der Begrabenen. —

Den Pförtner fand ich als ich zurückkehrte,
wie gewöhnlich mit seiner alten finstern Maske

beisammen. — „Haſſeſt du jezt die Menſchen?“ fragte er.

„Ich bin faſt mit mir allein — ſagte ich — und haſſe oder liebe eben ſo wenig als möglich! Ich verſuche zu denken, daß ich nichts denke, und da bringe ich's zulezt wohl ſo weit auf mich ſelbſt zu kommen!“ —

„Nimm den Wurm mit — fuhr der Alte fort, und hob die Decke über einem ſchlummernden Kinde — ich mag ihn nicht bei mir behalten, denn ich habe noch Anfälle von Menſchenliebe, wo ich ihn leicht im Wahnſinn erſticken könnte!“

Ich nahm den Knaben in die Arme, und das noch träumende Leben verſöhnte mich wieder mit dem erwachten.

„Sie haben mir das Kind übergeben es fortzuſchaffen — ſprach der Pförtner — denn ſie dulden nichts Männliches unter ſich die frommen Jungfrauen, auſſer in den Gemählden, für die Einbildungskraft; die Mutter des Knaben ſaheſt du eben begraben, ſuch jezt ſeinen Vater auf, oder ſchleudre den Bürger in die Welt, es hat keine Gefahr mit der Men= ſchenbrut, ſie geht nicht unter.“

„Ich kenne den Vater!“ antwortete ich, und ging aus der Hütte. Draußen ſtand der Un= bekannte im Mantel und hielt mich feſt. — „Die Braut iſt begraben — dies iſt dein Sohn!“ mit dieſen Worten legte ich ihm den Knaben in die Arme, und er drükte ihn ſtumm ans Herz.

Eilfte Nachtwache.

Folgendes ist ein Bruchstück aus der Ge=
schichte des Unbekannten im Mantel. Ich liebe
das Selbst — drum mag er selbst reden!

„Was ist denn die Sonne?" fragte ich eines
Tages meine Mutter, als sie den Sonnenaufgang
von einem Berge beschrieb. „Armer Knabe, du
verstehst es nimmer, du bist blind geboren!"
antwortete sie gerührt und fuhr sanft mit der
Hand über meine Stirn und meine Augen.

Ich glühete — die Beschreibung hatte mich
entzückt; zwischen den Menschen und meiner Liebe
zu ihnen lag eine Scheidewand — wenn ich die
Sonne nur einmal erblicken könnte, glaubte ich,
würde sie schwinden und ich mich eines nähern
Umgangs mit meiner Mutter erfreuen dürfen. —

Meine Phantasie arbeitete von jezt an hef=
tig, der sehnsuchtsvolle Geist strebte gewaltsam
den Körper zu durchbrechen und in das Licht zu
schauen. Dort lag das Land meiner Ahnung,
das Italien voll Wunder der Natur und Kunst.

Sie sprachen viel von Nacht und Tag, für
mich gab es nur eins, einen ewigen Tag, oder
eine ewige Nacht — sie meinten es sei die
leztere! —

Ich saß in meinem Dunkel, und die
wunderbare große Welt ging in meinem Geiste

auf, aber die Beleuchtung fehlte, und ich stieg
nur an dem Leben herum, wie an einem himmel=
hohen Felsen, mit verbundenen Augen; ich fühlte
die seidene Wange der Blume, trank ihren Duft
— aber ich träumte, die Blume selbst sei un=
endlich schöner als ihr Duft und ihre seidene
Wange.

Ein lebhafter wunderbarer Traum ließ mich
in einer Nacht das Licht erblicken, und es war
es wahrlich; aber als ich erwachte, bemühete ich
mich vergeblich den Traum wieder hervorzurufen.

Um diese Zeit stieg die Musik wie ein lieb=
licher Genius in meinen dunkeln Kerker, und
schlang um ihre Saiten die zarten Blumenkränze
der Poesie. Es war heiliger Boden den ich jetzt
betrat — das erste Italien meiner Sehnsucht.

Der Engel der zwischen den beiden Musen
wandelte und sie mir zuführte, war ein Mäd=
chen, die himmlische Madonna hatte ihm ihren
irdischen Namen hinterlassen. — Maria war
mit mir von gleichem Alter, und sie entzückte
den blinden Knaben durch ihre Lieder und Töne,
und rief die Liebe und die Hoffnung aus ihren
Träumen auf, daß sie zum erstenmale hell um sich
schauten, und als die beiden schönsten Vestalen
in das Leben traten.

Marie war eine elternlose Waise, und
meine Mutter hatte, als sie sie zu sich nahm,
ein feierliches Gelübde geleistet, das Kind dem
Himmel zu weihen, wenn ich jemals das Licht
erblicken würde. Jezt sehnte ich mich wieder*)
nach der Sonne, denn sie entführte mir Marie
und ihre Gesänge.

Bald darauf hörte ich öfter von einem
Arzte reden, von dessen Kunst man sich viel zu
meinem Vortheile versprach. — Ich wankte
zwischen entgegengesetzten Gefühlen — die Liebe
zur Sonne und zu Marie war gleich hef=

---

*) Anm. d. H.: Druckfehler für minder.

tig in meiner Seele. Fast mit Gewalt mußte
man mich dem Arzte entgegenführen. —

Er gebot mir Ruhe — und meine Brust
hob sich stürmischer. Ich stand an den Pforten
des Lebens, gleichsam um zum zweitenmale geboren zu werden. Jetzt empfand ich einen heftigen Schmerz an meinen Augen; ich schrie auf,
denn mein Traum kehrte zu mir zurük — ich
sah Licht! — Tausend blizzende Strahlen und
Funken — ein rascher Blick in den reichsten
Schaz des Lebens.

Die vorige Nacht umgab mich dann wieder.
Es war eine Binde um meine Augen gelegt, und
ich durfte nur erst nach und nach in die neue
Welt eingehen.

Nichts von den Zwischenräumen — man
zeigte mir nur wenige Gegenstände, und kein
lebendiges Wesen, außer dem Arzte, nahte sich
mir, bis dieser mich endlich für stark genug hielt
das Größeste zu ertragen.

Er führte mich in die Nacht hinaus, über
meinem Haupte in der unermeßlichen Ferne
brannten die Sternbilder, und ich stand unter
den tausend Welten wie ein Trunkener, Gott
ahnend, ohne seinen Namen auszusprechen. —
Vor mir ragten die alten Ruinen einer vorigen
Erde, die Berge, finster und rauh in die Nacht
empor, ein mattes Wetterleuchten aus wolkenloser
Luft spielte um ihre Häupter. Wälder ruhten
tief und verhüllt zu ihren Füßen und schüttelten
nur leise ihre schwarzen Wipfel. Der Arzt stand
ernst und still neben mir — einige Schritte
weiter regte es sich wie eine verschleierte Gestalt. —

Ich betete! —

Plötzlich veränderte sich die Szene; über die
Berge schienen Geister heraufzuziehen, und die
Sterne erblaßten wie vor Schrecken, und hinter
mir deckte sich ein weiter Spiegel auf — das
Weltmeer. —

Ich bebte, denn ich glaubte Gott nahe sich.

Und auf die Erde drückten sich Nebel und
verhüllten sie sanft — aber am Himmel zogen
die Geister mächtiger heran, und wie die Sterne
verlöschten, flogen goldene Rosen über die Berge
empor in den blauen Himmel, und ein
zauberischer Frühling blühete in der Luft —
immer mächtiger und mächtiger — jetzt wogte
ein ganzes Meer herüber, und Flamme auf
Flamme brannte in die Himmelsfluthen.

Da stieg über den Fichtenwald, in tausend
Strahlen wiederleuchtend, wie eine entzündete
Welt die ewige Sonne empor!

Ich schlug beide Hände vor die Augen, und
stürzte zu Boden.

Als ich wieder erwachte, da schwebte der
Gott der Erde in den Lüften, und die Braut
hatte alle ihre Schleier zerrissen, und enthüllte
ihre höchsten Reize dem Auge des Gottes. —

Ueberall war Heiligthum — der Frühling
lag wie ein süßer Traum an den Bergen und
auf den Fluren — die Sterne des Himmels
brannten als Blumen in dem dunkeln Grase,
aus tausend Quellen stürzte das Lichtmeer herab
in die Schöpfung, und die Farben stiegen darin
wie wunderbare Geister auf. Ein All von Liebe
und Leben — rothe Früchte und blühende Kränze
in den Bäumen, und duftende Gewinde um
Hügel und Berge — in den Trauben brennende
Diamanten — die Schmetterlinge als fliegende
gaukelnde Blumen in den Lüften — Gesang aus
tausend Kehlen, schmetternd, jubelnd, lobpreisend
— und das Auge Gottes aus dem unendlichen
Weltmeere zurükschauend und aus der Perle im
Blumenkelche.

Ich wagte den Ewigen zu denken!

Plözlich rauschte es hinter mir — neue
Schleier fielen von dem Leben — ich schaute

rafch zurük und fahe — ach zum erftenmale! das weinende Auge der Mutter!

O Nacht, Nacht, kehre zurük! Ich ertrage all das Licht und die Liebe nicht länger!

112

Zwölfte Nachtwache.

Es geht nun einmal höchst unregelmäßig in der Welt zu, deshalb unterbreche ich den Unbekannten im Mantel hier mitten in seiner Erzählung, und es wäre nicht übel zu wünschen daß mancher große Dichter und Schriftsteller sich selbst zur rechten Zeit unterbrechen möchte, so auch der Tod in der rechten Stunde das Leben großer Männer — Beispiele liegen nahe.

Oft erhebt sich der Mensch wie der Adler zur Sonne und scheinet der Erde entrückt, daß Alle dem Verklärten in seinem Glanze nach= staunen; — aber der Egoist kehrt plözlich zurük und statt den Sonnenstrahl wie Prometheus ge= raubt zu haben und zur Erde herabzuführen, verbindet er den Umstehenden die Augen, weil er glaubt es blende sie die Sonne.

Wer kennt den Sonnenadler nicht, der durch die neuere Geschichte schwebt! —

Was übrigens meinen Unbekannten be= trifft, so gebe ich nach romantischem Stoffe hungernden Autoren mein Wort, daß sich ein mäßiges Honorar mit seinem Leben erschreiben ließe — sie mögen ihn nur aufsuchen und seine Geschichte beenden lassen. —

In dieser Nacht war großer Lerm. Aus der Hausthür eines berühmten Dichters flog eine Perücke und hinter drein eilte ihr Besiz= zer, so daß es zweideutig war, ob er dem

vorausfliehenden Gute nachseze, oder vielmehr
nachgesezt werde. Ich hielt ihn dieser Zweideutig=
keit halber fest und ließ ihn beichten. —

Mein Freund! — sagte er — Ich seze der
Unsterblichkeit nach, und werde von ihr nachge=
sezt! Er selbst wird es wissen, wie schwer es ist
berühmt zu werden, wie noch unendlich schwerer
aber zu leben; man klagt in allen Fächern über
Überhäufung, so auch in dem Fache des berühmt
und lebendig seins, dazu beschwert man sich über
so manche in beiden Fächern angestellte schlechte
Subjekte, daß man niemandem mehr auf sein
Wort glauben will. Mir besonders hat man
große Schwierigkeiten in den Weg gelegt, und
ich habe es durchaus zu nichts bringen können.
Sage er selbst, was soll ein Mensch der nicht
schon im Mutterleibe eine Krone auf dem Haupte
trägt, oder mindestens, wenn er aus dem Eie
gekrochen, an den Aesten eines Stammbaums
das Klettern lernen kann, in dieser Welt an=
fangen, wenn er weiter nichts mitbringt, als sein
naktes Ich und gesunde Glieder. Ich kenne nichts
einfältigeres in der Zeit worin wir einmal leben,
und wo die Aemter, die Würden, die Ordens=
bänder und Sterne schon früher fertig sind, als
der, der sie tragen oder bekleiden soll. Möchte
ein armer Teufel, der nicht mindestens bei seiner
Geburt gleich in einen warmen Rock fahren kann,
nicht lieber wünschen als ein Stumpf aus seiner
Mutterleibe hervorzugehen, angestaunt und ge=
speiset zu werden? Ich denke er versteht mich
Kamerad!

Ich hab's auf alle Weise versucht mich fort=
zubringen, aber immer vergeblich; bis ich endlich
fand ich habe Kants Nase, Göthens Augen, Les=
sings Stirn, Schillers Mund, und den Hintern
mehrerer berühmter Männer; ich machte darauf auf=
merksam und fand Eingang, ja man fing an mich zu
bewundern. Jezt trieb ich's weiter, ich schrieb an große

Geister um alten abgelegten Tröbel, und das
Glück wollte mir so wohl, daß ich jetzt in Schuhen
einherschreite in denen einst Kant eigenfüßig ging,
am Tage Göthens Hut auf Lessings Perücke setze,
und zu Abends Schillers Schlafmütze trage, ja
ich ging noch weiter, ich lernte weinen wie
Kotzebue und niesen wie Tiek, und er glaubt
nicht welchen Eindruck ich oft dadurch zuwege
bringe, die Kreatur wohnt nun einmal im
Leibe, und hat es mit diesem lieber zu thun,
als mit dem Geiste; es ist keine Spiegelfechterei,
wenn ich ihm erzähle, daß jemand vor dem ich
einst wie Göthe mit verkehrt gesetztem Hute und
in die Rockfalten verborgenen Händen einher-
wandelte, mir die Versicherung gab, das amüsire
ihn mehr, als Göthens neueste Schriften. —
Man zieht mich seitdem an die vornehmsten
Tafeln und ich befinde mich wohl dabei. —

„Nur heute fuhr ich übel, denn als ich
einen bekannten großen Geist, der öffentlich
bedeutend auftritt, in seinen vier Pfählen be-
lauschen wollte, behandelte er mich als einen
Dieb, ohnerachtet das was ich ihm in der Eile
mit den Augen entwandte, nicht eben sehr rüh-
menswerth war."

Er setzte sich nach diesen Worten Lessings
Perücke wieder auf das Haupt und machte dabei
noch folgenden Sarkasmus:

Freund was hat man von dieser Unsterblichkeit, wenn nach dem Tode die Perücke unsterblicher ist, als der Mann der sie trug? —
Vom Leben selbst will ich nicht einmal reden,
denn während seines Daseins stolzirt nur der
sterblichste Schlucker unsterblich einher, während man
nach dem Genius, wo er sich blitten läßt, mit Fäusten
ausschlägt — erinnere er sich an das Haupt das
vor mir in dieser Perücke steckte! Gute Nacht!" —

Ich ließ den Narren laufen. —

Auf dem Gottesacker trieb sich ein junger
Mensch herum im Mondenschein, ich konnte
ganz nahe an ihn kommen und er bemerkte

mich nicht, weil er beschäftigt war durch heftiges
Gestikuliren und Deklamiren sich in eine mäßige
Verzweiflung zu bringen — das Mittel ist
probat, und ich kannte wirklich einen Früh-
prediger der durch nichts zu Thränen zu bewegen
war, außer wenn er sich selbst sehr heftig reden
hörte; — es gelang ihm allmälig damit, ja er
zog zulezt ein Pistol und sezte es sich verschiedene
male an die Stirn, bis er endlich eine solche Höhe
erreicht hatte, daß er kühn genug war es abzu-
drücken — es versagte, und bei der heftigen Bewegung entfiel ihm ein falscher Haarzopf. Da
die Sache mir zulezt doch etwas mißlich vorkam, so
sprang ich hinzu, und überreichte ihm den Entfallenen unter einer für die Lage passenden Anrede. Er mochte's noch in der ersten Hitze für
einen Dolch halten und brachte einige ernsthafte
wiewohl vergebliche Stöße damit zu Stande.

Ich suchte ihn durch die Bemerkung, daß
tragische Situationen durch komische Nüancen,
wie z. B. durch einen dem König Lear im Affekte
entfallenen Haarbeutel u. d. g. gestört würden,
zu sich zu bringen, und es gelang mir in so weit,
daß er sich auf den Grabhügel niedersezte, und
sich dazu verstand den falschen Haarzopf von mir
wieder anheften zu lassen. Während des Ge-
schäftes versuchte ich es ihn durch eine Apologie
des Lebens zu bekehren, die er ruhig anhören
mußte, weil ich ihn bei den Haaren dazu hielt.

Apologie des Lebens.

Bei Gott, das Leben ist doch schön! —
Und was vermag Sie nur, junger Mensch, daß
sie es leichtfertig wie diesen Haarzopf von sich
schleudern wollen? — Fassen Sie das Band; ich
will während des Wickelns so kurz als möglich
ihnen einige Schönheiten zu entwickeln suchen. —

Was giebt es auf der Erde das Sie im
Himmel — wenn anders außer dem Lufthim-

mel über uns noch ein zweiter, oder gar mehrere
existiren sollten — besser erwarten könnten? —
Finden Sie nicht hier unten Alles leidlich ein=
gerichtet? Wissenschaften, Kultur und Sitten sind
im schönsten Flore und wandern recht modern
einher; der allgemeine Staat ist, wie Holland,
mit Kanälen und Gräben durchschnitten, worinn
alle menschliche Fähigkeiten geschickt abgeleitet und
vertheilt werden, damit nicht zu fürchten steht,
daß sie auf einmal in zu großer Vereinigung
das Ganze überschwemmen möchten. Es giebt
Menschen, die so vortheilhaft placirt sind, daß
man sie als recht gute Hammer und Zangen
betrachten kann, und die doch deshalb keinesweges
an ihrer Unsterblichkeit Abbruch leiden; sehen sie
nur diesen Koloß der Menschheit an, wie alles
sich an ihm regt und arbeitet und verkehrt, der
erste klettert über den zweiten hinauf, und über
diesen wieder ein dritter, wie die Aequi=
libristen, dieser trägt Erfindungen, jener
Systeme mit sich in die Höhe, und es kann
nicht fehlen, daß dies Menschengeschlecht, das
auf seinen eigenen Schultern immer höher kommt,
oder sich, wie Münchhausen, bei seinem eigenen
Zopf emporzieht, zuletzt sich bis in den Himmel
verklettert, und es ganz unnöthig wird an einen
zweiten zu denken. — Hält der Zopf nur an
diesem Menschheitskopfe und ist kein falscher,
wie der, an dem ich wickele, was ist es denn
noch nöthig, auf einem andern Wege als auf
diesem sich in eine höhere Welt zu versetzen.

Was denken Sie auch dort zu gewinnen, Freund?
Bessere Gesetze etwa? Für unsere hienieden spricht
das Alter! Bessere Sitten? Wir sind darin so
empor gestiegen, daß wir fast daraus hinaus=
gekommen und über ihnen stehen! Bessere Ver=
fassungen? Haben sie nicht, wie auf einer Landkarte
die verschiedenen Farben, eine Menge vor sich
liegen? Gehen Sie nach Frankreich, Freund, wo
die Verfassungen mit den Moden wechseln, da

können sie alle der Reihe nach anpassen, aus einer
Monarchie in die Republik, und aus dieser wieder
in eine Despotie fahren; sie können dort groß
und klein, kurz nach einander, und zuletzt wieder
ganz gewöhnlich sein, was doch immer für die
Menschheit am interessantesten bleibt.

Freund, gegen den Menschenhaß giebt es
trefliche Mittel; ja ich habe das Exempel gehabt,
daß ein gutes Gericht mich selbst einst vom Selbst=
morde abbrachte, und ich gesättigt ausrief: „das
Leben ist doch schön!" Wie andere den Kopf oder
das Herz, so nehme ich den Magen für den Sitz
des Lebens an; an allem was je Großes und
Vortrefliches in der Welt geschah, ist meistentheils
der Magen Schuld. Der Mensch ist ein ver=
schlingendes Geschöpf, und wirft man ihm nur
viel vor, so giebt er in den Verdauungsstunden
die vortreflichsten Sachen von sich, und verklärt
sich essend und wird unsterblich.

Welche weise Einrichtung des Staates dahero,
die Bürger — wie die Hunde die man zu
Künstlern ausbilden will — periodisch hungern
zu lassen! Für eine Mahlzeit schlagen die Dichter
wie die Nachtigallen, bilden die Philosophen
Systeme, richten die Richter, heilen die Aerzte,
heulen die Pfaffen, hämmern, klopfen, zimmern,
ackern die Arbeiter, und der Staat frißt sich zur
höchsten Kultur hinauf. Ja hätte der Schöpfer
den Magen vergessen, behaupte ich, so läge die
Welt noch so roh da wie bei der Schöpfung,
und sei jezt nicht der Rede werth.

Was denken Sie nun aber von jenem Leben,
in das Sie diese innere Seele aller Bildung
nicht mit hinüber nehmen, und wo sie nur geistig
hineinbringen wollen! — Reißen Sie sich nicht los,
ich schlinge jezt erst die Schleife, wodurch ich ihr Haar
wieder mit dem Zopfe verbinde! — Freund, der Geist
ohne Magen gleicht dem Bären, der träg an seinen

eigenen Pfoten faugt. Er ift nur der Schatz=
meifter diefes in ihm hängenden Säkels, und
fchneiden Sie ihm diefen ab, fo ift's um ihn
gethan.   Giebt es eine Seelenwanderung, woran
ich nicht zweifle, und fahren die abgefchiedenen
Geifter, wie denn das nicht unwahrfcheinlich ift,
eben fo gut in Blumen und Früchte u. f. w. als
in Thiere — wo liegt denn noch anders diefer
Verbindungskanal der Geifter, als in dem fie
verfchlingenden Magen, durch ihn fteigen fie,
nachdem das animalifche wieder abgegangen ift,
verflüchtigt in den Kopf empor, und es liegt fo
am Tage, daß wir die größten Weifen, einen
Plato, Hemfterhuis, Kant u. f. w. blos durch be=
hagliches Hineineffen in uns aufnehmen können.

Denken Sie hier an Beifpiele: Göthe,
der den Hans Sachs, die Romantiker und
Griechen in fich vereinigt, ift ein fo guter
Effer, als Dichter, und hat wahrfcheinlich diefe
Geifter vorweggefpeifet; Bonaparte mag den Ju=
lius Cäfar zu fich genommen haben, und nur
der Geift des Brutus fcheint dort noch ungegeffen
fich irgendwo aufzuhalten. —

Wie ift es möglich, Freund, daß Sie diefem
Magen und diefem Leben entfagen, und über=
haupt aus diefer künftlichen Mafchine, in der fie
taufend Räder drehn nnd treiben, heraus fliegen
wollen? Wie viele Bühnen liegen nicht um fie
her, auf denen fie als Held agiren können!
Schlachtfelder, Almanache, Litteraturzeitungen,
das größere und das kleinere Theater" —

„Ich ftehe am Hoftheater," — fiel der junge
Menfch ein, indem er eine Dankfagungsverbeugung
für den wieder angehefteten falfchen Zopf machte.
— „Das Piftol ift übrigens ungeladen, und ich
fuchte mich nur hier am Grabe durch mäßiges Rafen
in den Karakter eines Selbftmörders zu verfetzen,
den ich morgen darzuftellen habe. Nüchternheit ift

das Grab der Kunst! Ich fahre in die Leiden=
schaften möglichst hinein, wie in Schlachthand=
schuhe, ich spiele meine Karaktere mit Gefühl,
und bin wenigstens, wie die größten Meister, auf
einen Tag geizig, wenn ich einen Geizigen, oder
toll, wenn ich einen Tollen dargestellt habe.

Dahin ging er, und ließ mich fast abge=
schmakt und lächerlich da stehn. „O falsche
Welt!" rief ich grimmig aus — „an der nichts
mehr wahrhaft ist, selbst bis auf die Haarzöpfe
deiner Bewohner, du leerer abgeschmackter Tum=
melplatz von Narren und Masken, ist es denn
nicht möglich auf dir zu einiger Begeisterung sich
zu erheben!"

Es war mir, wie wenn ich mich jezt in
der Nacht unter dem zugedeckten Monde, weit
ausdehnte, und auf großen schwarzen Schwingen,
wie der Teufel über dem Erdball schwebte. Ich
schüttelte mich und lachte, und hätte gern
alle die Schläfer unter mir mit eins aufgerüttelt,
und das ganze Geschlecht im Negligée angeschaut.
wo es noch keine Schminke, falsche Zähne und
Zöpfe und Brüste und Hintere auf= — und an=
— und umgelegt, um den ganzen abgeschmakten
Haufen boshaft auszupfeifen.

120

Dreizehnte Nachtwache.

Ich stieg den Berg hinauf am Ausgange
der Stadt — es war die Tag- und Nachtgleiche
des Frühlings, und draußen lag die alte Fee,
die Erde, und kochte ihre mitternächtlichen Zau-
berkräuter, um am Morgen nach abgeworfenem
Silberhaare und ausgeglätteten Runzeln, schön
umlockt und bekränzt als eine junge Nymphe
aufzustehen, und ihre neugebornen Kinder an dem
schwellenden Busen zu tragen. — Unten im
Thale blies ein Hirte das Alphorn, und die
Töne sprachen so lockend von einem fernen
Lande, und von Liebe und Jugend und Hof-
nung; ich dichtete zu ihrer Begleitung folgenden

Dithyrambus über den Frühling.

„Du erscheinst, und erschrocken flieht dein
finsterer Bruder, und die Schilde und Panzer,
worin er gewaffnet dastand, rasseln durcheinander-
stürzend und zerbrechen; und siehe erröthend in
Morgengluth tritt die junge Erde hervor, wie
eine blühende Jungfrau; und du küssest die Geliebte, Jüngling, und schlingst ihr den Braut-
kranz in die Locken. Da sinkt der letzte Glät-
scher und das erstarrte Element wird frei, und fließt
still dahin zwischen Blumen und überwölkt*) von
grünen Gebüschen, die Berge halten ihre Sennen-
hütten hoch in die blaue Luft, und an ihren
Abhängen kleben die gefleckten Heerden. Blumen
blühen und träumen Liebe, und die Nachtigall
singt sie in den Gesträuchen. Die Bäume schlingen
ihre Zweige in duftige Kränze, und reichen sie
zum Himmel empor; der Adler steigt betend in

*) A. d. H. Druckfehler für überwölbt.

den Sonnenglanz auf, wie zu Gott, und die Lerche wirbelt ihm nach, jubelnd über der ge= schmückten Erde. Jeder duftende Kelch wird zu einer Brautkammer, jedes Blatt ist eine kleine Welt, und alles saugt Leben und Liebe an dem heißen Herzen der Mutter! — Nur der Mensch —"

Hier verstummte plözlich das Alphorn, und der lezte Ton und das lezte Wort verhallten langsam und sterbend.

„Hast du nur bis zu diesem Worte ge= schrieben, Mutter Natur? Und in wessen Hand überlieferst du die Feder zur Fortsetzung? — Kannst du es nimmer lösen, warum alle deine Geschöpfe träumend glücklich sind, und nur der Mensch wachend dasteht und fragend — ohne Antwort zu erhalten? — Wo liegt der Tempel des Apollo — wo ist die Stimme, die einzig antwortende? Ich höre nichts, als Wiederhall, Wiederhall meiner eigenen Rede — bin ich denn allein?

Allein! ruft die hämische Stimme. Mutter, Mutter, warum schweigst du? — O du hättest das lezte Wort in der Schöpfung nicht schreiben sollen, wenn du dabei abbrechen wolltest. Ich blättere und blättere in dem großen Buche, und finde nichts, als das eine Wort über mich, und dahinter den Gedankenstrich, wie wenn der Dichter den Karakter, den er vollführen wollte, im Sinne behalten, und nur den Namen hätte mit ein= fließen lassen. War der Karakter zu schwierig zur Ausführung, warum strich der Dichter nicht auch den Namen aus, der jezt allein dasteht, sich anstaunt, und nicht weiß, was er aus sich selbst machen soll.

„Schlag das Buch zu, Name, bis der Dichter bei Laune ist, die leeren Blätter, vor denen du nur als Titel stehst, vollzuschreiben!" — —

An dem Berge, mitten in das Museum der Natur, hatten sie noch ein kleines für die Kunst gebaut, wohinein jezt mehrere Kenner

und Dilettanten mit brennenden Fackeln zogen,
um bei dem sich bewegenden Lichtscheine die
Todten drinnen möglichst lebendig sich einzubilden.
Ich habe auch dann und wann meine Kunst=
launen, aus mehr oder minderer Bosheit, und
trete oft gern aus der großen Kunstkammer in
die kleine, um zu sehen wie der Mensch, auch
ohne den Haupttheil alles Lebens, das Leben
selbst, einblasen zu können, doch recht artig etwas
bildet und schnitzt, wovon er nachher meint, es
gehe noch über die Natur.

Ich folgte den Kennern und Dilettanten!

Und vor mir standen die steinernen Götter
als Krüppel ohne Arme und Beine, ja einige
gar mit fehlenden Häuptern; das Schönste und
Herrlichste, wozu die Menschenmaske sich je aus=
gebildet hatte, der ganze Himmel eines großen ge=
sunkenen Geschlechts, als Leichnam und Torso wieder
ausgegraben aus Herkulanum und dem Bette der
Tiber. Ein Invalidenhaus unsterblicher Götter
und Helden, hineingebaut zwischen eine erbärm=
liche Menschheit.

Die alten Künstler die diese Göttertorsos
gedacht und gebildet hatten, zogen verhüllt vor
meinem Geiste vorüber. —

Jezt kletterte ein kleiner Dilettant von den
Anwesenden an einer medicäischen Venus ohne
Arme, mühsam hinauf, mit gespiztem Munde
und fast thränend, um, wie es schien, ihr den
Hintern, als den bekanntlich gelungensten Kunst=
theil dieser Göttin, zu küssen. Mich ergrimmte
es, weil ich in dieser herzlosen Zeit nichts weniger
ausstehen kann, als die Frazze der Begeisterung,
wozu sich manche Gesichter verziehen können, und
ich bestieg erzürnt ein leeres Piedestal, um einige
Worte zu verschwenden.

Junger Kunstbruder! — redete ich ihn an.
— Der göttliche Hintere liegt Ihnen zu hoch,
und Sie kommen bei ihrer kurzen Gestalt nicht
hinauf, ohne sich den Hals zu brechen! Ich
rede aus Menschenliebe, denn es thut mir

leib, daß Sie sich unter Lebensgefahr versteigen
wollen. Wir sind seit dem Sündenfalle, vor
dem Adam bekanntlich, nach der Versicherung
der Rabbinen, seine hundert Ellen maß, merklich
kleiner geworden, und schwinden von Zeit zu
Zeit immer mehr, so daß man in unserm Säkulo
vor allen solchen halsbrechenden Versuchen, wie
der vorliegende ist, ernstlich warnen muß. Was
wollen Sie überhaupt bei der steinernen Jung=
frau, die in diesem Augenblicke zu einer eisernen
für Sie werden würde, wenn ihr nicht die
ächten Arme zum Umschlingen fehlten; denn
mit den ergänzten hat es keine Noth, sie dienen
nicht einmal zu einer Berlichingensfaust, und
gleichen nur den angehefteten hölzernen, an den
Körpern zerschossener Soldaten. O Freund, was
die Kunstärzte der neuern Periode auch immer
heilen und flicken mögen, sie bringen doch die
von der tückischen Zeit verstümmelten Götter,
wie z. B. diesen daliegenden Torso, nicht
wieder auf die Beine, und sie werden immer
nur als Invaliden und emeriti hier in Ruhe ge=
sezt verbleiben müssen. Einst, als sie noch aufrecht
standen, und Arme und Schenkel und Häupter
hatten, lag ein ganzes großes Heldengeschlecht vor
ihnen im Staube; jezt ist das umgekehrt, und
sie liegen im Boden, während unser aufgeklärtes
Jahrhundert aufrecht steht, und wir selbst uns
bemühen leidliche Götter abzugeben.

Kunstfreund, wohin sind wir gekommen,
daß wir es wagen, diese großen Göttergräber
aufzuwühlen, und die unsterblichen Todten ans
Licht zu ziehen, da wir doch wissen, wie hart bei
den Römern die bloße Verletzung der Menschen=
grüfte verpönt war. Freilich achten Aufgeklärte
diese Verstorbenen jezt geradezu für Götzen, und
die Kunst ist nur noch eine heimlich eingeschlichene
heidnische Sekte, die an ihnen vergöttert und an=
betet — aber was ist es auch mit ihr, Kunstfreund?
Die Alten sangen Hymnen und Aeschylus und
Sophokles dichteten ihre Chöre zum Lobe der Götter;

unsere moderne Kunstreligion betet in Kritiken,
und hat die Andacht im Kopfe, wie ächt Religiöse im Herzen.

Ach, man soll die alten Götter wieder begraben! Küssen Sie den Hintern, junger Mann,
küssen Sie, und damit gut!

Auf der andern Seite, Freund, wollen Sie nicht
mehr anbeten, so sollen Sie auch nicht weiter auf
Kosten der Natur bewundern; denn der Menschwer-
dung dieser Götter widersetze ich mich standhaft. Sie
haben die Wahl; entweder beten, oder begraben! —

Nicht so aufgeschaut, Lieber! Führen Sie die
Natur, die ächte meine ich, wo möglich in Person
einmal in diesen Kunstsaal, und lassen Sie sie
reden. Beim Teufel, sie wird lachen über die
komische Menschenmaske, die ihr so abgeschmackt
wie der Popanz in Horazens Briefe an die Pi-
sonen erscheinen muß.

Lassen Sie sie sprechen, ob sie jemals zu
dieser Zehe diese Nase, zu diesem Munde jene
Stirn, zu dieser Hand jenen Hintern wirklich
geschaffen haben würde; — ich wette sie würde
verdrießlich werden, wenn sie ihr so etwas einreden wollten! Dieser Apoll wäre vielleicht ein
Krüppel, hätte sie ihn von der kleinen Zehe fort-
gesetzt, dieser Antinous ein Thersites und jener
tragische gewaltige Laokoon gar eine Art von
Kaliban, wenn nach Naturgesetzen alles refor-
mirt werden sollte. Ja was möchte dann wohl
aus dieser Minerva werden, die jetzt bis zum
höchsten Punkte des Ideals hinaufgearbeitet vor
Ihnen steht, indem nämlich das Haupt an ihr
defekt ist, worin der weise Geist thront, der nach
Geisterart sich unsichtbar gemacht hat.

Diese Minerva ohne Kopf erregt überhaupt
noch in weit größerem Maaße meine Aufmerksamkeit, als der Agamemnon mit verhülltem Haupte,
in dem bekannten Gemälde des Timanthes. So wie
dieser nämlich den Künstlern die Regel gegeben hat,
den höchsten unendlichen Schmerz nur errathen zu
lassen, so scheint jene dasselbe in Hinsicht auf die Ur-

schönheit anzudeuten. Unsere modernen richten sich auch danach, und ihre Köpfe sind in doppelter Hinsicht nur als Surrogate von Köpfen anzu- sehen, und stehen da oben nur gleichsam wie die Knöpfe auf Thürmen, zum bloßen Schlusse der Gestalt. — Die Alten backten, wie jener Pro- metheus dort im Winkel, ihre Menschen zwar auch aus Thon, aber sie schufen den Sonnen- funken mit hinein; — wir spielen mit dem Feuer nicht gern, aus Furcht vor Gefahr, und lassen deshalb den Funken weg; — ja es giebt jetzt sogar eine allgemeine Feuerpolizei — eine Zen- sur und Rezensur — die schnell genug jedwede Flamme, die emporlodern will, erstickt. So kann denn der Sonnenfunken bei uns nicht auf- kommen. Weise Einrichtung des Staates, der lieber gute brauchbare Maschienen, als kühne Geister unter seinen Bürgern duldet, der den Fuchs selbst zum Balge herauspeitscht, um den Balg zu benutzen, der die Hände und Füße, als dauerhafte Dreh- und Tretemaschienen, höher anschlägt, als die Köpfe seiner Landeskinder. — Der Staat hat, wie der Briareus, nur einen einzigen Kopf, aber hundert Arme von Nöthen — und damit gut!"

Ich endete erschrocken, denn bei dem täu- schenden Fackelglanze schien sich der ganze ver- stümmelte Olymp umher plözlich zu beleben; der zürnende Jupiter wollte sich aufrichten von seinem Sitze, der ernste Apoll griff nach dem Bogen und der klingenden Leier, mächtig bäumten sich die Drachen um den kämpfenden Laokoon und die sinkenden Söhne, Prometheus formte mit den Stümpfen seiner Arme Menschen, die stumme Niobe schützte das jüngste ihrer Kleinen vor den herabstrahlenden Sonnenpfeilen, die Musen ohne Hände, Arme und Lippen regten sich durcheinander, wie wenn sie sich bemüheten die alten verklungenen Lieder zu singen und zu spielen — aber es blieb alles still ringsum, und schien nur noch heftige zuckende Bewegung auf einem

Schlachtfelde; — nur tief im Hintergrunde stand, ohne Beleuchtung, starr und versteinert ein Furienchor, und schaute finster und schrecklich dem Gewühle zu.

Vierzehnte Nachtwache.

Kehre mit mir zurück ins Tollhaus, du stiller Begleiter, der du mich bei meinen Nachtwachen umgiebst. —

Du erinnerst dich noch an meine Narren= kämmerchen, wenn du anders den Faden meiner Geschichte — die sich still und verborgen, wie ein schmaler Strom, durch die Fels= und Waldstücke, die ich umher aufhäufte, schlingt — nicht verloren hast. In diesem Narrenkämmerchen lag ich, wie in einer Höle der Sphynx, mit meinem Räthsel eingeschlossen, und war fast auf dem glücklichen Wege, mich wahrhaft zur Tollheit, als dem einzigen haltbaren Systeme, zu bekennen, eben weil ich täglich Ge= legenheit hatte die Resultate dieser allgemeinen Schule, mit denen der einzelnen zu vergleichen.

Ich will etwas ausholen! sagen die Schrift= steller, wenn sie vom Eie einer Sache anheben wollen, ich muß mich auch dazu bequemen, da ich in dieser Nacht das einzige Nachtigallenei meiner Liebe auszubrüten gedenke; denn um mich her schlagen die Nachtigallen in allen Büschen und Gezweigen, und verbinden sich, wie ein Chor, zu einem einzigen Liebesgesange.

Ich spielte einst aus Ingrimm über die Menschheit auf einem Hoftheater den Ham= let, als Gastrolle, um Gelegenheit zu haben, mich gegen das schweigend dasitzende Parterre eines Theils meiner Galle zu entledigen. An diesem Abende trug es sich zu, daß die Ophelia aus ihrem Bezirwahnsinne Ernst machte und

förmlich toll vom Theater ablief. Es gab ge=
waltigen Lärm, und wie andere Direktoren sich
mit dem Einstudieren der Rollen zu beschäftigen
pflegen, so bemühete sich dagegen der anwesende
seine Prima Donna mit aller Anstrengung aus
der gespielten herauszustudieren; — doch vergeb=
lich, die mächtige Hand des Shakespear, dieses
zweiten Schöpfers, hatte sie zu heftig ergriffen,
und ließ sie zum Schrecken aller Gegenwärtigen
nicht wieder los. Für mich war es ein inter=
essantes Schauspiel, dieses gewaltige Eingreifen
einer Riesenhand in ein fremdes Leben, dieses
Umschaffen der wirklichen Person zu einer poeti=
schen, die jetzt vor den Augen aller Vernünftigen,
auf Kothurnen ernsthaft auf= und abging, und
abgerissene Gesänge, wie wunderbare Geistersprüche,
hören ließ. So sehr man auch mit den bündig=
sten Gründen in sie drang zur Vernunft zurück=
zukehren, so heftig protestirte sie dagegen, und es
blieb zuletzt kein anderes Mittel übrig, als sie
ins Tollhaus zu schicken.

Zu meinem nicht geringen Erstaunen traf
ich hier wieder mit ihr zusammen. Ihr Kämmer=
chen stieß dicht an das meinige, und ich hörte sie
täglich den Holzschuh und Muschelhut ihres Ge=
liebten besingen. Ein Kerl wie ich, der aus Haß
und Grimm zusammengesetzt ist, und nicht wie
andere Menschenkinder seiner Mutter Leibe, sondern
vielmehr einem schwangern Vulkane entbunden zu
sein scheint, hat für Liebe und dergleichen wenig
Sinn; und doch beschlich mich hier im Tollhause
so etwas, es äußerte sich zwar anfangs nicht in
den gewöhnlichen Symptomen, als Vorliebe für
Mondschein, poetischen Andrangs zum Kopfe und
dergleichen; sondern vielmehr in dem heftigen
Bestreben zur Errichtung einer Narrenpropaganda
und einer ausgebreiteten Kolonie von Verrückten,
um sie zum Schrecken der andern vernünftigen
Menschen plözlich anlanden zu lassen.

Dies tolle Gefühl indeß, daß sie Liebe
nennen, und das wie ein Flicken vom Himmel

auf diese dürre Steppe der Erde heruntergefallen
ist, fing doch am Ende auch bei mir an es ernst=
licher zu nehmen, und ich machte zu meinem eige=
nen Entsetzen mehrere Gedichte in Versen, schaute
auch in den Mond, und sang gar zu Zeiten mit,
wenn draußen um das Tollhaus her die Nachti=
gallen pfiffen. Ich habe wahrhaft einmal einige
Rührung an einem sogenannten melancholischen
Abende verspürt; ja ich konnte in gewissen Stunden
aus einem Loche meiner Kaukasushöle schauen,
und weniger denken als nichts. — Auch Be=
trachtungen habe ich in diesem Zeitpunkte meiner
Schreibtafel einverleibt, von welchen ich doch hier
einige für gefühlvolle Seelen ausheben will.

An den Mond.

Sanftes Antlitz voll Gutmüthigkeit und
Rührung; denn beides mußt du in dir vereinen,
weil du nicht einmal am Himmel den Mund
aufreißest, weder zum Fluchen, noch zum
Gähnen, wenn tausend Narren und Verliebte ihre
Seufzer und Wünsche zu dir hinaufrichten, und
dich zu ihrem Vertrauten erkiesen; so lange du auch
schon um die Erde herumgelaufen bist, als ihr Be=
gleiter und Cicisbeo, so hast du dich doch beständig
als ein treuer Confident gehalten, und man findet
kein einziges Beispiel in der Weltgeschichte bis zu
Adam hin, wo du unwillig geworden wärest, die
Nase gerümpft, oder einige hämische Mienen an=
genommen hättest, ob du gleich diese Seufzer und
Klagen schon tausend und abermaltausend male
wiederholen hörtest. Noch immer bist du gleich
aufmerksam, ja man sieht dich so oft gerührt das
Wischtüchlein einer Wolke vorhalten, um deine
Thränen dahinter zu verbergen. Welchen bessern
Zuhörer könnte sich ein seine Werke vorlesender
Dichter wählen, als dich, welchen innigern Ver=
trauten ich, der ich hier im Tollhause mich liebend ver=
zehre. Wie blaß du bist, Guter, wie theilnehmend,
und zugleich wie aufmerksam auf alle, die noch

in diesem Augenblicke außer mir stehen, und dich
anschauen! Deine gutmüthige Miene könnte man
leicht für Einfalt halten, besonders heute, wo
dein Antlitz zugenommen hat und recht rund und
genährt anzuschauen ist; aber du magst zunehmen,
wie du willst, ich lasse mich dadurch in deinem
Antheile nicht täuschen, bleibst du doch immer der
Alte, und nimmst auch wieder ab, und verzehrst
dich — ja verhüllst du nicht gar, wenn dich die
Rührung überwältigt, dein Gesicht wie der wei=
nende Agamemnon, daß man nichts von dir sieht,
als den vor Gram kahlen Hinterkopf! — Leb
wohl, Trauter, Guter!

An die Liebe.

Weib, was willst du von mir, daß du dich
an mich hängst? Hast du mir auch schon ins
Gesicht geschaut? — Du mit deinem Lächeln und
deinen holden liebäugelnden Mienen, und ich, mit
all dem Grimme und Zorne im Medusenantlitz!
— Traute, überleg es, wir geben ein gar zu un=
gleiches Paar ab. Laß mich los, beim Teufel! ich
habe nichts mit dir zu schaffen! Du lächelst wieder
und hältst mich fest? Was soll die vorgehaltene
Göttermaske, mit der du mich anblickst? Ich reiße
sie dir ab, um das dahintersteckende Thier kennen
zu lernen; denn in der That, ich halte dein wahres
Gesicht nicht für das reizendste. — Himmel, das
wird immer ärger, ich girre und schmachte ganz
erbärmlich — willst du mich völlig rasend machen!
Weib, wie kannst du nur Gefallen daran finden
auf einem so kreischenden Instrumente, wie ich
bin, spielen zu wollen! Die Kompofizion ist für
einen Fluch gesetzt, und ich muß ein Liebeslied
dazu absingen. O laß mich fluchen und nicht in so
schrecklichen Tönen schmachten! hauche deine Seufzer
in eine Flöte, aus mir schallen sie wie aus einer
Kriegstrommete, und ich rühre die Lermtrommel,
wenn ich girre. — Und nun gar der erste Kuß
— o das andere ließe sich noch überstehen,

wie alles, was sich blos in der Sprache und in
Tönen umhertreibt, und es wäre mir immer noch
erlaubt heimlich etwas anderes dabei zu denken
— aber der erste Kuß — ich habe niemals ge=
küßt, aus Abscheu gegen alle rührende und zärt=
liche Heuchelei — Unhold, wüßte ich daß du mich
dazu verleiten könntest, ich böte meine letzte Kraft
auf, und schüttelte dich von mir!

In solchen und dergleichen Fragmenten habe
ich mich abgearbeitet, und mich ordentlich metho=
disch auszuschreiben gesucht, wie mancher Dichter,
der seine Gefühle so lange auf dem Papiere von
sich giebt, bis sie zuletzt alle abgegangen sind,
und der Kerl selbst ganz ausgebrannt und nüchtern
dasteht.

Es schlug indeß alles fehl bei mir, ja die
Symptome wurden immer kritischer, und ich
fing gar an in mich vertieft umherzuwandern,
und fühlte mich fast human und kleinlaut gegen
die Welt gestimmt. Einmal meinte ich gar, sie
könnte doch wohl die beste sein, und der Mensch
selbst wäre etwas mehr, als das erste Thier dar=
auf, ja er habe einigen Werth und könne vielleicht
gar unsterblich sein.

Als es so weit gekommen war, gab ich mich
selbst verloren, und betrieb es jetzt ganz so lang=
weilig und alltäglich wie ein anderer Verliebter.
Ich entsetzte mich schon nicht mehr, wenn ich ver=
sifizirte, ja ich konnte auf eine längere Zeit ge=
rührt bleiben, und gewöhnte mich an manche
Ausdrücke, die ich sonst gar nicht in den Mund
genommen hätte. Jetzt ließ ich den ersten Liebes=
brief vom Stapel laufen, den ich hier sammt dem
andern Briefwechsel zur Erbauung anhänge:

Hamlet an Ophelia.

Himmlischer Abgott meiner Seele, reiz=
erfüllteste Ophelia! Dieser Eingang zwar, mit

dem ich meinen erſten Brief an dich überſchrieb,
als wir noch blos auf dem Hoftheater uns zum
Vergnügen der Zuſchauer liebten, könnte dich
vielleicht täuſchen, und es dir einreden wollen,
als ob ich noch eben ſo wie damals an einem fin=
girten Wahnſinn und allen den metaphyſiſchen
Spitzfündigkeiten, die ich von der hohen Schule
mitbrachte, laborirte. — Aber laß dich dadurch
nicht täuſchen Abgott, denn ich bin für dieſesmal
wirklich toll — ſo ſehr liegt alles in uns ſelbſt
und iſt außer uns nichts Reelles, ja wir wiſſen
nach der neueſten Schule nicht, ob wir in der
That auf den Füßen, oder auf dem Kopfe ſtehen,
außer daß wir das erſte durch uns ſelbſt auf
Treu und Glauben angenommen haben. — Es
iſt dies ein ganz verwünſchter Ernſt, Ophelia,
und du ſollſt nicht etwa glauben, daß ich es
als Perſiflage von mir gebe. — Ach, wie iſt es
alles jetzt verändert in deinem armen Hamlet —
dieſe ganze Erde, die ihm ſonſt wie ein ver=
ödeter Garten voll Dornen und Diſteln, wie

ein Sammelplatz voll peſtilenziſcher Ausdünſtungen
vorkam, hat ſich jetzt vor ihm in ein Eldorado ver=
wandelt, in einen blühenden Garten der Hesperiden;
er war einſt ſo frei und kerngeſund, als er ſie
haßte, und iſt jetzt ein Sklav und faſt krank, da
er ſie liebt. — Theuerſte — ich wollte daß ich
Verhaßteſte ſagen könnte, es gäbe dann doch wenig=
ſtens nichts, was mich an dieſen dummen Ball
feſſelte, und ich könnte ganz froh und luſtig mich
von ihm hinunterſtürzen in das ewige Nichts —
alſo leider Theuerſte! ich ſage jetzt nicht mehr wie
vormals zu dir: Geh in ein Nonnenkloſter! denn
ich bin toll genug zu glauben, wenn der Menſch
liebe, ſo ſei der Narr etwas, ob er gleich deshalb
doch immer nur dem Tode raſcher entgegen geht,
und dieſer ihm, bis ſie ſich beide endlich treffen und
feſt und ewig umarmen; es ſei dies nun an dem
Steine wo der heilige Guſtav entſchlummerte, auf
dem Gerüſte wo die ſchöne Maria blutete, oder an

irgend einem noch bessern oder schlechtern Orte.

Ich weiß gewiß, der böse Feind schwebt hohn=
lachend über der Erde, und hat die Liebe, als
eine bezaubernde Maske, auf sie herabgeworfen,
um die sich jezt alle Menschenkinder reißen, sie
auf eine Minute lang vorzuhalten. Sieh, auch
ich habe sie leider gefaßt, und minaudire mit dem
Todtenkopfe recht zärtlich hinter ihr, und habe
beim Teufel Lust das Menschenkind mit dir fort=
zupflanzen. O wäre die verwünschte Larve nicht,
es hätten dann die Erdensöhne hienieden gewiß
dem jüngsten Tage einen Possen gespielt durch
ein Gesez gegen die Bevölkerung, damit unser
Herrgott, oder wer sonst zulezt den Erdball noch
einmal anschauen will, ihn zu seiner Verwunderung
von Menschen durchaus entvölkert gefunden hätte.

Doch laß mich endlich zu dem Punkte
kommen, den ich leider, so sehr ich mir auch
Mühe gebe, nicht umgehen kann — zu meiner
Liebeserklärung!

Zorniger, wilder, menschenfeindlicher hat es
in mir seit meiner Geburt nicht ausgesehen, als in
diesem Augenblicke, wo ich es dir aufgebracht hin=
schreibe, daß ich dich liebe, dich anbete, und daß
ich nach dem Wunsche dich zu hassen und zu ver=
abscheuen, keinen sehnlichern hege, als das Ge=
ständniß deiner Gegenliebe zu vernehmen. Bis
dahin dein

liebender Hamlet.

Ophelia an Hamlet.

Liebe und Haß steht in meiner Rolle, und
zulezt auch Wahnsinn — aber sage mir was
ist das alles eigentlich an sich, daß ich wählen
kann. Giebt es etwas an sich, oder ist alles
nur Wort und Hauch und viel Phantasie. —
Sieh da kann ich mich nimmer herausfin=

ben, ob ich ein Traum — ob es nur Spiel, oder
Wahrheit, und ob die Wahrheit wieder mehr als
Spiel — eine Hülse sitzt über der andern, und
ich bin oft auf dem Punkte den Verstand darüber
zu verlieren.

Hilf mir nur meine Rolle zurücklesen, bis
zu mir selbst. Ob ich denn selbst wohl noch außer
meiner Rolle wandle, oder ob alles nur Rolle,
und ich selbst eine dazu. Die Alten hatten Götter,
und auch einen darunter, den sie Traum nannten,
es mußte ihm sonderbar zu Muthe sein, wenn
es ihm etwa einfiel sich für wirklich halten zu
wollen, und er doch immer nur Traum blieb.
Fast glaube ich der Mensch ist auch solch ein Gott.
Ich möchte gern mich auf einen Augenblick mit mir
selbst unterreden, um zu erfahren, ob ich selbst
liebe, oder nur mein Name Ophelia — und ob
die Liebe selbst etwas ist, oder nur ein Name.
— Sieh, da suche ich mich zu ereilen, aber ich
laufe immer vor mir her und mein Name hin=
terdrein, und nun sage ich wieder die Rolle auf —
aber die Rolle ist nicht Ich. Bring mich nur
einmal zu meinem Ich, so will ich es fragen, ob
es dich liebt.

Ophelia.

Hamlet an Ophelia.

Grübele dergleichen Dingen nicht so tief nach,
Theure, denn sie sind so verworrener Natur, daß
sie leicht zum Tollhause führen könnten! Es ist
Alles Rolle, die Rolle selbst und der Schauspieler,
der darin steckt, und in ihm wieder seine Ge=
danken und Plane und Begeisterungen und Possen
— alles gehört dem Momente an, und entflieht
rasch, wie das Wort, von den Lippen des Ko=
mödianten. — Alles ist auch nur Theater, mag
der Komödiant auf der Erde selbst spielen, oder
zwei Schritte höher, auf den Brettern, oder
zwei Schritte tiefer, in dem Boden, wo die
Würmer das Stichwort des abgegangenen Königs

aufgreifen; mag Frühling, Winter, Sommer oder Herbst die Bühne dekorireu, und der Theater= meister Sonne oder Mond hineinhängen, oder hinter den Koulissen donnern und stürmen — alles verfliegt doch wieder und löscht aus und verwandelt sich — bis auf den Frühling in dem Menschenherzen; und wenn die Koulissen ganz weggezogen sind, steht nur ein seltsames nacktes Gerippe dahinter, ohne Farbe und Leben, und das Gerippe grinset die anderen noch herumlaufen= den Komödianten an.

Willst du aus der Rolle dich herauslesen, bis zum Ich? — Sieh dort steht das Gerippe und wirft eine Hand voll Staub in die Luft und fällt jezt selbst zusammen; — aber hinterdrein wird höhnisch gelacht. Das ist der Weltgeist, oder der Teufel — oder das Nichts im Wiederhalle!

Sein oder Nichtsein! Wie einfältig war ich damals, als ich mit dem Finger an der Nase diese Frage aufwarf, wie noch einfältiger diejenigen, die es mir nachfragten, und wunder glaubten was hinter dem Ganzen steckte. Ich hätte das Sein erst um das Sein selbst befragen sollen, dann ließe sich nachher auch über das Nichtsein etwas Gescheutes ausmitteln. Ich brachte damals noch die Unsterblichkeitstheorie von der hohen Schule mit, und führte sie durch alle Kategorien. Ja, ich fürchtete wahrlich den Tod der Unsterb= lichkeit halber — und beim Himmel mit Recht, wenn hinter dieser langweiligen comedie lar= moyante noch eine zweite folgen sollte — — ich denke es hat damit nichts zu sagen!

Darum, theure Ophelia, schlag dir das alles aus dem Sinne, und laß uns lieben und fortpflanzen und alle die Possen mittreiben — blos aus Rache, damit nach uns noch Rollen auftreten müssen, die alle diese Langweiligkeiten von neuen ausweiten, bis auf einen lezten Schauspieler, der grimmig das

Papier zerreißt und aus der Rolle fällt, um nicht mehr vor einem unsichtbar dasizenden Parterre spielen zu müssen.

Liebe mich kurz und gut, ohne weiteres Grübeln!

Hamlet.

Ophelia an Hamlet.

Du stehst einmal als Stichwort in meiner Rolle, und ich kann dich nicht herausreißen, so wenig wie die Blätter aus dem Stücke, worauf meine Liebe zu dir geschrieben ist. So will ich denn, da ich mich aus der Rolle nicht zurücklesen kann, in ihr fortlesen bis zum Ende und zu dem exeunt omnes, hinter dem dann doch wohl das eigentliche Ich stehen wird. Dann sage ich dir, ob außer der Rolle noch etwas existirt und das Ich lebt und dich liebt.

Ophelia.

Hinter diesem Briefwechsel trat nun unser Wortwechsel ein, und jeder nachfolgende Wechsel, von den Blicken, Küssen und dergleichen an, bis zum Selbstwechsel.

Nach wenigen Monaten war das Stichwort zu einer neuen Rolle geschrieben. — Ich war doch fast glücklich in der Zeit, und spürte in dem Tollhause zuerst einige Menschenliebe, so daß ich ernsthaft über Planen brütete mit den Narren um mich her Plato's Republick zu realisiren. Doch da strich der Traumgott wieder alles aus!

Die Ophelia wurde immer blasser und vernünftiger, obgleich der Arzt meinte, der Unsinn sei bei ihr im Steigen; aber es war der Moment, wo ein großer Sinn in ihn eintrat. —

Es stürmte wild um das Tollhaus her — ich lag am Gitter und schaute in die Nacht, außer der am Himmel und auf Erden nichts weiter zu sehen war. Es war mir, als stände ich dicht am Nichts und riefe hinein, aber es gäbe keinen Ton mehr — ich erschrack, denn ich glaubte wirklich gerufen zu haben, aber ich hörte mich nur in mir. Ein Bliz, ohne nachfolgenden Donnerschlag, flog pfeilschnell, aber still durch die Nacht, und der Tag erschien und verschwand rasch in ihr, wie ein Geist. Neben mir auf der einen Seite rasselte ein Wahnsinniger schrecklich mit seinen Ketten, auf der andern hörte ich Ophelia abgerissene Stücke ihrer Balladen singen, doch wurden die Töne oft Seufzer, und zulezt schien mir alles eine große Disharmonie, zu der die rasselnden Ketten die begleitende Musik abgaben. Es dünkte mich, als entschliefe ich. Da sah ich mich selbst mit mir allein im Nichts, nur in der weiten Ferne verglimmte noch die lezte Erde, wie ein auslöschender Funken — aber es war nur ein Gedanke von mir, der eben endete. Ein einziger Ton bebte schwer und ernst durch die Oede — es war die ausschlagende Zeit, und die Ewigkeit trat jezt ein. Ich hatte jezt auf= gehört alles andere zu denken, und dachte

nur mich selbst! Kein Gegenstand war ringsum aufzufinden, als das große schreckliche Ich, das an sich selbst zehrte, und im Verschlingen stets sich wiedergebar. Ich sank nicht, denn es war kein Raum mehr, eben so wenig schien ich empor= zuschweben. Die Abwechselung war zugleich mit der Zeit verschwunden, und es herrschte eine fürchterliche ewig öde Langeweile. Außer mir, versuchte ich mich zu vernichten — aber ich blieb und fühlte mich unsterblich! —

Hier vernichtete sich der Traum in seiner eigenen Größe und ich erwachte tiefaufathmend — das Licht war erloschen, ringsum tiefe Nacht; nur Ophelien hörte ich leise ihre Balladen singen, wie wenn sie jemand damit in den Schlaf wiegte. Ich tappte an den Wänden aus meiner Kammer, neben mir schlichen draußen durch die Finsterniß noch Wahnsinnige und zischelten leise.

Ich öffnete Opheliens Thür, sie lag blaß auf ihrem Lager, bemüht ein todtes eben ge=

borenes Kind an ihrer Bruft in den Schlaf zu
lullen; neben ihr ftand ein irres Mädchen und
legte den Finger auf den Mund, wie wenn fie
mir Stille zuwinkte.

Jezt fchläft es! fagte Ophelia und blickte
mich lächelnd an, und das Lächeln war mir, wie
wenn ich in ein aufgeworfenes Grab fchaute. —
Gottlob, es giebt einen Tod, und dahinter liegt
keine Ewigkeit! fprach ich unwillkührlich.

Sie lächelte fort und flüfterte nach einer
Paufe, wie wenn die Sprache fich allmälig in
Hauche auflöfen und leife verfchwinden wollte:
Die Rolle geht zu Ende, aber das Ich bleibt,
und fie begraben nur die Rolle. Gottlob daß
ich aus dem Stücke herauskomme und meinen
angenommenen Namen ablegen kann; hinter
dem Stücke geht das Ich an. — Es ift nichts!
fagte ich fchüttelnd. — Sie fuhr kaum hörbar
fort: Dort fteht es fchon hinter den Kouliffen
und wartet auf das Stichwort; wenn nur der
Vorhang erft ganz nieder ift! — Ach, ich
liebe dich! das ift die lezte Rede im Stücke, und
fie allein will ich aus meiner Rolle zu behalten
fuchen — es war die fchönfte Stelle! Das Ue=
brige mögen fie begraben! —

Da fiel der Vorhang und Ophelia trat ab —
niemand klatfchte und es war, als ob kein Zu=
fchauer zugegen wäre. Sie fchlief fchon ganz feft mit
dem Kinde an der Bruft, und beide waren nur fehr
blaß und man hörte keine Athemzüge, denn der Tod
hatte ihnen feine weiße Maske fchon aufgelegt. —

Ich ftand ftürmifch aufgereizt neben dem
Lager und in mir machte es fich zornig Luft, wie
zu einem wilden Gelächter — ich erfchrack, denn es
wurde kein Gelächter, fondern die erfte Thräne, die
ich weinte. Nahe bei mir heulte noch einer; doch war
es nur der Sturm, der durch das Tollhaus pfiff.

Als ich aufblickte, ftanden die Wahn=
finnigen in einem Halbkreife um das Lager
her, alle fchweigend, aber feltfam geftikulirend
und fich gebärdend; einige lächelnd, andere tief

nachsinnend, noch andere den Kopf schüttelnd, oder starr die weiße Schlummernde und das Kind betrachtend; — auch der Weltschöpfer war darunter, aber er legte nur bedeutend den Finger auf den Mund.

Es ward mir fast bange in dem Kreise!

Funfzehnte Nachtwache.

So sehr es auch die tägliche Erfahrung lehrt, daß man an allen Plätzen Narren duldet, so aufgebracht war man doch darüber, daß ich den Versuch angestellt hatte, sie fortzupflanzen, und mir wurde darüber sogar zur Strafe mein Narrenkämmerchen aufgesagt.

Ach es war mir recht traurig, als ich von meinen Brüdern Abschied nehmen sollte, um wieder unter die Vernünftigen zu laufen; und wie nun die Thür des Tollhauses hinter mir in das Schloß rasselte, stand ich ganz einsam da und suchte melancholisch den Gottesacker auf, wo sie die Ophelia hingetragen hatten. O hätte ich nur mindestens einen Laertes auffinden können, um mit ihm an dem Grabe mich herumzuschlagen, denn ich hatte aus dem Tollhause einen verstärkten Haß gegen alle Vernünftige mitgebracht, die mit ihren platten nichtssagenden Physiognomien, jezt wieder um und neben mir wandelten.

Ein Reicher und ein Bettler haben den Vorzug vor anderen gewöhnlichen Menschenkindern, daß sie ihrem Hange zum Reisen vollen Lauf lassen dürfen. Der Reiche schließt sich die Herrlichkeiten der Erde mit dem goldenen Schlüssel in seiner Hand auf; der Arme hat ein Freibillet für die ganze Natur, und er kann die höchsten und schönsten Wohnungen nach Belieben beziehen; heute den Aetna, morgen die Fingalsgrotte; in dieser Woche den Sommeraufenthalt des Weisen am Genfersee, und in der folgenden die köstliche kry=

stallene Halle des Rheinfalles, wo statt der Decken-
gemälde ihm die Sonne Regenbogen über das
Haupt webt, und die Natur seinen Pallast im
immerwährenden Zerstören wieder aufbaut.

Zeigt mir einen König, der glänzender
wohnen kann, als ein Bettler!

Ich reisete überdies mit dem Vortheile,
nirgend um meine Zeche gemahnt zu werden, oder
mich für die Nachtmahlzeit bei jemand anderm,
als bei der alten Mutter selbst bedanken zu müssen;
denn die Erde hatte noch Wurzeln in ihrem
Schooße, die sie mir nicht verweigerte, und sie
reichte der durstigen Lippe in der dargebotenen
Felsenschaale den frischen brausenden Trank des
stürzenden Wasserfalls. — Ich war recht froh und
frei und haßte die Menschen nach Belieben, weil
sie so klein und nichtsnutzig durch den großen
Sonnentempel hinschlichen.

Einst hatte ich mich eben von meinem Lager,
einem duftenden blumigten Rasen, aufgerichtet,
und schaute in die Morgenglut, die wie ein Geist
aus dem Meere aufstieg, wobei ich, um das Nütz-
liche mit dem Angenehmen zu verbinden, eine
aufgegrabene Wurzel anbiß. Es gehört zur
menschlichen Größe in der Nähe erhabener Gegenstände, Nebengeschäfte zu betreiben, z. B. der aufgehenden Sonne, mit der Pfeife im Munde ins
Antlitz zu schauen, oder während der Katastrophe
einer Tragödie Makkaroni zu speisen und dergleichen; die Menschen haben es darin sehr weit
gebracht.

Als ich nun so behaglich da lag, wandelte
mich die Laune zu einem Monologe an, den ich
folgendergestalt hielt:

„Nichts geht doch über das Lachen, und
ich schlage es fast so hoch an, wie andere
gebildete Leute das Weinen, obgleich sich eine
Thräne leicht zu Tage fördern läßt, blos

durch starkes Hinschauen auf einen Fleck, oder
durch mechanisches Lesen Kotzebuescher Dramen,
ja zuletzt schon durch heftig anhaltendes Lachen
allein. Habe ich nicht letzthin einen ziemlich ab-
gezehrten Mann beim Anblick der aufgehenden
Sonne häufig Thränen vergießen sehen, und
andere standen nahe dabei und rühmten es als
ein Zeichen eines gefühlvollen Gemüthes, und
weinten zuletzt über den Weinenden. Nur ich trat
hinzu, und fragte: Freund, rührt der Gegenstand
so heftig? — Nicht doch; sagte jener, aber der
Lichtstrahl wirkt nach neuern Beobachtungen,
außerdem daß er niesen und weinen zuwege bringt,
auch auf das Erzeugen; und ich war in Italien!
— Ich verstand den Mann, der der Sonne zu
etwas Reellerm ins Auge schaute, als zum bloßen
Phantasieren. — Als ich mich lachend umdrehete,
schalten die andern mich weinend in sehr harten
Ausdrücken; ich lachte über diesen Kontrast noch
stärker, und es fehlte wenig, so hätten sie mich
aus Rührung gesteinigt! —

Wo giebt es überhaupt ein wirksameres
Mittel jedem Hohne der Welt und selbst dem
Schicksale Troz zu bieten, als das Lachen? Vor
dieser satirischen Maske erschrickt der gerüstetste
Feind, und selbst das Unglück weicht erschrocken
von mir, wenn ich es zu verlachen wage! —
Was beim Teufel, ist auch diese ganze Erde, nebst
ihrem empfindsamen Begleiter dem Monde, anders
werth als sie auszulachen — ja sie hat allein
darum noch einigen Werth weil das Lachen auf
ihr zu Hause ist. Es war alles auf ihr so
empfindsam und gut eingerichtet, daß es dem
Teufel, der sie einst zum Zeitvertreibe sich beschaute,
zum Aerger gereichte; um sich an dem Werkmeister
zu rächen, schickte er das Gelächter ab, und es mußte
sich geschickt und unbemerkt in der Maske der Freude
einzuschleichen, die Menschen nahmen's willig auf,
bis es zuletzt die Larve abzog und als Satire sie
boshaft anschaute. — Laßt mir nur das Lachen
mein lebelang, und ich halte es hier unten aus!" —

Hoho! rief es jetzt dicht an meinem Ohre, und als ich mich umdrehete, schaute mir ein hölzerner Hanswurst keck und trotzig ins Antlitz. „Er ist mein Patron! sagte ein großer Kerl, der ihn mir entgegenhielt, und neben sich einen großen Kasten stehen hatte. Er hat Talente zum Hanswurst, und ich brauche eben einen, denn der meinige ist mir heute verstorben. Hat er Lust, so schlage er ein; der Posten ist einträglich, und wirft mehr ab, als Wurzeln fressen!" —

Der hölzerne Spaßmacher schaute mich dabei vertraulich an, und ich fühlte mich zu ihm hingezogen, wie zu einem Freunde. „Der Kerl ist in Venedig geschnitzt, — sagte der Puppenspieler wie zur Aufmunterung — und ich wette, er macht seine Sache besser, als irgend ein anderer; schaue er nur, er geht und steht, wie auf lebendigen Beinen, legt die Hand aufs Herz, trinkt und ißt, wenn ich am Faden ziehe, und kann lachen und weinen, wie ein gewöhnlicher Mensch, bloß durch einen leichten mechanischen Druck!" —

Topp! rief ich, und nahm den Kasten auf die Schultern, und die hölzerne Gesellschaft klapperte drinnen unter dem Tragen, wie wenn sie eine französische Revoluzion zum Zeitvertreibe aufführte.

Im Wirthshause fanden wir das Theater, und schon Leute, die sich's ansehen wollten; der Direktor gab mir einen flüchtigen theoretischen Unterricht in der tragischen sowohl, wie in der komischen Kunst, auch eröffnete er mir zur Zerstreuung eine kleine Seitenthür, wo mein Vorgänger im Hanswurst auf der Streu im Leichentuche lag, und seine Rolle ausgespielt hatte; das Gesicht war recht boshaft verzogen, und jener sagte: Er ist im Lachen verstorben, wodurch er sich hinter der Bühne einen Stickfluß zuzog! —

Ein schöner Tod! erwiederte ich, und wir machten uns nun bereit die hölzerne Truppe zu dirigiren. Mein Gefährte hatte große Force

iu den Liebhabern nnd Liebhaberinnen, wovon
er diese durch die Fistel sprach. Mein Hauptfach
dagegen war der Hanswurst, doch hatte ich auch
nebenzu die Könige zu besorgen. Als der Vorhang fiel, umarmte mich der Mann feurig, und
sagte daß ich meinem Posten Ehre mache.

Wie theuer einem indeß das Dirigiren zu
stehen kommen kann, das hatten wir Gelegenheit
auch unter Marionetten zu erfahren; die Sache
trug sich folgendergestalt zu:

Wir hatten unsere Bühne in einem kleinen
deutschen Dorfe, nahe an der französischen Grenze,
aufgeschlagen. Sie gaben drüben grade die große
Tragikomödie, in der ein König unglücklich debü-
tirte, und der Hanswurst, als Freiheit und Gleichheit, lustig Menschenköpfe, statt der Schellen,
schüttelte. — Wir hatten den unglücklichen Einfall
den Holofernes auf das Theater zu bringen, und
erhitzten dadurch die zuschauenden Bauern so heftig,
daß sie die Bühne erstürmten, unter den Schau-
spielerinnen uns die Judith entführten, und mit
ihr und dem abgeschlagenen hölzernen Haupte des
Holofernes geradesweges vor das Haus des Schulzen
zogen, und nicht weniger als seinen Kopf von ihm
forderten. Das in Anspruch genommene Haupt
erblaßte, als die Rebellen ihm das blutige hölzerne entgegenhielten, und weil die Sache mir
immer bedenklicher schien, so suchte ich ihr rasch
eine andere Wendung zu geben. Ich bemächtigte
mich des Holoferneskopfes, sprang auf einen Stein,
und suchte in der Angst folgende Rede zu Stande
zu bringen:

„Lieben Landleute!"

„Schaut dieses hölzerne blutige Königs-
haupt an, das ich hier hoch emporhalte. Es
wurde, als es noch auf dem Rumpfe saß,
durch diesen Drath regiert, den Drath regierte

wieder meine Hand, und so fort bis ins Geheim=
nißvolle, wo das Regiment nicht mehr zu bestimmen
ist. Dieses Haupt ist ein königliches, ich aber, der
an dem Drathe zog, daß es so oder so nickte,
oder schüttelte, bin ein ganz gewöhnlicher Kerl,
und komme im Staate in gar keine Betrachtung.
Wie könntet ihr euch also wohl gegen diesen Holo=
fernes erzürnen, wenn er nickte, oder schüttelte
wie ich es wollte? — Ich denke ihr findet meine
Rede vernünftig, Landleute! — Doch aber scheint
der Zorn über dieses hölzerne Haupt, sich bestimmt
auf das Haupt eures Schulzen übertragen zu haben
— und das finde ich unbillig. — Ich will mich
bildlich auszudrücken suchen: Mein Holofernes
spielt nicht nach eurem Willen; wohlan so schlagt
mich, den gemeinen Kerl, auf die Hände, daß
mein Minister, der Drath den ich anziehe, eine
andere Richtung bekommt, und durch diese
wieder der Königskopf anmuthiger und ver=
ständiger nicke oder schüttele. Was hat euch

dieser arme Kopf gethan, daß ihr so mit ihm
umspringt; er ist das mechanischste Ding auf der
Welt und es wohnt nicht einmal ein Gedanke in
ihm. Fordert doch von diesem Kopfe keine Frei=
heit, da er selbst nichts Analoges davon in sich
enthält. — Auch ist es ein mißliches Ding um
das, was ihr Freiheit scheltet, ist es doch nicht
das Marionettenspiel allein, was ihr heute gesehen
habt, wo dem hölzernen Könige der Kopf ohne
weiteren Erfolg vom Rumpfe geschlagen wird,
sondern ich habe dergleichen von noch fehlerhafterer
Natur in meinem Kasten, wo der Dichter dem
Stoffe nicht gewachsen war, und er nach Art
politischer Poeten, die Republik an der er
dichtete, zu einer Despotie verpfuschte. Ich
kann dergleichen vor euch aufführen! — Un=
recht bleibt es auch immer solche widernatür=
liche Strafen zu exerziren, als z. B. da auf das
Köpfen zu bestehen, wo sich kein Kopf vorfindet,
denn dieser hölzerne ist nur blos für das Auge
da, und zum Glücke verstehe ich es, ihn wieder

auf den Rumpf zu sezen, was nicht in jedem ähnlichen Falle glücken dürfte. Und wehe meinen armen Marionetten, wenn es einmal einem wirklichen Kopfe einfiele, den hölzernen hier in meiner Hand ersetzen zu wollen, und jener nun auf seine Weise nickte und schüttelte, und den Drath ganz abrisse — da könnte eine Posse sich leicht zu einer ernsten Tragödie revolutioniren! — Ich denke, ich habe genug gesagt, Landleute!" —

Die Menschheit ist im Ganzen, wenn sie nicht grade an firen Ideen leidet, eine ehrliche einfältige Haut, und sie findet sich leicht in das Entgegengesezteste; ja ich glaube sie kann sich, wenn sie heute ein leichtes Band, das sie fesselte, zerrissen hat, morgen mit eben dem Enthusiasmus in Ketten werfen lassen. Einer der droben zuschaut, muß mit dem Volke Mitleid haben. So gaben auch heute meine Bauern das Revoluziniren gutmüthig wieder auf, und ließen dagegen ihren Schulzen

hochleben; leider nur verwandelte sich diese Freude der lebenden Akteurs in bitteres Leid für meine hölzernen.

Wir Direktoren erwachten nämlich in der folgenden Nacht von einem anhaltenden Geräusche, das vom Theater her erschallte; anfangs schoben wir es auf Rollenneid, oder eine unter der Truppe ausgebrochene Kabale, als wir uns aber näher zu unterrichten suchten, fanden wir unten den Schulzen, dem ich eben das Haupt wieder auf dem Rumpfe befestigt hatte, mit dem Holofernes in der Hand, und von Gerichtsdienern begleitet, die die ganze Truppe im Namen des Staates zu Gefangenen machten, weil man sie für politisch gefährlich erklärte. Alle meine Einreden waren vergeblich, und sie zogen vor meinen Augen mehrere Könige und Herren, als den Salomo, Herodes, David, Alexander u. s. w. aus dem Kasten um sie fortzuschleppen. So inkonsequent verfährt der Staat gegen seine eige-

nen Repräsentanten! — Der lezte Mann war
mein Hanswurst; ich erniedrigte mich für ihn fast
zu Bitten — allein man that mir kund, daß
durch ein strenges Zensuredikt alle Satire im
Staate ohne Ausnahme verboten sei, und man
sie schon zum voraus in den Köpfen konfiscire.
Mit Mühe erhielt ich es nur auf einen Augen=
blick noch mit ihm abseits zu treten; ich nahm
ihn mit mir hinter eine Koulisse, und hier in der
Einsamkeit drückte ich unbelauscht seinen hölzernen
Mund an den meinigen und vergoß die zweite
Thräne, denn er war außer Ophelia das einzige
Wesen, das ich in der Welt wahrhaftig geliebt
hatte. —

Mein Mitdirektor ging den ganzen darauf
folgenden Tag wie ein Träumender umher, und
am Abende fand man ihn, weil er die angesagte
Tragikomödie nicht schuldig bleiben wollte, auf
der Bühne an einer Wolke erhängt.

So traurig endete auch dieses Unter=
nehmen, und ich suchte nun endlich mit Ernst,
von den Mühseligkeiten des Lebens ermüdet, mich
unter den Menschen um einen soliden Posten zu
bewerben. Es geht doch nichts auf Erden über das
Bewußtsein nützlich zu sein und einen festen Ge=
halt zu genießen; — der Mensch ist nicht Kos=
mopolit allein, er ist auch Staatsbürger! — Das
Nachtwächteramt war eben vakant geworden, und
ich glaubte mich allenfalls tüchtig ihm mit Ehre
vorzustehen. Die Welt ist jezt sehr gebildet und
man fordert mit Recht große Talente von jedem
einzelnen Bürger. —

Wohl dem der Konnexionen hat — es
gelang mir bei dem Diener des Ministers
Zutritt zu erhalten, er hatte grade seine gute
Stunde, und empfahl mich seinem Herrn; so
wurde ich die Staatsleiter immer höher ge=
hoben und ging aus einer Hand in die andere,
bis zur obersten Sprosse, wo ich einen Fußfall
wagte, und man mir gnädig Hoffnung zum
Nachtwächter machte. — Eine nähere Prüfung

in der ich darthun mußte, ob ich theils einen
gemäßigten Vortrag besäße, um den Monarchen
wenn er schliefe nicht aus dem Schlafe zu wecken,
theils aber auch einen angenehmen und gebildeten,
um in schlaflosen Nächten seinen musikalischen Sinn
nicht zu beleidigen, fiel nicht ganz unglücklich aus,
und ich hatte die Freude mich, nachdem wir vorher
noch weiteres Studium angelegentlich empfohlen
war, als Nachtwächter angestellt zu sehen.

Sechszehnte Nachtwache.

Ich wünschte dieses Ultimatum und Hogarth'sche
Schwanzstück meiner Nachtwachen, recht deutlich vor
Jedermanns Augen ausmahlen zu können; leider
aber fehlen mir die Farben in der Nacht dazu,
und ich kann nichts als Schatten und luftige
Nebelbilder vor dem Glaſe meiner magiſchen
Laterne hinfliehen laſſen.

Wenn ich in der Laune bin Könige und
Bettler in eine recht luftige brüderliche Geſell=
ſchaft zuſammenzuſtellen, ſo wandle ich auf
dem Kirchhofe über ihre Gräber hin, und denke
ſie mir, wie ſie da unten im Boden friedlich
neben einander liegen, im Stande der größten
Freiheit und Gleichheit, und nur in ihrem Schlafe
ſatiriſche Träume haben, und hämiſch aus den
Augenhölen grinſen. Unten ſind ſie Brüder,
nur oben aus dem Raſen ragt höchſtens noch
ein mooſigter Stein herauf, woran die alten zer=
ſchlagenen Wappen des Großen hängen, indeß
auf dem Grabe des Bettlers nur eine wilde
Blume ſproßt, oder eine Neſſel. —

Ich beſuchte auch in dieſer Nacht meinen
Lieblingsort, dieſes Vorſtadtstheater, wo der Tod
dirigirt, und tolle poetiſche Poſſen als Nachſpiele
hinter den proſaiſchen Dramen aufführt, die auf
dem Hof= und Welttheater dargeſtellt werden. Es
war eine ſchwüle drückende Luft, und der Mond
ſchaute nur heimlich zu den Gräbern herab, und blaue
Blize flogen dann und wann an ihm vorüber. Ein

Poet meinte, die zweite Welt lausche in die unten-
liegende herunter — ich hielt es nur für äffenden
Wiederhall und matten täuschenden Lichtschein,
der noch eine Weile dem versunkenen Leben nach-
gaukelt; wie der abgestorbene faulende Baum
noch eine Zeitlang des Nachts zu glänzen scheint,
bis er ganz in Staub zerfällt. —

Ich war unwillkührlich an dem Denkmale
eines Alchymisten stehen geblieben; ein alter kräf-
tiger Kopf starrte aus dem Steine hervor, und
unverständliche Zeichen aus der Kabbala waren
die Inschrift.

Der Poet trieb sich eine Zeitlang unter den
Gräbern herum, und besprach sich abwechselnd
mit auf dem Boden liegenden Schädeln, um sich
in Feuer zu setzen, wie er sagte; mir wurde es
langweilig, und ich schlief darüber am Denkmale ein.

Da hörte ich im Schlafe das Gewitter aufsteigen, und der Poet wollte den Donner in
Musik sezen und Worte dazu dichten, aber die
Töne ordneten sich nicht und die Worte schienen
zu zersprengen und in einzelnen unverständ-
lichen Sylben durcheinander zu fliehen. Dem
Poeten stand der Schweiß auf der Stirne, weil
er keinen Verstand in sein Naturgedicht bringen
konnte — der Narr hatte das Dichten bisher
nur auf dem Papiere versucht.

Der Traum verwickelte sich immer tiefer.
Der Poet hatte sein Blatt von neuem ergriffen
und versuchte zu schreiben; zur Unterlage diente
ihm ein Schädel — er begann wirklich und ich
sah den Titel vollendet:

Gedicht über die Unsterblichkeit.

Der Schädel grinsete tückisch unter dem
Blatte, der Poet hatte keine Arg daraus, und
schrieb den Eingang zum Gedichte, worin
er die Phantasie anrief ihm zu diktiren. Darauf hub er mit einem grausenden Gemälde des

Todes an, um zulezt die Unsterblichkeit desto glänzender hervorführen zu können, wie den hellen strahlenden Sonnenaufgang nach der tiefsten dunkelsten Nacht. Er war ganz in seine Phantasieen vertieft und bemerkte es nicht, daß sich um ihn her alle Gräber geöffnet hatten, und die Schläfer unten boshaft lächelten, doch ohne sich zu bewegen. Jezt stand er am Uebergange und fing an die Posaunen zu blasen und viele Zurüstungen zum jüngsten Tage zu machen. Eben war er im Begriffe alle Todte zu erwecken, da schien es als ob etwas Unsichtbares seine Hand hielte, und er blickte verwundert auf — und unten in den Schlaftkammern lagen sie noch alle still und lächelten, und niemand wollte erwachen. Schnell ergriff er die Feder von neuem und rief heftiger und sezte eine starke Begleitung von Donner und Posaunenschall zu seiner Stimme — umsonst, sie schüttelten nur alle unmuthig unten und wandten sich auf die andere Seite von ihm weg, um ruhiger zu schlafen und ihm die nackten Hinterköpfe zu zeigen. — „Wie, ist denn kein Gott!" rief er wild aus, und das Echo gab ihm das Wort „Gott!" laut und vernehmlich zurück. Jezt stand er ganz einfältig da und käuete an der Feder. „Der Teufel hat das Echo erschaffen!" sagte er zulezt — „Weiß man doch nicht zu unterscheiden ob es bloß äfft, oder ob wirklich geredet wird!" —

Er sezte noch einmal rasch an, doch die Schriftzüge kamen nicht zum Vorscheine; da steckte er abgespannt und fast gleichmüthig die Feder hinter das Ohr und sagte monoton: „Die Unsterblichkeit ist widerspänstig, die Verleger zahlen bogenweis und die Honorare sind heuer sehr schmal; da wirft dergleichen Schreiberei nichts ab, und ich will mich wieder in die Dramen werfen!" —

Ich erwachte bei diesen Worten, und mit dem Traume war auch der Poet vom Kirchhofe

verschwunden; aber an meiner Seite saß ein
braunes Böhmerweib und schien aufmerksam in
meinen Gesichtszügen zu lesen. Ich erschrack fast
vor der großen gigantischen Gestalt, und vor
dem dunkeln Antlize, in das ein seltsam barokkes
Leben mit ebenso grellen Zügen niederge=
schrieben schien. „Gieb mir die Hand, Blanker!"
sagte sie geheimnißvoll, und ich reichte sie ihr
unwillkührlich hin.

Je stärker und sicherer der Mensch sich selbst
gefaßt hält, um so läppischer erscheint ihm alles
Geheimnißvolle und Wunderbare, vom Frei=
maurerorden an, bis zu den Mysterien einer zweiten
Welt. Ich schauderte heute zum erstenmale etwas,
denn das Weib las aus meiner Hand mein ganzes
voriges Leben, wie aus einem Buche mir vor,
bis hin zu dem Augenblicke, wo ich als ein Schaz
gehoben wurde (S. die vierte Nachtwache). Dar=
auf sagte sie: „Sollst auch deinen Vater sehen,
Blanker; schau dich um, er steht hinter dir!"

— Ich wandte mich rasch — und der ernste
steinerne Kopf des Alchymisten blickte mich starr
an. Sie legte die Hand auf ihn und sagte
sonderbar lächelnd: „Der ist's! und ich bin die
Mutter!" —

Das gab eine tolle rührende Familienscene
— die braune Zigeunermutter und der steinerne
Vater, der halb aus der Erde hervorragte, als
wollte er den Sohn halsen und an die kalte
Brust drücken. Um die Familiengruppe zu
runden umarmte ich beide, und als ich so mitten
inne saß, erzählte das Weib im Bänkelsänger=
vortrage:

„Es war in der Christnacht, als dein Vater
den Teufel bannen wollte — er las aus dem
Buche, und ich leuchtete dazu mit drei bespro=
chenen Kerzen — unter dem Boden lief
es hin, wie wenn die Erde Wellen schlüge,
und das Licht brannte blau. Wir hielten jezt
an der Stelle, wo dem Himmel entsagt und

der Hölle geschworen wird, und blickten uns eine
Weile schweigend an. Es ist zur Abwechselung!
sagte dann dieser Steinerne und las die Stelle
laut und vernehmlich — zwischen uns lachte es
leise, wir lachten laut mit, um nicht albern da=
zustehen. Nun fing es an in der Nacht um uns
her sein Wesen zu treiben, und wir merkten, daß
wir nicht allein waren. Ich schmiegte mich in
dem gezogenen Kreise dicht an deinen Vater, wir be=
rührten zufällig das Zeichen des Erdgeistes, und wur=
den warm beisammen. Als der Teufel erschien, er=
blickten wir ihn nur noch mit halb geöffneten Au=
gen — es war grade der Moment in dem
du entstandest! — Jener war recht bei Laune
und erbot sich Pathenstelle zu vertreten; er
mochte ein angenehmer Mann in seinen besten
Jahren sein, und ich erstaune über die Aehn=
lichkeit, die du mit ihm hast; nur siehst du
finsterer aus, was du dir noch abgewöhnen dürf=
test. Als du geboren wurdest, hatte ich soviel
Gewissenhaftigkeit dich in christliche Hände zu
übergeben, und spielte dich darum jenem Schatz=
gräber zu, der dich erzog. — Das ist deine
Familiengeschichte, Blanker!" —

Welch ein helles Licht nach dieser Rede in
mir aufging, das können sich nur Psychologen
vorstellen; der Schlüssel zu meinem Selbst war
mir gereicht, und ich öffnete zum erstenmale mit
Erstaunen und heimlichem Schauder die lang
verschlossene Thür — da sah es aus wie in
Blaubarts Kammer, und es hätte mich erwürgt,
wäre ich minder furchtlos gewesen. Es war ein
gefährlicher psychologischer Schlüssel!

Ich möchte mich selbst, wie ich bin, geschickten
Psychologen zur Secirung und Anatomirung vor=
legen, um zu sehen ob sie das aus mir herauslesen
würden, was ich jetzt wirklich las — dieser Zweifel
soll übrigens der Wissenschaft selbst nicht zu nahe
treten, die ich wahrlich hoch schätze, weil sie es sich nicht
verdrießen läßt an einen so hypothetischen Gegenstand,

als die Seele ist, Zeit und Mühe zu verschwenden.

Ich mochte einige von den Betrachtungen, die ich über mich selbst in diesem Augenblicke gemacht hatte, laut geäußert haben, denn die Zigeunerin sprach wie ein Orakel: „Es ist größer die Welt zu hassen, als sie zu lieben; wer liebt begehrt, wer haßt, ist sich selbst genug, und bedarf nichts weiter als seinen Haß in der Brust und keinen dritten!"

Die Worte dienten ihr zur Parole, und ich erkannte durch sie, daß sie zu meiner Familie gehöre. — Nach einer Weile sagte sie ganz heimlich: „Ich möchte den Alten da unten in seinem lezten chemischen Prozesse, den er mit sich selbst anstellt, wohl noch einmal sehen; er liegt schon lange im Boden — ob wohl noch was von ihm übrig ist? — Wir wollen's doch anschauen!" — Nach diesen Worten schlich sie über Schädel und Todtenknochen hin nach dem Gebeinhause, kehrte mit Schaufel und Hacke zurück und grub sich still und geheimnißvoll in die Erde.

Ich ließ sie bei der sonderbaren Arbeit allein, denn drüben wandelte einer mit vielen Ausbeugungen und Krümmungen um die Gräber hin, wie wenn er ihm im Wege stehenden Gestalten auswiche; oft schien er zu lächeln, oft aber wandte er sich erschrocken und zitternd ab, und floh einige Schritte, bis er wieder vor einem neuen Gegenstande zurückzubeben schien. — Als ich ihm nahe war, faßte er meine Hand, und sagte tiefaufathmend: „Gottlob ein Lebender! Begleite mich nur bis zu jenem Grabe!" — Ich hielts für Wahnsinn und schritt mit ihm fort, um das Ende zu erwarten, oft drängte er mich, wenn ich einem Grabe zu nahe kam zurück, daß ich die Luft darüber nicht berühren sollte, zulezt aber schien er mehr Muth zu fassen, und ruhte eine Weile zwischen drei großen Monumenten aus; es waren umgestürzte Säulen, und an den Tafeln standen die Namen verstorbener Fürsten.

„Hier können wir etwas verziehen; sagte er, denn über den Gräbern steht nichts als Stein und Denkmal, und drunten im Boden mag höchstens noch eine Handvoll Staub, neben den Kronen und Zeptern zu finden sein; solche große Herren vergehen schnell, weil sie im Ueberflusse genießen und schon im Leben eine große Masse erdigter Theile in sich aufnehmen."

Ich sah ihn erstaunt an, da fuhr er fort: „Ihr haltet mich wohl gar für toll; aber darin irrt Ihr! Ich betrete diese Orte nicht gern, denn ich habe einen wunderbaren Sinn mit auf die Welt gebracht, und erblicke wider meinen Willen auf Gräbern die darunter liegen= den Todten mehr oder minder deutlich, nach den Graden ihrer Verwesung*). So lange der Verstorbene unten noch unversehrt ist, so lange steht für mich seine Gestalt deutlich über der Gruft, und nur wenn der Körper sich mehr und mehr auflöst, verliert sich auch das Bild in Schatten und Nebel, und verfliegt zulezt ganz wenn das Grab leer ist. — Die weite Erde ist zwar ein einziger Gottesacker, aber die Gestalten der Verweseten nehmen eine freundlichere Gestalt an und blühen als schöne Blumen wieder auf; — hier aber stehen sie noch alle deutlich umher und blicken mich an, daß ich erschrocken vor ihnen zurückweiche. Nichts sollte mich auch bewegen diese Stätte zu betreten, wenn mich nicht eine Schäferstunde hier erwartete!" —

„Da hätte Euer Liebchen auch einen freund= lichern Ort für Euch erwählen sollen!" sagte ich unwillig über seine unbekannte Schöne, als er eine Weile inne hielt.

„Sie ist dazu gezwungen!" antwortete er. — Denn sie hat hier ihre Wohnung aufgeschlagen!"

---

*) Ein Beispiel dieser originellen Geisterseherei findet sich, wenn ich nicht irre, in Moritz Magazin der Erfahrungsseelenkunde.

Jezt begriffs ichs und verstand ihn, als er
auf ein fernes Grab deutete — „Dort unten
ruht sie — sie starb in der Blüthe, und ich
kann nur hier nach ihrem Brautbette wandeln.
Sie lächelt mir schon aus der Ferne entgegen,
und ich muß eilen; denn seit einiger Zeit wird
die Gestalt immer luftiger, und nur das Lächeln
um die Lippen ist noch ganz deutlich." —

„Das ist doch mindestens einmal eine etwas
ungewöhnliche Liebschaft, die ich erlebe, — setzte
ich hinzu — übrigens ist auf der Erde nichts
langweiliger als ein Verliebter!" —

Wir wandelten jezt weiter fort, und er ent-
warf mir im Gehen noch flüchtig einige Skizzen
von den Inhabern der Wohnungen an denen
wir vorbei mußten.

„Dort hat sich ein Hofnarr noch gut
gehalten, er steht vollkommen da, bis auf den
Spott und die Satire in seinen Minen. —
Hier harrt ein Poet der Auferstehung entgegen,
aber von ihm selbst ist nur wenig noch dazu vorhanden, denn ich sehe bloß leichten Duft, und muß
die Phantasie anstrengen, etwas Gescheutes hinein-
zufinden. — Da erblicke ich eine Mutter mit dem
Kinde an der Brust, und beide lächeln! — (Es
erschütterte mich, denn es war grade das Grab
der Ophelia!) — Hier liegen ein Finanzier und
ein Politiker beisammen, aber an beiden ist schon
vieles defekt. — Jenes soll das Grab eines berühmten Geizhalses sein, er hält noch mit der
schon verschwindenden Hand den Zipfel seines
Leichentuches fest!" —

Jezt waren wir zur Stelle, und er bat
mich ihn zu verlassen; aus der Ferne sah ich nur
noch wie er die Luft umarmte und heiße Küsse
ausströmte — es war eine recht seltsame Schäferstunde! — —

Indeß hatte die Wahrsagerin das Grab
des Vaters gesprengt, und der morsche Sarg hob

sich aus dem Boden; neugierig gleitete das Mond=
licht an den halb verwitterten Schildern und Ver=
zierungen hinab, und das Kruzifix auf dem Deckel
blinkte hell und weiß. Mir war doch ungewöhnlich
zu Muthe, als die alte graue Vergangenheit noch
einmal sich in der Gegenwart umsah, und die lezte
Wiege des Vaters, die ihn in den langen
Schlummer wiegte, heraufstieg. Ich zögerte den
Deckel zu heben, und redete in der Pause, um
mir selbst Muth zu machen, einen Wurm an,
den ich ergriff, als er sich eben bei dem Sarge
aus dem Boden wühlte:

„Außer den Favoriten und Günstlingen
der Großen und Herren, giebt es nur noch ein
Völkchen, das es sich recht eigentlich an den
Brüsten der Majestät wohl sein läßt; und zu
diesem gehörst du, Minirer! Der König ernährt
sich von dem Marke seines Landes, und du
dich wieder von dem Könige selbst, um die
verstorbene Majestät, wie Hamlet sagt, nach
einer Reise durch drei oder vier Magen, wieder
in den Schooß, oder mindestens in den Bauch
ihrer getreuen Unterthanen zu führen. An dem Ge=
hirne wie vieler Könige und Fürsten hast du dich
gemästet, du fetter Schmarozer, bis du zu diesem
Grade von Wohlbeleibtheit gekommen bist? Den
Idealismus wie vieler Philosophen hast du auf
diesen deinenRealismus zurückgeführt? Du bist ein
unwiderlegbarer Beleg für die reelle Nüzlichkeit
der Ideen, da du dich an der Weisheit so mancher
Köpfe wacker gemästet hast. — Dir ist nichts
mehr heilig, weder Schönheit noch Häßlichkeit,
weder Tugend noch Laster; alles umwindest du
Laokoons Schlange, und beurkundest deine inten=
sive Erhabenheit an dem ganzen Menschenge=
schlechte. Wo ist jezt das Auge das so bezaubernd
lächelte, oder so drohend gebot — Du Satiriker
sizest allein in der leeren Knochenhöle und schauest
frech und boshaft um dich, und machst das Haupt zu
deiner Wohnung, und zu etwas noch schlechterm, in

dem sonst die Plane eines Cäsar und Alexander
geboren wurden. Was ist nun dieser Pallast,
der eine ganze Welt und einen Himmel in sich
schließt; dieses Feenschloß, in dem der Liebe
Wunder bezaubernd gaukeln; dieser Mikrokosmus,
in dem alles was groß und herrlich, und alles
Schreckliche und Furchtbare im Keime neben-
einander liegt, der Tempel gebar und Götter,
Inquisitionen und Teufel; dieses Schwanzstück
der Schöpfung — das Menschenhaupt! — —
die Behausung eines Wurmes. — O was ist
die Welt, wenn dasjenige was sie dachte nichts ist
und alles darin nur vorüberfliegende Phantasie!
— Was sind die Phantasieen der Erde, der
Frühling und die Blumen, wenn die Phantasie in
diesem kleinen Rund verweht, wenn hier im
innern Pantheon alle Götter von ihren Fuß-
gestellen stürzen, und Würmer und Verwesung
einziehen. O rühmt mir nichts von der Selbst-
ständigkeit des Geistes — hier liegt seine zer-
schlagene Werkstatt, und die tausend Fäden, womit er das Gewebe der Welt webte, sind alle
zerrissen, und die Welt mit ihnen. — — Auch
der Alte hier in seiner Kammer wird schon seine
Theaterkleider abgeworfen haben, und dieser boshafte Bube, in meiner Hand, kommt vielleicht
eben von dem Kehraus, dem er hier in der väterlichen Behausung beigewohnt hat; — doch mag's
sein — ich will ergrimmt in das Nichts schauen,
und Brüderschaft mit ihm machen, damit ich
keine menschlichen Reste mehr verspüre, wenn es
auch mich zulezt ergreift!" —

Ich war jezt stark und wild genug den Dek-
kel zu heben, ob ich gleich fühlte, daß dieser
Grimm und Zorn, wie Alles übrige, auch mit
zum Nichts gehöre. —

Wie seltsam — als das stille Schlafkäm-
merchen sich aufthat, in dem ich keinen Schläfer
mehr erwartete, lag er noch unversehrt auf
dem Kissen, mit blassem ernsten Gesichte und

schwarzen krausen Haaren um Schläfe und Stirn;
es war noch die abgeformte Büste vom Leben,
die hier in dem unterirdischen Museum des Todes
zur Seltenheit aufbewahrt wurde, und der alte
Schwarzkünstler schien dem Nichts Troz bieten
zu wollen.

„So sah er aus, als er den Teufel bannte!"
sagte die Wahrsagerin — „Nur haben sie ihm
nachher die Hände gefaltet, daß er hier unten
wider Willen beten muß!" — — „Und warum
betet er denn?" fragte ich zornig — da drüben
über uns im Himmelssee funkeln und schwimmen
zwar unzählige Sterne, aber wenn es Welten
sind, wie viele kluge Köpfe behaupten, so giebt
es auch Schädel auf ihnen und Würmer, wie
hier unten; das geht so fort durch die ganze
Unermeßlichkeit, und der Baseler Todtentanz wird
dadurch nur um so lustiger und wilder und der
Ballsaal größer. — O wie sie alle, die auf den
Gräbern umherlaufen, und auf einer tausendfach

geschichteten Lava vergangener Geschlechter — wie
sie alle nach Liebe wimmern, und nach einem
großen Herzen über den Wolken, woran sie mit
allen ihren Erden einst ruhen können! Wimmert
nicht länger — diese Myriaden von Welten
saußen in allen ihren Himmeln nur durch eine
gigantische Naturkraft, und diese schreckliche Ge-
bärerin, die alles und sich selbst mit geboren hat,
hat kein Herz in der eigenen Brust, sondern
formt nur kleine zum Zeitvertreib, die sie umher
vertheilt — haltet euch an diese, und liebt und
girrt so lange diese Herzen noch zusammenhalten!
— Ich will nicht lieben, und recht kalt und starr
bleiben, um wo möglich dazu lachen zu können,
wenn die Riesenhand auch mich zerdrückt!" —

„Der alte Schwarzkünstler scheint zu meiner
Rede zu lachen! Weißt du es etwa besser,
Teufelsbanner — und steigt über diesem zer-
trümmerten Pantheon ein neues herrlicheres
auf, das in die Wolken reicht, und in dem

sich die kolossalen ringsumher dasizenden Götter wirklich aufrichten können, ohne sich an der niedern Decke die Köpfe zu zerstoßen — — wenn es wahr wäre, so möchte es zu rühmen sein, und es dürfte schon die Mühe verlohnen zu zu schauen, wie mancher unermeßliche Geist auch seinen unermeßlichen Spielraum erhielte, und nicht mehr zu würgen brauchte und zu haffen, um groß zu sein, sondern frei in die Himmel emporsteigen könnte, um dort sein strahlendes Gefieder auszubreiten. — Der Gedanke könnte mich fast erhizen! — Nur alle dürften sie mir nicht erstehen wollen; alle nicht! — Was wollten so viele Pygmäen und Krüppel in dem großen herrlichen Pantheon, in dem nur die Schönheit thronen soll, und die Götter! O man schämt sich dieser Gesellschaft ja oft genug schon auf Erden, wie könnte man den Himmel mit ihnen gemeinschaftlich theilen! — Nur ihr mögt euch aus dem Schlummer erheben, ihr großen königlichen Häupter, die ihr mit den Diademen in

der Weltgeschichte erscheint, und ihr begeisterten Sänger, die ihr von den Königlichen entzückt redet und sie verherrlicht! Die andern mögen ruhig schlafen und recht sanft, auch angenehme Träume haben, die gönne ich ihnen von Herzen!" —

„Mit dir, alter Alchymist, möchte ich den Weg schon antreten; nur betteln sollst du mir nicht um den Himmel — nicht betteln — lieber ertroze ihn, wenn du Kraft haft. Die stürzenden Titanen sind mehr werth, als ein ganzer Erdball voll Heuchler, die sich ins Pantheon durch ein wenig Moral und so und so zusammengehaltene Tugend schleichen möchten! Laß uns dem Riesen der zweiten Welt gerüstet entgegengehen; denn nur wenn wir unsere Fahne dort aufpflanzen, sind wir es werth dort zu wohnen! — Laß das Betteln; ich reiße dir die Hände mit Gewalt auseinander!"——

„Wehe! Was ist das — bist auch du nur eine Maske und betrügst mich? — Ich sehe

dich nicht mehr Vater — wo bist du? — Bei
der Berührung zerfällt alles in Asche, und nur
auf dem Boden liegt noch eine Handvoll Staub,
und ein paar genährte Würmer schleichen sich
heimlich weg, wie moralische Leichenredner, die
sich beim Trauermahle übernommen haben. Ich
streue diese Handvoll väterlichen Staub in die
Lüfte und es bleibt — Nichts!"

„Drüben auf dem Grabe steht noch der
Geisterseher und umarmt Nichts!"

„Und der Wiederhall im Gebeinhause ruft
zum leztenmale — Nichts! —

Zeitung für die elegante Welt.

Donnerstag — 89. — 26 July 1804.

Krieg zwischen den Marionetten und den Weimarschen Hofschauspielern.[1]

Neueste Zeitungsberichte.

Schreiben aus Schmiera bei Erfurt, vom 19ten May.

Seit gestern zirkuliren hier wieder einige Friedensgerüchte. Vielleicht kommt der Krieg zwischen den Marionetten und den Hofschauspielern dennoch nicht zum Ausbruch. Zu Weimar dürfte ein Kongreß statt finden. Als Abgesandten dazu nennt man Nathan den Weisen. Auch sagt man werde, auf Veranlassung Sr. Majestät, Gustav Wasas von Schweden, eine eigene Schuhkommission niedergesetzt werden. Diese soll nehmlich, unter dem Präsidio des empfindsamen Schusters, aus Kotzebues „Bruderzwist" die Sache „mit den besohlten oder unbesohlten Schuhen"*) auf das gründlichste untersuchen. Das Resultat davon wird man zu seiner Zeit dem Publikum vorlegen. Gott gebe, daß dieser Kongreß zu Stande kommt, und daß das kostbare Kleinod des Friedens Deutschland nicht wieder durch neue Unruhen entrissen wird!

Schreiben über Nora, vom 23sten May.

Hier sind geste[r]n Abend mit einer reitenden Staffette folgende offizielle Nachrichten eingelaufen. Zu Weimar herrscht die höchste Gährung und Alles hat ein höchst kriegerisches Ansehn. Die Stadt selbst ist, wie Belgrad, in zwei Partheien getheilt. Der Rath und der Magistrat haben der Prinzeß mit dem Schweinerüssel das Rathhaus eingeräumt; dagegen halten die Hofschauspieler das Schauspielhaus scharf besetzt, und ihre Patrouillen erstrecken sich bis zum — Tröbelthor. Wie man vermuthet, so kann es mit jedem Augenblick zu einer heftigen Aktion kommen. An einen Kongreß ist nun gar nicht mehr zu gedenken.

*) „Als Kaiser und König verschenket ihr Gold,
„Und habt oft nicht, daß die Schuh ihr besohlt".

[1] Diese Satire, welche die Hofschauspieler der Nachtwachen mit den Marionetten in lustige Verbindung bringt, wird den Leser gewiß ergötzen. Daß Brentano ihr Verfasser ist, zeigt fast zur Gewißheit der kritische Anhang. Der zugrundeliegende Vorfall ist in der Zeitung für die elegante Welt vom 9. Juni 1804 erzählt. Geißelbrecht gab damals mit seinem Marionettentheater in Weimar ein Gastspiel, das auch Falks „Die Prinzeß mit dem Schweinerüssel", eine Parodie von Schillers Wallenstein und Braut von Messina, zur Aufführung brachte. Durch die Satire, die darin auch auf den Schauspielerstand eingeflochten ist, fühlten sich die weimarischen Hofschauspieler getroffen, schlugen Lärm, zogen Schiller hinein und erreichten so bei der Regierung das Verbot des gefährlichen Marionettenstückes. Darauf ging Geißelbrecht nach Erfurt, wo „die Prinzeß mit dem Schweinerüssel" ohne Anstand die Bretter bestieg.

Aus der Gegend bei Erfurt, Sonnabend
den 26sten May.

Gestern den ganzen Tag und die ganze Nacht wollten die Züge von Kisten, Kasten und Gepäck, das über Weimar her auf unsrer Straße nach Erfurt ging, gar kein Ende nehmen. Seitdem verbreiten sich überall dumpfe Gerüchte von einer Freitag Abend in Weimar, zwischen den Marionetten und den Hofschauspielern, vorgefallenen großen Aktion. Gustav Wasa ist auf dem Platze geblieben, und wie es heißt, so wird man ihm bei Lützendorf ein Monument errichten. Der König Macbeth, der gar sehr auf seine Orakel getrotzt, ist von dem alten König Herodes doch zuletzt erstochen worden. Letzterer hat ihm bewiesen, daß die Zeit zur Erfüllung des Orakels:

„Sei Macbeth kühn und trotze der Gefahr;
„Dich tödtet keiner, den ein Weib gebar!"

nun wirklich vorhanden sei, indem Er, Herodes, von keinem Weibe geboren, sondern aus respektiven Lindenholze geschnitzt sei. Die Aktion hat um 7 Uhr angefangen und zwei volle Stunden, bis spät in die Nacht gedauert. — Holofernes, so wie das ganze alte Testament, hat sich äußerst brav gehalten, und selbst Judith ist ein paar Mal nahe daran gewesen, der Jungfrau von Orleans den Kopf abzuschneiden und ihn, wie weiland den Kopf des Holofernes, in ihren Sack zu schieben. Man sieht nun dem nähern Detail dieser Nachrichten mit großem Verlangen entgegen.

Erfurt, im Marionettenhauptquartier.
Mittwoch den 30sten May.

Wir haben hier jetzt den ganzen feindlichen Generalstab. Ihro Majestäten die beiden Könige, Herodes und Holofernes, sind gestern Abend um 9 Uhr über Weimar hier glücklich angelangt und im Wirthshause zum grünen Schilde abgestiegen. Ihro Durchlaucht, die Prinzeß mit dem Schweinerüssel waren schon früher hier eingetroffen, und hatten, zur größten Freude hiesiger Bewohner, im sogenannten Ballhause ihr Absteigequartier genommen. Als etwas Besonderes bei den feindlichen Regimentern bemerkt man, daß bei ihnen durchgängig, anstatt der üblichen Janitscharenmusik, der Kuhreigen eingeführt ist. Sonst sind es höchst stille und sedate Leute, und wenn sie auf dem Marsch sind, mit äußerst Wenigem zufrieden.

Ebendaselbst. Schreiben vom 20sten Juny.

Zukünftigen Donnerstag, als den 28sten Juny, wird, den hohen anwesenden Herrschaften zu Ehren, der Mechanikus Geißelbrecht ein Feuerwerk in dem Vogelschen Garten abbrennen. Auch werden, wie es heißt, noch andere Festivitäten statt finden.

Ein früheres vom 10ten Juny
Ueber den Weg nach Halle und Lauchstädt.

Seit einiger Zeit sind die Truppenbewegungen und Durchmärsche in hiesigen Landen häufiger, als sonst. Man sieht viel Kisten und

Kasten mit Gepäck, und ihr Transport geht beinah sämmtlich nach Lauchstädt. Vorigen Mittwoch, als den 6ten Juny, hatte der Wirth im kalten Hasen das unschätzbare Glück, die höchsten Standespersonen, einen Philipp den 2ten König von Spanien, einen Don Karlos, einen Markis Posa, einen Zar Peter den Großen in seinem Hause zu beherbergen. Außerdem befanden sich noch in der Suite Se. Durchlaucht der Herzog von Wallenstein und die beiden Excellenzen, Graf und Fürst Picolomini. Sämmtliche hohe Herrschaften soupirten darauf hier zu Abend, und das gegen die prompteste Bezahlung, wodurch gewisse verläumberische Gerüchte*), die von Uebelgesinnten verbreitet werden, sich gleichsam von selbst widerlegen.

Lauchstädt, ben 10ten July.

Der Krieg ist nun leider gewiß. Der Feind ist zwar in Weimar zum Rückzug gezwungen worden; aber er hat sich bald darauf zu Erfurt und jetzt zu Zeit wieder gesetzt. — Dagegen haben die Unsrigen zu Halle und Lauchstädt ein festes Posto gefaßt, und rücken immer weiter vor, um dem Feind wo möglich auch bei Passendorf den Paß abzuschneiden. Wenn er nur nicht etwa über Naumburg oder gar über Leipzig uns unverhoft in die Flanke fällt! — Man liest hier jetzt auch die beiden Manifeste der kriegführenden Mächte, und wir sind höhern Orts authorisirt, sie dem Publikum in einer authentischen Abschrift mitzuteilen.

Manifest der Weimarschen Hofschauspieler.

Wir von Gottes Gnaden Philipp der Zweite, König von Spanien, Gustav Wasa, König von Schweden, Zaar Peter der Große, wie auch Macbeth, König von Schottland, desgleichen die Herzoge und Herren von Wallenstein, Fürst und Graf Picolomini, nicht weniger die Jungfrau von Orleans, auch genannt Johanna d'Arc, nebst dem Magistrat und Rath der guten Stadt Krähwinkel: nachdem Wir in Erfahrung gebracht, daß in Numro 69. der Eleganten Zeitung eine höchst anstößige, ehrenrührige, unser gesammtes hohes Personale betreffende Aeußerung enthalten sei: als haben Wir den Beschluß gefaßt, solche Uns zugefügte Schmach und Beleidigung nicht länger zu dulden, sondern durch die Kräfte des Krieges, welche die Vorsehung in unsre Hände gelegt, Gewalt mit Gewalt abzutreiben. Erklären demnach, Angesichts unsrer geliebten Unterthanen und Vasallen, auf der Erde und unten im Souflenrloch, daß die in mehr besagter Numero 69 der Eleg. Zeit. abgedruckte Schmähung, als ob unsre Schuhe unbesohlt wären, eine grobe Kalumnie sei, und provoziren deshalb auf die eigends zu dieser Untersuchung niedergesetzte hochfürstliche Kommission, von deren Resultat und Arbeiten der hochfürstliche Schuhflicker-Kommissions-Assessor Herr Sperling aus Krähwinkel, dem Publikum schon zu seiner Zeit Bericht erstatten wird.

---

*) „Er sackelt nicht lange, Er bietet kein Gold:
  „Unbezahlt verschlingt Er, was Er gewollt."

Eben so verwahren wir Uns zweitens gegen die unsern ganzen Stand verunglimpfende Beschuldigung, „als wären Wir sämmtlich, nach Vorstellung der Prinzeß mit dem Schweinerüssel, in corpore, en rage und nach völlig verlorner contenance zur Direkzion gelaufen", um so mehr, da es nicht nur denkbar, sondern sogar erweislich ist, daß Mehrere unsrer Mitglieder nicht blos gelaufen, sondern Einige gegangen, noch Andre gefahren und wieder Andere wohl gar geritten seyn können; ein Umstand, den ja selbst unser Erzfeind, der Satiriker Falk in seinen sattsam verrufenen Versen nicht abzuläugnen gewagt hat, nehmlich wo er sagt:

> „Der Akteur und sein verhungertes Roß,
> „Sie sind gefürchtete Gäste" u. s. w.

Indem Wir so, von böslichem Muthwillen herausgefordert, in die Schranken treten, und unsrer gerechten Sache vertrauend, zu einer nöthigen Abwehr zu schreiten und wider Willen die Waffen zu ergreifen gezwungen sind: bitten Wir die Götter, alle Uebel eines verderblichen Krieges, gegen den Wir Uns im voraus durch Erlassung dieses Manifestes haben verwahren wollen, auf das Haupt unsrer Feinde zurück zu schleudern.

Gegeben in unserm Hauptquartier, Namens sämmtlicher Majestäten im Bade. Lauchstädt d. 22 Juny 1804.

Gegen-Manifest von Geisselbrechts Marionetten.

> Raritäten seynd zu sehn,
> Schöne Raritäten,
> Sollen aufspazieren gehn,
> In den größen Städten,
> Und zur künft'gen Leipz'ger Meß'
> Kaiser, König und Prinzeß
> Mit dem Schweinerüssel.

> Kotzebue vor Kaiser P . . .
> Spielt die Harfen süße,
> Aber Kaiser P. nicht faul
> Greifet nach dem Spieße,
> Will ihn spießen an die Wand:
> O du große Unverstand,
> Thust mich sehr krepiren.

> Kopf in Sack und Sack in Kopf
> Madam Judith schicket,
> Sack in Kopf und Kopf in Sack,
> Wie man hier erblicket;
> Judith und Johanna d'Arc,
> Und ein Stück von Weimars Park:
> Lauter lust'ge Sachen.

> Geisselbrecht,
> Namens sämmtlicher Majestäten zu Zeiz.

Donnerstag den 5ten July auf den Tag
    Demetrius 1804.

Einmal vor der Bühne und bei so guter Laune, werden die
Leser darüber vermuthlich nicht böse seyn, wenn sie noch ein wenig
in gleichem Genusse erhalten werden. Das Folgende ist gleichsam
ein Intermezzo, wozu die Schauspieler in Frankfurt a. M. den Stoff
gegeben haben. Also

Komödiantenwesen im Süden.

Die Fränkische Zeitung Num. 114. enthält einen Aufsatz, der
seiner Zartheit so wie seines treflich stylisirten Inhalts wegen, der
eleganten Welt hier mitgetheilt zu werden verdient.*) Es ist ein Ehren-
denkmal, welches die vorzüglich mit ihrem Intendanten zufriedene
Schauspieler der Frankfurter Bühne (nicht die ganze Gesellschaft) in
Form einer kaufmännischen Bilanz auf so lange hingestellt haben,
bis eine zweite Bilanz die Vollgültigkeit der erstern näher beleuchten
wird. Eine Beleuchtung, die in dem Frankfurter Journal unterm
14ten July zur Rechtfertigung der Oper bereits erfolgt seyn soll.
Zuerst wird in besagtem Aufsatz ein jeder, welcher die Einsichten
des Herrn Intendanten und den Fleiß der Schauspieler in Zweifel
zieht, ohne weiters für einen „Ehrenschänder und Lügner" erklärt.
Hierauf folgt eine Bescheinigung der Schauspieler über das redliche
Herz des Herrn Intendanten, welche derselbe zu mehrer Glaubwürdig-
keit mit unterzeichnet, als wenn ein Mann, der sich führen läßt, wie
man's verlangt, kein gutes Herz besäße? Zum dritten benachrichtigen
die Schauspieler das Publikum, daß sie fortan auf ihren Lorbeern
zu ruhen (das steht wirklich gedruckt. d. H.), also noch weniger
wie bisher zu thun gesonnen sind; und daß sie einem Jeden, ohne
Ansehn der Person, ferner in Gnaden gewogen bleiben. Wer
kann dagegen etwas einzuwenden haben? Der Wein muß bei den
Herren gut gewirkt haben, als sie das schrieben.
Inzwischen, wie dankbare Geister nun einmal sind. Ihr Eifer,
sich dankbar zu beweisen, ist ohne Gränzen; deswegen soll, auch außer
diesem Denkmal, der Herr Intendant einen noch bleibendern Beweis
von der Zufriedenheit derer erhalten, deren er sich in dem Statisten-
gefecht gegen die Direkzion angenommen. Es soll nehmlich der Vorhang im Theater, auf welchem ein alter Flußgott bisher im Vorder-
grunde auf weichem Schilf, als ruhe er auf Lorbeern, hingestreckt lag,
abgenommen, und an seiner Stelle der Herr Intendant dort hin-
gemahlt werden, mit allen seinen Attributen und Eigenschaften: in
der einen Hand das Zeugnis der Schauspieler haltend, sein redliches
Herz betreffend; in der andern sein an das Publikum erlassenes Send-
schreiben, welches ein loser Vogel ihm in der Fränkischen Zeitung als
sein Eigenthum abstreiten wollen, aber so sehr mit Unrecht, daß man
sogar dem Herrn Intendanten deswegen das Ehrenprädikat eines
umgekehrten Propheten beigelegt hat. An seiner rechten Seite,

---

*) Er ist beigelegt, aber wer wird darauf reflektiren? Schau-
spieler, das weiß man schon, haben nie Unrecht und — drücken sich,
wenn sie getadelt werden, etwas stark und hoch tragisch aus. d. H.
[d. i. Spazier].

der Reisegefährte eines gewissen Propheten aus dem alten Testament, in der Stellung wo er sich über die Hindernisse beklagt, die seine Füße gefesselt halten; zu seiner Linken seine Freunde und Anhänger, ebenmäßig in Schilf versteckt; im Hintergrunde der Mahlerei aber — nur dem Publikum nicht ganz in die Augen leuchtend — auf Lorbeern ruhend; über seinem Haupte Tobias Schwalbe; zu seinen Füßen Kameralrechnungen, anmaßliche Heldengedichte, Entwürfe zu Tragödien, Pläne zu Repertoirs für das Theater, so wie zu sonstigen Bedürfnissen. Heißt das nicht dankbar sich erweisen?

In der Ferne, außer dem Schilde, erblickt man eine Figur, welche den Musikdirektor vorstellt, wie er die ihm untergebnen Operisten zum Frieden ermahnt, und es ihnen untersagt, nicht mit zu lauter Stimme zu singen, damit die Schauspieler, wenn der Hr. Intendant auf den Proben einen Jamben=Helden im Deklamiren zurecht weis't, oder einer jungen Schauspielerin, indem er sich auf den Zehen vor ihr hin und her wiegt und die Stellung des Vatikanischen Apolls annimmt, im Gehen Unterricht ertheilt, weniger in ihrer Aufmerksamkeit gestört werden.

Die Kosten zur Bestreitung des Ganzen sollen übrigens aus dem Erlöß einer zweiten Auflage des Tobias bestritten werden.

Unterschrieben

Nicht der Intendant.   Kein Schauspieler.

Zeitung für die elegante Welt.

Dienstag   — 37. —   26 März 1805.

Des Teufels Taschenbuch.*)

Einleitung.

Meine Brüder! (ich rede die Teufel an) es gibt auch außer unserm eigenthümlichen Reiche noch manches Interessante, und die Erde selbst wirft ein Uebriges aus, was in moralischer oder ästhetischer Hinsicht für einen Teufel leicht von Wichtigkeit seyn dürfte. Einseitigkeit ist das Grab der Bildung; schaut euch nur unter den Menschen um, wie sie alle nach Universalität jagen, wie kein Schuster mehr bei seinem Leisten bleibt, jedweder Hofschneider nebenzu auch zum Staatsschneider sich auszubilden sucht, wie alles auf der Erde im Treiben und Jagen begriffen ist, jeder Einzelne alle Hände voll zu thun hat, die Füße und den Kopf nicht ausgeschlossen, um möglichst das Ganze

---

*) Man hat sich in den Taschenbüchern bereits dergestalt erschöpft, indem es außer den historischen, poetischen und dergleichen schlechthin, noch eine Menge für das weibliche Geschlecht, für die elegante Welt u. s. w. u. s. w. gibt, daß es in der That nothwendig erscheint, mit dem Publikum zu wechseln, weshalb denn diesem Teufels Taschenbuche, welches zur Ostermesse erscheinen wird, hier eine flüchtige Erwähnung eingeräumt ist.

Bonaventura.

zu repräsentiren. — Soll denn der Teufel allein in dieser Universalität zurückbleiben? — Beim Teufel, nein!

Doch aber ist es bis jetzt mit unserer wissenschaftlichen Bildung schlecht bestellt, zu einer schönen Literatur, in dem Sinne, wie Schlegel davon redet, ist noch gar kein Anfang gemacht, eben so wenig wie zu einer häßlichen; denn ich bin zweifelhaft, ob wir vermöge unserer individuellen ästhetischen Anlagen zu der erstern überhaupt tendiren können. — Gesteht es, meine Brüder, wir sind im Ganzen ziemlich zurück, weshalb uns die Menschen denn auch nicht sonderlich mehr fürchten oder achten und selbst auf unsere Kosten Sprüchwörter einzuführen wagen — als dummer Teufel! armer Teufel! u. dgl.

Laßt uns diesen Schimpf von uns abzuwälzen versuchen, und zu dem Ende mindestens einige Versuche im Aesthetischen oder Antiästhetischen anstellen. Ich zweifle mit Jean Paul, daß uns das erste sonderlich glücken wird, obgleich dieser Schriftsteller (den ich deshalb besonders schätze, weil er auch für uns ein Uebriges in seiner poetischen Schatzkammer niedergelegt hat, und neben dem goldführenden Strome, den er durch das Paradies zieht, wie Dante auch einen siedenden schwarzen Styx und Phlegeton in die Unterwelt hinabbrausen läßt;) uns allerdings einen großen Humor zugesteht, und nur unser Lachen zu peinigend findet, was sich indeß mit dem Karakter des Teufels sehr wohl verträgt. —

Wir wollen deshalb von diesem peinigenden Lachen einiges in literarischer Hinsicht auswerfen, und ich kündige zu dem Ende mein Taschenbuch an, das das erste ursprünglich für Teufel bestimmt ist, bei dem ich aber auch den geheimen Wunsch hege, daß es sich, obgleich eine verbotene Waare, glücklich durch die literarischen Thorsteher und Visitatoren auf der Erde schleichen möge, um auch dort in dem Buchhandel verbreitet zu werden. Ja es dürfte, nach der jetzigen Humanität des Zeitalters, die sich auch auf den Teufel erstreckt, selbst dort einigen Nutzen stiften, indem das Lachen ein giftabtreibendes Mittel seyn soll, welches, in physischer Hinsicht, italienische Bravo's beweisen, die, wie man sagt, durch einen anhaltendes Lachen erregenden Kitzel, die aqua toffana von ihren auf diese Weise Gefolterten sich zu verschaffen wissen.

Zu guter letzt verspreche ich möglichst interessant in diesem Taschenbuche zu seyn, mich auch nicht so grell und ungebildet, wie die alten Teufel, zu betragen, was sich überhaupt für eine veredelte Bosheit keineswegs schickt; sondern vielmehr möglichst nach sächsischer Eleganz und Konduite zu streben, und meine Wahrheiten, die meinem Karakter als Lügengeiste getreu, freilich immer Unwahrheiten bleiben, und in welcher einzigen Rücksicht mich irdische Schriftsteller bisher nachgeahmt haben, möglichst mit spitzen Fingern anzugreifen, so daß ich in jeder gesitteten höllischen Gesellschaft ohne Bedenken gelesen werden kann. —

Sollte man von diesem allen indeß in vorliegendem Teufels Taschenbuche das Gegentheil vorfinden, so weiß man schon aus dem obigen, was man sich in Hinsicht auf Wahrheit und Lüge von mir zu versprechen hat.

der Teufel.

Kritischer Anhang.

1. Die Lesarten der Nachtwachen.

Diese Ausgabe der Nachtwachen ist in der Zeitfolge die sechste. 1804 erscheint der erste Druck bei Dienemann (vergriffen).

1877 veranstaltet Meißner den ersten Neudruck, mit neuerer Rechtschreibung, aber auch mit einer nicht unbeträchtlichen Zahl von Druckfehlern oder Irrtümern erheblicher Art; ein kurzes Vorwort schreibt das Buch Schelling zu. (Lindau, Bibliothek deutscher Curiosa, II. und III. Band, vergriffen.)

1904 gibt Hermann Michel einen zweiten Neudruck heraus, wobei als Druckvorlage die Meißnersche Ausgabe dient, indessen durch Vergleichung mit dem Urdruck die alte Schreibweise wiederhergestellt und der größere Teil der Druckfehler berichtigt ist. Einige neue wesentliche Fehler sind freilich hinzugekommen. Die ausführliche Einleitung tritt für Schellings Verfasserschaft ein. (Berlin, Deutsche Literaturdenkmale, Nr. 133.)

1909 veröffentlicht Franz Schultz den dritten Neudruck, indem er als Druckvorlage die Michelsche Ausgabe benutzt und seinerseits nach dem Urdruck einen Teil der Fehler berichtigt, den andern Teil aber unvermerkt übernimmt. In einem kurzen Nachwort sucht er zu beweisen, daß F. G. Wetzel der Verfasser sei, was er in dem Buche „Der Verfasser der Nachtwachen", Berlin 1909, weiter ausgeführt hat. (Leipzig, Inselverlag.)

1910 erscheint im Verlage von Bruno Cassirer ein vierter Neudruck mit einer Anzahl Miniaturen und einer Vorbemerkung, in welcher die Urheberschaft als eine ungelöste Frage dargestellt ist. Diese Ausgabe ist eine bloße Wiederholung des Michelschen Neudrucks in neuester Rechtschreibung, aber mit erheblichem Zuwachs von Druckfehlern.

1912 erscheint der vorliegende fünfte Neudruck, der in Clemens Brentano den wirklichen Verfasser nachweist und allein die ursprüngliche Fassung bis in alle Einzelheiten der Wortschreibung, der Zeichensetzung und, des genauern Hinweises wegen, auch der Seitenzahlen wiedergibt; der einzige also auch, welcher der philologischen Untersuchung dieselbe zuverlässige Grundlage gewährt wie die nur in wenigen Bibliotheken vorhandene und nicht immer leicht zu erlangende erste Veröffentlichung. Zur Erhöhung der Sicherheit und zur Ausscheidung jeglicher Willkür ist die treue Wiedergabe auch auf ganz nebensächliche Druckfehler ausgedehnt, so daß die kritische Abwägung mit jedem einzelnen Buchstaben dieser Ausgabe rechnen kann. Wenn der Leser also solchen Wörtern begegnet wie Fran (S. 34), Haud (S. 59), mirst (für wirst, S. 62), gegegen (f. gegen, S. 65), lachte (f. lacht, S. 68), zu der einem (f. zu der einen, S. 179), Darwie (f. Darwin, S. 145), Schmännchen (S. 129, f. Schmäuchen, durch Rauch ersticken, z. B. Hezen; der Setzer hatte offenbar den Haken über dem u für einen Ver

dopplungsstrich über n angesehen) — so sind dergleichen Unregel=
mäßigkeiten auf die Urausgabe zurückzuführen. Diese ist verhältnis=
mäßig gar nicht so übel gedruckt; wenigstens weisen die drei folgenden
Neudrucke kaum weniger eigene Druckfehler auf; der Cassirersche ver=
steigt sich gar zum Mehrfachen.

Allerdings muß man bei jener ersten Ausgabe wirkliche Druck=
fehler und scheinbare genau trennen. Die scheinbaren sind nicht
Fehler des Setzers, sondern des Schreibers, und zwar nicht Schreib=
fehler im gewöhnlichen Sinne, sondern tatsächliche Irrtümer, Miß=
verständnisse, Nachlässigkeiten, die sich aus der Sprachwirrung in Bren=
tanos elterlichem Hause und aus der oft unterbrochenen, wechselvollen
und deshalb mangelhaften Schulbildung erklären und auch in seinen
Briefen immer wiederkehren. So z. B.: in kurzen, von neuen, es
mangelt ihn. Der Setzer arbeitete offenbar nach einer allgemeinen
Dienstanweisung, die ihm gebot, sich an die vorliegende Handschrift
zu halten. Das Antlitz des Buches hat unter diesem bei Brentanos
Unachtsamkeit nicht recht angebrachten Grundsatze gelitten; der kritischen
Untersuchung aber sind dadurch vorzügliche Handhaben geboten.

Als ein eigentlich sinnstörender, wirklicher Druckfehler ist nament=
lich das Wort wieder in dem Satze „Jetzt sehnte ich mich wieder nach
der Sonne" zu vermerken. Meißner empfand, daß das gerade Gegen=
teil zu erwarten war und änderte es, dem Sinne gemäß, in weniger;
ihm folgten stillschweigend Michel und Schultz. Es fällt einiger=
maßen auf, daß ihnen die einzig zulässige Verbesserung minder ent=
gangen ist. Nicht so erheblich ist S. 198 wiederleuchtend, statt des
richtigen niederleuchtend; S. 218 von grünen Gebüschen über=
wölkt statt überwölbt; S. 230 an meine Narrenkämmerchen statt
an mein N.; S. 271 wir statt mir. In der Anredeform ist
Sie oder Ihnen oft klein gedruckt; zur rascheren Unterscheidung ist
in diesen Fällen ein fetter Anfangsbuchstabe benutzt (sie, ihnen).

Die Zahl der irrigen Änderungen, die sich in die bisherigen
Neudrucke eingeschlichen haben, ist nicht gering. Für philologische
Leser seien hier einige der bemerkenswertesten neben dem ursprüng=
lichen Wortlaut mitgeteilt. Es spiegelt sich darin zugleich die Ab=
hängigkeit der verschiedenen Ausgaben voneinander. (Mei = Meißner,
Mi = Michel, S = Schultz; die Cassirersche Ausgabe, als reinen
Abdruck von Michel, einzubeziehen, wäre zwecklos.)

S. 6 und Abgründe — fehlt bei Mei Mi.

8 Anblicke — Augenblicke Mi S.

17 ein ferner Widerschein — der ferne Widerschein Mei Mi.

23 lächelte — lächeln Mei Mi.

27 Jahrszeit — Jahreszeit Mei Mi S.

30 in einem Schlafrocke — im Schlafrocke Mi S.

42 vorstehen — verstehen Mi. (Hier hat Michel offenbar einen
  Druckfehler angenommen, weil der Dativ des Satzes „beiden
  Funktionen ließ sich in einer Person vorstehen" bei der Um=
  wandlung in die Leideform nicht durch den Nominativ
  ersetzt werden dürfte. Indessen ist bei Brentano ein solcher
  Schnitzer nicht befremdlich. Vgl. S. 108 „die empor=
  geholfenen armen Teufel".)

46 von Handwerke — vom Handwerke Mei Mi.

56 einer Spanne weit Raum — eine Mei Mi.

80 Ponce hielt ihre Maske — seine Mei (vermeintliche Berichtigung).

89 er wähnte den Pagen — Knaben Mi.

94 stets eine besondere Vorliebe — stets fehlt Mi.

106 in der Versammlung vor mir — von Mi S.

128 V. R. W. (= von Rechtswegen) — mit V. R. W. S (wohl Druckfehler).

138 die einzige Möbel — das Mei Mi S.

155 des Instituts — meines J. Mei.

156 meinem Gedächtnisse — in m. G. Mi (wohl Druckf.) S.

156 des Perioden — der P. Mei Mi S. (Bei dieser Änderung war übersehen worden, daß Periode früher männlich gebraucht wurde, so bei Lessing, Goethe, Schiller, etwa wie jetzt noch der Exodus; vgl. oben S. XVII.)

166 solch ein Volk — solch Volk S.

172 Irrhause — Irrenhause Mi S. (Brentano hat das Wort wohl nach Tollhaus und Irrgarten behandelt.)

205 in den Rockfalten — in die R. Mi S.

247 von neuen — von neuem Mei Mi S.

249 auf der Erde — auf Erden S (Druckfehler).

253 doch war es nur — doch es war nur Mi S.

260 er wußte — es wußte Mei Mi.

269 hinter eine Koulisse — h. einer K. Mei Mi.

288 zu diesem — zu diesen Mei Mi. (Die Änderung scheint auf mißverstandener Beziehung der Satzglieder zu beruhen.)

2. Zum „Krieg zwischen den Marionetten und den Weimarschen Hofschauspielern" und zum „Teufels Taschenbuch."

Daß dieser köstliche Marionettenkrieg denselben Verfasser wie die Nachtwachen haben muß, wird der Leser gewiß zugeben, wenn er die glänzende satirische Art der Ausführung erwägt. Auch erscheinen die aus den Nachtwachen so gut bekannten Gestalten der „Hofschauspieler" und der hier „aus respektiven Lindenholze geschnitzten" Marionetten: Judith, Holofernes Herodes und „Das ganze alte Testament" wieder. Daß diese etwas an „die Sonettenschlacht bei Eichstädt" (Spiel mit dem Namen des Redakteurs, s. oben S. XCIII, und des Dorfes bei Halle) in der „Zeitung für Einsiedler", 29. Juni 1808, mahnende Parodie von Brentano ist, legt schon die Sprache nahe. Freilich darf man nicht vergessen, daß der Text in Hinsicht auf die Orthographie und den Stil von dem Redakteur Spazier nach den für alle Beiträge der Zeitung gleichmäßig geltenden Regeln abgeändert worden ist; und Spazier pflegte viel zu korrigieren. Dafür können wir uns auf das Urteil keines geringeren als Wilhelm Grimms berufen, der am 23. Februar 1805 auf die Nachricht von dem Tode dieses Redakteurs an seinen Bruder Jacob schreibt: „Was die Zeitung für die elegante Welt betrifft, so glaube ich eher, daß sie besser wird,

wenigstens freier, denn so lange Spazier redigirte, konnte man es
ihr ansehen, daß er sehr streng zu Werke ging und sich ziemlich feste
Bande anlegte, wenigstens änderte er oft die Aufsätze, die er
erhielt". So weicht auch der Abdruck des „Prologes des Hans=
wurstes" aus den Nachtwachen nicht nur in der Orthographie, die
völlig der sonst in dem Blatte üblichen angepaßt wurde, sondern auch
im eigentlichen Texte von der Originalausgabe ab. Die bessernde
Hand Spaziers wird vielleicht auch für die geringere Häufigkeit des
Dativ=e im „Marionettenkrieg" verantwortlich zu machen sein; doch
behandelt Brentano auch sonst in seinen Briefen das e mit größerer
Lässigkeit als in seinen Büchern. Immerhin sind stilistische Eigen=
heiten stehen geblieben, wie die Verwechslung von „ihr" und ihr = Ihr,
„Er" und „er", die gut zu Brentano passen. Ferner zeigt „der aus
respektiven Lindenholze (statt aus respektivem Lindenholz) geschnitzte
Herodes" und „das Monument, das ihn errichtet wird", nicht nur
die bei Brentano so häufige falsche Beugung (vgl. Nachtwachen, S. 123,
„in kurzen", „unter andern"), sondern auch den in den Nachtwachen
(S. 126, 144, 146) auffallenden Gebrauch von „respektiv" im Sinne
von „respektabel", das uns nur noch in der Bedeutung „bezüglich"
geläufig ist. Der Artikel in der Wendung „ein festes Posto fassen"
(statt [fest] Posto fassen, nach dem italienischen prendere posto, prendere
poco posto, u. ä.) erinnert an ähnliche fremdklingende Verbindungen
bei Brentano. Auch das Brentanische Spiel mit Worten fehlt nicht,
wenn der Assessor aus Krähwinkel Sperling heißt, oder dem Feinde
gerade bei Passendorf der Paß abgeschnitten wird, und dieses kleine
Örtchen bei Halle wird nur kennen, wer in der Gegend, wie Clemens
als Hallenser Student, gelebt hat. Sehr verräterisch ist die Theater=
nachricht aus Frankfurt a. M., die völlige Vertrautheit mit den
dortigen Verhältnissen zeigt. Am 24. Februar 1804 bittet Clemens
seine Schwägerin Antonie in dem oben S. XXVI erwähnten Briefe mit
der Mitteilung über seine „literarischen Arbeiten": „Wenn es dir
Spaß machen könnte, deine kleinen Bemerkungen über Frank=
furt, über das gesellschaftliche und moralische Wesen dieser Stadt
niederzuschreiben und mir als Material mitzutheilen, würde
es mich sehr freuen, denn ich gedenke nächstens bei mehr Muse
etwas über Frankfurt für ein sehr gelesenes Blatt zu be=
arbeiten". Das „sehr gelesene Blatt" kann nur die „Elegante Zei=
tung" sein, die einzige, mit der Brentano damals in Verbindung
stand (S. XXXIV). Da mit den literarischen Arbeiten, die, wie er in
diesem Briefe erwähnt, damals „allen seinen Fleiß erforderten", nur die
Nachtwachen gemeint sein können, so wird das „nächstens bei etwas
mehr Muße" nach Beendigung der Nachtwachen zu verstehen sein.
Nach dem 21. Juli 1804, an welchem Tage die Nachtwachen in der
„Eleganten Zeitung" angekündigt sind, wird man dort die bearbeiteten
„Bemerkungen über Frankfurt" zu suchen haben. Als wir darauf=
hin den Jahrgang 1804 durchsahen, fanden wir in der zu erwartenden
Zeit, in der Nummer vom 26. Juli, fünf Tage nach der Anzeige der
Nachtwachen, den „Marionettenkrieg", der sofort unter all dem lang=
weiligen, die Spalten dieses Blattes füllenden Zeug als der geist=
reichste, ja einzig geistreiche Beitrag in die Augen fällt, der einzige

jedenfalls, den Brentano der Form und dem Inhalt nach geschrieben haben kann. Da sich in ihm auch die gesuchten Nachrichten aus Frankfurt finden — offenbar hat Clemens die erwähnte beiliegende Nummer 114 der „Fränkischen Zeitung" von Antonie gesandt erhalten — so wird man nicht zweifeln können, hier den gesuchten Beitrag Brentanos für die „Elegante Zeitung" zu haben. Spazier zahlte 15 Taler für den Bogen (vgl. d. 5. Brief Mahlmanns an Böttiger in der Kgl. Offentl. Bibliothek zu Dresden), also nach unserem Gelde etwa 45 Mark, in der schwierigen Lage, knapp vor der Übersiedlung nach Heidelberg Anfang August 1804, für Brentano ein erwünschter Zuschuß. Für jeden Bogen des Romanjournals hatte er von Dienemann nur 1 Louisdor (20 Mark) zu bekommen, kein sehr hohes Honorar (Nachtwachen, $18^1/_2$ Bogen = ca. 370 Mk., Span. Novellen, $17^1/_2$ Bogen = 350 Mk.); klagt er doch auch in den Nachtwachen (S. 277): „Die Unsterblichkeit ist widerspänstig, die Verleger zahlen bogenweis und die Honorare sind heuer sehr schmal; da wirft dergleichen Schreiberei nichts ab" (vgl. S. 133, 134, 140, 158, 202).

Da galt es weiter fleißig sein, und so schickte er sich gleich an, noch ein Gegenstück zu den Nachtwachen zu schreiben: „Des Teufels Taschenbuch"; Ostern 1805 sollte es bei Dienemann erscheinen. Er scheint, daß er sich auf das Honorar hin gleich von Dienemann einen Vorschuß geben ließ (vgl. Briefwechsel II, S. 39, 166). Aber das Buch kam nicht zustande. Das ist verständlich: von Oktober bis Dezember 1804 war Brentano in Berlin bei Arnim. Dann kam die Arbeit an „Des Knaben Wunderhorn", die alle anderen Pläne verdrängte. Da wird er Dienemann den erhaltenen Vorschuß haben zurückgeben müssen, und tatsächlich spricht er in einem Brief an Sophie vom 13./14. August 1805 davon, daß er „Dienemann bezahlen" müsse. Sollte das nicht auf den Vorschuß für „Des Teufels Taschenbuch" gehen?

Berichtigung.

S. VI Z. 10 v. o. „angeführt" statt „geführt".

S. VII ist „Einleitung" zu streichen.

S. XXXVI Z. 15 v. u. „doch" zu streichen.

S. LII Z. 3 v. u. lies „Komischen".

S. LVII Z. 10 v. u. lies „ein ganz starkes".

S. 8 lies „Eilfte Nachtwache".

S. 73 Z. 19 v. o. lies „fie".

www.ingramcontent.com/pod-product-compliance
Lightning Source LLC
Chambersburg PA
CBHW021416110726
47901CB00008B/2185